**BESTSELLER**

**Douglas Preston** y **Lincoln Child** son coautores de una veintena de novelas aunque también escriben por separado.

**Lincoln Child** es un apasionado de las motos, los loros exóticos y la literatura inglesa decimonónica.

**Douglas Preston**, en cambio, prefiere los caballos, el buceo, el esquí y la exploración de la costa de Maine en un barco de pesca.

Ambos autores invitan a sus lectores a visitar su página web:
www.prestonchild.com

# PRESTON & CHILD

## La guarida del diablo

Traducción de
**Efrén del Valle**

**DEBOLS!LLO**

Papel certificado por el Forest Stewardship Council®

Título original: *Diablo Mesa*

Primera edición en Debolsillo: enero de 2026

© 2022, Splendide Mendax, Inc. y Lincoln Child
Esta edición se publica por acuerdo con Grand Central Publishing, Nueva York, Estados Unidos.
Todos los derechos reservados
© 2024, 2026, Penguin Random House Grupo Editorial, S. A. U.
Travessera de Gràcia, 47-49. 08021 Barcelona
© 2024, Efrén del Valle Peñamil, por la traducción
Diseño de la cubierta: Adaptación de la cubierta original
de Ghost Design / Penguin Random House Grupo Editorial
Imagen de la cubierta: © Shutterstock

*Printed in Spain* – Impreso en España

ISBN: 978-84-663-7964-9
Depósito legal: B-19.600-2025

Compuesto en La Nueva Edimac, S. L.
Impreso en Novoprint
Sant Andreu de la Barca (Barcelona)

P 3 7 9 6 4 9

*Nuestro agradecimiento a Rhodes James, O. M.*
QUIS EST ISTE QUI VENIT?

# 1

La doctora Marcelle Weingrau, directora del Instituto Arqueológico de Santa Fe, extendió lentamente las manos sobre la mesa reluciente. Después, con igual parsimonia, cogió un sobre delgado de color marrón, luciendo unas uñas primorosamente cuidadas. Nora Kelly reparó en que incluso los movimientos más simples de Weingrau parecían estudiados. Pero, desde que aceptó el puesto de directora, se había acostumbrado a ello y sabía que no era necesariamente ni una señal de aliento ni una de alarma.

Weingrau le dedicó una cálida sonrisa.

—El motivo por el que le he pedido que venga esta mañana —dijo— es que ha surgido una oportunidad, un nuevo proyecto maravilloso. Extraordinario, en realidad. A Connor y a mí nos gustaría que lo dirigiera usted.

Nora se sintió enormemente aliviada. No estaba segura de por qué la habían citado aquella mañana en el despacho de la directora. Desde que en octubre la habían descartado para un ascenso y habían elegido a Connor Digby —que estaba sentado cerca—, ella y Weingrau habían mantenido una relación formal y esmeradamente calibrada. Nora y Digby ocupaban despachos adyacentes y, si bien era un arqueólogo competente y un compañero amigable, aunque anodino, su relación con aquel jefe inesperado era complicada. En los meses transcurridos desde el nombramiento, Nora se había concentrado en exclusiva en su trabajo, intentando, con escaso éxito, desterrar la sensación de traición y el resentimiento.

—No quiero sacar un tema incómodo —prosiguió Weingrau—, pero sé que la decepcionó no conseguir el puesto de jefa de arqueología. Ha realizado un trabajo excelente para el instituto y ha generado una publicidad que nos viene muy bien. De hecho, el nuevo proyecto es resultado directo de eso.

La directora dio tres golpecitos a la carpeta con una uña pintada de rojo.

—Gracias —dijo Nora.

—Este proyecto es un poco distinto a los que solemos aceptar, aunque entra dentro de los parámetros de nuestra misión arqueológica.

Nora esperó a que continuara. El tono de Weingrau, elogioso y alegre, no era propio de ella.

—Su labor en la localización y recuperación del tesoro de Victorio Peak despertó el interés de un conocido hombre de negocios y, cabría añadir, posible donante, que es la fuerza que ha motivado este emocionante proyecto.

En aquel momento, Nora sintió una leve inquietud. ¿Por qué estaba siendo Weingrau tan imprecisa?

—Se llama Tappan, Lucas Tappan. ¿Ha oído hablar de él?

Nora tardó un momento en responder.

—¿Es el dueño de esa empresa espacial privada? ¿Icarus?

—Exacto. Tappan es conocido sobre todo por ser el fundador de Icarus Space Systems, pero lo que más le interesa es la energía eólica. Lo del espacio es una iniciativa paralela. Ambos son negocios lucrativos, debo añadir. Y es un hombre adinerado.

Weingrau sonrió de nuevo y Nora asintió. No era solo un «hombre adinerado»; era multimillonario.

—El señor Tappan no solo nos ha hecho una propuesta muy interesante, sino que viene acompañada de una beca. Connor y yo hemos hablado de ello y hemos obtenido la aprobación del comité ejecutivo de la junta.

Nora se sentía cada vez más incómoda. Normalmente, la junta

del instituto no se inmiscuía en la aprobación de proyectos. ¿Y por qué no había oído hablar antes del tema?

—Dejaré que Connor le exponga los detalles —dijo la directora.

—De acuerdo. —Digby se volvió hacia Nora. Estaba considerablemente más nervioso que la fría Weingrau—. ¿Conoce Roswell?

Nora no estaba segura de haber oído bien y miró fijamente a Digby.

—Roswell —repitió él—. Está en una zona remota del desierto, al norte de...

—¿Se refiere al lugar donde se estrelló el supuesto ovni? —lo interrumpió Nora.

—Sí, exacto —dijo Digby, que continuó antes de que ella pudiera replicar—. Por recapitular: en 1947, el capataz de un rancho situado al noroeste de Roswell, Nuevo México, encontró los restos de algo inusual en una zona subarrendada perteneciente a la Oficina de Administración de Tierras. El Ejército acudió a investigar, y el 8 de julio emitió un comunicado en el que afirmaba que el 509º Grupo de Operaciones había encontrado los restos de un platillo volante. Dos horas después se modificó rápidamente el comunicado para asegurar que lo que se había estrellado era un globo meteorológico. Hasta años después los investigadores no empezaron a descubrir la verdad: un ovni que, por lo que parece, estaba vigilando las pruebas nucleares estadounidenses había sido alcanzado por un relámpago y se había estrellado. El gobierno había recuperado los restos de la nave y probablemente también los de varios alienígenas. Todo ello vino seguido de una enorme cortina de humo por parte de los estamentos oficiales.

La acelerada verborrea de Digby cesó, y Nora se lo quedó mirando fijamente. ¿Por qué había descrito aquella teoría absurda como «la verdad»?

—El señor Tappan nos ha hecho una propuesta, bien preparada y plenamente financiada, para realizar excavaciones en

Roswell. Se trataría de una excavación arqueológica profesional siguiendo las reglas.

—¿Y ese es el nuevo y maravilloso proyecto que quieren que dirija?

Digby esbozó una sonrisa nerviosa.

—Exacto. Con todo el personal, material y dinero que necesite para llevar a cabo una excavación del más alto nivel.

Al ver que Nora continuaba mirándolo sin pestañear, Digby se sumió en un silencio incómodo, sacó un lápiz del bolsillo de la camisa y empezó a juguetear con él.

Por fin, Nora se volvió hacia Weingrau.

—¿Es una broma?

—En absoluto —repuso la directora—. El proyecto ha sido minuciosamente evaluado y aprobado por el consejo. Algo se estrelló allí. Lo que no sabemos es qué.

—Tiene que ser una broma.

—Por favor, no saque conclusiones precipitadas, Nora. No estamos apoyando ninguna teoría ovni. Lo que hemos acordado es una excavación profesional en el lugar del accidente. Eso es todo.

—Con el debido respeto, doctora Weingrau, al aceptar esto, lo están apoyando. Ese incidente ovni fue desmentido hace años.

—Hay gente razonable que no está de acuerdo. Nadie lo sabe con seguridad. Como mencionaba Connor, hay pruebas de encubrimiento gubernamental. El señor Tappan ha investigado a fondo el incidente, y ha encontrado nuevas informaciones que confirman que se recuperó tecnología alienígena en la zona, puede que incluso restos.

—¿Se refiere a cuerpos de extraterrestres? Lo siento, pero ¿pretenden involucrar al instituto en algo tan… penoso?

—Ya lo hemos hecho —dijo Weingrau, denotando cierta tensión en su voz—. El acuerdo está cerrado. No me gusta cómo ha descrito el asunto. He sido paciente con usted, Nora, muy paciente, a pesar de que sigue trabajando en el proyecto Tsankawi mucho después de la fecha límite y sin un final a la vista.

12

Nora no podía creerse lo que estaba oyendo.

—Imagino que, además de financiar la excavación, Tappan le habrá prometido al instituto un fajo de billetes, ¿verdad?

—Aunque se trata de una donación generosa, no lo hacemos por eso. Este es un auténtico misterio sin resolver. Si podemos arrojar algo de luz mediante la ciencia arqueológica, no hay nada de malo en ello. Le estoy brindando una magnífica oportunidad para mejorar su currículum e imagen.

—Olvídelo —dijo Nora sin poder contenerse.

—Negar la existencia de cosas que escapan a nuestro conocimiento es tan peligroso como promoverlas.

Por un momento, Nora intentó abordarlo desde la perspectiva de la directora, pero no fue capaz.

—Lo siento, pero no lo haré. No podría.

Weingrau la miró fijamente.

—A lo mejor le he causado una falsa impresión. No le estamos pidiendo su aprobación. El proyecto ha sido aceptado y lo dirigirá usted. Punto.

—Esto no está bien —dijo Nora, controlando su ira y bajando el tono de voz—. Nadie me consultó mientras se decidía todo esto, y tenía derecho a saberlo. Ahora mismo estoy en medio de un proyecto importante que se ha demorado por causas ajenas a mi voluntad relacionadas con ese asunto en Victorio Peak. No pueden cargarme con algo así sin avisarme. Desde que llegó, no me ha tratado con la profesionalidad que merezco, y este es solo un ejemplo más. El instituto se convertirá en el hazmerreír de la comunidad arqueológica. Esto no mejorará mi imagen, sino que pondrá en peligro mi carrera. Me niego a participar.

—Ya ha oído a la doctora Weingrau —repuso Digby con estridencia—. Está decidido.

Nora lo miró fríamente y se volvió hacia Weingrau. Aquella exigencia, amén de todo lo demás, era la gota que colmaba el vaso.

—Tengo una idea: que lo dirija su lamebotas.

—Eso no solo es improcedente, sino ofensivo.

—Probablemente tenga razón, así que déjelo hablar por sí mismo. —Se volvió hacia él—. ¿Por qué no dirige usted la excavación, Connor?

—Porque... —balbuceó— el señor Tappan la mencionó a usted expresamente.

—Ah, ¿sí? —respondió Nora con frialdad—. Pues hagan el favor de decirle a Tappan que no estoy disponible.

Se hizo un silencio incómodo en el despacho. Al cabo, Weingrau dijo:

—¿Es su última palabra, Nora?

—Así es.

—Entonces le sugiero que vuelva a su despacho, recoja sus efectos personales, ponga en orden sus expedientes y se marche del instituto.

Nora respiró hondo. Aquella abrupta exposición de sus quejas fue casi tan inesperada para ella como debió de serlo para Weingrau. Pero ya estaba dicho, y tal vez para mejor. Si era honesta consigo misma, hacía tiempo que parecía estar buscando una excusa para marcharse, y acababan de servírsela en bandeja. Si el instituto quería destruir su reputación, al menos ella no sufriría las consecuencias.

—En otras palabras, me está despidiendo —dijo.

—Si redacta una carta de renuncia antes de irse, no tendremos que considerarlo un despido. Será una dimisión.

—No.

—¿No, qué?

—Si quiere despedirme, hágalo. —Se volvió hacia Digby—. Buena suerte. La necesitará.

Y, dicho esto, se levantó y salió del despacho.

# 2

Noventa minutos después, Nora salió por la puerta principal del instituto bajo la intensa luz del sol de abril, cargando con una caja y una mochila en dirección a su coche. La rabia empezaba a amainar, sustituida por las dudas y un amargo arrepentimiento. Si hubiera manejado la situación de otro modo, si no hubiera insistido tanto, si solo hubiera dicho que tenía que pensárselo, si no hubiera calificado el proyecto de penoso o a Digby de lamebotas, a lo mejor habría podido librarse y endilgarle a él la excavación. Luego estaba la terquedad que le impedía aceptar la oferta de renuncia. Por si encontrar otro puesto no fuera ya bastante complicado en el mercado académico actual, un despido en su expediente empeoraría las cosas. ¿En qué estaba pensando? Y, sin embargo, la idea de presentar una carta de dimisión después de todo lo que había dicho era una humillación demasiado grande para ella.

Además, no podía evitar preocuparse por su hermano Skip, que también trabajaba en el instituto. Probablemente se marcharía enfadado en cuanto se enterara de que la habían despedido. Skip estaba en una situación más difícil que ella: no había hecho precisamente un buen uso de la licenciatura en Física que obtuvo en Stanford. ¿Cuántos puestos de gestor de colecciones había en Santa Fe? Pero, aunque no se fuera, Weingrau podía despedirlo solo para fastidiar a Nora, que no quería que Skip volviese al infierno en el que se hallaba sumido años antes.

En el aparcamiento había un vehículo que le impedía llegar a su coche. Al rodearlo, se apeó un hombre.

—¿Doctora Kelly?

Nora se detuvo.

—Sí.

—¿Podemos hablar un momento?

—Lo siento —dijo ella—. Estoy muy ocupada y tengo que irme.

Quisiera lo que quisiera, estuviera haciendo lo que estuviera haciendo en el instituto, ya no le interesaba, así que echó a andar de nuevo.

—Permítame ayudarla con la caja —dijo él, acercándose a toda prisa.

—No, gracias —respondió ella con brusquedad.

Cuando llegó a su coche, abrió las puertas y tiró la caja en el asiento trasero. Luego cerró de un portazo, pero se dio cuenta de que tenía al hombre detrás.

Nora lo ignoró y se montó en el coche, pero el desconocido puso una mano en la puerta para impedir que se la cerrara en las narices.

—Deduzco que ha dejado el puesto —le dijo.

Nora se lo quedó mirando desconcertada. ¿Ya se había corrido la voz? No lo sabía nadie, ni siquiera Skip.

—¿Quién coño es usted? —le preguntó.

Él sonrió.

—Lucas Tappan —dijo, tendiéndole la mano.

Mirándolo fijamente, Nora lo vio de verdad por primera vez. Tenía más o menos su misma edad, entre treinta y cinco y cuarenta años, llevaba americana de lino, camisa de cowboy, vaqueros y zapatillas Lanvin de ante, y tenía el cabello negro y rizado, ojos grises, los dientes blancos, la barbilla partida y hoyuelos. Al instante le desagradaron él y su actitud de «tengo dinero a espuertas, pero eso no me ha hecho cambiar».

—Quite la mano de la puerta o llamo a la policía.

Tappan hizo lo que le pedía y Nora cerró de golpe y metió la

16

llave en el contacto. Luego arrancó y volvió la cabeza para dar marcha atrás, pisando el acelerador con más fuerza de la prevista y haciendo girar las ruedas sobre la gravilla.

—Me alegro de que lo haya dejado —dijo él, alzando la voz para que se le oyera a través de la ventanilla—. Ahora podemos trabajar sin impedimentos.

Nora pisó el freno y bajó la ventanilla.

—¿Qué?

—Tenía la esperanza de que ocurriera esto. Francamente, no me apetecía mucho trabajar con la señora Weingrau.

—¿Esperanza? Esto es ridículo…

—¿Podemos hablar un momento?

Nora lo miró fijamente.

—No tengo tiempo para esto.

—Tiene todo el tiempo del mundo. Se ha quedado sin trabajo.

—Gracias. Es usted un gilipollas, ¿lo sabía? Y está loco. Ovnis. Roswell. Menuda chorrada.

Nora soltó toda la rabia acumulada.

—Vale, de acuerdo. Ya me han dicho todo eso y cosas peores. ¿Me concede cinco minutos, por favor?

Nora estaba a punto de irse, pero se detuvo. De repente sintió que se desinflaba, como si su energía se hubiera escapado junto con la ira. ¿Lo que había sucedido en las últimas dos horas era real? Aquella mañana estaba en su despacho, trabajando en uno de los últimos informes sobre Tsankawi, y ahora no tenía despacho ni trabajo, tan solo un par de puentes quemados humeando en el retrovisor.

—Por el amor de Dios. De acuerdo, cinco minutos.

Nora esperó sentada al volante de brazos cruzados.

—¿Cree que podríamos mantener esta conversación sin la ventanilla del coche de por medio? Quiero enseñarle una cosa.

Aunque sabía que no era buena idea, Nora aparcó de nuevo, bajó del coche y siguió a Tappan hasta el que obviamente era su vehículo, un Tesla azul claro, por supuesto.

—¿Le importaría subir al asiento del acompañante?

Nora se deslizó sobre el cuero blanco mantecoso. En el salpicadero relucían los nudos de la madera, el níquel satinado y una gran pantalla de ordenador.

Cuando cerró la puerta, el hombre pulsó un botón y las ventanillas se oscurecieron como por arte de magia. Luego metió la mano debajo del salpicadero y sacó un gran documento enrollado, que procedió a desplegar.

—Eche un vistazo —dijo, manteniéndolo desenrollado para que pudiera verlo.

Nora lo reconoció de inmediato.

—Es un estudio realizado con un radar de penetración terrestre... —empezó a decir Tappan.

—Ya sé lo que es —repuso ella con impaciencia.

—Bien. ¿Ve esta zona de aquí? Es nuestro objetivo, donde dicen que se estrelló el ovni. ¿Qué ve usted?

Nora miró más de cerca la imagen en escala de grises. De entrada, era evidente que allí había ocurrido algo.

—Dígame, ¿esa perturbación es compatible con la caída de un globo meteorológico?

Nora observó aún más de cerca y, con dificultad, pudo distinguir en la arena un surco borroso pero profundo, junto con otros indicios de una alteración extensa y generalizada.

—Lo cierto es que no —respondió.

—Exacto. Y fíjese en que está rodeado de viejos rastros de excavadoras. El georradar también reveló la existencia de dos carreteras desdibujadas que salían de la zona y otra que la rodeaba. En su momento, este era un lugar muy transitado. Sugerente, ¿no le parece?

—¿No es un poco pequeño para tratarse de un ovni? Ese surco no es muy ancho. Y podría ser cualquier cosa: un misil, un avión pequeño o incluso un meteorito. Yo no veo pruebas de que fuera un ovni.

—La cuestión es que aquí pasó algo que no encaja en absoluto con la caída de un globo o un dispositivo de vigilancia nuclear

18

—dijo Tappan—. También se aprecia que la capa superior del suelo, aquí y aquí, se removió para enterrar la zona y tapar todos esos rastros. Luego la alisaron. ¿Por qué se tomaron tantas molestias para encubrir la caída de un globo? Removieron mucha tierra.

Nora escudriñó más de cerca el documento dentro de los límites que imponía el coche. Había indicios de una gran actividad que se extendía desde la zona objetivo.

Con una sonrisa, Tappan sacó otro gráfico y lo desenrolló. Evidentemente se trataba de un estudio magnetométrico, una herramienta que utilizaban los arqueólogos para documentar las propiedades magnéticas del suelo a fin de cartografiar el terreno subterráneo. Había varias anomalías y manchas oscuras en la zona y sus alrededores. La zona alterada, con el surco apenas distinguible, también estaba vagamente delineada.

—Todas esas manchas oscuras son lo que los profanos llamaríamos «cosas enterradas» —explicó Tappan—. Cosas que su excavación desenterrará.

—Podría ser cualquier menudencia —dijo Nora—. Rocas, latas, basura...

Tappan dio un par de toques a los gráficos con un dedo.

—Es posible, pero esto demuestra una cosa: el gobierno mintió. No había ningún globo meteorológico ni ningún dispositivo secreto de vigilancia nuclear. ¿Por qué mintieron?

La examinó con sus ojos grises e inquisitivos. Era una pregunta razonable.

—Y las mentiras no acaban ahí —añadió Tappan—. Hace años, el gobierno supuestamente desclasificó sus archivos sobre ovnis. Había cosas sorprendentes, como es probable que ya sepa: vídeos de objetos tomados por pilotos de cazas, etcétera. Pero incluso antes habían publicado documentos que indicaban que el accidente de Roswell no fue un globo meteorológico, sino un dispositivo clasificado del gobierno, desarrollado en Los Álamos para detectar explosiones nucleares en la superficie. Lo estaban probando, pero lo arrastró el viento y se estrelló en Roswell. El «disco» que describieron los testigos en realidad era un reflector de radar utilizado con fines de rastreo.

—Suena razonable —dijo Nora—. Eso podría explicar el surco. Quizá el objeto fue arrastrado por el suelo.

—El surco tiene más de cuatro metros de profundidad. No, el artefacto nuclear con detector de radar incorporado también era desinformación: una segunda capa. Primero un globo meteorológico, luego un dispositivo secreto de vigilancia. Desinformación total y absoluta. ¡Nada que ver aquí, amigos! Los verdaderos archivos de Roswell, y los objetos y restos que encontraron allí, siguen siendo secretos.

La arqueóloga negó con la cabeza.

—¿Y los cuerpos de los extraterrestres? —preguntó con sarcasmo.

Tappan sonrió.

—La cuestión es que hay más cosas en el lugar del accidente. Puede verlo en esos dos estudios. Una excavación arqueológica profesional revelaría de qué se trata exactamente: no solo una alteración del terreno, sino algo más. Puede que mucho más. —Enrolló los mapas—. ¿Qué me dice a eso, Nora?

—¿Esos mapas son lo único que tiene?

—¿Lo único? A mí me parece mucho. Mire, yo no quería trabajar con el instituto; quería trabajar con usted. Pensé que probablemente lo dejaría cuando escuchara la propuesta, y no me equivocaba.

—Sí se equivocaba. Me despidieron.

Tappan se echó a reír.

—Ahora que la conozco, entiendo que pudiera ocurrir. Digby, pobre homúnculo… —Sacudió la cabeza con tristeza—. ¿De verdad ha estado supeditada a él estos últimos seis meses?

Nora eludió la pregunta.

—¿Por qué yo? —dijo—. Hay muchos arqueólogos por ahí.

—Seguí con gran interés la historia del tesoro de Victorio Peak. Y luego estudié su trabajo en el paso de Donner y, antes de eso, en el asentamiento de Quivira. No quiero a un académico pusilánime. Usted posee todas las cualidades que necesito: valentía, capacidad, perseverancia y criterio. Creé mi negocio encontrando a la gente adecuada.

Con algo rayano en la tristeza, Nora observó cómo volvía a colocar las gomas elásticas en los mapas y los guardaba.

—Lo siento —dijo Nora—. No puedo hacerlo.

—No le estoy pidiendo que tome una decisión ahora mismo. Lo único que le pido es que venga a ver el lugar, conozca al equipo, examine las pruebas. Se encuentra en una propiedad de la Oficina de Administración de Tierras. Dispongo de todos los permisos federales, material, ingenieros y un par de investigadores posdoctorales semidomesticados: todo lo necesario para una excavación de primera. Solo falta un arqueólogo con credenciales, y ofrezco un buen sueldo.

Nora negó con la cabeza.

—Mi helicóptero está esperando en Sunport Aviation. Podemos llegar allí en poco más de una hora y estará en casa a las seis. O, si decide quedarse, tendrá una caravana Airstream para pasar la noche.

Nora suspiró. Cuando menos, la parte del «buen sueldo» era tentadora. Skip y ella compartían casa y siempre andaban apurados para pagar la hipoteca. Santa Fe era una ciudad cara y el instituto no era precisamente generoso.

—Lo siento mucho —respondió, disponiéndose a bajar. Cuando se dio la vuelta, vio a Tappan mirándola con cara de sorpresa y consternación. Era obvio que no estaba acostumbrado a que le dijeran que no—. Gracias por la oferta, pero me temo que debo rechazarla.

Después cerró la puerta y volvió a su coche, pensando en si acababa de cometer el peor error de su vida.

# 3

Nora llegó a su pequeña casa del sur de la ciudad. Dejó la caja con sus enseres en la encimera de la cocina, tiró la mochila en un rincón, encendió la cafetera y se dejó caer en una silla. Mitty, su golden retriever adoptado, se acercó, moviendo la cola con tanta fuerza que se le balanceaba todo el lomo, y apretó el hocico contra su mano. Nora lo acarició con aire distraído, preguntándose qué demonios iba a hacer ahora. Era la una y el día se extendía interminablemente. A lo mejor debería empezar a enviar currículos.

—¡Nora, estás en casa!

Skip entró a toda prisa y ella se levantó de un salto.

—Tú también —le dijo—. ¿Por qué no estás en el instituto?

De repente temió que Weingrau también lo hubiera despedido.

—¡Lo he dejado!

Nora intentó no mostrar su consternación.

—¿Que lo has dejado? ¿Por qué?

—¡He conseguido otro trabajo!

La cafetera empezó a silbar.

—Voy a preparar café y te lo cuento todo —dijo Skip, que se dispuso a moler café y colocar el filtro mientras Nora asimilaba la noticia.

¿Qué trabajo mejor podía haber encontrado Skip?

—¿Y tú qué haces en casa? —preguntó él mientras cogía

granos de café con una cuchara y vertía agua en la cafetera francesa.

—Me han despedido.

Skip se quedó inmóvil.

—¿Qué?

—Que me han despedido.

—¿Cómo que te han despedido? ¡Si eres su arqueóloga estrella!

Nora suspiró.

—Me pidieron que desenterrara un ovni y dije que no.

Se hizo un silencio repentino y Skip continuó echando agua.

—¿Un ovni? —repitió sin convicción.

—¿Conoces esa absurda teoría de la conspiración sobre un ovni que se estrelló en Roswell y unos extraterrestres muertos? Pues querían que dirigiera una excavación allí, y les dije que no quería convertirme en el hazmerreír del mundo arqueológico. Una cosa llevó a la otra y Weingrau me despidió.

Su hermano seguía manipulando la cafetera de émbolo. El silencio se prolongó, y Nora empezaba a sentirse incómoda.

—Skip.

—¿Sí?

—Háblame de tu nuevo trabajo.

Otro largo silencio.

—¿Por qué te parece tan absurda la historia de Roswell? Hay muchas pruebas que la sustentan. Muchísimas. Hay testigos. Hay documentos. Altos mandos militares retirados han asegurado que estuvieron allí, que vieron los restos e incluso los cuerpos alienígenas.

—Una cosa, Skip. ¿Por casualidad no habrás empezado a trabajar para un tal Tappan?

Skip se acercó con dos cafés, los dejó desafiante sobre la mesa y tomó asiento.

—Pues la verdad es que sí.

Nora negó con la cabeza. El día iba de mal en peor.

—¿Me escuchas un momento? En primer lugar, Tappan ha

investigado mucho. Este es un proyecto serio. No tiene nada de excéntrico. Ya ha realizado estudios con magnetómetro, lidar y radar de penetración terrestre. Tiene todos los permisos, todo.

—¿Cuánto te paga?

—Mil seiscientos a la semana.

—¿Solo?

—Oye, déjate de sarcasmos. Este es un proyecto fantástico y una gran oportunidad. Sacará a la luz la mayor tapadera gubernamental de todos los tiempos. Hace años que me interesan el incidente de Roswell y los ovnis, y lo sabes. —Hizo una pausa—. No me puedo creer que rechazaras esa oportunidad. ¡Y te han despedido! ¿Qué coño?

Nora bebió un sorbo de café y trató de ordenar sus ideas.

—¿Cuándo te contrató?

—Hoy al mediodía. Entró en mi despacho del instituto, se presentó, me contó lo que hacía y me pidió que me uniera al equipo. Ya tenía impreso el contrato; firmé, redacté mi dimisión y la entregué al salir.

Debió de ser justo antes de que Nora se encontrara con Tappan en el aparcamiento. Al menos no había acudido a Skip después de que ella dijera que no... Suspiró. Skip siempre tendía a precipitarse, a implicarse en algo demasiado complejo y luego fracasar estrepitosamente. Había perdido la cuenta de las veces que lo habían despedido antes de que lograra entrar en el instituto. ¿Cómo iban a pagar la hipoteca?

—¡Ese tío es multimillonario, Nora! Es dueño de la empresa espacial Icarus. También está metido en el sector de la energía verde, y construye turbinas eólicas gigantes y plantas de energía solar. No hay trampa ni cartón.

—Me lo encontré en el aparcamiento después de que me despidieran y volvió a ofrecerme el trabajo. Le dije que no.

Horrorizado, Skip se agarró el pelo con ambas manos y empezó a balancearse en la silla.

—¿Le has dicho que no dos veces?

Mitty se puso a ladrar.

—En mi currículum no puedo poner que desentierro ovnis. Suena demasiado raro.

—No hay nada raro en una excavación seria y profesional en ese lugar —dijo Skip—. Podríamos haber trabajado juntos. ¡Habría sido muy divertido! —Sacó el teléfono móvil—. Ahora mismo llamo a Tappan y le digo que has cambiado de opinión.

Empezó a marcar un número, pero Nora le agarró la mano.

—No, por favor.

En ese instante sonó su móvil y, aliviada de poder esquivar la conversación con Skip, contestó, pero al otro lado estaba Tappan.

—¿Nora? ¿La molesto?

Estuvo a punto de responder afirmativamente, pero pensó en Skip.

—¿Puede esperar un momento? Voy a buscar un sitio donde poder hablar con tranquilidad —le dijo.

Skip adivinó de inmediato quién estaba al teléfono, se levantó de un salto y empezó a bailar y gesticular alrededor de Nora, que entró rápidamente en su habitación y le cerró la puerta en las narices.

—Adelante —dijo ella.

—Quería disculparme por haberla abordado en el aparcamiento. Me temo que no le di suficiente espacio vital para pensarse en serio mi propuesta.

—Ha contratado a mi hermano.

—Su cometido principal será colaborar con Noam Bitan, nuestro astrónomo y conservador de objetos. Se ocupará de su biblioteca y de la colección. Es licenciado en Física, parece saber mucho sobre el incidente de Roswell y tiene los conocimientos necesarios sobre gestión de colecciones. Por lo visto, también posee mucha experiencia ayudando en excavaciones, sin duda gracias al tiempo que pasó con usted.

—Lo ha contratado para llegar a mí.

—¡En absoluto! Estamos muy contentos de tenerlo. Nora, este es el motivo de mi llamada: mañana por la mañana llevaré a Skip al lugar para presentarle a sus compañeros y enseñarle sus nuevas dependencias. ¿Por qué no viene? Sin compromiso. Así puede conocer al equipo, ver lo que estamos haciendo y hacerse una idea de cómo encajará Skip.

—Lo de contratar a Skip suena un poco a chantaje.

—Nora, sé lo unida que está a su hermano, y sé… —Titubeó—. Sé que ha sufrido una gran pérdida. Solo quería crear un ambiente lo más acogedor y cómodo posible para usted. Enviaré a alguien a recoger a Skip mañana a las nueve. ¿Le gustaría acompañarlo?

# 4

Nora no había viajado mucho en helicóptero, pero se dio cuenta de que el de Tappan era más parecido a un jet privado, o tal vez incluso a un yate de lujo, con su gruesa moqueta, su cuero y sus relucientes adornos de caoba. Había dos filas de asientos situadas una frente a la otra, con Skip y Nora en una y Tappan en la opuesta.

Skip no cabía en sí de emoción por que Nora hubiera aceptado acompañarlos. Durante el trayecto, Tappan estuvo curiosamente callado y pasó la mayor parte del tiempo leyendo una novela. Skip, en cambio, hablaba sin parar del incidente de Roswell, los ovnis, los extraterrestres, la búsqueda de inteligencia extraterrestre y la ecuación de Drake. A Nora le sorprendió lo mucho que sabía. Como él había dicho, siempre le habían interesado los ovnis, pero Nora no sabía hasta qué punto.

Tappan cerró el libro.

—Ya falta poco —anunció—. Si miran por la ventana, tendrán una buena panorámica general.

Nora se volvió, agradecida de que hubiera interrumpido el entusiasta discurso de Skip. El helicóptero estaba sobrevolando un paisaje de extensas mesetas desérticas y llanuras altas, surcadas por sinuosos arroyos y cañones con pinos y enebros aquí y allá. A lo lejos, Nora divisó el lecho de un lago seco en el que se elevaban remolinos de arena. Al llegar a una meseta baja, vio lo que al principio parecía una pequeña ciudad, pero, a medida que se aproximaban, se convirtió en un campamento con remolques, autocaravanas, una hilera de barracones, dos grandes cobertizos prefabricados, una zona de aparcamiento llena de coches y maquinaria pesada y un flamante helipuerto de cemento, todo ello conectado por un camino de tierra también nuevo que serpenteaba hacia una línea de colinas distantes.

—Qué bien organizado —dijo Nora.

—Creo que si acepta el trabajo, le resultará cómodo. Estamos demasiado lejos, en medio de la nada, así que el personal vivirá aquí en lugar de desplazarse.

El helicóptero se dispuso a aterrizar, volando en círculos mientras un señalero les daba indicaciones con las palas. Al cabo de un momento, se posaron en el helipuerto y se abrieron las puertas. Nora y Skip salieron detrás de Tappan y se alejaron de las aspas en dirección a un jeep que los estaba esperando.

Tappan se volvió hacia Nora.

—¿Quiere ver las instalaciones o revisar antes el plan del proyecto?

—El plan del proyecto, por favor —dijo ella.

Si no le gustaba el plan, y no le iba a gustar, no tenía sentido hacer la visita.

—Me lo suponía. —Tappan miró al conductor—. Barracón Uno. —Luego se volvió hacia Nora—. Voy a presentarle a los tres ingenieros.

El todoterreno atravesó una zona de lujosas autocaravanas en dirección a una hilera de barracones, todos ellos numerados. Se detuvieron frente al número uno, y los hermanos siguieron a Tappan al interior. Pasaron junto a varios cubículos y llegaron a un espacio abierto con una larga mesa de trabajo. Detrás de ella había dos hombres y una mujer con bata blanca. Evidentemente esperaban su llegada. En la mesa había unos documentos grandes enrollados.

—Damas y caballeros —dijo Tappan—, me gustaría presentarles a la doctora Nora Kelly y al señor Elwyn Kelly...

—No, por favor —lo interrumpió el hermano de Nora—. Llámeme Skip.

Nora contuvo una sonrisa; Skip detestaba su nombre de pila.

—Skip, pues. Igualmente, aquí nos tuteamos todos. Skip es el nuevo ayudante de investigación de Noam, y Nora es, espero, nuestra arqueóloga jefe. —Tappan hizo una pausa y añadió—: Quizá podríais presentaros vosotros mismos y explicar cuál es vuestra especialidad. Nora, por cierto, es doctora por Stanford y ha trabajado en el Museo de Historia Natural de Nueva York y en el Instituto Arqueológico de Santa Fe. Tiene un currículum impresionante.

Los tres se miraron y la saludaron con una sonrisa nerviosa. Nora tenía la sensación de que se conocían desde hacía muy poco y aún no estaban seguros de cuál era su papel. En efecto, eran los tres ingenieros; parecían un poco torpes y dispares. Eran un tipo bajito y moreno, una mujer alta, delgada y pálida, y un hombre negro y calvo de estatura media, con una barba poblada y gafas gruesas. Los tres tenían pinta de cerebritos.

—Vitaly, tú primero —dijo Tappan—. Háblanos un poco de ti.

—Vitaly Kuznetsov —respondió el joven bajito asintiendo con indecisión—. Ingeniero en cartografía lidar. Máster por la Universidad de Houston, Centro Nacional de Cartografía Láser Aerotransportada.

—¿Cecilia?

—Cecilia Toth —dijo la joven, apartándose con la mano una mata de pelo rojo rizado—. Ingeniera geofísica, especializada en radar de penetración terrestre y de apertura sintética y análisis magnetométrico, doctora por la Texas A&M.

—Greg Banks —dijo el hombre con barba y la cabeza afeitada—. Doctor por el Imperial College de Londres, posdoctorado en Geología planetaria y exobiología.

Tenía acento británico.

—Encantada de conoceros —dijo Nora.

Era evidente que Tappan había conseguido reunir a un grupo de alto nivel, pero era multimillonario, nada que ver con la habitual tacañería académica a la que estaba habituada. No pudo

29

evitar preguntarse cómo sería trabajar con un presupuesto ilimitado.

—Gracias —dijo Tappan—. Nora, ya has visto algunas cosas, pero estos gráficos tienen una resolución mucho mayor. ¿Vitaly?

Kuznetsov desenrolló una hoja grande. Al mirarla, Nora vio que era una panorámica tridimensional del lugar en escala de grises y cartografiada con lidar.

—¿Conoce el lidar? —preguntó Kuznetsov—. ¿Mapeo terrestre con láseres infrarrojos?

Nora asintió. El mapa era de toda la meseta y sus alrededores. Estaba muy conseguido, con detalles topográficos casi inverosímiles, incluyendo los tramos de hierba y los cactus.

Skip soltó un silbido.

—La resolución es inferior a un centímetro —explicó Kuznetsov—. Hemos cartografiado hasta un radio de un kilómetro y medio para asegurarnos de que no se nos escapaba nada. —Señaló el centro del gráfico—. Como se ve claramente, la zona objetivo muestra una alteración histórica de naturaleza indeterminada, rodeada de antiguas huellas de material y vehículos de excavación. Mucha actividad, hace mucho tiempo. Se removió gran cantidad de tierra vegetal para enterrar la zona objetivo. Como podéis observar, es más alta que el terreno circundante.

Nora asintió. Era una prueba poco convincente de un ovni accidentado, pero no dijo nada.

—Gracias, Vitaly —señaló Tappan—. ¿Cecilia?

La mujer alta y pelirroja sonrió a Nora y desenrolló una hoja de vivos colores.

—Lo que tenemos aquí —dijo— es un mapa del lugar y sus alrededores realizado con un radar de penetración terrestre. Tenemos suerte de que la mayor parte sea arena seca, porque el radar penetra muy bien en ese tipo de material, hasta tres metros.

Nora se quedó mirando la imagen. Era la que Tappan le había enseñado el día anterior, pero más grande y con mayor resolución. El surco en forma de uve era claramente visible, y Nora tuvo que admitir que parecían los signos de un accidente.

—¿Cuándo se llevó a cabo ese estudio? —preguntó.

—Hace unas dos semanas —respondió Toth—. Son los datos combinados de un helicóptero equipado con un radar de apertura sintética, y se han fusionado digitalmente con un sistema GPR desplegado a ras de suelo.

Tappan decidió intervenir.

—Lo que sea que provocó ese surco tan largo entró a gran velocidad describiendo un ángulo oblicuo. No era la carga de un globo. Estaba en movimiento.

—Ya lo veo —dijo Nora—, pero eso no demuestra que fuera un ovni.

—Fenómenos aéreos no identificados —precisó Toth—. Así es como los llama actualmente el Departamento de Defensa. Conlleva un menor estigma. De todos modos, echa un vistazo a esto.

Toth desenrolló otro gráfico y, al momento, Nora vio que se trataba de un magnetómetro que registraba las propiedades magnéticas del suelo. Una vez más, se apreciaba que el suelo estaba salpicado de diversas anomalías y manchas oscuras, las cuales indicaban la presencia de objetos o posibles artefactos. De nuevo, el surco estaba vagamente delineado.

—Posiblemente objetos alienígenas —murmuró Skip con una emoción mal disimulada.

Nora se quedó mirando la imagen. En efecto, allí abajo había cosas. A pesar de sus recelos, se sentía intrigada.

—Greg es el exobiólogo del equipo, especializado en cómo podría ser la bioquímica alienígena y qué materiales exóticos podrían haber utilizado para construir sus naves espaciales —dijo Tappan, que hablaba como un padre orgulloso.

Banks asintió.

—Eso es lo que tenemos —concluyó Tappan—. Lo que debemos hacer ahora es perforar el suelo y ver qué hay ahí abajo. ¿Qué te parece, Nora?

Se abstuvo de contestar. Seguía mirando la gran imagen del magnetómetro.

31

—¿Qué es esto? —preguntó, señalando un pequeño rectángulo muy tenue que se veía cerca del borde.

—Eso está a quinientos metros de la zona en cuestión —dijo Tappan—. No lo hemos analizado ni procesado en alta resolución. ¿Crees que podría ser importante?

Había una lupa allí cerca, y Nora la cogió para examinar las imágenes y el estudio del magnetómetro.

—¿Hay ruinas indias prehistóricas en las inmediaciones?

Después de mirarse unos a otros, los tres ingenieros se encogieron de hombros.

—Por aquí no hay nada, salvo el antiguo campo de pruebas de Pershing, situado unos veinticinco kilómetros al norte, en la sierra de Los Fuertes, y cerrado desde hace décadas —dijo Tappan—. ¿Por qué lo preguntas?

—Porque esa imagen podría corresponder a un cementerio.

—¿Un cementerio indio?

—Sí, hay que investigarlo. Si es un cementerio prehistórico o, de hecho, cualquier tipo de cementerio, existen leyes que prohíben cualquier alteración y tendríamos que acordonarlo.

—Habrá que averiguarlo —dijo Tappan—. Pero ahora quiero presentaros a Noam Bitan, nuestro astrónomo y especialista en extraterrestres. Está en el barracón número dos.

Dio las gracias a los tres ingenieros, que se despidieron efusivamente de Nora.

«Creen que voy a ser su jefa», pensó cuando se iban, con Skip siguiéndolos de cerca. Debía reconocer que sentía curiosidad; aquello era más de lo que esperaba en todos los sentidos. Por otro lado, no sabía cómo aquel proyecto podía influir positivamente en su carrera. El nombre de Noam Bitan le sonaba de algo.

Tappan los condujo al barracón contiguo, donde enfilaron el estrecho pasillo central hasta una puerta situada a la derecha. Al tirar de la manija, vio que estaba cerrada.

—¿Noam? —dijo, llamando a la puerta.

—Ando muy liado —contestó una voz con irritación.

—Le estoy enseñando las instalaciones a la doctora Nora Ke-

32

lly, la arqueóloga que espero que dirija la excavación, y a su hermano, que será nuestro bibliotecario y tu gestor de colecciones.

—Me parece estupendo —respondió la voz con un marcado acento hebreo—. Volved dentro de una hora.

Tappan le hizo una mueca a Nora y dijo en voz baja:

—Noam es un poco excéntrico. —Luego, en tono normal—: Noam, vamos mal de tiempo. Si no te importa...

La puerta se abrió con un chirrido. Al otro lado había un hombre con una barba desaliñada, el pelo castaño y semblante molesto. Nora le echaba unos cincuenta años.

—¿Podemos entrar? —preguntó Tappan con cierta ironía.

—Claro. —El hombre miró a Nora y esbozó una leve sonrisa—. Hola.

Luego le dedicó una mirada crítica a Skip y se limitó a gruñir.

Los llevó a un amplio despacho, sorprendentemente ordenado teniendo en cuenta su descuidada apariencia. A continuación se sentó a su mesa sin ofrecer silla a nadie, y Tappan les indicó a Nora y Skip que tomaran asiento.

—Noam era presidente del consejo asesor de búsqueda de inteligencia extraterrestre —dijo Tappan— y profesor de astronomía en el Instituto Científico Weizmann de Israel.

De repente, Nora cayó en la cuenta de quién era. Lo había visto en algunos programas de entrevistas; una presencia excéntrica y a menudo agitada que gesticulaba y hablaba de extraterrestres.

—Noam, primero me gustaría presentarte a Skip Kelly. Skip trabajaba en el Instituto Arqueológico de Santa Fe como conservador de sus colecciones de objetos.

Bitan miró a Skip con los ojos entrecerrados, pero antes de que pudiera hablar, Skip exclamó:

—¡Es un placer conocerlo, doctor Bitan! Me encantó su libro sobre la búsqueda de inteligencia alienígena. Me gustó muchísimo. En mi opinión, demostraba de manera asombrosa que la Tierra en la actualidad está sometida a vigilancia alienígena.

Fueron las palabras adecuadas, y la mirada crítica de Bitan desapareció al tiempo que su rostro se iluminaba de alegría.

—Gracias, Skip.

Después de presentarle a Bitan, Tappan le preguntó a Nora si tenía alguna duda.

—Siento no haber leído su libro —dijo ella.

Bitan levantó la mano y fue a coger un libro de una estantería. Después lo dejó encima de la mesa, garabateó una nota y se lo entregó.

—Asunto arreglado —zanjó.

—Gracias —dijo Nora. Se titulaba *La segunda revelación*, y la portada representaba la nebulosa Ojo de Gato—. Tengo algunas preguntas, si me lo permite.

Nora quería ser lo más amable posible con el que iba a ser el jefe de Skip, pero seguía necesitando respuestas.

—Por supuesto.

—¿De dónde cree que provenía el ovni, es decir, el fenómeno aéreo no identificado?

—Algo tan grande sería difícil de acelerar a una velocidad cercana a la de la luz, así que probablemente venía de un sistema estelar cercano. Pero, en un sentido más amplio, eso no tiene importancia.

—¿Por qué?

—Porque creo que ya se ha creado una civilización de alcance galáctico y nos está vigilando. Por supuesto, el gobierno lo ha encubierto a conciencia.

—¿Por qué no se nos han revelado esos alienígenas? —preguntó Nora.

—Porque saben lo perturbador que sería para la cultura humana. Lo hemos visto en nuestro propio mundo: cuando un pueblo indígena entra en contacto con la sociedad occidental, que está tecnológicamente avanzada, su cultura es destruida de manera casi inevitable.

—O sea, que somos una especie de tribu primitiva que vive en una reserva natural, protegida del contacto con el mundo exterior —intervino Skip.

—Exacto —respondió Bitan.

34

—Mi siguiente pregunta —dijo Nora— es por qué el gobierno les dio un permiso para excavar. Es terreno federal y cuentan con un permiso federal. Si el gobierno estaba tratando de encubrirlo, ¿por qué les permite excavar? No tiene sentido.

Ante eso, Bitan se volvió hacia Tappan.

—Esto es cosa tuya.

—Son terrenos de la Oficina de Administración de Tierras, que depende del Ministerio del Interior. Conseguí el permiso directamente del secretario de Interior, que es un viejo amigo mío. Hace años, entre el instituto y la universidad, nos conocimos trabajando como guías de rafting en el Gran Cañón. Era mi hombre de popa. Es como ser compañeros de guerra: llegas a conocer de verdad a los otros tripulantes de la embarcación. En fin, cuando solicité el permiso hubo cierta resistencia, pero de repente desapareció. Interior siguió adelante con el permiso con el respaldo del presidente. Yo también me dedico a la energía eólica y colaboramos con Interior en algunos de nuestros grandes proyectos. Así que sí, obtuve el permiso con la ayuda de contactos muy poderosos. —Tappan negó con la cabeza—. Nunca llegamos a saber de dónde salían esas objeciones, pero supongo que hay personas en lo más profundo del Pentágono a las que no les gusta lo que estamos haciendo. Dejaron de presionar porque no querían llamar la atención.

—Sí —dijo Bitan—. ¡Y por eso le enseñé a Lucas a buscar artefactos explosivos en su coche! —Se rio a carcajadas de su propia broma—. ¿Alguna pregunta más?

—Solo una. Si esos extraterrestres poseen una tecnología tan avanzada como para emprender un viaje interestelar, ¿cómo es que estrellaron su nave de una forma tan estúpida?

Bitan se la quedó mirando un buen rato.

—Yo también me lo he preguntado.

Hubo un largo silencio.

—¿Y bien? —insistió ella.

—Lo único que se me ocurre es que hasta los alienígenas cometen errores —respondió Bitan con una pequeña sonrisa.

35

Nora tuvo la repentina sensación de que no estaba siendo sincero, de que tenía otra teoría que no deseaba compartir.

—Yo sé por qué —dijo Skip como de la nada.

Todas las miradas se posaron en él.

—Esos pilotos extraterrestres no aguantan el alcohol.

Por un momento nadie dijo nada y, de repente, la sala prorrumpió en carcajadas. Skip sonrió, evidentemente satisfecho de sí mismo, y a Nora le pareció que allí se sentía como en casa.

# 5

El hombre de pelo castaño cerró la puerta con cuidado, bajó al trote los escalones de la entrada y, como de costumbre, se detuvo a mirar a su alrededor y respirar el aire matinal. Era un día fresco de primavera, de aquellos con los que Virginia recompensaba a sus habitantes tras un invierno frío y húmedo. La calle residencial estaba tranquila y las pulcras casas aún dormían a la sombra.

Mientras se preparaba para el trayecto matutino, vio a su vecino Bill Fossert bajando los escalones de su casa. No era algo habitual: eran las ocho menos cuarto y Bill, banquero de inversiones, solía ir a trabajar sobre las nueve. A lo mejor tenía una reunión a primera hora.

Fossert también lo vio y se detuvo.

—Hola, Lime.

El hombre de pelo castaño asintió.

—Fossert.

—Parece que hoy también hará buen día —dijo el hombre, mirando hacia arriba como si pretendiera adivinar el tiempo a través del laberinto de ramas.

—Eso parece —respondió Lime.

—Aunque el último frente frío del invierno llega este fin de semana.

—Eso he oído.

—Bueno —dijo el vecino—, tengo que irme. Me alegro de verte.

37

—Igualmente.

Bill Fossert se detuvo frente a la puerta de su coche.

—Un día de estos te invitaremos a cenar —añadió—. Ha pasado demasiado tiempo desde la última vez.

Lime, que ya había llegado al Subaru, sonrió.

—Buena idea.

Luego se montó en el coche y esperó a que Fossert arrancara su BMW Serie 5, diera marcha atrás por el camino de entrada y se fuera. Hubo una época en la que era muy amigo de los Fossert. Lime le había enseñado a Fossert a cambiar la bujía de la quitanieves y a eliminar el bucle de masa que provocaba un zumbido de sesenta ciclos en su caro equipo de sonido. La mujer de Fossert estuvo muy unida a Caitlyn, sobre todo cuando esta se quedó embarazada. Pero había pasado el tiempo, y ahora Lime solo se encontraba con Fossert por casualidad —como hoy— para intercambiar cumplidos e invitaciones que nunca se materializaban.

Se bajó la cremallera del cortavientos hasta la mitad, arrancó el coche y vio su reflejo en el retrovisor. Tenía treinta y siete años, pero Cait decía que, con sus rasgos, podría tener cualquier edad entre veinte y cincuenta. «Tienes cara de espía —le había dicho entre risas—. Guapo, pero difícil de recordar».

Se alejó de su elegante casa colonial, más pequeña que la mayoría de las viviendas de aquella manzana, pero con una cuidada área ajardinada. Cuando la compraron hacía tres años, Cait, que iba camino de ser la socia más joven de su bufete, aseguraba que era una buena casa para empezar, teniendo en cuenta el bebé que inevitablemente llegaría. Pero ahora, que solo entraba un sueldo en casa, era cada vez más difícil seguir el ritmo de los Jones —o los Fossert— en un barrio tan caro como East Falls Church.

Recorrió las agradables calles hasta llegar a la I-66, más conocida por los lugareños como la Custis. El tráfico era denso, como siempre, y dada la escasa aceleración de su coche, tardó casi treinta segundos en poder incorporarse. Una víctima de su presupuesto era el Subaru, que probablemente debería haber vendido hacía uno o dos años. Pero había aguantado doscientos setenta y cinco mil kilómetros, y tenía muchas posibilidades de resistir otros cincuenta mil.

El fatigoso sonido del motor y el desquiciante tráfico le hicieron compañía hasta que, media hora después, abandonó la Custis para tomar la autopista 120 en dirección sur. Quizá debería mudarse, pensó por enésima vez, pero ¿adónde? Buena parte del noreste de Virginia era un barrio excesivamente caro, salvo por pequeños focos dispersos en los que los índices de criminalidad se empecinaban en no descender. Podía mudarse más lejos, por supuesto, a Fairfax o Springfield, o tal vez a algún lugar de Maryland. Pero odiaba los desplazamientos diarios, y la idea de pasar más tiempo cada día en la carretera era como una pesa de plomo sobre su alma. Por otro lado, estaba seguro de que…

El Subaru volvió a inmiscuirse en sus pensamientos. Además de su habitual zumbido quejumbroso, había empezado a hacer un tictac regular que, habida cuenta de los todoterrenos militares que había reparado en una vida anterior, identificó como un fallo de la correa de distribución.

Con la esperanza de estar equivocado, siguió por la 120 durante unos kilómetros, pero no lo estaba: unos cuantos fallos de encendido confirmaron el diagnóstico. Ahora tenía que elegir. Podía arriesgarse, esperar a llegar a casa y repararlo él mismo. Pero el riesgo —un pistón dañado, una válvula doblada, o puede que incluso un bloque de cilindros agrietado— no merecía la pena, sobre todo si quería cambiarlo cuando superara los trescientos mil kilómetros.

Eso significaba salir de la autopista, parar en una gasolinera y ver cómo afectaría a su bolsillo.

Murmurando una maldición, tomó la siguiente salida. En eso, al menos, le sonrió la suerte: la salida desembocaba en una zona comercial anónima repleta de restaurantes de comida rápida, moteles baratos y estaciones de servicio. Si viviera allí, pensó, desplazarse al trabajo sería mucho más fácil. Y asequible. Pero, por supuesto, era uno de esos lugares en los que nadie quería vivir, y los bienes inmuebles serían una pésima inversión.

39

Condujo unas cuantas manzanas en busca de una gasolinera con un taller que tuviera buena pinta y eligió una en el lado opuesto de la carretera de cuatro carriles, con una tienda de comestibles a un lado y cerca de un triste arroyo. Se detuvo junto al taller —con coches en los elevadores, pero ningún mecánico a la vista— y, subiéndose la cremallera del cortavientos, entró en la tienda.

Fue entonces cuando se dio cuenta de que, después de todo, la suerte no le había sonreído y de que aquel podía ser el comienzo de un día muy malo.

Incluso antes de que se cerrara tras él la puerta de cristal, comprendió que allí se estaba cometiendo un robo. Un hombre delgado, con el pelo alborotado y la ropa arrugada, estaba justo detrás del mostrador, apuntando alternativamente a un cajero y al pequeño grupo de personas —dos mecánicos, un cliente de edad avanzada y lo que parecía otro empleado de la tienda— que se encontraban al otro lado del estante de la lotería.

Cuando sonó la campanilla de la puerta, el hombre se giró empuñando el arma. Lime se quedó inmóvil y levantó los brazos lentamente, con los dedos separados y procurando no contrariar aún más al pistolero.

—Ponte ahí —dijo el hombre con voz ronca, indicando a Lime que se uniera a los rehenes al otro lado del mostrador.

Hizo lo que le ordenaba, y el ladrón se volvió hacia el dependiente para reanudar una conversación que había sido interrumpida.

—No me vengas con gilipolleces —dijo—. No puede haber solo eso.

—Te lo juro —respondió el cajero con voz temblorosa—. Aún es pronto. En la caja solo hay cien, ciento veinte a lo mejor. —Dio un paso atrás—. Compruébalo tú mismo.

El pistolero no se movió.

—¿Y la caja fuerte?

—Solo tiene acceso a ella la dirección —repuso el empleado.

Estaba sudando y era obvio —al menos para Lime— que decía la verdad.

40

El atracador armado también estaba sudando.

—Y una mierda. Es lo que te han dicho que digas. —De repente volvió a girar su arma hacia el pequeño grupo—. ¡Muévete otra vez y te salto los sesos! —le gritó a uno de los mecánicos.

El aterrado cliente que estaba detrás de Lime, un hombre con sobrepeso de unos setenta años, soltó un leve gemido.

—¡Ahora abre la puta caja fuerte! —gritó el pistolero al dependiente—. ¡Y los demás, sacad las carteras y vaciadlas!

Lime buscó su cartera en un bolsillo trasero y aprovechó para avanzar un poco. Se le daba bien calar a la gente. El hombre llevaba la ropa arrugada pero limpia. Y estaba sudando, pero era de nervios; no tenía las pupilas dilatadas y Lime no vio pinchazos en los brazos. No era un delincuente profesional ni un yonqui. La pistola parecía vieja, pero no era de mala calidad.

—¿Para qué necesitas el dinero? —dijo Lime pausadamente.

El hombre seguía amenazando al dependiente y tardó un momento en asimilar la pregunta.

—¿Qué? —dijo, sin apartar los ojos del empleado.

—He dicho que para qué necesitas el dinero.

Esta vez, el hombre desvió su atención, y el cañón del arma, hacia Lime.

—Cierra la puta boca. —Se tomó un instante para observar a los demás con unos ojos que rezumaban hostilidad y desconfianza—. Os he dicho que vaciéis las carteras.

Mientras hablaba, Lime dio otro paso, no hacia el pistolero, sino flanqueándolo con los brazos levantados. Mientras lo hacía, los demás rehenes empezaron a apartarse instintivamente unos de otros.

—¡No os mováis! —dijo el pistolero, la boca del arma moviéndose de una persona a otra.

—¿Para qué necesitas el dinero? —preguntó Lime por tercera vez, asegurándose de que el hombre volviera a centrar su atención en él. Llevaba la cartera en una mano—. Esto probablemente hará que despidan a ese pobre tío. Y si tengo que darle todo

41

mi dinero a alguien, me gustaría saber adónde irá a parar. —Hizo una pausa—. Drogas, supongo.

El hombre miró a Lime como si fuera idiota.

—Vete a la mierda —le espetó.

Lime se encogió de hombros, como si eso hubiera confirmado sus sospechas.

—¿Tengo pinta de drogadicto?

—No sabría decirte.

—Pues yo sí que lo sé. El sistema me ha jodido bien. Me han despedido de tres trabajos. Si no pago el alquiler hoy, me desahucian.

—Te desahucian —repitió Lime, que bajó las manos para abrir tentadoramente la cartera.

—Eso he dicho. Me desahucian. El estado se quedará con la custodia de mi hijo. Pero ¿a ti qué cojones te importa?

Esto último lo dijo en un tono más alto y amenazador, y apuntó de nuevo con el arma. Ahora, el atracador vaciló un poco, pero Lime intuía que eso solo lo hacía más peligroso. Los otros rehenes habían formado un semicírculo detrás de él.

—¡Echaos atrás, joder! —gritó el hombre.

En silencio, Lime les hizo un gesto con la cabeza para que obedecieran.

—Así que ahora estás desesperado —le dijo al hombre—. Lo entiendo, pero piensa lo que estás haciendo. No eres un ladrón. Vale, has perdido tres trabajos. Sientes que el sistema te ha defraudado, y puede que sea así. Pero si vas a la cárcel, te convertirás en parte de otro sistema diferente, un sistema brutal que solo lleva en una dirección. —Hizo una pausa—. Aún no has robado el dinero. No has usado esa pistola. No es demasiado tarde.

—¡*Cállate!* —gritó el atracador, enfurecido—. ¿Qué sabrás tú? ¿Tienes mujer? ¿Un hijo? *¿Eh?*

Lime asintió.

—¿Y están a punto de dejarlos en la calle?

—No.

—¿Lo ves? —El hombre soltó una amarga risotada triunfal—. No tienes ni puta idea, gilipollas.

—Mi mujer está muerta —le dijo Lime—. El bebé murió con ella.

La risa del hombre se apagó y Lime aprovechó la oportunidad.

—¿Cuánto necesitas?

El pistolero frunció el ceño en un gesto de confusión.

—¿Cuánto dinero necesitas para bajar esa pistola, salir de aquí e ir a pagar el alquiler?

El hombre parecía sorprendido por la pregunta. Aquello no iba según lo previsto, y Lime guardó silencio mientras se lo pensaba.

—Trescientos dólares —dijo al cabo de un momento.

Lime miró por la ventana. Habían tenido suerte, aunque de un modo perverso: no había aparecido ningún otro cliente que complicara las cosas. Ahora abrió más la cartera.

—Tengo unos doscientos. —Se volvió hacia el grupo—. ¿Alguno de vosotros me puede ayudar un poco?

Hubo un murmullo, un arrastrar de pies. Al final, los mecánicos pusieron cincuenta cada uno.

Moviéndose con lentitud, Lime recogió el dinero y luego añadió el contenido de su cartera.

—De acuerdo —le dijo al hombre—. Ahora baja el arma, coge el dinero... y busca otra forma de pagar las facturas. Porque, te lo garantizo: si te preocupa tu familia, que te encierren o te maten no los ayudará.

El hombre desesperado no medió palabra, y Lime le tendió el dinero. Después lo miró hambriento y empezó a estirar la mano. Al hacerlo, Lime se retiró ligeramente, señalando la pistola con la cabeza. Poco a poco, el hombre se arrodilló, dejó el arma sobre el linóleo y, con notable rapidez, se levantó, cogió el dinero y desapareció tras el mugriento cristal de la puerta.

Durante un rato, todos se quedaron paralizados, atónitos no solo por lo que acababa de ocurrir, sino por su abrupto desenlace. Finalmente, uno de los mecánicos maldijo entre dientes. El dependiente se secó el sudor de la frente con una manga y cerró la caja.

Uno de los mecánicos se adelantó, cogió el arma y trató de abrir la corredera.

—Eh —dijo—, es de mentira.

Lime alargó la mano y cogió la pistola que le arrojó el mecánico. En efecto, era una falsificación, una réplica, en realidad, de una 1911 de la época de la Segunda Guerra Mundial. Bastante buena, además; hasta el peso parecía correcto. Lime se preguntaba de dónde la habría sacado o si quizá su abuelo había sido veterano.

—¿Por qué ha hecho eso? —preguntó el cliente más longevo—. ¡Ha tirado el dinero... y lo ha dejado marcharse!

Lime se volvió hacia él. Curiosamente estaba más enfadado con aquel hombre de a pie que con el aspirante a delincuente.

—¿Ha salido usted herido? —preguntó—. ¿Ha perdido dinero?

El hombre negó con la cabeza.

—Entonces no tiene por qué quejarse. A lo mejor ese tipo se merecía una segunda oportunidad. Si hubiera ido a la cárcel, su vida se habría ido al garete y le costaría a los contribuyentes mucho más de trescientos dólares.

Lime salió de nuevo y tiró la réplica al arroyo. Después se dirigió al coche y levantó la capota. Así era, la correa de distribución estaba a punto de romperse.

Cuando volvió a entrar, nadie se había movido.

—¿No piensa llamar a la policía? —preguntó el anciano gordo con indignación.

—¿Por qué?

—Robo a mano armada, por supuesto.

—No le ha robado a nadie —repuso Lime—. Y nadie iba armado. Pero hagan lo que quieran... ahora que se ha acabado.

Y, con eso, acompañó a los mecánicos al taller y les preguntó si podían arreglarle la correa de distribución mientras él trabajaba.

44

Uno de ellos fue con él hasta el Subaru, echó un vistazo al motor y asintió. Al hacerlo, Lime se fijó en un pequeño tatuaje de unos sables cruzados que llevaba entre el pulgar y el índice.

—¿Primero de Caballería? —preguntó.

El hombre asintió una vez más.

—¿Usted?

Sin responder, Lime sacó el teléfono. Estaba lo bastante cerca del trabajo como para pedir un taxi sin que le costara un ojo de la cara.

Minutos después llegó el taxi, un Subaru amarillo igual que el suyo, pero cinco años y cien mil kilómetros más joven. Lime se despidió de los mecánicos y se montó en la parte trasera.

—¿Dónde vamos? —preguntó el conductor.

—Al Pentágono, por favor —respondió Lime—. Entrada del río.

Cuando el conductor se incorporó al tráfico, Lime se recostó en el asiento, no sin antes sacar una Glock 19 del cinturón y colocarla en un lugar más cómodo y alejado de su columna vertebral.

# 6

Bajo la luz vespertina, Tappan salió con Nora del barracón. El empresario había pasado gran parte del día enseñándole el lugar y había terminado allí, cerca de donde empezaron. Skip se había quedado para ayudar a desembalar la biblioteca de Bitan y organizar los libros en las estanterías. El sol estaba en descenso, proyectando largas sombras sobre las praderas del desierto. Las flores de abril salpicaban la meseta con manchas de color. A lo lejos, el polvo blanco se elevaba desde el lecho seco del lago, y más allá se divisaban colinas y cañones que desembocaban en una cordillera de montañas púrpuras.

—De noche —dijo Tappan, extendiendo el brazo— no hay ni una sola luz ahí fuera. Esta debe de ser una de las zonas más remotas de los cuarenta y ocho estados.

El paisaje evocaba un vacío zen que a Nora también le pareció cautivador.

—Lo llaman La Guarida del Diablo; nadie sabe por qué. En tiempos de los españoles había una torre de vigilancia en esta meseta para controlar a los comanches que se dirigían al oeste para hacer incursiones a lo largo del Río Grande. Esa zona extensa situada más allá se llama Llanuras de Atalaya, y la zona blanca del centro es Dead Lake. Esos picos lejanos se conocen como Horse Heaven Hills. Las colinas de más allá son Los Gigantes, y las montañas que se divisan en el horizonte, Los Fuertes.

—Horse Heaven Hills. Qué nombre tan pintoresco.

46

—Investigué la historia: en la época española, esas colinas eran El Cielo de Caballos. Siempre me han interesado los topónimos. Algún día las exploraré para ver cómo es un cielo de caballos. Habrá mucha hierba, imagino. —Tappan la guio hacia una autocaravana especialmente larga y reluciente—. Nora, ¿puedo invitarte a mi caravana para que podamos hablar unos minutos?

Ella asintió.

Era un enorme autocar Prevost reconvertido y con los laterales extendidos. Tappan abrió la puerta y entraron en un salón elegante pero sobrio, con sofás y sillones de cuero dispuestos alrededor de una mesita antigua. En la pared del fondo había un mueble bar y un centro multimedia. El suelo estaba cubierto de alfombras persas y las paredes, revestidas con madera de cerezo, estaban decoradas con grabados de Piranesi. Un espectacular ramo de lirios estrellados y otras flores frescas dominaba la mesa.

—Bienvenida a mis aposentos —dijo—. Siéntate, por favor.

Nora lo hizo, tratando de no dejarse impresionar. Parecía más el salón de una casa señorial que una autocaravana. Tuvo la sensación de que volvería a presionarla para que aceptara el trabajo y no sabía qué hacer. Si fuera solo ella, probablemente lo rechazaría, pero la verdad era que le preocupaba Skip. La noche anterior había buscado a Lucas Tappan en Google y lo que encontró no la tranquilizó del todo. Icarus participaba en varios proyectos de energía verde —eólica y solar—, pero también había habido disputas con la ciudadanía, y Tappan tendía a pasar por encima de la oposición. Actualmente estaba inmerso en un controvertido proyecto de turbinas eólicas en el océano, frente a la costa de Maine. A pesar de su aspecto relajado, no soportaba a los tontos y exigía mucho a sus subordinados. También tenía un historial de despidos repentinos. ¿Cuánto tiempo sobreviviría Skip en ese tipo de ambiente?

—¿Puedo ofrecerte una copa? —le preguntó, interrumpiendo sus elucubraciones—. Veo que el sol ya se ha escondido detrás del horizonte, lo cual significa que es la hora de mi martini. —Se

47

acercó al mueble bar—. Solo me permito uno por la noche. ¿Qué te sirvo? Tenemos de todo, desde cerveza y vino hasta licores o kombucha, Pellegrino... Lo que te apetezca.

—Pellegrino estaría bien.

Nora se sentía incómoda; aquello parecía una cita. Nunca había conocido a un multimillonario, y menos aún a uno de su edad, y todavía estaba intentando digerir la novedad.

Tappan volvió con un martini solo en una mano y un agua mineral en la otra, y tomó asiento en el sillón contiguo.

—Nora, ¿tienes alguna pregunta antes de que regresemos al meollo del asunto?

—¿Puedo hablar con sinceridad?

—Nada te lo ha impedido hasta ahora.

—De acuerdo. —Hizo una pausa para volver a mirar a su alrededor—. Solo tengo una duda: ¿por qué esto? Podrías hacer muchas cosas con tu dinero. ¿Por qué ovnis?

—¿Quieres decir que te parece excéntrico?

—Francamente, sí.

—Es normal. —Tappan bebió un sorbo—. Dime, ¿cuál es el mayor descubrimiento que podríamos hacer los seres humanos? Más importante, por ejemplo, que encontrar una civilización perdida, que el descubrimiento del fuego o de la rueda. —Hizo una pausa dramática—. Sería descubrir que no estamos solos, saber que hay otras especies inteligentes ahí fuera.

—Pero... es muy inverosímil.

—Con todo el respeto, no estoy de acuerdo. En la última década, los astrónomos han desvelado que hay al menos cincuenta mil millones de planetas similares a la Tierra orbitando las zonas estelares habitables solo en nuestra galaxia. No hace falta ser matemático para darse cuenta de que las probabilidades de que existan otras especies inteligentes son increíblemente altas. Y hay que tener presente otra cosa: nuestra estrella es joven. Solo tiene cinco mil millones de años. Mientras tanto, hay innumerables estrellas en nuestra galaxia el doble de viejas. Pueden existir civilizaciones que tengan millones o incluso miles de millones de

48

años más que la nuestra. ¡Piensa en las cotas tecnológicas que habrán alcanzado!

—Si no se destruyeron a sí mismos primero.

—¿Te refieres al llamado Gran Filtro? Es un argumento habitual, pero no me lo creo. Hemos tenido los medios para provocar nuestra propia destrucción durante setenta y cinco años y no lo hemos hecho. Tampoco ha venido nadie a hacernos saltar por los aires. —Hizo una pausa—. Imagínate: cincuenta mil millones de planetas. Y hay un billón de galaxias más allá. Eso son mil trillones de planetas en los que podría haberse desarrollado vida inteligente. La cuestión es que las matemáticas requieren que nuestro universo esté repleto de vida inteligente. Así que no, no es inverosímil en absoluto.

Las palabras de Tappan brotaron en un torrente de entusiasmo y Nora no pudo evitar que le resultara encantador, juvenil y sincero. Tappan era como el niño que nunca creció y ahora tenía dinero para hacer realidad sus sueños de infancia.

Este hizo una pausa y soltó una risita, súbitamente cohibido.

—De cuando en cuando me subo a mi caballo de batalla. Lo siento. Pero este es el quid de la cuestión: si hay miles, millones incluso de civilizaciones alienígenas en nuestra galaxia, ¿alguna de ellas nos conoce? ¿Se han parado alguna vez a echar un vistazo? Yo creo que sí. La prueba de ello está aquí mismo, y vamos a encontrarla.

Nora respiró hondo.

—Mira, si hago esto, seré conocida para siempre como la arqueóloga de los ovnis. Nunca me volverán a tomar en serio. ¿Cómo digiero eso?

—Solo si no hallamos nada, y eso no va a suceder. Te prometo que daremos con algo importante. Has visto el patrón del impacto en el suelo. Has visto objetos esparcidos bajo la superficie. Algo se estrelló aquí. Esta es una investigación arqueológica legítima. No serás conocida como la «arqueóloga de los ovnis», sino como la arqueóloga que finalmente reveló al mundo que hemos recibido la visita de los extraterrestres. Es más, te cubriré

49

las espaldas, Nora. Me aseguraré de que tu trabajo se tome con la seriedad que merece. —Hizo una pausa—. En cuanto a los detalles de tu puesto, el salario que te ofrezco es de doscientos veinticinco mil dólares anuales. Creemos que la fase activa durará cinco semanas, pero irá seguida de una fase de análisis indefinida. En otras palabras, empleo permanente. Estoy creando una organización sin ánimo de lucro de la que tú serás directora.

Nora tragó saliva. El sueldo y la oferta eran increíbles.

—Pero me veo obligada a preguntar otra vez: ¿por qué yo?

—Como te dije en el aparcamiento del instituto, el éxito no solo lo atribuyo a mi genialidad, sino al hecho de que encuentro a los mejores. Esa es la clave. Hay muchos arqueólogos, pero yo quiero a alguien que no solo tenga cerebro, experiencia y conocimientos, sino también la capacidad de pensar con originalidad. Como hiciste tú en Quivira, en Victorio Peak y probablemente en una docena de excavaciones de las que no he oído hablar. Piénsalo: en nuestra vida, nunca tendremos la oportunidad de visitar a los extraterrestres en sus planetas de origen. La única oportunidad que tendremos de examinarlos es si vienen aquí. Así pues, ¿sí o no?

—Tengo que pensarlo.

—Otra cosa sobre mí: soy una persona impaciente. Ahora mismo tienes toda la información que necesitas para tomar una decisión. Evidentemente eres libre de pensártelo. Durante los próximos cinco minutos.

Nora se lo quedó mirando.

—¿Cinco minutos?

—Pasado ese tiempo, contactaré con el segundo nombre de la lista. —Hizo una pausa—. Creo que las mejores decisiones se toman de manera rápida e intuitiva.

Nora vio que hablaba en serio. Cinco minutos. Bueno, qué demonios. Era mucho dinero, acababan de despedirla y no tenía perspectivas inmediatas. Además, a la parte más primitiva de su cerebro le encantaba la idea de ver a Weingrau enfurecida cuando descubriera que había aceptado dirigir una organización sin

50

ánimo de lucro y que el instituto no conseguiría la gran donación de Tappan ni el proyecto. Y, quizá lo más importante, podría vigilar a Skip.

—De acuerdo —dijo—. Acepto.

—¡Fabuloso! —exclamó Tappan.

—Con una condición.

—¿Cuál?

La sonrisa de Tappan desapareció.

—Skip y yo tenemos un perro, Mitty. Necesitamos que esté aquí con nosotros, sin incomodar a nadie.

Tappan le cogió la mano.

—¿Y ya está? ¡Por supuesto que sí! Me encantan los perros. Es la mejor noticia que podían darme, perro incluido. Bienvenida al equipo.

Chocó su copa de martini con el agua de Nora, la apuró y la dejó encima de la mesa.

—Os llevaremos a ti y a Skip a Santa Fe para que recojáis vuestras cosas y traigáis al perro. Volveréis a tiempo para cenar, aunque sea tarde.

—No pierdes el tiempo.

—No.

Nora hizo una pausa.

—Si hubiera dicho que no, ¿quién era el siguiente nombre de la lista?

Tappan se echó a reír.

—No había más nombres. Era solo una estratagema de negociación. —Hizo una pausa—. Espero que me perdones.

# 7

Tappan cumplió su palabra: aquella noche, Nora y Skip viajaron a Santa Fe, donde recogieron sus cosas y a Mitty, y al regresar en helicóptero encontraron la cena esperándolos en la cocina de una caravana Airstream con dos dormitorios que les habían asignado. Disponía de una cocina y una despensa totalmente surtidas. Skip, el cocinero de la familia, echó un vistazo a la nevera, que estaba repleta de carnes, aves y pescados gourmet. Los cajones de las verduras también estaban llenos de hortalizas frescas, y la despensa rebosaba todo tipo de manjares.

Nora deshizo la maleta mientras Skip lo observaba todo y hablaba de los platos exquisitos que iba a preparar, a pesar de que Tappan les había dicho que en el campamento trabajaba un chef con dos estrellas Michelin llamado Antonetti.

A la mañana siguiente se levantaron antes del amanecer. Mientras Nora trabajaba con su portátil en la pequeña oficina, respondiendo a correos electrónicos de presentación y poniéndose al día, Skip llevó a Mitty a dar una vuelta por el campamento, donde se hizo amigo de todo el mundo. A su regreso, preparó un desayuno de celebración a base de huevos revueltos, beicon y tostadas con aguacate, a pesar de que en la cantina servían huevos benedictinos con langosta. A las nueve en punto, Nora estaba sentada a la cabeza de una mesa de conferencias en el barracón número uno, ante un público formado por los tres ingenieros, Noam Bitan, Skip, dos investigadores posdoctorales y Tappan.

52

Aquella mañana, Nora había elaborado un calendario preliminar y un plan de excavación para la primera semana, y se lo repartió al equipo. Tappan había dejado claro a todo el mundo que ella estaba al mando, pero Nora se preguntaba si cumpliría esa consigna en caso de necesidad. Por el momento parecía perfectamente dispuesto a dejar que Nora llevara las riendas de la reunión.

—Como veis —dijo—, tenemos mucho que hacer. Después de dividir el yacimiento en cuadrículas de un metro, abriremos el terreno en el cuadrante noroeste y luego trabajaremos hacia el este y el sur, metro a metro. Seguiremos bajando capa por capa hasta llegar al horizonte de 1947. Se trata de una excavación delicada, porque el yacimiento en realidad es arena sobre arena, con una dispersión de objetos.

A continuación describió con detalle el plan para la primera semana.

—Pero —añadió— hay un pequeño problema del que tenemos que ocuparnos de inmediato. Si os fijáis en el plan de excavación, veréis que quinientos metros al oeste de la zona objetivo hay un elemento arqueológico de dimensiones reducidas, un rectángulo de dos metros por uno y medio que contiene lo que parecen restos humanos.

Se oyó ruido de papeles mientras todos localizaban el elemento en cuestión.

—Cuando ayer vi esto por primera vez, pensé que podría tratarse de un cementerio prehistórico de la cultura pueblo. Lo digo porque el mapa arqueológico de Nuevo México indica un campamento estacional pueblo de mil años de antigüedad al borde de La Guarida del Diablo, tres kilómetros al oeste. Al parecer, también hay una torre de vigilancia española, por lo que podría tratarse de cementerios históricos. Por ley, debemos determinar si hay una tumba y, si es así, tomar medidas para protegerla. Y tenemos que hacerlo de inmediato, antes de nada.

—¿No podemos acordonarlo y mantenernos alejados? —preguntó Tappan.

Nora negó con la cabeza.

—Es la ley. Pero no nos llevará mucho tiempo; solo tenemos que abrirlo lo suficiente para identificarlo como una tumba, y luego podemos rellenar el agujero y dejarlo tranquilo. Solo tardaremos unas horas.

—¡Bien! —dijo Tappan—. Vamos a quitárnoslo de encima, entonces.

Una hora después, Nora estaba observando mientras los dos investigadores, Scott y Emilio, clavaban barras metálicas en el suelo y delimitaban la posible tumba con cuerda fosforescente. Para consternación de Nora, todo el mundo había acudido a ver la primera excavación, aunque no la sorprendió: el descubrimiento de una tumba siempre parecía despertar cierta curiosidad morbosa.

—Abriremos primero la cuadrícula 1-A —dijo—. Creo que es hacia donde estarían orientadas las cabezas.

A menudo era fácil determinar si un cráneo pertenecía a un indio pueblo ancestral, ya que la mayoría de los ejemplares prehistóricos del sudoeste tenían la parte posterior plana, deformada deliberadamente en la infancia al atar la cabeza del bebé a una cuna tablero. Si era así, lo único que debía hacer era extraer un cráneo y determinar que era prehistórico a partir de esa deformación, y entonces podrían enterrarlo de nuevo y dedicarse a excavar la zona objetivo. Si se trataba de un yacimiento español, habría que excavar más a fondo, pero sin duda encontrarían objetos. La datación por carbono determinaría rápidamente la antigüedad.

Había decidido ocuparse ella misma de la excavación, ya que en un metro cuadrado solo cabía una persona, y quería demostrar a todo el mundo que sería una directora activa. Además, como se trataba casi con total seguridad de un yacimiento prehistórico, quería asegurarse de que se hacía correctamente. Scott y Emilio parecían competentes, pero eran jóvenes y sospechaba que podían necesitar orientación.

Después de colocar una lona alrededor de la zona, se puso unas rodilleras y, con una paleta, retiró la hierba ramosa y el astrágalo y los dejó a un lado para volver a colocarlos cuando rellenaran el agujero. Según el georradar, los cuerpos, si es que lo eran, se encontraban a un metro de profundidad. Al remover palmo a palmo la superficie arenosa, iba llenando un cubo situado en una esquina, que Skip recogía a intervalos y vaciaba en un tamiz al tiempo que los dos ayudantes buscaban objetos. El proceso duró cerca de una hora, mientras Nora bajaba centímetro a centímetro. En la pantalla solo aparecían guijarros, hasta que Skip se puso a gritar y sostuvo algo en alto.

—¡Eh, mirad este artefacto tan antiguo e inusual!

Hubo un revuelo inicial de excitación hasta que la gente vio que se estaba riendo y tenía un deslustrado casquillo de bala entre los dedos.

Nora se lo arrebató. Era un Remington.45 ACP que había sido disparado. Le pareció extraño encontrarlo a medio metro de profundidad, pero luego pensó que había mucho viento y arena en la zona; las cosas podían quedar enterradas con bastante rapidez.

Se lo devolvió a Skip.

—¿Qué hago con él? —preguntó.

—A la basura.

Nora siguió cavando hasta llegar a la marca de un metro. Entonces hizo una pausa y, cogiendo una fina sonda de bambú, la hundió en la arena. Efectivamente había algo unos centímetros más abajo, y el tamaño y la forma coincidían con los de un cráneo.

Luego cogió una espátula y una brocha. Notaba las miradas de todos a su alrededor. Era irritante —no le gustaba que la observaran mientras trabajaba—, pero por experiencia sabía que acababan perdiendo el interés y se marchaban. La arqueología era mortalmente aburrida el noventa y cinco por ciento del tiempo, un trajín incesante de pequeños montones de tierra. Rara vez afloraba algo reseñable.

Poco a poco fue profundizando en el estrato, apartando la

arena a un lado y recogiéndola en el cubo, que Skip ahora se llevaba con menos frecuencia.

Nora se detuvo de nuevo y hurgó con el bambú: el objeto estaba justo debajo de esa capa.

Unas cuantas pasadas más con la brocha dejaron al descubierto una superficie arrugada del color y la textura de una colmenilla. Era extraño; los enterramientos prehistóricos solían estar completamente esqueletizados, pero aquel parecía desecado, momificado. Un cepillado más a fondo descubrió lo que parecía una frente con forma de cúpula. El color correspondía a una piel seca que cubría parcialmente el cráneo. Y donde no había piel, el cráneo era extrañamente liso, con lo que parecían surcos regulares y poco marcados, como si lo hubieran pulido sobre una piedra de afilar. No se parecía a nada que hubiera visto, ni siquiera al cuerpo disecado que había encontrado seis meses antes en la Jornada del Muerto. Mientras trabajaba, notaba la presión de las miradas clavadas en ella.

Un nuevo cepillado dejó a la vista el borde de una cavidad ocular. Entonces lo desenterró, apartando la arena con movimientos cortos y rápidos. Más atrás pudo oír murmullos cuando la cabeza salió a la luz.

«Acabemos de una vez», se dijo, pasando el cepillo por los lados y descubriendo una piel marrón extraña, picada y escamosa como la de un reptil ancestral. Al menos pensaba que era piel, o esperaba que lo fuera. Una pasada más dejó a la vista las dos cuencas de los ojos, inesperadamente grandes, y Nora se quedó quieta, sorprendida por aquella visión.

—¿Qué coño es eso? —gritó alguien con voz ahogada.

Nadie medió palabra. Un silencio de puro asombro se apoderó del grupo, y solo se oía el viento, que susurraba entre la hierba de la pradera.

# 8

Nora se quedó mirando lo que habían dejado al descubierto los últimos brochazos: una cabeza grande y abovedada cubierta de una piel parecida a la de un lagarto, dos cuencas oculares que se abrían como cuevas, dos agujeros a modo de nariz, muñones arrugados en lugar de orejas y unos labios finos y secos que se contraían mostrando unos dientes blancos. El murmullo de incomprensión de los allí presentes descendió hasta el agujero.

A pesar de lo extraña que resultaba la cabeza a primera vista, Nora se dio cuenta de que era demasiado humana para ser otra cosa que una persona. Lo que los desconcertaba a todos era la textura escamosa de la piel, los rasgos faciales suavizados —casi disueltos— y las cavidades oculares, cuyas profundidades sombrías las hacían parecer mucho más grandes de lo que eran en realidad.

Era humano, pero desde luego no era una tumba nativa americana. ¿Española, quizá?

Haciendo caso omiso del murmullo que llegaba desde arriba, Nora volvió a apartar la arena dando grandes brochazos y desenterró rápidamente la zona cervical, junto con el cuello podrido de una camisa de cuadros moderna y un fino collar de oro con un medallón católico de san Cristóbal. Se hizo otro silencio mientras limpiaba la arena de la parte posterior de la cabeza, cosa que reveló la causa de la muerte: un orificio de bala en la sien izquierda, detrás de la oreja, que había salido por la derecha, llevándose consigo gran parte de la sección posterior del cráneo.

Nora se puso en pie, se desempolvó la ropa y salió del agujero. Tappan estaba pálido.

—Obviamente, no es una tumba prehistórica —dijo ella con voz pausada—. Creo que lo que tenemos aquí es una víctima de asesinato. —Respiró hondo y se volvió hacia su hermano—. Skip, será mejor que recuperes ese casquillo de la basura. Esta vez no lo toques con los dedos; es una prueba. Utiliza unas pinzas y colócalo en una de mis bolsas para objetos. Parece que, además de una tumba, es la escena de un crimen.

Finalmente, Tappan habló.

—¿La escena de un crimen?

—Puedes ver tan bien como yo el disparo en la cabeza, como si fuera una ejecución, el orificio de entrada limpio y la gran herida de salida. Esto no es un suicidio: los muertos no pueden enterrarse a sí mismos. Y es obvio que no es un extraterrestre, ¿verdad? No suelen llevar medallas de san Cristóbal y camisas a cuadros.

Al cabo de un momento, Tappan asintió. El color había vuelto a sus facciones.

—Por supuesto. Eso ya lo veo. Pero ¿qué hay de esa piel tan extraña y de la falta de rasgos? Puede que sea humano, pero no es un cadáver corriente.

—No tengo ni idea —respondió Nora—. Lo único que sé es que debemos dar parte.

—¿A quién?

—Como estamos en terreno federal, al FBI. Y resulta que conozco a la persona adecuada en la oficina de Albuquerque.

—¿En serio? —Tappan le lanzó una mirada inquisitiva—. ¿Y de quién se trata?

—De la agente especial Corinne Swanson.

# 9

—Qué desolada es esta región —dijo el agente especial Morwood al volante de su camioneta roja mientras se dirigían al sur de Vaughn, Nuevo México, por la ruta 285.

La carretera se extendía ante ellos como un tajo gris que atravesaba un paisaje de hierba y chamiza, con algunas flores de abril visibles aquí y allá.

—Llevo seis años trabajando en Albuquerque y casi nunca tenemos un caso por estos lares.

—¿Por qué? —preguntó la agente especial Corrie Swanson.

Morwood se echó a reír.

—Porque aquí no vive nadie. No hay nadie que pueda meterse en líos.

La camioneta avanzaba por la autopista a ciento cuarenta kilómetros por hora, pero aquellas tierras estaban tan vacías que a Corrie le daba la sensación de que no se movían. Los seguía la furgoneta del equipo de recogida de pruebas con dos técnicos a bordo. Según pudo ver Corrie, eran los únicos vehículos que circulaban por la carretera.

—Avíseme con suficiente antelación de nuestro desvío —dijo Morwood.

Le había pedido a Corrie que hiciera de copiloto, y estaba utilizando su iPhone. Hacía rato que se habían quedado sin cobertura, pero, al parecer, el GPS seguía funcionando. Esperaba no extraviarse.

—Todavía faltan sesenta kilómetros, señor.

—Joder. —Morwood condujo un rato en silencio—. Corrie, estaba pensando una cosa. ¿Qué le parece si la pongo al mando de este caso? Yo sería su subalterno, por así decirlo. Usted tomará todas las decisiones. Por supuesto, intervendré si creo que hay algún problema, pero la dejaré llevar las riendas casi todo el tiempo.

—Gracias, señor. Se lo agradezco mucho.

Sabía, como agente del FBI con poco más de un año de experiencia a sus espaldas, que aquel era el siguiente paso en el proceso de supervisión: llevar un caso ella sola, con su mentor como subalterno. Intentó contener el nerviosismo y la emoción. Al fin y al cabo, no podía ser tan peligroso ni tan complicado como los dos grandes casos en los que ya había trabajado desde que se incorporó a la oficina de Albuquerque.

—Cuando lleguemos, quiero que asuma el mando e imponga su autoridad de una manera tranquila y agradable. Yo me quedaré en un segundo plano.

—Sí, señor —dijo ella con creciente nerviosismo.

Como a todos los agentes novatos, a Corrie le habían asignado un mentor durante sus dos primeros años, alguien que supervisara sus casos y se cerciorara de que no metía la pata. Cuando conoció a Morwood, no la impresionó. El agente especial tenía casi cincuenta años y era un hombre sencillo, vestido de traje azul, calvo, con un surtido de corbatas olvidables y unos modales secos. Lo único sorprendente era la camioneta Nissan confiscada que utilizaba como utilitario, con sus rayas de carreras y una pegatina gigante de un dragón chino en el lateral y el capó. Decía en tono jocoso que le permitía ir por ahí de incógnito.

Al principio, sus modales fríos y su devoción por el reglamento la contrariaban. Pero, con el tiempo, se dio cuenta de que velaba por sus intereses y, de hecho, era un gran agente, aunque la razón por la que había abandonado una carrera estelar sobre el terreno para supervisar a novatos seguía siendo una fuente inagotable de conjeturas entre los agentes de menor rango. Aunque nunca llegarían a mantener nada parecido a una amistad, al menos era una relación de respeto mutuo, e incluso de consideración.

Otro breve silencio, y entonces Morwood preguntó:

—¿Qué sabe acerca del incidente de Roswell?

—No demasiado, aparte de lo que leí anoche en internet. No tenía mucho sentido.

Corrie se había pasado horas leyendo y tomando notas, asombrada por la avalancha de información contradictoria y extraña. Al parecer era una de esas cosas que, como el asesinato de Kennedy, atraían a los teóricos de la conspiración como polillas a una llama.

Morwood soltó una carcajada.

—Más bien es absurdo. ¿Cómo acabó su amiga Nora Kelly involucrada en todo esto?

—No tengo ni idea. Y yo no la llamaría amiga; más bien compañera.

—El incidente de Roswell en realidad es bastante banal cuando eliminas todas las conspiraciones —dijo Morwood al cabo de un momento—. Lo que se sabe con certeza es que algo se estrelló en una zona remota del rancho de J. B. Foster en julio de 1947. El lugar había sido alquilado por el ranchero a la Oficina de Administración de Tierras, perteneciente al Departamento de Interior, cosa que lo convertía en terreno federal. Decían que el capataz del rancho había encontrado un montón de material plateado, junto con un disco y otras cosas extrañas. El capataz llamó al sheriff, que a su vez llamó al aeródromo militar de Roswell y habló con un tal comandante Jesse Marcell. El mando de las Fuerzas Aéreas acudió al lugar, supuestamente lo recogió todo y emitió un comunicado de prensa apresurado y mal redactado que hablaba de un «disco» que se había estrellado. Eso generó un artículo de portada en el *Roswell Daily Record* con el titular: LAS FUERZAS AÉREAS CAPTURAN UN PLATILLO VOLANTE EN UN RANCHO DE LA REGIÓN DE ROSWELL. Al día siguiente, las Fuerzas Aéreas emitieron otro comunicado contradiciendo el primero e insistiendo en que no eran más que los restos de un globo meteorológico. Y luego la historia cayó en el olvido.

—Pero revivió.

—Sí. A finales de los años setenta, el interés por los ovnis se disparó y la gente empezó a hablar otra vez del incidente de Roswell. Los dos comunicados de prensa contradictorios daban la impresión de ser un encubrimiento por parte del gobierno y, por supuesto, eso avivó la imaginación de todo el mundo. Para entonces, los recuerdos de los implicados se habían desvanecido o exagerado. También hubo muchos oportunistas que aprovecharon la historia para ganar dinero. En 1980 apareció un libro titulado *El incidente de Roswell*, que dio un gran impulso a la historia. En él se afirmaba que había habido una gran conspiración para encubrir el accidente de un ovni y que se habían recuperado cuerpos y tecnología alienígenas. Después llegaron otros libros, entre ellos uno de un ex teniente coronel llamado Philip Corso. En él, Corso aseguraba haber estado a cargo de un almacén de objetos y cuerpos alienígenas recuperados del accidente. Decía que algunos de los inventos clave de la era moderna —láseres, chips informáticos, fibra óptica— tenían su origen en la ingeniería inversa llevada a cabo con la tecnología alienígena. —Negó con la cabeza—. La gente se lo tragó. El caso es que en un aspecto tenían razón: el gobierno intentó encubrir algo, pero no era un ovni accidentado.

—¿Qué era?

—En 1994, el gobierno elaboró un informe oficial sobre el incidente de Roswell que por fin explicaba lo que realmente sucedió. Resulta que no se trataba de un globo meteorológico, sino de un dispositivo clasificado de control de pruebas nucleares que se estrelló. Formaba parte de un programa secreto llamado Proyecto Mogul. El aparato tenía un gran disco que actuaba como reflector de radar con fines de rastreo. Para encubrir la verdadera naturaleza del dispositivo, el gobierno insistió en que se trataba de un globo meteorológico y no hizo nada para acallar las historias sobre un ovni. Pero, a esas alturas, los teóricos de la

62

conspiración ya habían invertido tanto en la teoría ovni que el informe parecía un esfuerzo más por tapar el asunto. Y luego estaba la disparatada teoría promovida por *Área 51*, un libro publicado hace unos años.

—He oído hablar de él.

—Rechazaba de plano la teoría de los extraterrestres y aseguraba que el accidente fue una campaña soviética de desinformación en la que montaron a unos niños deformes que parecían alienígenas en un avión extraño y los hicieron sobrevolar el Polo Norte para estrellarse en América del Norte. La idea era desatar la histeria ante el temor de una invasión alienígena, siguiendo el ejemplo de Orson Welles con la emisión de *La guerra de los mundos*.

—Es una locura.

—Incluso más que lo del ovni, si tal cosa es posible.

—Si no le importa que le pregunte, señor, ¿cómo ha averiguado tantas cosas sobre Roswell?

Morwood guardó silencio un instante y después sacudió la cabeza con pesar.

—A finales de los noventa, cuando yo era un agente novato como usted, me supervisaba un hombre llamado Mickey Starr. Era un tipo honrado, un auténtico «bracero».

Corrie asintió. Sabía que, en su profesión, un «bracero» era alguien que había pasado toda su carrera en el FBI y la agencia casi formaba parte de su ADN. A esos agentes no les interesaba la política, sobre todo la de Washington; consideraban que su función era combatir el crimen y perseguir a los delincuentes, a veces excluyendo todo lo demás en sus vidas.

Morwood se tapó la boca con la mano para toser.

—Mi primer caso fue el asesinato de un científico de Los Álamos. Fue un asunto bastante extraño, una especie de misterio a puerta cerrada.

—¿Cómo acabó?

—¿Se refiere a cómo resolvimos el caso? No lo resolvimos. De hecho, sigue abierto hoy por hoy.

63

Había un tono agrio en su voz que Corrie no había oído antes. Por supuesto, el hecho de no haber podido cerrar el caso cuando era un novato seguía resultándole doloroso, y Corrie lo entendía.

—Ocurrió en la época en que las conspiraciones de Roswell volvían a estar en boga y todo el mundo hablaba de ovnis. Así que, evidentemente, la gente concluyó que el científico había sido abducido o asesinado por extraterrestres, y recibimos un aluvión de pistas sobre Roswell y los ovnis, que tuvimos que seguir una a una. O, mejor dicho, tuve que seguirlas yo, ya que el agente Starr lo dejó en mis manos. Créame, he tenido contactos con fanáticos del incidente Roswell para el resto de mi vida.

Se quedó en silencio y luego preguntó:

—¿Cuántos kilómetros faltan para el desvío?

Corrie consultó el teléfono.

—Cuarenta y ocho, señor.

—Mierda.

# 10

Después del desvío, el paisaje empezó a cambiar, dividiéndose en mesetas, colinas, cañones y lechos de lagos secos con algún que otro torbellino que los cruzaba. En un momento dado, Corrie divisó, en una meseta larga y baja, lo que pronto identificó como el campamento temporal de la excavación, con caravanas, barracones y varios vehículos de trabajo. Al acercarse, oyó un sonido palpitante y un helicóptero se posó formando una nube de polvo.

—Menudo montaje —comentó Morwood cuando aminoraron la marcha frente a un rancho rodeado de alambre de espino.

En la puerta había un joven vigilante. Tras detenerse, Morwood bajó la ventanilla y mostró su identificación, que llevaba colgada del cuello.

—Lo estábamos esperando, señor —dijo el guardia, que abrió la verja para dejar pasar a los dos vehículos.

Al entrar en el recinto, Morwood miró a su alrededor y dijo:

—Es genial ser tan rico como para poder dedicar unos cuantos millones a buscar hombrecillos verdes.

—Recuerdo haber leído que los alienígenas eran plateados, no verdes.

Morwood se echó a reír mientras se adentraba en una zona de aparcamiento sin asfaltar, donde se detuvieron junto a un par de vehículos Hummer. Al otro lado había un pequeño grupo de personas entre las que, según pudo ver Corrie, se encontraba Nora Kelly.

Cuando se bajaron del coche, Corrie percibió un leve olor a la loción de afeitar de Morwood, inusual en su aroma, aplicada con moderación y cuya marca despertaba mucha curiosidad en Albuquerque. Miró a su alrededor. Era un agradable día de abril, no demasiado caluroso, la gran cúpula celeste cerniéndose sobre ellos como un gigantesco huevo azul mientras una suave brisa mecía la hierba.

Nora se acercó, acompañada de un hombre alto de pelo negro y rizado que llevaba una camisa de piel de cordero con botones de nácar, vaqueros y zapatillas de deporte.

—Lucas Tappan —dijo el hombre, extendiendo la mano con una sonrisa radiante.

Corrie se la estrechó, un poco deslumbrada. Conque aquel era el famoso multimillonario que financiaba el proyecto. Y era sorprendentemente joven y guapo. Cómo no. Recordó el consejo de Morwood: mostrar confianza y tomar las riendas.

—Agente especial Corrie Swanson —se presentó—. Estoy al mando del caso. Este es mi… ah… compañero, el agente especial supervisor Morwood.

Su anuncio provocó desconcierto.

—Encantado de conocerla, agente Swanson —dijo Tappan—. Y a usted también, agente Morwood.

A continuación, Nora les presentó a todos los demás. Corrie reparó en que no había uniformes ni insignias que distinguieran a los científicos del personal de apoyo.

—Bueno, ¿echamos un vistazo al cadáver? —preguntó Tappan.

Corrie pudo intuir que aquel hombre detestaba perder el tiempo.

—Usted primero —respondió Corrie.

Un breve paseo por la cima de la meseta los llevó hasta una zona que había sido delimitada con estacas y cuerda fosforescente. Habían excavado un cuadrado que dejaba al descubierto el rostro de un cadáver enterrado. O, más bien, según pudo observar Corrie con espanto, un cuasi rostro.

66

—En cuanto vi que el difunto era de una época relativamente reciente, paré —dijo Nora—. Nunca había visto un cráneo así.

Corrie tampoco había visto nada igual.

—Por ahora trataremos esta zona como la escena de un crimen —indicó—. Se aprecia lo que parece el orificio de entrada y salida de un proyectil. Deduzco que estamos ante una ejecución.

—Recuperamos un casquillo —informó Nora—. Encontrarán las huellas de mi hermano en él. —Hizo una pausa—. El radar de penetración terrestre indica que podría haber un segundo cuerpo junto a este.

—Gracias. —Corrie miró a su alrededor. Tappan, Morwood, Nora y el hermano de Nora (creía recordar que su nombre era Skip) los habían acompañado hasta el lugar, pero en ese momento todos la estaban mirando en busca de orientación—. Me temo que necesitaremos unos días a la doctora Kelly para excavar el yacimiento.

Tappan frunció el ceño.

—Acabamos de contratarla para que trabaje en nuestro proyecto. ¿Podemos repartir su tiempo entre las dos tareas?

Corrie vaciló. Morwood, que parecía sin aliento, no intervino, y Nora también guardó silencio. Le tocaba a ella responder.

—Lo siento, pero me temo que no. Debemos darle prioridad a esto.

Tappan disimuló inmediatamente su enojo.

—Por supuesto. Estaremos encantados de cooperar con el FBI.

—Se lo agradezco mucho, señor Tappan. Doctora Kelly, ¿cuánto cree que tardará?

—Si no hay nada inusual, calculo que dos días.

—¿Cuándo pueden ponerse manos a la obra?

—Ahora mismo —respondió Nora—. Puedo tener a mi equipo trabajando en media hora.

—Muy bien. —Corrie miró a su alrededor—. Vamos a establecer un perímetro con un radio de treinta metros. Tendré que pedirles a todos, excepto a la arqueóloga y sus ayudantes, que se mantengan alejados de la zona. El equipo de recogida de pruebas hará un barrido con detectores de metales.

—Me gustaría saber si podré observar desde este lado de la cinta —dijo Tappan.

Corrie meditó su respuesta. «Una por ti, otra por mí».

—De acuerdo —dijo—. No hay problema, pero el resto deberá permanecer detrás de las barreras.

—Gracias.

Skip y los demás se alejaron.

—Tengo que ir a buscar herramientas y reunir a mis ayudantes —dijo Nora—. Supongo que estarán aquí mientras trabajamos.

—Sí. Nos quedaremos hasta que hayan desenterrado los cuerpos y los depositemos en unos ataúdes.

—¿Dónde piensan pasar la noche?

—En Roswell.

El trayecto hasta Roswell era de al menos dos horas por carreteras en mal estado, pero no había ningún lugar más cercano. Corrie había reservado habitaciones en un motel de la zona.

—Ni hablar —terció Tappan—. Tengo un par de caravanas para visitantes e invitados. ¿Por qué no se quedan? Lo consideraría un favor, ya que eso permitiría que su trabajo avanzara con más eficacia.

Corrie se quedó mirando a Morwood, que parecía estar esperando impasible a que decidiera sobre la cuestión.

—Gracias —dijo—. Le tomaremos la palabra. Muy amable por su parte.

Ahora fue Morwood quien habló.

—Quizá el señor Tappan pueda acompañarme a nuestro alojamiento mientras la doctora Kelly y la agente Swanson se ponen manos a la obra.

Los dos hombres se marcharon, y Nora y Corrie se quedaron a solas por primera vez.

—Estás mejorando en esto, ¿lo sabías? —dijo Nora.

—Lo intento. Hay muchas cosas que no te enseñan en la academia.

68

—Será mejor que me lo confirmes ahora —añadió Nora—. ¿El trato será «doctora Kelly» y «agente especial Swanson» otra vez? ¿O será Nora y Corrie?

Corrie se lo pensó un momento. Los títulos reforzaban su autoridad y mantenían la profesionalidad. Pero también eran pesados y rígidos y, a fin de cuentas, se habían salvado la vida mutuamente.

—A la mierda —dijo—. Volvamos a Nora y Corrie.

Nora sonrió, evidentemente satisfecha de desterrar las formalidades.

—Pero tengo que preguntarte una cosa. ¿Cómo es que te has involucrado en esto? No parece un proyecto típico del instituto.

La sonrisa de Nora se desvaneció.

—Ya no trabajo allí. Es una larga historia. Tenemos que ir a la oficina de campo a recoger el material y a mi ayudante; te lo explicaré por el camino.

Mientras caminaban, Nora le contó el asunto del despido y cómo luego Tappan la convenció para que se uniera al equipo.

—¿Realmente crees que aquí se estrelló un fenómeno aéreo no identificado? —preguntó Corrie.

—Por supuesto que no. Sin embargo, algo impactó aquí, y no era un globo que transportaba un dispositivo de vigilancia o una estación meteorológica. El sondeo por georradar indica que lo que fuera descendió a gran velocidad y abrió un surco. La perturbación se tapó más tarde con excavadoras.

—Qué raro. ¿Crees que tiene algo que ver con el cuerpo?

—Cuerpos. Como decía, estoy bastante segura de que hay dos. —Hizo una pausa—. Cuesta creer que un asesino enterrara unos cuerpos en un lugar tan remoto, cerca de Roswell.

Se detuvieron frente a un barracón. Cuando entraron, Nora le presentó a dos jóvenes que trabajaban con ordenadores Mac.

—Estos son mis ayudantes —dijo Nora—. Emilio Vigil es un investigador posdoctoral en Arqueología por la Universidad de Nuevo México y Scott Riordan, también investigador posdoctoral, está en la Universidad de Colorado.

Vigil y Riordan le estrecharon la mano a Corrie con solemnidad.

—Encantados de conocerla.

—Manos a la obra —repuso Nora.

Vigil, Riordan y Nora, cargados con todo el material, salieron del barracón. Por el camino, Nora les expuso la situación mientras Corrie los seguía a corta distancia. El equipo del FBI había terminado de colocar la cinta perimetral y estaba peinando la zona con detectores de metales, deteniéndose de vez en cuando para marcar algo. Morwood regresó con Tappan, seguido de varios trabajadores que instalaron una sombrilla, varias sillas y una nevera con refrescos.

«Solo nos falta un vendedor de perritos calientes y ya puede empezar el partido», pensó Corrie. Al darse la vuelta, vio a Nora que extendía una lona y colocaba encima sus herramientas con la ayuda de Vigil y Riordan. Se pusieron rodilleras, se metieron en la cuadrícula poco profunda y comenzaron a retirar con sumo cuidado la arena del cadáver.

# 11

El terreno estaba blando y seco, y para el ojo inexperto de Morwood, los trabajos avanzaban con rapidez. Al cabo de un rato, Tappan abandonó su oasis a la sombra y se acercó al borde de la excavación para observar las labores de los arqueólogos. Hubo un tiempo en que Morwood lo habría acompañado, pero se quedó quieto, viendo desde lejos cómo retiraban de forma meticulosa la arena del cadáver y la pasaban por un tamiz por si había algo de interés.

Morwood se sentía inusualmente fatigado, pero, gracias a su dilatada experiencia, pudo disimular. Solo su médico y él conocían el alcance de su dolencia. Y tenía la intención de que siguiera siendo así durante otros dieciocho meses, momento en el cual se jubilaría tras veinticinco años en activo.

Eso era muy importante para él: en activo. Jamás aceptaría una jubilación por motivos médicos. Puede que fuera por terquedad, pero para él era una cuestión de honor. Desde que tenía diez años, cuando devoraba reposiciones de *FBI*, había querido ser agente. Por supuesto, cuando ahora mencionaba a la estrella de la serie, Efrem Zimbalist Jr., sus compañeros más jóvenes se lo quedaban mirando con cara de no entender nada. Pero, a diferencia de muchos sueños infantiles, aquella ambición había persistido hasta la edad adulta, sobre todo a medida que el asma que asolaba su juventud iba desapareciendo poco a poco. Había trazado un camino cuidadoso, y a los veintiséis años ya era un agente especial hecho y derecho, con ambiciones que habían madurado para alejarlo de Efrem Zimbalist y acercarlo más a Eliot Ness. Y no pensaba conformarse con los veinte años requeridos: con un año y medio más, llegaría a los veinticinco con el tiempo extra de servicio y los aumentos de sueldo. Y, aun así, se jubilaría antes de la edad obligatoria, que era a los cincuenta y siete años.

Los equipos de recogida de pruebas habían terminado de peinar la zona. Morwood se levantó de la silla, fue a la furgoneta policial para recabar información y volvió a acomodarse a la sombra.

Aquellos primeros años en el FBI habían sido los más emocionantes de su vida. Tenía un don para resolver casos y un grado de temeridad que lo situaba en medio de peligrosos tiroteos durante redadas o detenciones. El FBI recompensaba el trabajo duro con ascensos regulares y, sin apenas darse cuenta, dejó atrás su sueldo inicial. La suerte, pensaba, le había sonreído.

Hasta el día en que, de repente, su suerte dio un giro de ciento ochenta grados.

Con doce años de trabajo a sus espaldas y después de ser trasladado de Albuquerque a Chicago, no sabía nada de los trastornos autoinmunitarios. Empezó a quedarse sin aliento después de un entrenamiento duro o de perseguir a un sospechoso, pero lo atribuía a una baja forma física. Cuando empezó a entrenar más y se dio cuenta de que no era así, se convenció de que se trataba del asma, que volvía a hacer de las suyas después de mucho tiempo inactiva. En lugar de ir al médico, compró nebulizadores e inhaladores de venta libre y siguió haciendo caso omiso durante años.

Al final, cuando ya no pudo ignorar más su estado, descubrió que había esperado demasiado. El neumólogo al que consultó le dijo que debería haber tomado antiinflamatorios. Ahora, los daños pulmonares, las cicatrices, eran permanentes. Lo mejor que podía hacer para la enfermedad pulmonar intersticial —dejar de trabajar, eliminar la exposición ocupacional— era impensable, así que tomó otras medidas, algunas de ellas mortificantes. Se

72

retiró de los grupos especiales, centrándose más en la investigación de antecedentes. Y ocultó a sus colegas la falta de aliento, manteniendo en secreto la gravedad de su dolencia. Pero, al final, después de un examen físico requerido por el FBI, un internista detectó la enfermedad y le dijo que la «disnea crónica» exigía un cambio de puesto. Y no era opcional.

Lo sacó de su ensimismamiento un creciente murmullo junto a la excavación; al parecer habían descubierto algo interesante. Morwood supo que había llegado el momento de unirse a ellos. Hizo varias inhalaciones para prepararse y se levantó.

Lo habían enviado de vuelta a Nuevo México precisamente por el «aire limpio del desierto». Y puede que fuera limpio, pero casi siempre transportaba tanto polvo que parecía que la mitad de la ciudad tenía neumonía. El salario allí era una mierda. Lo que más le molestaba era la altitud: casi dos kilómetros sobre el nivel del mar. Pero sabía que protestar solo empeoraría las cosas, así que calló e intentó concentrarse en instruir a los nuevos agentes. Había aprovechado su ejemplar experiencia sobre el terreno para conseguir un puesto de supervisor, y ahora iba camino de jubilarse como GS-14, nivel 8, o puede que incluso 9.

No era capaz de ocultar por completo su estado, por supuesto, pero sí de sembrar dudas. Empezaron a correr rumores acerca de su pasado: que había estado expuesto a un gas venenoso durante un arresto o que había aspirado una bocanada de ácido de batería durante un tiroteo en un almacén de vehículos. No hizo nada para acallar esos rumores, pues eran más extravagantes que la verdad. Ahora se limitaba a aguantar el día a día, controlando la enfermedad lo mejor posible con recetas de albuterol.

Al llegar al lugar de la excavación, descubrió que Nora Kelly había desenterrado prácticamente todo el cuerpo. Estaba tumbado boca arriba, con un brazo sobre el pecho y el otro descansando a un lado. Morwood vio que era un hombre, aunque parecía no tener pelo, salvo un mechón en la nuca. A la caja torácica se aferraban unos jirones de camisa, y los pantalones se encontraban en mejor estado. Tenía una pierna ligeramente retorcida. Dada

73

su posición, el cuerpo parecía haber sido arrojado a la tumba con brusquedad. Mientras Morwood observaba, la brocha de Nora dejó a la vista primero un pie y luego el otro, enfundados en unos zapatos Oxford muy maltrechos.

—Un calzado inapropiado para esta zona —comentó Tappan.

—Bastante —repuso Nora, que se levantó y anunció que se tomarían un descanso.

A Morwood le pareció que el sentido del ritmo de Nora era excelente. Se relajaron en las sillas, bebiendo refrescos y mirando el cuerpo, ahora casi del todo visible dentro de la tumba.

—Es curioso que la textura extraña de la piel se limite a la zona facial —dijo Corrie—. Todo lo demás parece normal, dadas las circunstancias.

—Yo también me he fijado —añadió Tappan—. Agente Swanson, su compañero comentaba que es usted antropóloga forense. ¿Tiene idea de qué podría causar esas peculiares descamaciones en la cara?

—A primera vista parece ácido —dijo Corrie—. O quizá le quemaron las facciones con un lanzallamas.

—Yo voto por el ácido —terció Nora—. No veo indicios de carbonización.

—Haremos pruebas de histopatología en el laboratorio —dijo Corrie—. Inyectaremos parafina en los tejidos y cortaremos franjas muy finas para examinarlas microscópicamente. También realizaremos pruebas toxicológicas. Estoy bastante segura de que podemos resolver el misterio.

Morwood se percató de que lo estaba mirando en busca de aprobación, pero se mantuvo impasible. Corrie era una de las mejores agentes a las que había instruido, pero tenía un punto débil: era tímida, y los demás lo notaban. No transmitía confianza. Era difícil, pero una buena agente del FBI debía aprender a transmitir seguridad en sí misma y control a los que la rodeaban, aunque en realidad no lo sintiera.

Una vez concluido el descanso, Nora y sus ayudantes volvieron al trabajo y comenzaron a abrir cuadrantes adicionales.

74

Morwood observó que retiraban vegetación de la superficie y la colocaban en bandejas para replantarla más tarde, y luego empezaron a raspar finos estratos de arena. Las labores prosiguieron a buen ritmo hasta que alcanzaron una profundidad de un metro, la misma que con el otro cuerpo. En el suelo se apreciaba una decoloración. Nora y sus ayudantes cambiaron las paletas por espátulas, soltaron un poco la tierra y luego la apartaron.

En ese momento, Morwood se levantó y fue hacia ellos.

Lo primero que apareció fue una piel con la misma textura escamosa, y pronto se dieron cuenta de que pertenecía a la frente de otro cadáver.

«Hay un segundo cuerpo», pensó Morwood. Sintió una excitación inusitada, como si, inconscientemente, hubiera estado esperando que aquello ocurriera.

—El mismo disparo en la cabeza, como si fuera una ejecución —dijo.

—Sí —confirmó Corrie.

Mientras Nora pasaba la brocha, brilló de repente un objeto a la luz del sol.

—Y hay otro casquillo del calibre 45 —anunció Morwood, que se volvió hacia Corrie—. ¿No le parece que estos dos cuerpos podrían datar de finales de los años cuarenta? Esos zapatos Oxford, esos pantalones de tela de gabardina...

Se la quedó mirando con las cejas arqueadas.

—Es posible —dijo ella.

—¿Qué le parece si, cuando hayan desenterrado ambos cuerpos, los ponemos encima de una lona y buscamos algún tipo de identificación?

—Yo diría que es buena idea, señor.

Siguieron observando el trabajo de Nora. Aquel cadáver se parecía mucho al otro, con la cara parcialmente borrada por un agente aún desconocido. Una vez más, yacía boca arriba en una posición descuidada, pero cuando Nora bajó hacia el torso, Morwood vio que no se trataba de un hombre, sino de una mujer, y disimuló rápidamente su decepción.

—Vaya, vaya —dijo—. Mira qué tenemos aquí.

Tappan exhaló asombrado.

—Esto es cada vez más raro.

Nora, Emilio y Scott siguieron desenterrando el resto del cuerpo. El sol se encontraba ya a una hora del horizonte.

La tierra parpadeó con otro destello repentino. Rápidamente, la brocha de Nora descubrió una superficie metálica lisa y reluciente que descansaba junto a la cadera del segundo cadáver. A cada pasada del cepillo, el objeto expuesto parecía más extraño: dos ovoides relucientes de un metal plateado, uno de quince centímetros de diámetro y el otro de unos cuarenta y cinco, conectados por un intrincado laberinto de diminutas tuberías, tubos y válvulas de metal. En uno de los extremos había un dial.

Nadie dijo nada, pero la sorpresa y la consternación fueron en aumento. Finalmente, Nora hizo una pausa, y Emilio y ella salieron del agujero mientras Scott guardaba las herramientas. Los seis contemplaron el objeto en silencio. Era tan peculiar, tan perfecto, tan... extraño, que Morwood se quedó estupefacto.

—Bueno —dijo a la postre Nora—, ¿alguien sabe qué es?

Teniendo en cuenta los rumores sobre el Área 51 y las abducciones alienígenas, Morwood podía intuir lo que estaban pensando, pero nadie respondió.

—Acaba de quitar la tierra y saquémoslo de ahí —dijo Tappan, con la voz entrecortada por la emoción reprimida.

Nora tomó una serie de fotos del objeto y continuó escarbando a su alrededor con una espátula, sacudiendo y barriendo la tierra. Emilio y Scott habían dejado de trabajar en la extremidad inferior del cadáver y se habían convertido en espectadores.

Al cabo de diez minutos, el objeto había quedado totalmente al descubierto. Nora introdujo un palillo de madera por debajo y, con sumo cuidado, lo arrancó de la tierra. Con las manos enguantadas, le dio la vuelta.

En la parte inferior podía leerse en letras muy nítidas:

INDUSTRIAS HICHEM
EDISON, NEW JERSEY
3H BLEED IX-20X

A continuación se distinguían varios números estampados.

Se hizo el silencio. Entonces Tappan soltó una risita que acabó convirtiéndose en una carcajada.

—¿Quién dijo que Dios no tenía sentido del humor? ¡Por un momento estaba convencido de que era un objeto extraterrestre! —Sacudió la cabeza con pesar—. Me ha subido el ritmo cardiaco. Aunque cabe señalar que es de New Jersey.

—Bueno —intervino Nora—, si no es un objeto alienígena, ¿qué es?

—Mañana levantaremos esos cuerpos —dijo Corrie—. Mientras tanto guardemos ese dispositivo en una caja. Lo llevaremos todo al laboratorio del FBI y prometo que no tardaremos en obtener respuestas.

Morwood se llenó de satisfacción al oír el tono autoritario de Corrie. Eso estaba mejor. Pero cuando ella le lanzó una mirada en busca de su aprobación, frunció el ceño y apartó la vista.

# 12

Lime, que iba en el Subaru rumbo al oeste por el bulevar Dolley Madison, tomó la salida del cuartel general de la CIA y recorrió lentamente varios aparcamientos hasta encontrar un sitio que le gustaba cerca del Memorial Garden. Cuando no trabajaba, dedicaba gran parte del tiempo a darle cariño a su vehículo, y este estaba devolviéndole su amor una vez más.

Se bajó del coche y siguió la acera que rodeaba la entrada principal. Era un paseo más largo de lo necesario, pero en Langley hacía buen tiempo y, como últimamente había pasado muchas horas en un cubículo, quería disfrutarlo. Entró en el frío vestíbulo, con sus largas filas de columnas altas y estrechas, pasó por los controles de identificación habituales y se dirigió a los ascensores. La gente caminaba, como de costumbre, sobre el gran escudo de la CIA que había en el suelo, absorta en sus pensamientos y sin prestarle atención. Lime, en cambio, se esmeró en rodear la imagen del águila, el escudo y la rosa de los vientos.

Subió a la tercera planta, recorrió un laberinto de pasillos estrechos y pasó otro control de identificación antes de llegar a su destino: una puerta de madera oscura con una placa al lado que decía RUSH, J. Se alisó la parte delantera de la camisa y llamó a la puerta.

—Pase —dijo una voz desde el interior.

Lime abrió la puerta y entró. El despacho parecía directamente salido del manual de un decorador de Hollywood: escritorio grande, ordenador portátil, tres teléfonos, cortinas echadas, una foto del presidente en la pared y estanterías con cajas expositoras llenas de medallas. El coronel Jack Rush también encajaba en aquella imagen, con su pelo cuidadosamente recortado, su complexión delgada, sus pómulos altos y enjutos y su uniforme inmaculado.

—Lime —dijo—, descanse. Puede tomar asiento —añadió, indicando la única silla que había frente al escritorio.

—Gracias, señor.

—¿Cómo van las cosas por el Pentágono? —preguntó Rush.

—Más o menos como siempre, señor.

—Siento que tuviera que prestar ese servicio. Sé que prefiere pasar más tiempo sobre el terreno. Pero, como se suele decir, la eterna vigilancia es el precio de la libertad.

El coronel poseía unas reservas impresionantes de aforismos, máximas y tópicos a las que recurría con frecuencia. Lime respondió de igual modo.

—En nuestro trabajo, señor, un día tranquilo es un buen día.

—Amén. Bueno, como habrá adivinado, no le habría pedido que viniera si hoy fuera un día tranquilo. —Aparte de los teléfonos, en su mesa solo había una carpeta con abundantes sellos y lacrados, y procedió a abrirla—. Al parecer —dijo, pasando páginas—, es posible que tengamos una brecha en el dique.

Pronunció aquellas palabras casi a la ligera, pero, al oírlas, Lime se puso instintivamente rígido.

—Todavía estamos recabando información —prosiguió Rush—, pero, como sabe, con este tipo de situaciones no podemos esperar. Tenemos que movilizarnos.

—Por supuesto, señor.

Rush cerró la carpeta y la deslizó encima de la mesa.

—Recibirá más órdenes a través de los canales habituales, pero esto debería facilitarle la información que necesita para un reconocimiento inicial.

Cuando Lime se disponía a coger la carpeta, el coronel puso la mano sobre ella.

—Parece que estará un tiempo alejado del trabajo de despacho.

—Sí, señor. Gracias, señor.

Rush levantó la mano y permitió que Lime cogiera la carpeta y se la pusiera en el regazo.

—A los oficiales de operaciones con misiles de los antiguos silos nucleares les gustaba decir que su trabajo consistía en un noventa y nueve por ciento de aburrimiento y en un uno por ciento de pánico —explicó Rush—. Lo que hacemos aquí por nuestro país nunca es tan tedioso y, con vigilancia, conseguimos que no cunda el pánico. Pero el principio es el mismo. Mantenemos la vigilancia contra los que quieren hacernos daño. El peor tipo de daño: el que viene, intencionadamente o no, de dentro. Y cuando es necesario, actuamos. La única diferencia es que a esos oficiales de misiles se les reconocía su lealtad. Los sacrificios que hacemos nosotros por nuestro país, el propósito al que hemos dedicado nuestra vida y por el cual a veces la hemos perdido, deben permanecer en secreto.

—Es el tipo de patriotismo más difícil, y el más importante.

Aquella afirmación no la había hecho Rush, sino alguien situado detrás de Lime. El coronel se puso en pie de inmediato y Lime siguió su ejemplo, girándose al hacerlo. Para su inmensa sorpresa, en el umbral se encontraba el general de división Zephyr, que estaba al mando de su unidad. Zephyr —nadie conocía su verdadero nombre— era una figura legendaria, y Lime solo lo había visto en persona dos veces: el día de la incorporación de su escuadrón, después de la escuela de entrenamiento avanzado, y hacía dos años, al final de una cacería particularmente inaudita y frustrante.

Lime no lo había oído entrar ni cerrar la puerta. Sabía que el objetivo de su presencia allí era subrayar el alcance de la misión.

—Somos guardianes de una confianza sagrada, señor Lime —dijo—. Recuérdelo siempre.

—Sí, señor —respondió Lime.

—Y no hay enemigo más peligroso que el que aparenta ser

aliado y amigo, pero cuyas acciones amenazan nuestra seguridad y, de hecho, socavan nuestra existencia misma.

—Sí, señor.

—Esta vez, lo que está en juego reviste especial importancia. La discreción y la paciencia serán de gran valía, porque quienes nos amenazan con su ignorancia están muy cerca de casa. Pero no debe permitir que eso interfiera en su buen criterio… o en su misión.

—Entendido.

Sin embargo, Lime estaba desconcertado: todos los miembros de su unidad estarían dispuestos a morir por Estados Unidos sin pensárselo dos veces. ¿A qué se refería el general con «cerca de casa»? Se dijo a sí mismo que debía esperar a leer el material que contenía la carpeta.

—Muy bien. Recibirá órdenes y autorizaciones directamente del coronel Rush. Le deseo buena suerte.

Ambos saludaron y el general se dio la vuelta y salió del despacho. Lime parpadeó un par de veces, aún un poco sorprendido. Luego se volvió hacia Rush.

—Como le decía, no habrá más trabajo de oficina en una temporada. —El coronel le dedicó un atisbo de sonrisa—. Puede retirarse.

# 13

Al día siguiente por la tarde, Nora observó cómo se elevaba la polvareda en el horizonte hacia la nada azul, señal de la partida de Corrie, Morwood y el equipo del FBI con la furgoneta que transportaba los cadáveres, el extraño artefacto y otras pruebas. Tappan estaba junto a ella —siempre parecía andar cerca, una presencia interesada pero silenciosa— y dijo:

—Extraño, ¿no crees?

—Mucho.

—Esos cuerpos no fueron enterrados aquí por accidente. A nuestro alrededor hay un millón de hectáreas que son perfectamente adecuadas para ese propósito. Entonces ¿por qué a quinientos metros de Roswell? Tiene que haber una conexión.

Nora negó con la cabeza.

—Supongo que sabremos más cuando los identifiquen.

—¿Crees que lo harán? —preguntó Tappan.

—Sé que lo harán. Corrie, es decir, la agente Swanson, ha recibido una formación especial para ello. En el último caso en el que trabajé con ella reconstruyó el rostro de un muerto con tanta exactitud que fue reconocido de inmediato.

—Me gustaría escuchar esa historia algún día.

Nora volvió a centrar su atención en la cuadrícula que estaban trazando Emilio y Scott en la zona, que clavaban las últimas estacas de madera y ataban cuerdas fosforescentes.

—Mañana haréis descubrimientos —dijo Tappan, que no lo expresó como si fuera una pregunta.

—Eso espero. Si no tropezamos con más cadáveres.

Tappan soltó una carcajada.

El sol estaba bajo en el horizonte y el trabajo del día tocaba a su fin. Corrie y su equipo habían tardado más de lo esperado, ya que tuvieron que tamizar la tierra y peinar la zona. A un lado vio a Skip charlando con Bitan. No podía oír lo que decían, pero Bitan era una de esas personas que gesticulaban de forma teatral, y estaba muy animado. Se sintió aliviada de que Skip le hubiera causado una buena impresión al famoso astrónomo; más que buena. Ambos eran entusiastas de la misma rama, y era obvio que a Bitan le gustaba tener un acólito cerca.

—Si no te importa —dijo Tappan, señalando con la cabeza el iPad que sostenía Nora—, ¿puedes explicarme cómo funciona ese software arqueológico?

—Es muy sencillo —dijo ella—. A medida que excavamos, todo lo que encontramos, cada capa que retiramos, cada muestra de suelo que tomamos, se fotografía *in situ* y luego se introduce para recrear la excavación física en tres dimensiones, mostrando cómo ha evolucionado con el tiempo. Se puede girar, observar lateralmente o incluso desde abajo, y se pueden llevar a cabo análisis de todo tipo. A medida que vamos descubriendo cosas, cargamos las fotos. La CPU hace el resto.

—Excelente. ¿Y cuál es tu plan para esos cuadrantes? ¿Los abrís de uno en uno o qué?

—Empezaremos por el cuadrante número uno e iremos de izquierda a derecha como un cortacésped, quitando un estrato de tierra cada vez que descendemos.

—¿Hasta dónde?

—Hasta el horizonte de 1947, tan abajo como llegue la perturbación, y luego un poco más para asegurarnos de que estamos en estratos anteriores al horizonte. Es el proceso estándar.

Vigil clavó la última estaca y ató la cuerda a su alrededor.

A continuación cerró el trípode, se lo colgó del hombro y se acercó a ellos.

—¡Hecho! —dijo con una sonrisa polvorienta bajo unas gafas de sol redondas—. Pan comido.

—Me alegra oírlo —respondió Tappan—. ¿Qué opinas del yacimiento, Emilio?

—Es ideal —dijo Vigil—. Terreno llano, sin apenas vegetación, y arena blanda pero con suficiente humedad debajo para que no se mueva. No se puede pedir más.

En aquel momento se acercó Bitan con Skip a la zaga. Pronto, todo el mundo pareció congregarse, incluidos los tres ingenieros.

—Es impresionante —comentó Bitan, observando la extensión de terreno cuadriculado.

Greg Banks se volvió hacia Nora.

—Me gustaría obtener muestras del terreno a medida que avanzáis.

—Por supuesto. Podemos tomar todas las que quieras, donde quieras.

—Estupendo. ¿Podríamos obtener una muestra de cien gramos de cada metro cuadrado, digamos, cada veinte centímetros de profundidad?

—Claro. ¿Buscas algo en particular?

—Quiero hacer análisis con espectrómetro de masas para saber qué compuestos pueden estar presentes. Y examinaré las muestras con el microscopio para ver si hay algo inusual.

—No hay problema. Los arqueólogos tomamos muestras de ese tipo constantemente. ¿Quién se ocupará del espectrómetro de masas?

—Los Laboratorios de Investigación Aplicada de la Universidad de Texas en Austin. La intención es enviarles muestras por FedEx a diario.

Nora asintió. Costaría una fortuna, pero ¿por qué no? Solo lo mejor para aquel proyecto.

—¿Esperas encontrar compuestos alienígenas? —preguntó Skip.

84

—Siempre —dijo Banks, lo cual provocó risas generalizadas.

Tappan miró a su alrededor.

—Hemos terminado por hoy, amigos. Y he planeado una cena especial para celebrarlo. Cócteles en el comedor a las seis, cena a las siete.

# 14

Nora entró en la caravana que compartía con Skip. Era acogedora, con dos dormitorios pequeños, uno en cada extremo, y sala de estar y comedor comunes en el centro, además de un cuarto de baño con una ducha. Skip había preparado un rincón para Mitty en la sala de estar, con una cama y sus cuencos de comida y agua. Aunque la caravana era pequeña, no lo era mucho más que la casa que compartían, y resultaba bastante más moderna.

Nora entró en su dormitorio para quitarse la ropa mugrienta y cambiarse para la cena, aunque no sabía qué ponerse. Llegó a la conclusión de que el estilo vaquero probablemente funcionaría, y se enfundó unos pantalones de cuero, unas botas de piel de serpiente y una camisa de seda roja rematada con un sencillo collar turquesa. Al salir de la habitación, encontró a Skip ya vestido en el salón. Su concepto de la elegancia eran unos vaqueros y una camisa de trabajo limpia.

—¿Con qué te estaba comiendo la cabeza Noam? —le preguntó Nora.

—Con esto y aquello.

—Eso suena a evasiva —repuso Nora en un tono burlón—. ¿Cómo qué?

—Bitan es un auténtico genio —dijo Skip—. Tiene una biblioteca de vídeos de las fuerzas aéreas e imágenes de radar de los fenómenos aéreos no identificados, entrevistas y un montón de cosas interesantes. Esta mañana me he pasado unas cuantas horas echando un vistazo. Muchos entrevistados están locos, pero otros no. Y las imágenes desclasificadas de las fuerzas aéreas son increíbles: objetos maniobrando a gran velocidad de una manera que supera con creces cualquier tecnología de la que disponemos hoy en día. Por no hablar de las entrevistas con gente que había sido abducida.

—¿Abducida?

—Ya has oído esas historias. Para experimentos o incluso para criar.

—Supongo que también has visto esos vídeos. Porno extraterrestre.

Skip se puso a reír.

—Deberías echar un vistazo. Sé que eres escéptica, y eso es bueno, pero también es bueno ser abierto de mente.

Nora se lo quedó mirando. Hablaba con sinceridad y su cara transmitía entusiasmo.

—Te lo prometo —dijo ella con una sonrisa afectuosa.


Cuando Nora fue con Skip al «vagón restaurante» diez minutos después, no pudo evitar sentirse impresionada. Habían vaciado una caravana Airstream de diez metros, y dentro solo había una cocina en un extremo y una mesa que recorría toda la estancia. Un mantel blanco cubría la mesa, sobre la cual había candelabros de plata, copas de cristal, servilletas de lino blanco con anillas redondas y platos de cerámica decorados con motivos de los años treinta, con marcas de ganado alrededor del borde y un dibujo en el centro con caballos, vaqueros y otros temas del Oeste.

—¡Bienvenidos! —exclamó Tappan, que sostenía una bandeja de plata con media docena de copas de champán—. Sois los primeros en llegar.

Nora y Skip cogieron una cada uno. Tappan llevaba botas de cocodrilo, vaqueros y una camisa marrón con botones perlados y costuras de fantasía. Al cuello, un pañuelo de seda prendido con una aguja de plata antigua de color turquesa. Estaba claro que no era su atuendo habitual, pero con su pelo negro rizado y sus hoyuelos le quedaba bien.

Tappan dejó la bandeja, levantó su martini e hicieron un brindis.

—Por la excavación —dijo—. Que sea de otro mundo.

—Eso, eso —respondió Skip.

En aquel momento llegó Bitan, con un traje que no era de su talla y una corbata mal anudada.

—¡Champán! —gritó, y se acercó a coger una copa. Luego miró a su alrededor—. Esto parece el O. K. Corral. ¿Soy el único que ha intentado respetar las normas de indumentaria?

—Con ese traje no —dijo Tappan entre risas.

—¿Qué le pasa a mi traje?

Tappan se tocó la solapa.

—Demasiado poliéster.

—Estamos en el desierto —repuso Bitan a la defensiva—. La ropa necesita respirar. Lo sé. Me crie en el Néguev.

Entonces llegaron Vigil y Riordan, y en unos minutos los siguió el resto del equipo científico, incluidos los tres ingenieros, que siempre parecían moverse en grupo. Kuznetsov llevaba un maletín con un instrumento musical extraño que dejó en un rincón.

Estuvieron charlando un rato, bebiendo champán y comiendo entremeses: salmón ahumado, blinis de caviar, gambas frías y melón envuelto en prosciutto.

Kuznetsov se zampó un blini y puso cara de sorpresa.

—¡Creo que esto es caviar ruso de verdad! —exclamó antes de servirse otro.

—Así es —dijo Tappan—. Osetra del mar Caspio, pero de piscifactoría, no salvaje, así que es caviar responsable.

Al oír eso, Skip se abrió paso hasta los blinis, se comió uno y cogió dos más. Nora vio que se había tomado dos copas de champán y se disponía a coger una tercera. Se acercó a él y le dio un suave codazo en las costillas.

—Con calma, ¿vale?

—Vale, hermanita —respondió, apartando la mano del champán.

Tappan hizo sonar una copa y todo el mundo se quedó en silencio. Luego miró a su alrededor con ojos centelleantes.

—Quiero contar una pequeña historia antes de sentarnos, una historia que algunos ya conocéis.

Hizo una pausa. Tenía la cara sonrojada e irradiaba entusiasmo y alegría. Nora tuvo la sensación de que pocas veces había visto a un ser humano más feliz.

—La historia cuenta un incidente que tuvo lugar en el Laboratorio Nacional de Los Álamos en el verano de 1950, cuando aún era una ciudad secreta. Fue durante el desarrollo de la bomba de hidrógeno. Enrico Fermi, el famoso físico italiano, salió a comer con Emil Konopinski, Herbert York y Edward Teller. Los cuatro estaban trabajando en la Súper, el nombre original de la bomba H. En el trayecto empezaron a hablar de los numerosos informes recientes sobre avistamientos de ovnis, incluido el incidente de Roswell. La discusión se centró en la probabilidad de que existiera vida inteligente en otros lugares del espacio. Todos coincidían en que debían existir civilizaciones alienígenas avanzadas en la galaxia, teniendo en cuenta sus miles de millones de planetas y los miles de millones de años en los que podría desarrollarse la vida inteligente. —Hizo una pausa—. Así que se sentaron a almorzar y la conversación derivó hacia otros temas: debates típicos de los físicos, como la posibilidad de realizar viajes más rápidos que la luz, etcétera. Pero entonces, durante una pausa en la conversación, Fermi dijo de repente: «Pero ¿dónde está todo el mundo?».

»Tras un silencio atónito, los demás físicos se echaron a reír, porque comprendieron que Fermi se refería a su conversación anterior. Si había tanta vida inteligente en la galaxia, quería saber Fermi, ¿dónde estaba? ¿Por qué no nos habían visitado, y muchas veces?

»Cuando Fermi volvió a su despacho, hizo algunos cálculos aproximados. Teniendo en cuenta el gran número de estrellas parecidas a nuestro sol que había en la galaxia y la alta probabi-

89

lidad de que muchas de ellas tuvieran planetas similares a la Tierra con agua líquida, y dado que muchas de esas estrellas eran miles de millones de años más antiguas que el sol, era lógico pensar que algunos de esos planetas habían desarrollado vida inteligente hacía mucho tiempo. Y esos seres inteligentes seguramente habían llegado a dominar los viajes interestelares. De ahí la perplejidad de Fermi: ¿Dónde estaban? ¡Tendrían que haber llegado hace siglos!

»Y ese, amigos míos, fue el origen del famoso enigma conocido como la paradoja de Fermi. La solución a esa paradoja es la esencia de lo que intentamos conseguir aquí. Todo apunta a que los extraterrestres ya han visitado la Tierra. Y aquí, en este desierto remoto, es donde encontraremos finalmente la prueba. Baste decir que será el mayor descubrimiento que haya hecho jamás la ciencia: saber que no estamos solos, que en el universo hay otros seres como nosotros, inteligentes y conscientes de sí mismos, con unos conocimientos y una sabiduría muy superiores a los que poseemos nosotros. —Alzó su martini—. Brindo por nuestro proyecto y por la solución a la paradoja de Fermi.

Luego se tomó el martini, y Nora y los demás hicieron lo propio.

—Y ahora sentémonos.

Nora tenía a Bitan a su izquierda, a Kuznetsov a su derecha y a Tappan delante. La conversación empezó cuando Max, el segundo chef y camarero, sirvió ensaladas y llenó las copas de vino.

Skip, sentado al otro lado de Kuznetsov, se volvió hacia él.

—Me llamo Skip, por si lo has olvidado —dijo, tendiéndole la mano.

—Vitaly, por si lo has olvidado.

—¿Eres ruso?

—Pues sí. Estoy aquí con un visado H-1B.

—¿Qué es eso?

Mientras Kuznetsov se lo explicaba, Nora se desentendió de la conversación y se centró en Tappan.

—Interesante historia la de la paradoja de Fermi.

—Sí —respondió Tappan—. En cierto modo, siento una afi-

90

nidad especial con Fermi. Ambos somos descendientes de italianos: mi madre se apellidaba Mazzei. A Fermi lo reclutaron para el Proyecto Manhattan y viajó a Los Álamos disfrazado y con el nombre de Henry Farmer. Pero tenía un acento italiano tan marcado que todo el mundo sabía que era un nombre falso en cuanto abría la boca. Antes había construido el primer reactor atómico del mundo en un sótano de la Universidad de Chicago.

—Entonces ¿cuál crees que es la respuesta a la paradoja de Fermi? —preguntó Nora—. ¿Por qué no hemos tenido noticias de los extraterrestres?

Tappan le dedicó una sonrisa deslumbrante.

—Esa es la cuestión, ¿no? Se han propuesto docenas de respuestas. Yo me inclino por la hipótesis del zoo.

—¿Quieres decir que estamos en una jaula de monos y no lo sabemos?

Tappan se echó a reír.

—No es descabellado. Es parecido a lo que le contaba Noam a tu hermano el otro día. La galaxia, según esa idea, está gobernada por una alianza de civilizaciones muy avanzadas, pero aún no estamos preparados para unirnos a ellas. Somos demasiado primitivos o demasiado peligrosos, o quizá demasiado tontos. Contactar nos perturbaría, o incluso nos destruiría, así que nos mantienen en una especie de reserva natural, donde se nos observa pero no se permite el contacto.

—Pero, siguiendo ese razonamiento —dijo Nora—, ¿no crees que, si encuentras pruebas de una visita alienígena, la gente se inquietará? Es decir, sabremos que estamos en un zoo.

Tappan se rio de nuevo.

—Creo que podemos manejarlo. Es el tipo de conocimiento que podría trascender nuestras disputas mezquinas y unirnos, librarnos de la guerra y del conflicto de una vez por todas.

Ante eso, Bitan levantó el dedo y se inclinó hacia Nora.

—Yo aún iría más allá.

—¿En qué sentido? —preguntó Nora.

Bitan agitó un dedo.

—Están a punto de abrir las puertas del zoo. Estamos a punto de ser liberados. Nos van a revelar los secretos del universo. Y ocurrirá en el transcurso de nuestras vidas, posiblemente dentro de unos años, o incluso unos meses.

—¿Por qué está tan seguro? —preguntó Nora.

—Por esos avistamientos de fenómenos aéreos no identificados, lo de Roswell, las abducciones… Nos están sondeando, intentando ver cómo reaccionamos. Y hasta ahora, todo va bien. Creo que en cualquier momento descorrerán el telón.

—¿Algo así como la Segunda Venida? —preguntó Skip.

—Bueno, en cierto modo. Reinará la paz. La pobreza, el hambre y las luchas desaparecerán.

Bitan extendió los brazos como Moisés en el monte, y su voz se volvió más grave.

—Por lo que he leído —intervino Skip—, algunos creen que estamos equivocados. Dicen que los alienígenas son los malos, empeñados en conquistar y saquear.

—¿No tendría sentido que cuanto más inteligente es un ser, más capacidad tiene para la compasión y la ética y menos lógica encierra para él la violencia? —preguntó Bitan.

—Para mí sí —respondió Skip.

—Abandoné la búsqueda de inteligencia extraterrestre —prosiguió Bitan— porque me di cuenta de que solo iban a escuchar al universo. Yo creía que debíamos tomar la iniciativa, demostrar que estamos interesados y dispuestos a unirnos a la civilización de la galaxia. Cuando rechazaron mi propuesta sobre el Proyecto para Contactar Inteligencia Extraterrestre, es decir, enviar mensajes a estrellas cercanas, tuve que dimitir.

—¿Así que forma parte de este proyecto porque cree que es importante descubrir vida inteligente que haya visitado la Tierra para intentar acelerar el día de la revelación? —preguntó Nora.

Bitan sonrió.

—Aunque ahora mismo todo son especulaciones, la respuesta es… sí.

# 15

Corrie Swanson estaba observando los dos conjuntos de restos humanos, cuidadosamente dispuestos en sendas camillas en medio del laboratorio forense, situado en el sótano de la oficina de Albuquerque. Habían terminado las autopsias como tales. La mayor parte de la carne había desaparecido y solo quedaban algunos trozos disecados de músculos y órganos internos. El escaso botín de pruebas físicas yacía esparcido en una tercera camilla: dos casquillos del calibre 45, el objeto de Industrias Hi-Chem, algunas monedas recuperadas del bolsillo de la víctima masculina y una llave. En la camilla también había una serie de contenedores de pruebas con muestras y preparaciones histológicas, listas para más análisis.

—¿Todos preparados? —dijo Nigel Lathrop, el director del laboratorio forense, que al parecer llevaba toda la vida en el puesto. Tenía un brusco acento británico y una personalidad un tanto retrógrada, incluso para el FBI—. ¿Todo en orden?

—Eso parece —respondió Corrie con cautela.

En la época de esplendor de Lathrop se esperaba que un solo patólogo forense lo hiciera todo. El problema era que no se había reciclado desde que salió de la escuela de posgrado, pero seguía demostrando una actitud de superioridad y tenía tendencia a despreciar, con un estilo británico condescendiente, la experiencia y formación de Corrie. Hablando claro, era un imbécil. Morwood le había advertido a Corrie que se llevara bien con él, y «llevarse

93

bien» era lo que había estado haciendo durante los últimos siete meses. Aquel era un ejemplo perfecto: ella había hecho el noventa por ciento del trabajo mientras Lathrop jugueteaba con cosas intrascendentes e intentaba parecer ocupado.

Morwood llegó a la una en punto con el agente especial al mando Julio García, jefe de la oficina operativa de Albuquerque. García era un agente corpulento, fornido y de voz suave, con una barba entreverada de canas e impecablemente vestido de azul. Corrie solo lo había visto una vez en el laboratorio, y su aparición por sorpresa la puso nerviosa.

—Agente Swanson —dijo García, tendiéndole la mano—. Espero que no le importe. El agente Morwood me estaba hablando de su caso y no he podido evitar interesarme. Como espectador, claro está.

—Gracias, señor.

Le gustaba aquello de «su caso». García parecía buen tipo, aunque un poco distante.

—Así es —dijo Lathrop—. Los resultados de nuestro trabajo son bastante sorprendentes. Hemos estado trabajando día y noche con estas dos pobres almas.

En los últimos días, desde que habían llegado los cadáveres, Corrie había estado trabajando casi las veinticuatro horas del día. Lathrop se iba a casa a las seis y volvía a las nueve de la mañana, pero Corrie no dijo nada.

Morwood se dio la vuelta.

—Dios mío, mira esas caras.

—Empecemos por ahí —terció Corrie rápidamente—. Las secciones histológicas de la piel indicaban que un ácido fuerte había entrado en contacto con ella, y un análisis químico así lo confirmó: HCL, ácido clorhídrico. Parece que a ambos individuos les salpicaron o rociaron la cara con ácido clorhídrico altamente concentrado; repetidas veces de hecho, como demuestra la estratificación microscópica de los daños que vi en las muestras.

—¿Tortura, en otras palabras? —preguntó Morwood.

94

—Los torturaron, sí, pero no con ácido. Creo que el ácido fue aplicado *post mortem* para borrar los rasgos faciales y dificultar su identificación. Se aplicó el mismo ácido en los dedos, probablemente para disolver las huellas dactilares.

—Extraordinario. ¿Eso significa que no podemos hacer reconstrucciones faciales?

—En puntos concretos el ácido penetró hasta el hueso, pero el resto son marcas superficiales. Deberíamos poder reconstruir las caras.

—¿Y la causa de la muerte?

—Un disparo en la sien izquierda de cada víctima, con quemaduras de pólvora y escamas. Recuperamos ambos casquillos. Presionaron la boca del arma, una cuarenta y cinco, contra la piel.

—Comprendo —dijo Morwood—. ¿Y la tortura?

—Arrancaron las uñas de los dedos pulgar y meñique de la mano derecha del hombre, y las de los dedos índice y corazón de la mujer.

Morwood se inclinó sobre los cadáveres. Luego se puso unos guantes y levantó con cuidado una mano para examinar los dedos.

—Se los aplastaron.

—Sí, señor. Varios dedos de ambas víctimas estaban fracturados. Utilizaron alicates o una herramienta similar para aplastárselos y retorcerlos.

Lathrop, impaciente por intervenir, los interrumpió.

—Fue una tortura infame. Hemos extraído los restos de los órganos internos para analizar toxinas y demás. Mañana enviaremos los contenedores de pruebas.

—Excelente —murmuró Morwood—. ¿Podrán identificarlos?

Lathrop volvió a imponerse a Corrie.

—La identificación es muy importante, sí. Extremadamente importante. Ambas víctimas habían recibido tratamientos odontológicos. Les hemos hecho radiografías y estamos buscando coincidencias en las bases de datos. Por desgracia, el ácido borró cualquier posibilidad de identificación dactilar. El hombre tiene entre cuarenta y cincuenta años, y la mujer entre treinta y cinco

95

y cuarenta y cinco. Debo señalar que ambos llevaban alianzas, y ella un modesto anillo de compromiso de diamantes, deformado sin duda durante la tortura.

Soltó toda aquella información de golpe.

—¿Anillos de boda? —preguntó Morwood con brusquedad—. ¿Estaban casados?

—Es obvio, y probablemente entre ellos —dijo Lathrop—. En 1947, una mujer no solía ir por ahí con un hombre que no fuera su marido.

—¿Y la fecha?

—Basándonos en las monedas encontradas en el bolsillo —prosiguió Lathrop—, 1947 parece una fecha probable, ya que había un penique sin circular de ese año y varias monedas anteriores, pero nada posterior. Así que 1947 es el *terminus post quem*. El año de fabricación de los casquillos también es 1947.

A Corrie la molestó oír aquella frase en latín, que a Lathrop le encantaba emplear. En una ocasión se había burlado de ella por no conocerla.

—¿Algún rastro de radiación? —preguntó Morwood.

—Es lo primero que comprobamos —dijo Lathrop—. Ninguno.

Morwood dijo:

—Probablemente conozca la historia de los dos científicos que desaparecieron sin dejar rastro en Los Álamos en 1947. Más tarde se demostró que eran espías, y se suponía que habían desertado a la Unión Soviética. Cuando se descubrieron estos dos cuerpos, pensé que los habíamos encontrado... hasta que uno de ellos resultó ser una mujer. Aun así me pregunto si podría haber una conexión. Corrie, ¿qué le parece? —añadió cuando Lathrop se disponía a hablar una vez más.

—Creo que es una pista que vale la pena investigar, señor —respondió Corrie.

Por eso, pensó la agente, estaba tan interesado en los dos cadáveres y se había mostrado decepcionado cuando vieron que uno era una mujer.

—¿Han averiguado qué es el dispositivo? —preguntó Morwood.

—Todavía no —dijo Corrie—. Industrias HiChem ya no existe. Se dedicaban a investigaciones clasificadas en materia de defensa, ingeniería aeronáutica, diseño de misiles y armas; ese tipo de cosas. Hemos enviado fotos a varios ingenieros.

—Me gustaría mandarlo a Los Álamos —dijo Morwood—. Conozco a un científico medio jubilado, el doctor Angus Eastchester, que trabaja allí. A lo mejor él puede identificarlo.

—Por supuesto —dijo Corrie—. Si quiere, puede llevárselo ahora. Haremos el papeleo cuando se vaya.

Corrie volvió a meterlo en su caja y luego lo precintó e incluyó una nota en la etiqueta.

—Muy agradecido —dijo Morwood—. Lo devolveré en cuanto se lo haya enseñado a Eastchester.

García, que no había dicho nada, asintió con aprobación.

Morwood miró a Corrie.

—Está haciendo un buen trabajo, agente Swanson. Y gracias, doctor Lathrop, por sus inestimables aportaciones. Este es un caso de lo más peculiar. —Negó con la cabeza—. Me pregunto qué tendrá que decir el doctor Eastchester al respecto.

# 16

El día había arrancado, como de costumbre, sin una sola nube en el cielo. Pero lo que había empezado bien se había torcido muy pronto por culpa del viento, que arreció temprano y fue aumentando a medida que avanzaba el día. A Nora le resultaba desagradable trabajar, ya que el viento levantaba nubes de polvo y las esparcía por la zona de excavación. No había árboles que pudieran frenarlo. El polvo se le acumulaba en el pelo, la cara y la ropa, se le metía en los ojos y podía sentirlo crujir entre los dientes.

Mitty, que normalmente se pasaba el día junto a Skip, acabó tan irritado que abandonó la excavación y se refugió bajo uno de los remolques.

A pesar del polvo, la excavación avanzaba a buen ritmo. Como había dicho Vigil, era uno de los terrenos más fáciles en los que había trabajado: llano, blando, sin raíces ni piedras, y con suficiente caliche en el suelo para mantenerlo en su sitio. Vigil y ella trabajaron de forma metódica en los cuadrantes, capa por capa, mientras Skip se encargaba del cribado, pasando la arena primero por un tamiz grueso y luego por uno fino. Kuznetsov y Cecilia Toth habían utilizado un radar de penetración para obtener gráficos de alta resolución de cada cuadrante, mostrando lo que podría haber bajo la superficie. Pero, una vez desenterradas, las sombras que aparecían en el georradar eran de escaso interés.

Tappan se había pasado la mañana vigilando la excavación,

sin inmutarse por el viento o el aburrimiento. Siempre andaba por allí, formulando preguntas, ofreciendo consejos y haciendo sentir su presencia, pero no en el mal sentido, pensó Nora. Se preguntaba cómo llevaría sus otros negocios a distancia.

Con sumo cuidado, tomó las muestras de tierra que había pedido Banks —cien gramos en cada cuadrante—, las metió en recipientes de cristal, las etiquetó y las colocó en una bandeja. Cuando estuvo llena, Skip la llevó al laboratorio de los tres ingenieros en el barracón número uno.

La arqueóloga se sintió aliviada cuando llegó la hora de comer. Todos se retiraron al barracón uno, donde los esperaba un almuerzo a base de bocadillos, ensaladas, té y café.

Nora se sirvió una taza de café y un bocadillo mientras los demás se sentaban, cansados y cubiertos de polvo. Nadie hablaba mucho. Habían desenterrado el principio del largo surco en la arena y tenía curiosidad por seguirlo hasta el final, que era demasiado profundo para el georradar o el magnetómetro. Pensaba que aún podía haber algo allí, fragmentos o trozos de lo que fuera que se había hundido en la tierra.

Justo cuando estaba terminándose el bocadillo y empezaba a temer su regreso al exterior —podía oír el viento azotando el tejado del barracón—, entró Greg Banks. Había estado ausente durante el almuerzo. Se detuvo y levantó las manos, con una amplia sonrisa en la cara.

—Hola a todos —dijo—. Tengo una pequeña sorpresa.

Intentó sonar despreocupado, pero su voz denotaba excitación.

—¿Qué pasa? —preguntó Tappan.

Banks sonrió misteriosamente.

—Ya lo veréis. Venid conmigo, por favor.

Todos siguieron a Banks al siguiente barracón, donde ya estaba esperando Skip. Allí, los pocos objetos que habían recuperado aquella mañana yacían esparcidos sobre una mesa grande, cada uno de ellos con una etiqueta. Nora ya los había visto casi todos, excepto el material recuperado en el cribado, y era una colección bastante triste de basura de mediados de siglo: colillas viejas, tapones de botella, trozos de cristal, una petaca de whisky rota, una punta de lápiz roma, una navaja rígida, varios botones y un remache de unos vaqueros. También habían hallado varios peniques, una moneda de cinco centavos y otra de veinticinco —todas de 1947 o antes— y un par de pedernales indios prehistóricos, además de la base de una punta de flecha rota. Todo muy terrestre. En el otro extremo de la mesa había una hilera de platos de cristal llenos de tierra junto a un microscopio estereoscópico con zoom.

—¡Eso sí que es una colección impresionante de objetos alienígenas! —dijo Tappan entre risas mientras escudriñaba la mesa.

—Si es así, los extraterrestres son tan propensos a tirar basura como los seres humanos —comentó Banks—. Pero eso no es lo que os quería enseñar. —Los condujo al microscopio estereoscópico—. He esparcido algunos granos de tierra en el portaobjetos que está ahora mismo en la platina. Quiero que echéis todos un vistazo sin decir nada. Luego, cada uno me comentará lo que ha visto.

Para ser un hombre aparentemente tranquilo, Banks tenía un don para el espectáculo, lo cual despertó la curiosidad de Nora.

Todos miraron por los oculares para examinar los granos a gran aumento. Nadie dijo nada y pronto le llegó el turno a Nora. Al principio, lo único que veía eran los granos gigantes de arena, tierra esponjosa y fragmentos de plantas y raíces. Pero entre ellos había algunas esferas redondas de un material vidrioso, verdoso y transparente.

Nora dio un paso atrás. No estaba segura de lo que significaba, pero sabía que allí había algo.

—Muy bien —dijo Banks—. ¿Qué habéis visto? Empecemos por ti, jefe.

—Bueno, he visto mucha arena. —Tappan se echó a reír—. Sinceramente no sé qué debo buscar. Parte de esa arena tenía formas interesantes, como cristales.

Al oír eso, Banks arqueó las cejas y cruzó miradas con Skip, que parecía estar al tanto.

—¿Alguien más ve algo?

Observó a todos los presentes, pero nadie había visto nada fuera de lo común aparte de los cristales de la arena, algunos de los cuales, al ampliarlos, parecían diamantes.

Banks empezaba a impacientarse.

—¡Cristales! Amigos míos, siempre que se agranda la arena, parece un cristal. Al fin y al cabo, está formada eminentemente por dióxido de silicio. Olvidaos de los malditos cristales. ¿Y las microesferas?

Se hizo el silencio.

—¿Cómo se convirtieron esos granos en esferas perfectas?

Hizo una pausa y miró a su alrededor.

—¿Son gotas fundidas? —preguntó Nora.

—¡Por fin! —Banks esbozó una sonrisa—. Son gotas fundidas que se enfriaron en el aire. ¿Alguno se ha fijado en el color verdoso? Es el color típico de la arena fundida o vaporizada. Si observáis con atención, veréis unas líneas tenues y arremolinadas en algunas de las gotitas. Se llaman líneas de flujo de Schlieren. Son típicas de la arena que se vaporiza y luego se condensa en la atmósfera y cae de nuevo a la Tierra mientras se enfría a partir de un estado fundido.

Tappan levantó la cabeza.

—¿Qué significa eso?

—Esas gotas tienen un nombre: microtectitas. Hasta ahora, solo se han asociado a impactos potentes de meteorito. Sin embargo, he encontrado microtectitas en todas las muestras de tierra que hemos examinado hasta ahora. Están por todas partes. Hay millones. —Miró a su alrededor con creciente dramatismo—. Así que pensé: ¿existe alguna prueba de la caída de un meteorito en esta zona? Lo he investigado y la respuesta es no.

Otra pausa dramática.

—La conclusión es ineludible: algo golpeó el suelo con tal violencia que vaporizó una masa de arena. Un impacto así no pudo obedecer a un choque terrestre de ningún tipo: un misil o un avión. En tales situaciones no hay energía suficiente para derretir la arena. Por tanto, tuvo que proceder del espacio exterior, algo que entró en la atmósfera terrestre a gran velocidad e impactó aquí.

—¿Pudo ser un satélite? —preguntó Nora.

—Sí, un satélite cayendo de una órbita alta sería lo bastante rápido como para derretir la arena en el impacto. El problema, Nora, es que en 1947, que evidentemente es cuando se produjo el impacto a juzgar por estos objetos que has hallado, no había satélites. El Sputnik no se lanzó hasta 1957.

Se hizo el silencio mientras todos asimilaban la información.

—Esto es impresionante, Greg —dijo Tappan—. Yo diría que acabamos de dar con la pistola humeante, o algo parecido. La prueba de que esto era extraterrestre.

—¿Pudo tratarse del impacto de un meteorito desconocido? —preguntó Nora con escasa convicción.

—Es posible —respondió Banks—. Pero estas microtectitas parecen estar asociadas al surco que estás excavando, y es muy improbable que lo haya provocado un meteorito. Habríamos encontrado fragmentos. He examinado numerosas muestras de tierra, las he rastrillado con imanes, he realizado pruebas químicas y no hay restos de meteoritos, ni tampoco de níquel-hierro ni condritas. No, lo que provocó ese surco no se rompió en fragmentos. Sin embargo, puede haber dejado rastros químicos sutiles. He solicitado un análisis y tendré los resultados en unos días.

Nora tragó saliva. Aquello era una prueba bastante asombrosa a favor de la existencia de un ovni extraterrestre. Echó un vistazo a la sala y detectó una expresión inusual en el rostro de Bitan. Su excitación era casi beatífica. Los demás, en mayor o menor medida, también expresaban júbilo. En general eran verdaderos creyentes y acababan de recibir la prueba que tanto deseaban.

Tappan se acercó a estrecharle la mano a Banks, le dio una palmada en la espalda y se volvió hacia el grupo.

—Estamos viviendo un gran momento. Esto demuestra que vamos por el buen camino. —Bajó la voz—. Debemos mantener este descubrimiento en secreto. Absolutamente en secreto. ¿Lo entendéis todos? Habéis firmado acuerdos de confidencialidad, pero quiero insistir en que no le digamos nada a nadie. Porque, si se filtra la noticia de que tenemos pruebas de que aquí se estrelló un ovni, la prensa se hará eco, el gobierno podría intervenir... y nuestro trabajo se vería como mínimo alterado.

Todos asintieron en silencio.

# 17

Corrie colocó con mucho cuidado el último marcador de profundidad en el molde del primer cráneo, miró el reloj —eran las cinco de la tarde en punto— y se apartó para admirar su trabajo. En la Escuela John Jay de Justicia Criminal se había licenciado simultáneamente en Antropología forense y Reconstrucción facial. Lo habitual era que se necesitara un equipo de dos personas para reconstruir un rostro a partir de un cráneo —un antropólogo forense y un artista—, pero ella había estudiado ambas disciplinas y estaba cualificada para realizar una reconstrucción facial completa por sí sola. Era un proceso minucioso que implicaba habilidad y arte a partes iguales. Las simulaciones por ordenador, a pesar de lo que mostraba la televisión, no eran tan buenas como una reconstrucción cuidadosa hecha a mano.

Por supuesto, Lathrop no sabía nada de aquello, ya que se había licenciado hacía un millón de años y nunca había intentado ponerse al día. Corrie estaba deseando que se jubilara. Pero allí estaba, sin hacer nada mientras ella calentaba un bloque de plastilina en un cuenco de agua sobre un quemador Bunsen, preparándose para esculpir los músculos del molde del cráneo.

—Toc, toc —dijo Morwood, que estaba apoyado en la puerta.

—¡Adelante! —gritó Lathrop, apresurándose a apartar algunas cajas de la entrada—. Estamos haciendo grandes progresos, agente Morwood.

Corrie esperó sin decir nada mientras Lathrop acompañaba

a Morwood a la mesa de trabajo. Decidió dejar que Lathrop hablara todo lo que quisiera. Se había hartado de competir con él y, además, estaba segura de que Morwood se daría cuenta.

—Como puede ver —dijo Lathrop—, hemos hecho un molde del cráneo masculino, y ahora estamos a punto de poner los músculos y la carne y de darle a esta pobre víctima un rostro y, con suerte, un nombre.

—Muy bien —respondió Morwood, que se inclinó sobre el cráneo y le dedicó a Corrie una mirada de soslayo que lo decía todo—. Buen trabajo, desde luego. ¿Creen que podrán identificarlo pronto?

Morwood miraba a Corrie mientras hacía la pregunta, pero Lathrop siguió adelante de todos modos.

—Sin duda alguna. También tenemos registros dentales. Una odontología bastante extraña, en realidad: el varón tenía cuatro coronas, pero no están hechas de oro, ni siquiera de la amalgama de plata típica de la época, sino de acero inoxidable.

La composición del material de la corona era otro descubrimiento de Corrie.

Morwood arqueó las cejas.

—¿Es muy inusual?

—Mucho —respondió Lathrop al instante.

—Eso debería ayudar a determinar dónde se hizo el trabajo dental, ¿no? —preguntó Morwood a Corrie.

—Muy posiblemente, señor —dijo ella en voz baja.

De repente, Morwood sufrió un breve acceso de tos. Luego se aclaró la garganta.

—¿Puedo hacer una sugerencia? ¿Por qué no enviamos esas cuatro coronas al laboratorio principal de Quantico? Tienen especialistas de talla mundial en odontología forense.

—Es una idea excelente —dijo Lathrop—. Aunque por desgracia no contamos con radiografías para cotejarlas con las bases de datos, hemos enviado ADN para su secuenciación. Estoy seguro, agente Morwood, de que no tardaremos en identificar a ambos individuos.

—Me gustaría que presentaran esto en nuestra reunión semanal el próximo martes. ¿Creen que tendrán una identificación para entonces?

—Sí —dijo Lathrop al tiempo que Corrie respondía que no.

Morwood se los quedó mirando.

—¿Y bien?

—La secuenciación del ADN no estará lista para entonces —dijo Corrie—. El tratamiento dental podría llevarnos a alguna parte, pero dudo que lo sepamos el martes. Solo nos quedan las reconstrucciones faciales, pero datan de hace más de setenta años, así que es poco probable que haya alguien vivo que las reconozca. Llevará algún tiempo compararlas con fotografías existentes, si es que podemos hacerlo.

—Agente Morwood —dijo Lathrop en un tono obsequioso—, yo soy bastante más optimista que nuestra residente Casandra. Al contrario que ella, creo que tendremos una identificación el martes, o al menos algo parecido.

Morwood asintió y, cuando sus ojos volvieron a posarse en Corrie, a esta le pareció captar una advertencia velada. El agente sabía lo ofendida que debía de sentirse y le estaba aconsejando que no reaccionara. Corrie tragó saliva. «Nuestra residente Casandra». ¿De verdad iba a dejarlo pasar?

—Ambos están haciendo un buen trabajo —dijo Morwood—. Corrie, como está usted al mando, me gustaría que se ocupe de la presentación. Espero que no le importe, doctor Lathrop.

—Por supuesto que no —repuso él, asintiendo con brusquedad.

—Muy bien. —Morwood miró su reloj—. Tengo que irme: el doctor Eastchester me ha concedido audiencia a las siete en su casa de Los Álamos.

Y, con eso, se marchó.

Después de un largo silencio, Corrie tomó una decisión, se volvió hacia Lathrop y le dijo en voz baja y uniforme:

—No me ha gustado su comentario sobre Casandra. Si vuelve a decir algo parecido, presentaré una queja.

106

—¡Qué tontería! —respondió él—. Mi comentario no tenía nada de malo. Por lo visto no sabe que Casandra era la antigua profetisa que decía la verdad y a la que nunca creían. Así que ya ve, querida, no era un insulto, sino un cumplido.

El pequeño discurso confundió a Corrie, pero aun así estaba segura de que la había insultado. El «querida» no ayudó.

—No es solo el comentario de Casandra. Es todo desde que llegué. —Intentó emplear un tono comedido, eligiendo con esmero sus palabras—. Ha minimizado y menospreciado mis aportaciones. Se ha atribuido cosas que no ha hecho. Y me ha tratado de forma condescendiente y, francamente, sexista.

—Vaya, vaya —resopló Lathrop—. No sabía que fuera una criatura tan delicada. Esto es el FBI, querida, no el DAR.

Aquello fue la gota que colmó el vaso. Corrie lo miró con los ojos entrecerrados.

—Parece que se le olvida una cosa: no solo poseo un rango superior al suyo, sino que tengo mucha más formación en ciencias forenses. Dudo que haya leído un libro sobre el tema en veinte años.

Lathrop se puso pálido y Corrie vio que le había asestado un golpe certero. Sin embargo, aquella sensación de triunfo pronto dio paso a la aprensión al ver lo herido que estaba. De repente deseó poder retractarse de lo que acababa de decir.

Con la cara tan blanca como un fantasma, Lathrop se alejó con pasos rígidos, salió por la puerta del laboratorio y la cerró con mucho cuidado.

# 18

El GPS del teléfono del agente especial Morwood le indicó que doblara a la izquierda en el cruce de Trinity y Oppenheimer. Al girar se maravilló ante los nombres de las calles de aquella ciudad, antaño secreta, que había lanzado la Era Atómica. Pronto llegó al ciento veintidós de Oppenheimer Drive, un modesto edificio pintado de gris con ribetes blancos, y aparcó en una plaza reservada junto a una camioneta antigua. Cogió el gran recipiente de pruebas que había en el asiento trasero y lo llevó a la entrada, pero antes de que pudiera llamar al timbre, Angus Eastchester había abierto la puerta. Morwood lo había conocido años antes, cuando era un novato, pero el científico había envejecido con elegancia, luciendo una cabellera blanca a lo Einstein, un rostro rubicundo, gafas de pasta y una chaqueta de tweed arrugada con parches de cuero. Se apoyaba en un hermoso bastón antiguo de Malaca con empuñadura dorada.

—¡Pase, por favor! —dijo Eastchester—. ¡Adelante!

Morwood lo siguió hasta un modesto salón y Eastchester le ofreció asiento en un sillón que había visto días mejores. A Morwood lo sorprendió que un premio nobel viviera en un lugar tan sencillo, espartano incluso. ¿El premio no conllevaba varios millones de dólares? A algunas personas no les importaban ni el dinero ni las posesiones.

—Gracias por acceder a verme, doctor Eastchester —dijo Morwood.

—Aclaremos una cosa —dijo Eastchester—. Yo soy Angus y tú eres Hale. Aquí sobran las formalidades.

—Por supuesto —respondió Morwood.

Eastchester seguía siendo tan afable y humilde como veintitrés años atrás, antes de ganar el Nobel. Al parecer, el premio no le había cambiado.

—Antes de empezar, ¿puedo ofrecerte algo? ¿Café? ¿Té? ¿Agua?

—Me vendría muy bien un café.

Había sido un largo viaje de Albuquerque a Los Álamos, y Morwood necesitaba un refrigerio.

—A mí también. —comentó Eastchester—. ¿Annie?

De la cocina salió una mujer con aspecto de matrona.

—Café, por favor.

—Enseguida.

La mujer desapareció de nuevo.

—Cuando cumplí ochenta —dijo Eastchester, señalando la cocina con la cabeza—, mis hijos me impusieron a alguien para que me ayudara durante el día. El año pasado me rompí la cadera y no ha sido fácil.

—Siento oír eso.

—¡Bah! Achaques de la edad. Qué aburrimiento. Ganamos reconocimiento, edad y riqueza, y justo cuando estamos listos para disfrutarlo, el Padre Tiempo se abalanza sobre nosotros y nos fastidia el cuerpo. *Pulvis et umbra sumus*, ya sabes.

—Sé a qué te refieres. Yo tengo esta maldita enfermedad pulmonar que me hace ir más lento.

—He oído que últimamente eres supervisor. Has progresado mucho desde el novato nervioso al que recuerdo trabajando en su primer caso con ese superior... ¿Cómo se llamaba?

—Mickey Starr. Por desgracia, el caso sigue abierto. Es doloroso.

—Me imagino.

El café llegó en un elegante juego de plata y, agradecido, Morwood cogió una taza y añadió nata y dos terrones de azúcar. Revolvió y bebió un trago largo y satisfactorio.

—Ahora que hemos recuperado fuerzas —dijo Eastchester—, demos un vistazo a esa cosa misteriosa que has traído.

—Claro.

Morwood se puso unos guantes de látex, dejó la caja encima de la mesita y la abrió. Después sacó el objeto y lo depositó sobre la mesa.

En el rostro de Eastchester se dibujó una expresión de asombro absoluto y exhaló con brusquedad.

—Vaya, vaya —dijo—. ¿De dónde has sacado eso?

—¿Sabes qué es?

—¿Te importaría darle la vuelta?

Morwood hizo lo que le pedía.

Eastchester lo miró detenidamente y luego se recostó, negando con la cabeza.

—Si no me equivoco, es un componente altamente clasificado de las primeras bombas H. Se trata de un «dial de rendimiento variable».

—¿Qué significa?

—Eso habrá que explicarlo un poco. Como sabrás, una bomba de hidrógeno obtiene la mayor parte de su energía de la fusión del hidrógeno en helio. Esa reacción requiere tanto calor y presión que debe iniciarse mediante una explosión atómica. La bomba H es esencialmente una bomba de fisión que emplea plutonio, que luego desencadena una reacción de fusión en una masa de hidrógeno justo a su lado.

Morwood no estaba seguro de haberlo entendido, pero dejó que Eastchester prosiguiera sin interrupciones.

—Las bombas H no utilizan hidrógeno normal, sino un isótopo llamado tritio, también expresado como 3H. ¿Ves ese símbolo impreso en el lateral? Es una forma de hidrógeno que tiene dos neutrones adicionales en su núcleo.

—Comprendo.

—Este dispositivo almacena el tritio dentro de la bomba. Puedes modificar la potencia de la bomba, en este caso de uno a veinte megatones, simplemente girando ese dial. Ese dispositivo in-

110

troduce más o menos tritio en la cámara de reacción antes de la detonación. Cuanto más tritio, mayor será la explosión. De ahí el nombre de «dial de rendimiento variable». Si quieres bombardear Moscú, por ejemplo, puedes aumentar la potencia a veinte megatones para destruir toda la ciudad. Si, por el contrario, bombardeas un aeródromo o una fábrica, bastará con un mísero megatón.

—Unos cálculos espantosos —observó Morwood.

—Sin duda, los rusos han incluido dispositivos similares en sus bombas H.

—¿Sigue siendo información clasificada?

—Mucho. —Se inclinó hacia delante—. ¿Puedo preguntar de dónde demonios lo has sacado?

—Es una historia bastante extraña, y debe seguir siendo confidencial.

—Por supuesto.

—Hay un multimillonario excéntrico, un tipo llamado Lucas Tappan...

—El tipo de los satélites y la energía verde.

—Exacto. También le interesan los ovnis, y dirige una investigación arqueológica en Roswell, donde se supone que se estrelló ese platillo en 1947.

Eastchester arqueó sus cejas pobladas.

—¿Están haciendo excavaciones en Roswell? Qué perverso.

—Durante la prospección inicial, la arqueóloga que se encarga del trabajo de campo encontró una tumba a unos centenares de metros del lugar. En ella había dos cadáveres y el artefacto. Eran un hombre y una mujer, ambos víctimas de homicidio. Presentaban signos de tortura y fueron ejecutados.

—¡Santo Dios! ¿Los han identificado?

—Todavía no. Pero, por un momento, pensé que podían ser los dos científicos que desaparecieron de Los Álamos en 1947, esos espías, Headley y Warshinski, que según algunos desertaron a la Unión Soviética. Otros, yo incluido, piensan que pudieron ser asesinados. Pero uno de los cuerpos pertenecía a una mujer, así que no eran ellos.

—Los Álamos era una ciudad secreta por aquel entonces —dijo Eastchester—. A todo el que salía lo sometían a un registro minucioso. No entiendo cómo alguien pudo sacar este dispositivo a escondidas. No debió de resultar fácil. Pero, Hale, esto me lleva a pensar si puede guardar relación con ese caso abierto en el que trabajaste como novato, el asesinato de nuestro científico nuclear en 1999.

—No es posible. Los dos cuerpos que acaban de encontrar en Roswell son muy anteriores al caso de 1999.

—Claro. —Eastchester frunció el ceño y se puso pensativo. En el salón se hizo el silencio—. ¿Me permites? —dijo, señalando el aparato.

—Si no te importa, ponte esto.

Morwood sacó unos guantes del bolsillo y se los ofreció. Eastchester se los puso, cogió el aparato y lo examinó de cerca, girándolo de un lado a otro.

—Sin duda, se fabricó en el laboratorio de Los Álamos. Creo que es bastante antiguo. ¿Qué pensáis hacer con él?

—Tenemos una zona de almacenamiento seguro para pruebas clasificadas. Ahora que me has explicado lo que es, lo guardaremos allí una vez que lo hayamos examinado.

Eastchester asintió.

—Bien. —Le dio la vuelta—. Parece casi nuevo.

—No llueve mucho en el desierto, y estaba enterrado a un metro de profundidad.

Eastchester volvió a dejar el aparato encima de la mesa y se quitó los guantes.

—¡Ciertamente tienes un misterio entre manos, amigo mío del gobierno! Ovnis, espías, torturas, asesinatos, bombas atómicas... Cuando te jubiles, podrás escribir una novela.

# 19

Nora se asomó a la puerta del barracón número uno. Eran las siete de la tarde, se estaba poniendo el sol y en el laboratorio reinaban la penumbra y el silencio. Habían vuelto todos a sus habitaciones a prepararse para la cena; todos excepto uno. Al fondo del laboratorio pudo ver a Tappan en un charco de luz, inclinado sobre una de las mesas.

Cuando la oyó entrar, se irguió.

—¡Nora! —Su voz resonó en el espacio vacío—. Gracias por venir a estas horas. Cierra, por favor.

Nora cerró la puerta y echó el pestillo. Sentía curiosidad por saber qué quería mostrarle. Tappan se había pasado casi toda la tarde encerrado con Greg Banks en el laboratorio. Al salir, Banks fue directo a su caravana sin mediar palabra.

—Acércate a la mesa. Quiero enseñarte una cosa.

Tappan llevaba una camisa negra de cuello Mao y unos vaqueros y, al instante, Nora quedó impresionada por la energía contenida que irradiaba.

Bordeó la mesa, sobre la cual había varios gráficos.

—Has visto esto antes, ¿verdad, Nora?

—Por supuesto. Son gráficos de espectrometría de masas.

—Bien. Tengo un pequeño problema para ti. —Cogió una hoja de la parte superior de la pila y la deslizó ante ella—. Échale un vistazo a este.

Nora examinó el gráfico de barras verticales, el cual presentaba la «huella» de algún compuesto químico que no reconocía. Era bastante complejo, con docenas de barras verticales de diferentes alturas en varias masas elementales.

—¿Ves algo inusual?

Al mirar más de cerca, Nora se dio cuenta de que en el extremo derecho del gráfico había una barra vertical muy alejada en la escala atómica.

—Aquí hay un error —dijo, señalándola.

—¿Un error?

—Bueno, muestra una masa atómica imposiblemente alta.

—¿Imposible? ¿Y si te dijera que Banks repitió estos espectros de masas cinco veces con cinco muestras diferentes... y obtuvo siempre la misma lectura?

Nora negó con la cabeza.

—No soy química, así que a lo mejor se me escapa algo, pero esa masa es demasiado alta para cualquier elemento conocido.

—Exacto: elemento conocido. Greg Banks cree que es un elemento superpesado que nadie ha visto antes.

Nora lo miró extrañada.

—He pasado la tarde con Greg intentando averiguar la estructura molecular a partir de estos espectros. Dice que, al parecer, son similares a un óxido de los metales raros itrio y paladio, con cationes de hidrógeno. Sin embargo, el paladio ha sido sustituido por este elemento superpesado desconocido.

—Me temo que mis conocimientos de física andan un poco oxidados —comentó Nora.

Tappan se pasó la mano por el pelo y continuó:

—El número atómico del uranio es noventa y dos. Eso significa que tiene noventa y dos protones en su núcleo. El hidrógeno tiene uno, el helio dos y así sucesivamente. Pero todos los elementos más allá del uranio solo pueden crearse en un laboratorio, no en la naturaleza. A medida que asciendes en la escala de números atómicos más allá del uranio, los elementos se vuelven cada vez más pesados, inestables y efímeros. Los átomos vuelan en pedazos. Tienen nombres como americio, berkelio, einstenio y moscovio, hasta llegar al número ciento dieciocho, el oganesón. Este elemento no se confirmó hasta 2002, y solo dura un quinientosavo de segundo antes de descomponerse en otra cosa.

Mientras hablaba, Tappan echó a andar con largas zancadas, dio media vuelta, siguió caminando y giró una vez más.

—Pero lo raro es esto: los físicos creen que un poco más arriba, alrededor del elemento ciento veinte de la tabla periódica, hay una «isla de estabilidad», un grupo de elementos que no se descomponen de inmediato. Duran mucho tiempo, posiblemente millones de años.

Se detuvo frente a Nora, que pudo sentir su excitación.

—Esa barra que pensabas que era un error no lo es. Es un elemento superpesado. De hecho, es el elemento ciento veintiséis, porque tiene ciento veintiséis protones en su núcleo. También tiene ciento ochenta y cuatro neutrones. Ambos números, ciento ochenta y cuatro y ciento veintiséis, son calificados de «números mágicos» por los físicos, ya que llenan exactamente las capas de electrones. Eso es lo que confiere al elemento ciento veintiséis su extraordinaria estabilidad.

Nora escuchaba cada vez más embelesada.

—La conclusión es la siguiente: aunque sabemos que el elemento ciento veintiséis en teoría puede existir, no podemos fabricarlo. Es demasiado difícil. No contamos con un acelerador con suficiente energía ni con los ingredientes adecuados. Tecnológicamente está fuera del alcance de la ciencia humana.

Hizo una pausa.

—Pero aquí está. Parece que alguien consiguió crearlo. Mi pregunta para ti, Nora, es quién.

Nora titubeó.

—Los extraterrestres —dijo medio en broma.

Tappan la miró un buen rato y esbozó una sonrisa que hizo aparecer sus hoyuelos.

—Lo has dicho tú, no yo.

Nora trató de asimilarlo. En combinación con las microtectitas que habían descubierto, era evidente que allí se había estrellado una nave extraterrestre avanzada.

Le costaba respirar y se le aceleró el pulso. Había poco margen para las dudas y, sin embargo, vio que estaba aferrándose a ellas con algo rayano en la desesperación. Ahora comprendía que una parte de ella no estaba preparada para aceptar una conclusión —por obvia que fuera— que pudiese alterar tan significativamente su percepción del mundo.

La tormenta de confusión no obedecía solo a ese descubrimiento; se debía, en parte, a la cercanía de la presencia física de Tappan. La intensificación de los latidos de su corazón, la sensación de hormigueo en las extremidades y el aroma del entusiasmo de Tappan eran cosas que no había sentido en mucho tiempo.

Pero él no pareció darse cuenta. Estaba demasiado embriagado con el descubrimiento como para pensar en otra cosa.

Nora respiró hondo y dio un paso atrás.

—Y hay algo más —dijo Tappan—. Aún más importante. Ese compuesto de itrio-paladio-hidrón que mencionaba antes es casi un superconductor a temperatura ambiente.

—Eso no es posible.

—¡Entonces ya sabes adónde quiero llegar! Algo que conduce la electricidad a temperatura ambiente sin resistencia; llevamos cincuenta años intentando fabricar un material así. Lo revolucionaría todo, desde la informática hasta la transmisión de energía. Pero en ese compuesto, el elemento ciento veintiséis es sustituido por el paladio, y parece ser un superconductor a temperatura ambiente: el santo grial de la ciencia de materiales.

Dio un paso adelante y la agarró de los hombros.

—Nora, es la prueba que estábamos buscando. Se trata de una aleación que solo ha podido ser diseñada por una tecnología mucho más avanzada que la nuestra. Una tecnología alienígena.

Nora trató de mantener la concentración mientras las manos de Tappan la sujetaban con suavidad. Las conclusiones extraordinarias, intentó decirse a sí misma, requerían pruebas extraordi-

116

narias, y siempre había peligro cuando la gente deseaba creer algo fervientemente.

Tappan siguió agarrándola un rato en medio del silencio y luego bajó las manos.

—Nora, no dices nada. ¿Qué estás pensando?

—Pues...

No pudo terminar la frase.

Su rostro resplandeciente y sus brillantes ojos grises, tan cerca de los de ella, la distraían cada vez más.

—Estoy impresionada —dijo por fin.

Tappan se rio.

—¿Impresionada? ¿Y ya está?

—Déjame procesarlo.

—¡Por supuesto, por supuesto! Debo de parecer un fanático. —Tappan hizo aletear una mano como restándole importancia—. Pero eres consciente de lo que significa, ¿verdad?

Nora se quedó callada.

—Eres escéptica por naturaleza, lo entiendo. Pero, como te decía, hemos llevado a cabo cinco pruebas independientes con otras tantas muestras. Todas dieron de la misma línea elemental superpesada, muy alejadas en el eje m/z.

—¿De qué estratos procedían las muestras? —preguntó por fin Nora.

—Del principio de la zanja, donde el objeto golpeó el suelo a gran velocidad. Lo que fuese que provocó el surco en la arena soltó esa sustancia.

Se hizo el silencio y Tappan empezó a recoger las gráficas.

—Voy a guardarlas en mi caja fuerte. Me gustaría que esto permaneciera en secreto por ahora.

—Un segundo, ¿no se lo vas a decir al grupo? —preguntó Nora.

A Tappan se le borró la sonrisa.

—Todavía no.

—¿Por qué?

La sonrisa volvió a su rostro.

—¡Porque espero conquistarte a ti primero, Nora! Tú eres la escéptica a la que quiero convertir. —De repente miró su reloj—. Madre mía, se me ha pasado la hora del martini. ¿Te apetece acompañarme? Esto merece una celebración.

Nora sintió que se ruborizaba ante aquella invitación, aunque fuera inofensiva, porque los pensamientos que le vinieron inesperadamente a la cabeza no eran tan inocentes. Esperaba que no se notase.

—No, gracias. Ha sido un día muy largo.

—Claro. Un «tal vez» está bien por ahora, pero en breve conseguiré que digas que sí. Te lo prometo.

# 20

Mientras Skip daba a Mitty su paseo vespertino, vio a Nora salir del barracón número uno. Cuando se disponía a regresar con el perro a la caravana, se le acercó Bitan. El crepúsculo se cernía sobre el inmenso paisaje y la primera estrella había aparecido por el oeste. En realidad, pensó Skip, no era una estrella, sino un planeta, Venus, situándose justo detrás del sol.

—¿Tienes un minuto? —le dijo Bitan en un tono confidencial.

—Claro.

—Vamos a dar una vuelta.

Bitan se llevó a Skip lejos del campamento, caminando deprisa con sus piernas cortas y rechonchas. Una fragante brisa primaveral recorría la meseta, llevando consigo el aroma del polvo y de alguna misteriosa flor del desierto. Mitty los seguía con impaciencia.

Recorrieron unos cuatrocientos metros. Entonces Bitan se detuvo bruscamente, se volvió hacia el campamento y lo señaló con la cabeza.

—¿Qué ves?

Skip no sabía si era una pregunta capciosa.

—La verdad es que nada. Solo unas luces.

—Exacto —respondió Bitan—. Llevamos solo cinco minutos caminando y, ¿cuánto hemos recorrido?, ¿unos centenares de metros? Pero esa excavación ha quedado reducida a unos destellos en el horizonte.

Skip asintió.

—La gente es muy rara —comentó Bitan—. Incluso los más inteligentes de todos ellos, de nosotros, se dejan llevar con facilidad por el autoengaño. Aquí estamos, hablando de la paradoja de Fermi, de los miles de millones de planetas rebosantes de vida potencial. Pero ¿sabes una cosa? Hablamos así sobre todo para tranquilizarnos.

—Creo que no le entiendo —dijo Skip.

—Hemos caminado muy poco y, sin embargo, no podemos ver la excavación. ¿Cuántas moléculas de tierra crees que hay entre ella y nosotros? Incluso este paisaje, a una escala que podemos comprender, es asombrosamente grande. ¿Podemos entender realmente la inmensidad del cosmos? No. Por eso los científicos hablan de pársecs, unidades astronómicas y años luz, porque las etiquetas y las medidas son reconfortantes. Inventamos etiquetas porque, cuando las utilizamos, nos hacen creer que entendemos lo que hay de verdad ahí fuera.

—Comprendo, sí —repuso Skip—. Los humanos hacemos eso. Etiquetamos, categorizamos, medimos y diseccionamos porque nos da una sensación de control.

Los ojos de Bitan brillaron bajo la luz mortecina.

—Tenía la sensación de que lo entenderías, Skip. ¿Qué opinas...?

Bitan vaciló, y Skip intuía que estaba a punto de confiarle algo.

—... ¿de las abducciones alienígenas?

No era la confesión que Skip se esperaba. Hizo una pausa y eligió con sumo cuidado sus palabras.

—Creo que es factible que haya habido algunas. Por supuesto, hay chiflados que solo quieren llamar la atención. Pero algunas historias que cuentan los abducidos tienen demasiado fundamento, son demasiado creíbles.

Tras un largo silencio, Bitan dijo:

—Eso mismo pienso yo.

Otro silencio aún más prolongado.

—Skip, ¿puedo hablarte con absoluta confidencialidad de algo que no debes comentar nunca con nadie?

—Por supuesto.

No podía creerse que un científico de fama mundial le hablara así, y sintió una oleada de calor.

—Me recuerdas a mi hijo Azriel, que murió en la guerra de Gaza en 2014. Era muy curioso y siempre tenía alguna teoría. La mitad de las preguntas que haces las respondes incluso antes de que salgan de tu boca. —Guardó silencio un rato—. ¿Conoces los Altos del Golán?

—¿No es la meseta que separa Israel de Siria?

—Correcto. Israel la ocupó durante la guerra de 1967. La conserva como protección, porque Siria bombardeaba el país desde allí. Es alta y escarpada, y en invierno nieva. Está prácticamente deshabitada.

En la creciente oscuridad, Skip escuchó la voz grave de Bitan, con su agradable acento hebreo.

—Como quizá sepas, la mayoría de los israelíes tienen que cumplir un año de servicio militar obligatorio. Yo no fui una excepción. En 1998, parte de mi servicio nacional consistió en patrullar los Altos. Formaba parte de una pequeña patrulla. Nuestro jefe de pelotón nos dividió para una maniobra, y yo me separé de los demás en un lugar llamado Einot Si'on. Es una cresta muy remota en las estribaciones del monte Hermón.

Hizo una pausa para respirar hondo. Skip escuchó con atención.

—Hacia las doce me di cuenta de que estaba completamente perdido, así que decidí pasar la noche en la cima de una colina. Desde allí podía ver toda la zona y buscar las luces de mi patrulla. Me quedé dormido. Horas después me desperté de repente y vi un haz de luz brillante y cálido. Me levanté de un salto, pensando que era un helicóptero de búsqueda, pero perdí el equilibrio y me caí hacia arriba. Sí, ya sé que suena raro. Al cabo de un momento me encontraba en una habitación circular resplandeciente, tumbado sobre una losa de material iridiscente. Del resplandor surgieron cinco criaturas alienígenas con forma humanoide, esbeltas y de movimientos suaves. Me rodearon. Al mismo tiempo me invadió una increíble sensación de paz, pertenencia y unidad con aquellos seres.

Skip, que apenas podía respirar, se dio cuenta de que no era una broma perversa: Bitan estaba diciendo la verdad, o al menos lo que recordaba.

—Mis recuerdos son borrosos a partir de ese instante. Me examinaron y se comunicaron conmigo. Lo que dijeron tuvo un efecto profundo y me cambió la vida.

Hizo una nueva pausa. Había anochecido, y sobre sus cabezas apareció una cúpula infinita de estrellas que parecían polvo incandescente.

—Me dijeron lo siguiente: que pertenecían a una civilización galáctica de inmensos avances tecnológicos, paz, prosperidad, compasión y felicidad. Los problemas a los que nos enfrentamos aquí, ellos los habían resuelto. Y algún día nos invitarían a unirnos a ellos, si podíamos curarnos de la guerra, del racismo, de la desigualdad y de otros males sociales de nuestro tiempo.

»Les pregunté: «¿Por qué yo?». Y me respondieron: «Al final lo entenderás. Formas parte del plan». Y entonces sentí que volvía a caer y me encontraba en la cresta de Einot Si'on. Al oeste, el cielo empezaba a clarear. Unas horas más tarde apareció mi patrulla, que había estado buscándome.

»Entonces cometí una estupidez. En cuanto tuve la oportunidad, me llevé aparte al jefe de la patrulla, que era teniente de las FDI, y le conté lo sucedido. Se quedó atónito. De inmediato dio por hecho que era un psicótico y me dijo que estaba obligado a denunciarme por mi propia seguridad y la de mis compañeros. Me costó muchísimo dar marcha atrás, retractarme, decir que había sido un sueño y convencerlo de que no me denunciara. Si lo hubiera hecho, me habrían expulsado. En mi expediente habría figurado que era mentalmente incapaz, y eso me habría arruinado la vida. Aprendí la lección. Por eso nunca volví a hablar de ello, salvo con mi hijo.

Su voz fue apagándose, y Skip tuvo que acercarse más para oírlo.

—Sin embargo, me animó a seguir un camino en la vida, el que conoces por mis libros e investigaciones. Pero me guardé ese encuentro para mí, porque, si alguna vez salía a la luz, todo habría terminado para mí. Incluso aquí y ahora, esos científicos abiertos de mente podrían considerarme un chalado.

—Sí, claro. Lo entiendo.

—No debes contárselo a nadie, ni siquiera a tu hermana. Esto queda entre tú y yo. —Luego sonrió y miró al perro—. Y Mitty.

—Lo prometo.

—Para mí, este proyecto es algo más que un trabajo científico. Tiene un significado espiritual. Este descubrimiento nos acercará al día en que la humanidad pueda dejar de lado sus malas costumbres y unirse finalmente a la civilización galáctica.

Skip sintió un escalofrío de júbilo. Era una revelación increíble, y Bitan, el famoso científico, había decidido compartirla con él, y solo con él.

—Gracias —le dijo en medio de un largo silencio—. Gracias por confiar en mí.

—Tenía un propósito al contártelo.

—¿Cuál? —preguntó Skip con impaciencia.

Bitan soltó una carcajada, cogió a Skip del hombro y le dio un apretón amistoso.

—Todo a su debido tiempo. Y ahora vamos a ver qué ofrece nuestro amigo Antonetti en el menú de esta noche.

# 21

Hale Morwood se apeó de su Cadillac XT6 negro, esperó un momento para recuperar el aliento, sacó la caja con el dial de rendimiento variable y cerró la puerta utilizando el mando. Luego echó a andar por el aparcamiento de empleados hacia la entrada del edificio del FBI. Faltaban pocos minutos para las doce y era una noche oscura y sin luna, lo cual reducía los edificios del parque empresarial cercano a pequeños rectángulos de luz.

No era un gran admirador de los Cadillac, ni de los coches de fabricación estadounidense en general, pero había elegido aquel por las mismas razones por las que había elegido una odiosa camioneta con vinilos como vehículo de trabajo. No delataba su condición de policía, ofrecía una buena protección en caso de colisión y, lo que tal vez era más importante, costaba poco esfuerzo entrar y salir de él.

Morwood se acercó a la fachada de la estructura central de tres plantas y accedió por la entrada principal. Después firmó el registro, intercambió unas palabras de cortesía con el guardia nocturno y se dirigió con cadencia acompasada hacia el ascensor. Las puertas se abrieron, entró y, en vez de subir a su despacho, situado en el segundo piso, pulsó el botón B y esperó a que el ascensor se tomara su tiempo.

Al menos, el lento trayecto hasta el sótano le devolvió la respiración normal, si es que eso era posible. El lugar estaba en silencio, lo cual no era de extrañar dada la hora que era. Giró a la izquierda por un pasillo mal iluminado, ya que la mitad de las luces del techo se apagaban automáticamente a partir de las diez, y fue al laboratorio. Veinte pasos; la distancia, memorizada desde hacía mucho tiempo, le vino a la mente lo quisiera o no.

La única ventaja de una vida sedentaria forzosa era que le dejaba todo el tiempo que quería y más para dedicarse a su pasión privada: la historia. En concreto, la historia militar estadounidense. En los últimos años había leído ávida y concienzudamente. Podía especificar —hasta el regimiento o el escuadrón, o a veces incluso la compañía— lo que cambió el rumbo de la batalla en sitios tan diversos como Bunker Hill, Gettysburg o Midway. Aunque, siendo reservado por naturaleza, rara vez hacía gala de aquella erudición. En particular, lo fascinaban los aspectos técnicos de la guerra, y que avances como el cañón estriado y la mira Norden pudieran desempeñar un papel tan importante en la victoria como el valor o la estrategia.

Llegó a la puerta del laboratorio y, sabiendo que nadie lo observaba, se detuvo para respirar. En ocasiones, su gusto por el sillón había ayudado en sus labores de investigación. Más de una vez, tumbado en la cama e incapaz de conciliar el sueño, con la mente divagando sobre algún detalle de las Termópilas o la Primera Guerra Mundial, encontraba —en el embrollo del caos y la muerte— alguna pista sobre un caso escurridizo que le habían encomendado. Anotaba sus ideas en un cuaderno y las revisaba al día siguiente cuando iba a trabajar. Normalmente no llevaban a ninguna parte; sin embargo, a veces desencadenaban un efecto dominó.

Esa idea se le había ocurrido aquella tarde y, como de costumbre, había anotado los detalles. Pero no se había acostado: creía que esa revelación no podía esperar al día siguiente.

Pulsó el teclado y la puerta del laboratorio se abrió con un silbido. El interior estaba casi a oscuras, por supuesto, y la única luz provenía de los carteles rojos de salida. Al entrar tanteó con la mano en busca de los interruptores. Delante vio el habitual batiburrillo de cajas sin abrir que Lathrop dejaba amontonadas.

Ocupaban ambas paredes e impedían ver el laboratorio principal, situado a la vuelta de la esquina y a la izquierda. Además, el lugar apestaba. En mayor o menor medida, todos los laboratorios forenses olían a productos químicos, líquidos y cosas en descomposición, pero aquel era el peor de todos los que conocía: se respiraba un leve olor a comida, como de salchicha de hígado, y en aquel contexto era repugnante. Entendía por qué a Corrie no le gustaba trabajar con Lathrop; no solo era un viejo quisquilloso, sino que tenía el laboratorio en pésimas condiciones. Se recordó a sí mismo que por la mañana enviaría un amable memorándum al respeto.

Avanzó, pasando junto a las pilas de cajas, hacia el recodo del pasillo. Más adelante distinguió el conjunto de interruptores que iluminarían el laboratorio. Sonrió al pensar en Corrie. Tenía un coraje especial. No era estudiado ni forzado, sino un instinto natural para bajar la cabeza y atacar que...

Detectó un movimiento borroso, gris sobre negro, en su visión periférica. Fue tan rápido que, aunque se encontraba en un espacio seguro, el instinto de Morwood le advirtió que acechaba algún peligro. Cuando iba a darse la vuelta, una mano rápida como un rayo se deslizó por debajo de su brazo y le agarró la nuca con una llave tan firme como el hierro. Morwood abrió la boca para gritar y soltó la caja al tiempo que levantaba el codo para devolver el golpe a su atacante, pero este se anticipó a su movimiento y lo empujó con violencia contra una estantería metálica. Sin aliento, Morwood notó el ardor de una aguja clavada en el cuello, justo por debajo del cuero cabelludo. De pronto, el atacante lo soltó. Respirando trabajosamente, Morwood se dio la vuelta, listo para abalanzarse sobre el intruso. Pero, al hacerlo, sintió una extraña debilidad recorriéndole la columna vertebral y las extremidades. Empezó a fallarle la musculatura y, con horrible rapidez, dejó de responder. Entonces se desplomó, incapaz siquiera de evitar que su cabeza golpeara el cemento.

Estaba paralizado y no podía mover la mandíbula o tan siquiera pestañear. Mientras yacía allí, aturdido por el golpe en la cabeza y lo fulminante del ataque, vio que se encendían el resto de las luces. Poco después apareció una figura que lo miraba desde arriba: un hombre de unos treinta o cuarenta años con el pelo castaño. Llevaba un traje oscuro y conservador, como los que solían lucir los agentes del FBI. Morwood, totalmente quieto, vio una expresión de curiosidad y preocupación en el rostro del hombre, que se arrodilló y le puso dos dedos en el cuello. Luego levantó una mano enguantada y, con mucha delicadeza, le cerró los ojos.

Mientras yacía inmovilizado, pero plenamente consciente de lo que lo rodeaba, Morwood oyó al hombre adentrarse en lo más profundo del laboratorio. Pero el desconocido y su ataque repentino ya no eran tan críticos para él como lo habían sido un minuto antes: la parálisis se había extendido a la cavidad pleural, y la respiración de Morwood —que ya de por sí era una carga para él— degeneró en jadeos superficiales.

Tras cerciorarse de que el agente Morwood ya no suponía una amenaza, Lime echó un vistazo al laboratorio. El compuesto que le había inyectado a Morwood —similar al bromuro de vecuronio en sus efectos paralizantes, pero indetectable en una autopsia— haría su trabajo en quince o veinte minutos, o tal vez menos, habida cuenta de la ya agitada respiración del hombre. Casi había acabado con los preparativos. Si se daba prisa, el tiempo no debería ser un problema.

Se acercó a una bolsa negra de nailon balístico que estaba abierta sobre una de las camillas metálicas, rebuscó en su interior y sacó varias herramientas pequeñas y una bolsita sellada que contenía lo que parecían granos de arroz marrones de gran tamaño, o más bien mierda de rata. A continuación fue a un rincón alejado, utilizó un taburete para desatornillar una rejilla situada cerca del techo y, apoyando una linterna en la cavidad interior, empezó a trabajar rápida pero eficazmente. En ocho minutos había terminado: la rejilla colocada y el taburete en su sitio y limpio de huellas.

Lime echó un vistazo a su reloj. Había llegado a tiempo y los preparativos estaban casi terminados. Solo faltaba una cosa.

En su mano apareció un pequeño destornillador y se dirigió a una máquina redonda y maltrecha situada en un rincón lleno de polvo: el autoclave del laboratorio. Con rapidez y pericia, se arrodilló para desatornillar una placa metálica del lateral de la máquina. Seguidamente introdujo una navaja, trabajó durante veinte segundos y volvió a colocar la placa.

Por último, volvió a comprobarlo todo: un ejercicio mental para el que había sido condicionado. Después fue a la puerta por la que había entrado Morwood, se cercioró de que estuviera bien cerrada y regresó junto al hombre que yacía inmóvil. Arrodillado de nuevo, comprobó que el agente estuviera inconsciente, su cuerpo batallando por respirar, pero a punto de morir. Eso, al menos, era una suerte: aunque la droga era el método preferido de Lime para tales situaciones, la asfixia por parálisis era una forma desagradable de morir. Aun así debían encontrar humo en sus pulmones.

En realidad era una lástima: todo lo que sabía acerca de Morwood por su expediente oficial lo convertía en un buen candidato. Ciertamente, su carácter, sus creencias y su perspectiva coincidían con el credo de Atropos. Fue su desafortunado estado de salud lo que propició su descarte.

Ahora con más premura, Lime rebuscó en los bolsillos de Morwood. Abrió la cartera, examinó las llaves y volvió a guardar ambas cosas. Junto a la cartera había un papel doblado, lo leyó y lo dejó de nuevo en su sitio. «Regla *número* 7: Siempre que puedas, no te lleves ni dejes nada».

Un chasquido sordo procedente del autoclave indicó que la operación estaba en marcha. Al cabo de un momento, el olor a humo así lo confirmó. Levantándose, Lime volvió a la camilla en la que tenía la bolsa. Guardó sus herramientas y echó un vistazo rápido pero minucioso al laboratorio. Con la ligereza que le confería su familiaridad con el lugar, se quitó la chaqueta y los pantalones y les dio la vuelta, dejando al descubierto un forro de fieltro negro. Entonces volvió a ponérselos y sacó un pasamontañas de la bolsa. El humo inundó a gran velocidad la estancia, pero no saltó ninguna alarma y los aspersores del techo no se activaron.

Satisfecho, Lime cerró la bolsa, se la echó al hombro y regresó a la zona de carga y a la pequeña puerta de servicio que había junto a ella. La puerta estaba ligeramente entreabierta, tal como la había dejado. Se detuvo un instante en el umbral, salió y cerró la puerta del laboratorio tras de sí. Luego se dio la vuelta y, alejándose de las luces dispersas del parque empresarial, desapareció deprisa en la oscuridad.

# 22

El móvil sonó con tanta fuerza y brusquedad que Corrie dio una sacudida bajo las sábanas. Aun estando en la cama, seguía nerviosa. Llevaba toda la noche inquieta —sin saber por qué—, y se había pasado horas dando vueltas antes de poder conciliar el sueño.

Apoyándose en un codo, cogió el teléfono de la mesilla. Eran las dos y media, lo cual significaba que había dormido menos de una hora. En la pantalla aparecía el indicador de número oculto; probablemente se trataba de una llamada robotizada. Increíble. Mientras contestaba, prometió encontrar al cabrón de la empresa responsable y colgar sus pelotas sobre la puerta del baño.

—¿Sí? —dijo, oyendo el graznido somnoliento de su propia voz.

—¿Agente Swanson? —dijo una voz con apremio.

Algo en su tono autoritario la hizo rememorar por un segundo una noche de hacía diez años, cuando un sheriff de Kansas aporreó la puerta de la caravana que compartía con su madre.

—¿Agente Swanson? —insistió la voz.

Desterrando el viejo recuerdo de su mente, se sentó y se aclaró la garganta.

—¿Sí?

—Aquí el agente especial García.

García, el jefe de la oficina de Albuquerque. Era cierto que Corrie no lo veía a menudo, pero aun así conocía su voz, y no se parecía a la del hombre que estaba al otro lado del teléfono.

—¿Sí, señor?

—Siento molestarla a estas horas.

—No pasa nada, señor.

—Necesito hacerle unas preguntas, si no le importa. ¿Puede decirme cuándo vio por última vez al agente Morwood?

El aturdimiento de Corrie hizo que la pregunta le resultara más difícil de responder de lo que debería.

—Esta tarde, señor. Ayer por la tarde, quiero decir. Vino al laboratorio forense.

Corrie oyó ruido de papeles.

—Estaba trabajando en unas reconstrucciones faciales, ¿verdad?

Puede que la voz de García no sonara como de costumbre, pero parecía notablemente despierto y alerta para la hora que era.

—Me estaba preparando, sí.

—¿Por casualidad recuerda qué hora era?

Corrie pensó unos instantes. Ahora, ella también estaba por completo despierta y cada vez más preocupada por el cariz que estaban tomando aquellas preguntas.

—Serían alrededor de las cinco, señor.

—¿Y le dio alguna indicación de lo que tenía planeado para el resto del día?

—Dijo… Ah, dijo que iba a ver a un viejo conocido para preguntarle por el dispositivo encontrado en Roswell.

Más movimiento de papeles.

—Debía de ser el científico que mencionó. ¿Cómo se llama?

—Eastchester.

—Muy bien —dijo García—. ¿Alguna idea de por qué estaba en el laboratorio forense hace unas horas?

—¿Hace unas horas? —Corrie hizo una pausa. De fondo se oía un murmullo de voces. ¿Desde dónde llamaba?—. Imagino que fue a devolver el dispositivo que sacó de allí para enseñárselo a Eastchester.

—Sí, por supuesto.

—Señor, ¿podría explicarme a qué vienen estas preguntas?

García tardó unos instantes en responder.

—Esta noche ha habido un incendio en el laboratorio. Un incendio grave.

—¿Qué...?

A Corrie le iba el cerebro a toda velocidad. *¿En el laboratorio?*

—Lamento mucho informarla de que el agente Morwood ha fallecido en ese incendio.

—*¿Qué?* —repitió Corrie, sin intentar contener la repentina estridencia de su voz.

—La investigación acaba de empezar. Mañana sabré más.

Corrie, aturdida, no respondió. El murmullo de voces al otro lado se hizo más fuerte.

—Tengo que colgar. Lo siento mucho, Corrie. Sé el respeto que sentía por él. Esto es un golpe para usted y para todos nosotros. Hablamos mañana por la mañana.

—*¡Espere!* —gritó Corrie, pero García ya había colgado, y se descubrió llorándole a un teléfono inerte.

# 23

A Skip lo fastidiaba un poco tener que trabajar los sábados: estaba harto de catalogar los libros de Bitan, y de palear y cribar tierra sin encontrar nada, y estaba deseando dormir hasta tarde y holgazanear en la autocaravana. Pero Nora y el equipo querían seguir trabajando, ya que estaban a punto de descubrir lo que Nora creía que sería el final de la zanja. A las once de la mañana, el grupo celebró la reunión en torno a una mesa instalada a la sombra de una tienda.

La reunión, intuyó Skip al observar al grupo, sería distinta a lo habitual. Con su barba normalmente negra cubierta de polvo, Emilio Vigil tomó asiento junto a Nora. El otro investigador de posdoctorado, Scott Riordan, se sentó al otro lado, aún más manchado de polvo.

Noam se les había unido de modo inesperado, al igual que Greg Banks y los otros dos ingenieros. Tappan ocupaba el extremo de la mesa. Parecía que la reunión rutinaria de media mañana se había convertido en algo importante.

Skip bebió un sorbo de café y esperó.

—Bueno —dijo Nora para iniciar la reunión—. Emilio, ¿podrías contarles a todos los avances de esta mañana?

—Claro que sí. —Miró a su alrededor—. Como sabéis, hemos estado excavando el contorno del surco que causó el objeto. El doctor Bitan ha pasado bastante tiempo tomando medidas.

Bitan les había pedido varias veces que interrumpieran su

133

trabajo mientras él se metía en las zanjas y realizaba mediciones precisas con un teodolito láser. Skip no sabía muy bien qué estaba haciendo, y Bitan había respondido con vaguedades cuando Nora le preguntó.

—Tal vez el doctor Bitan podría explicarnos el alcance y propósito de su trabajo —aventuró Nora con cierta crudeza.

Skip vio que estaba un poco irritada, pero intuía que Noam tenía sus razones para no revelar con exactitud lo que estaba haciendo.

—¡Todavía no, todavía no! Pronto. Estoy trabajando en una pequeña teoría mía, eso es todo.

«Una pequeña teoría», pensó Skip, que procuró no establecer contacto visual con Bitan.

—Muy bien —dijo Nora—. Adelante, Emilio.

—Gracias. Esta mañana nos hemos llevado una gran sorpresa. Que sepamos, hemos llegado al final del surco… y no encontramos nada. Lo que creó ese surco parece haber desaparecido.

—¿Desaparecido? —preguntó Tappan, repentinamente interesado—. ¿Cómo es eso?

—La verdad es que resulta un poco misterioso —dijo Nora—. El objeto entró en un ángulo poco profundo. La zanja, por supuesto, se rellenó en 1947, pero hemos podido seguir su contorno. Esperábamos hallar el punto en que se detuvo el objeto, pero, en lugar de eso, la zanja parecía extenderse y desaparecer, sin dejar tras de sí más que un amasijo de arena y vidrio fundido. Skip ha guardado arena vidriosa para que la analice el doctor Banks.

Este asintió.

—Nuestro plan —continuó Nora— es excavar más allá de donde desaparece el surco para ver qué encontramos. También tenemos previsto abrir varias zanjas transversales para comprobar si el objeto esparció piezas a ambos lados. ¿Alguna pregunta o idea?

Nora respondió a varias cuestiones y se entabló un debate sin conclusiones. Tappan terminó dando las gracias a Nora y diciendo:

134

—Parece que tenemos un verdadero misterio entre manos.

Intentó sonar animado, pero Skip se percató de que la noticia había sido una decepción.

Cuando hubo concluido la reunión, Noam le indicó a Skip que lo acompañara. Volvieron al barracón número dos, donde Noam lo hizo pasar a su despacho y cerró la puerta.

—Siéntate, por favor.

Skip ocupó la silla situada frente al escritorio, emocionado por la expectación y convencido de que el hombre tenía algo que añadir a lo que habían hablado la noche anterior.

—Esta mañana me habrás visto dando vueltas por las zanjas —dijo Noam con unos ojos relucientes.

—Así es. ¿Estaba poniendo a prueba alguna idea?

—Exacto, y dio sus frutos. Anoche mencioné que te había contado la historia por un motivo: es porque necesito tu ayuda.

—Estoy dispuesto a ayudar en lo que haga falta —dijo Skip.

—Ya lo sé. Tu hermana y los demás están desconcertados por la forma del surco que dejó el objeto y el misterio de su desaparición. Pero para mí no es ningún misterio. Después de tomar medidas, creo saber exactamente lo que ocurrió.

Se recostó en su silla con una sonrisa, tensando los dedos y dejando que se impusiera el silencio.

—¿Qué? —preguntó finalmente Skip.

—Permíteme empezar diciendo que ahora sé que estamos cavando en el lugar equivocado.

—Pero, el surco en la arena, el cristal, los sondeos de radar… ¿Me está diciendo que aquí no ocurrió nada?

—Ocurrió algo, sí. El objeto golpeó el suelo, pero mis cálculos demuestran que el objeto entró a un ángulo tan bajo que rebotó como una piedra plana que salta sobre el agua, emprendió de nuevo el vuelo y aterrizó en otro sitio.

Skip se lo quedó mirando.

—Madre mía.

Bitan soltó una risotada.

—Por supuesto, eso explica por qué el surco acabó en un

chorro de arena y cristal. El objeto simplemente rebotó y voló más allá.

—Así que el verdadero emplazamiento del accidente está en otro punto —aventuró Skip.

—Exacto. En algún lugar en la dirección en la que apunta el surco. Y ahí es donde entras tú: serás mi buscador confidencial. Juntos encontraremos dónde se detuvo realmente el fenómeno aéreo no identificado.

Abrió un cajón y sacó una gran hoja de papel. Después la deslizó sobre el escritorio y le dio la vuelta para que Skip pudiera verla. Estaba llena de ecuaciones matemáticas escritas a lápiz, y en el centro había un tosco mapa dibujado a mano, decorado con flechas y vectores. En la parte superior había un óvalo hecho con un grueso lápiz rojo.

—Nuestro campamento está aquí. —Bitan dio unos golpecitos al papel—. Y aquí está el surco, apuntando al noroeste a un rumbo de trescientos veintiún grados. Si sigues esa dirección, atraviesa el lecho seco del lago y se adentra en estas colinas. He dibujado este óvalo donde mis cálculos preliminares muestran que el objeto probablemente volvió a la tierra. Por supuesto, muchos elementos dependen de su velocidad y masa, además de su forma y la cantidad de resistencia que produjo. Y cuando volvió a tocar el suelo, pudo haber rodado o rebotado. Aún no lo sabemos.

Skip se quedó mirando el mapa.

—¿Qué superficie abarca ese óvalo?

—Unas cuatrocientas hectáreas.

—Eso es mucho.

—Lo sé. Mañana es domingo, nuestro día libre. Imagino que algunos irán a la ciudad, de compras o lo que sea. Tú y yo vamos a preparar un pícnic y le diremos a todo el mundo que vamos a buscar la vieja atalaya española.

Skip dudó. Aquello no era directamente relevante para la historia de la abducción de Bitan.

—¿Hay alguna razón por la que no quiera contarle esto a todo el mundo?

136

—Sí. Tengo que ser yo quien lo descubra. Es mi destino. La revelación del monte Hermón me eligió para esto. Y cuando lo encuentre, como es natural, compartiré ese descubrimiento con el equipo, pero hasta entonces no. ¿Estás conmigo?

—Sí —respondió Skip—. Absolutamente.

—¡Bien! Nos reuniremos aquí mañana temprano. A las cinco y media. Trae mochila, agua y almuerzo.

—¡Claro que sí!

Presa de la emoción, Skip ni siquiera pensó en que era una hora intempestiva.

Bitan se inclinó hacia delante.

—Esta es la cuestión: si cayó en otro sitio, es posible que el gobierno nunca lo encontrara, lo cual significa que todavía está allí.

# 24

Corrie entró en el vestíbulo de la oficina de Albuquerque el sábado a las doce menos diez del mediodía. Pasó la barrera de seguridad, fue al ascensor y subió hasta la tercera planta sin pensar demasiado, como una zombi. No había dormido en las nueve horas transcurridas desde la llamada inicial, pero era más la conmoción que el cansancio lo que hacía que todo pareciera irreal.

Cuando García colgó, pasó unos minutos llorando en silencio. Luego se quedó tumbada en la cama, mirando al techo e intentando convencerse de que nada de aquello estaba ocurriendo. No podía ser. Llegaría al trabajo y vería a Morwood en su mesa, mirándola a través del cristal arqueando una ceja con escepticismo. Pero, por supuesto, no era así, y de un modo u otro tenía que serenarse.

Nunca había pasado mucho tiempo en la última planta del edificio del FBI los fines de semana, pero nada más salir del ascensor percibió una atmósfera extraña, como si estuviera en una iglesia. Mientras caminaba por la granja de cubículos y luego por la hilera de despachos adosados a la pared del fondo, aquella quietud no hizo sino acentuar la sensación de irrealidad. A lo lejos podía oír los sollozos de una mujer. Curiosamente había olvidado que Morwood había supervisado a otros agentes además de a ella.

A medida que se acercaba al despacho de la esquina, comenzó a ver más gente. La muerte de un agente del FBI, aunque fuera accidental, no solo era una tragedia, sino un asunto importante que había que investigar. El hecho de que ocurriera en las instalaciones lo convertía en algo doblemente grave. Sin duda, ese era el motivo por el que García había solicitado su presencia. Corrie sabía que no la habían traído para una terapia de duelo.

No había ningún auxiliar administrativo fuera del despacho de García, y Corrie había llegado con unos minutos de antelación, así que se sentó en una de las sillas que había frente a la puerta del agente especial. Cerró los ojos y respiró lenta y profundamente. La sensación de incredulidad era, en cierta manera, una coraza protectora; si conseguía superar la reunión con aquella coraza intacta, tal vez podría aguantar el resto del fin de semana.

La puerta se abrió y salieron tres o cuatro agentes de alto rango. Ninguno la miró. Hubo un silencio momentáneo, y entonces oyó:

—¿Swanson? Pase, por favor.

Corrie se levantó y entró en el despacho. Solo había estado allí un par de veces, pero siempre tenía el mismo aspecto: la bandera estadounidense en una esquina, la del FBI en otra y una foto enmarcada del presidente entre ambas. Dos ventanas en paredes adyacentes con vistas a la autopista. Carpetas ordenadas sobre el escritorio junto a unas cuantas fotos de familia. Una mesa de reuniones con sillas, y paisajes desérticos en las paredes. Recordó que Morwood la había invitado a una reunión preliminar después de llegar a la conclusión —según sus palabras— de que tenía posibilidades de quedarse.

—Buenos días —dijo García con su voz suave—. Cierre la puerta y siéntese, por favor.

Los ojos despiertos de García la escrutaron rápidamente. Se levantó para estrecharle la mano a Corrie mientras elegía silla, y luego volvió a sentarse y apoyó sus brazos fornidos sobre la mesa, con las manos juntas y los dedos entrelazados. Su boca formaba una línea recta, ni sonriendo ni frunciendo los labios. Pero Corrie nunca había visto a García reír ni gritar de rabia.

—Gracias por venir, agente Swanson.

—De nada, señor —respondió Corrie.

—El agente Morwood era una persona muy querida. Era un agente comprometido y respetado por su lealtad a la agencia. Esto es una tragedia para todos, Swanson. Todos hemos sufrido una pérdida. Siento si anoche le parecí cortante.

—No se preocupe, señor.

García vaciló, cosa infrecuente en él. A pesar de la neblina de conmoción y tristeza, Corrie había reparado en que no había ninguna carpeta abierta delante del agente especial ni ningún dispositivo de grabación a la vista. Eso también era inusual para el que imaginaba que sería un interrogatorio.

García respiró hondo.

—Creo que es mejor mencionar una cosa de buen principio, agente Swanson, para que haya total transparencia y para que entienda mejor mi línea de interrogatorio.

—Muy bien, señor —dijo Corrie.

«¿Transparencia sobre qué?», pensó.

—Como parte de la investigación preliminar del incendio, esta mañana me he reunido con el doctor Lathrop. Según… ah… recuerda —otro titubeo, esta vez más breve—, cuando ayer estuvieron en el laboratorio forense, usted no respetó los protocolos de seguridad.

Corrie seguía concentrada en mantener la coraza protectora y tardó un momento en asimilar sus palabras.

—Disculpe, ¿que hice qué?

—Como parte de su trabajo, estaba calentando plastilina. ¿Correcto?

Corrie asintió.

Por fin apareció la carpeta. García la abrió y echó un vistazo a una o dos páginas.

—El doctor Lathrop ha declarado que usted no estaba siguiendo las directrices para el uso de un quemador Bunsen. —Otro vistazo a la página—. Dice que había material inflamable cerca de la llama. También afirma que usted no inspeccionó el conducto para verificar que no tenía defectos; por ejemplo, posibles cortes. Por último, afirma que es un comportamiento que ya había detectado en usted anteriormente: dejar un quemador desatendido o la válvula de gas primaria abierta al finalizar su trabajo y cosas por el estilo.

Mientras García hablaba, Corrie sintió que se deshacía la burbuja protectora y ocupaba su lugar una combinación de incredulidad, dolor e ira.

—Señor, ¿está diciendo que Lathrop me acusa de dejar un quemador encendido y de ser responsable del incendio que mató a mi jefe?

García levantó las manos en un gesto tranquilizador. Inconscientemente, Corrie había empezado a levantarse de la silla.

—Agente Swanson, por favor. Le cuento todo esto ahora, al principio, por cortesía y para que tenga una visión completa de la situación. Lathrop no lanzó acusaciones concretas. No es sospechosa de nada. Sabe mejor que nadie que contamos con expertos en la reconstrucción de sucesos como este. Ya han precintado el laboratorio y han empezado a trabajar. Serán sus hallazgos sobre el origen del incendio los que determinen lo ocurrido. No es una acusación individualizada. Los recuerdos de Lathrop u otros testigos presenciales, incluida usted, también son importantes pero complementarios.

El agente dejó que se hiciera el silencio. Una vez más, sus ojos brillantes miraron con atención a Corrie, que se había sentado de nuevo en un estado de conmoción, aunque de un tipo completamente distinto.

García se aclaró la garganta y, cuando volvió a hablar, lo hizo en un tono más bajo, casi confidencial.

—Se lo he contado porque así lo dicta la normativa. Por lo demás, siento de veras que haya sucedido esto. En un mundo más justo, le darían tiempo para pasar el duelo en vez de sentir la necesidad de defenderse. El doctor Lathrop es… Bueno, creo que coincidirá conmigo en que tiene cierta reputación. Pero el hecho es que lleva aquí muchos años y es nuestra obligación investigar sus afirmaciones. Espero que comprenda la necesidad de hacerle algunas preguntas. Créame, es mucho mejor así.

—Sí, señor. —Corrie respiró entrecortadamente—. Gracias, señor.

Tras aclararse de nuevo la garganta, García recuperó la actitud formal y autoritaria.

—Esto no debería llevarnos mucho tiempo. —Sacó un bolígrafo del bolsillo—. Anoche me dijo que Morwood pasó por el laboratorio forense a última hora de la tarde. ¿Usted y Lathrop estaban trabajando a esa hora?

—Yo estaba trabajando. Lathrop estaba mirando.

No pensaba ser benevolente con aquel hijo de puta nunca más.

García tomó nota.

—¿Qué estaba haciendo en ese momento?

—Estaba calentando plastilina en un recipiente con agua utilizando... utilizando un quemador para la reconstrucción facial. Era necesario para aplicar musculatura al molde del cráneo.

—¿De qué hablaron los tres?

—Principalmente de la posibilidad de obtener una identificación utilizable a partir de la reconstrucción. Lathrop lo creía probable; yo lo creía improbable.

—¿Y qué opinaba Morwood?

—Parecía satisfecho con mis progresos. Me pidió que me ocupara de la presentación en la reunión del próximo martes.

—Y entonces el agente Morwood se fue.

Corrie asintió.

—¿Qué pasó después?

—Lathrop y yo tuvimos una discusión.

—¿Sobre qué?

Corrie suspiró.

—Lathrop tiene la costumbre de menospreciarme, señor. Hace comentarios sarcásticos, sexistas y denigrantes y, cuando se los hago notar, dice que era en broma. Lleva haciéndolo desde que estoy aquí. Se refirió a mí como «Casandra» delante de Morwood, lo cual me pareció una falta de respeto. Le dije que si hacía otro comentario de ese estilo, presentaría una queja.

—Entendido.

García estaba escribiendo de nuevo.

—El hecho es que obtuve un título de Antropología forense en John Jay, pero él actúa como…

—Entendido, agente Swanson —dijo García con un poco más de firmeza.

Corrie guardó silencio mientras él seguía tomando notas. Finalmente volvió a levantar la vista.

—Comprenderá que debo hacerle la siguiente serie de preguntas. ¿El doctor Lathrop se fue del laboratorio antes que usted?

—Sí. Es lo que puso fin a nuestra discusión.

—¿Y usted continuó trabajando?

Corrie asintió.

—¿Cuánto rato?

—Una hora, tal vez hora y cuarto.

—¿Qué hora era cuando se fue?

—Cerca de las seis y media.

—¿Y el doctor Lathrop no regresó en todo ese tiempo?

—No, señor.

—¿El quemador Bunsen estaba encendido cuando él se marchó?

—Sí.

—¿Cuánto tiempo más hizo uso de él?

—Unos quince minutos. Cuando la plastilina estuvo lo suficientemente blanda, la saqué y cerré el quemador, así como el gas del conducto principal. En ningún momento hubo gas o llama cerca de materiales inflamables.

—¿Y podría repasar brevemente los pasos que dio para asegurar el laboratorio?

—Cuando había avanzado todo lo que pude en la reconstrucción, dejé la maqueta en un armario. Después guardé mis herramientas, me quité los guantes y recogí la zona de trabajo. Ya había apagado el quemador Bunsen y cerrado la válvula de gas, y para entonces el quemador estaba frío. Lo guardé con el resto del material. Comprobé que la válvula principal estuviera cerrada, hice un último reconocimiento de la zona, apagué las luces y esperé a que el panel de seguridad se pusiera en verde antes de marcharme.

Corrie esperaba que García tomara más notas o grabara lo que estaba diciendo, pero se limitó a escuchar, atusándose la barba y observándola. Luego hizo una última pregunta.

—Y cree que la razón por la que Morwood regresó al laboratorio esa noche fue para devolver el objeto al archivador de pruebas, ¿correcto?

Corrie dudó. ¿A medianoche?

—No estoy segura.

—¿Conoce otro motivo relacionado con el cometido del agente Morwood, o con lo que estaba pensando, que pudiera haberlo llevado al laboratorio a esas horas de la noche?

—No, señor. A veces trabajaba hasta tarde. Es posible que quisiera ver cómo avanzaba mi reconstrucción.

García asimiló la información sin inmutarse. Después volvió a guardar el bolígrafo en el bolsillo y cerró la carpeta.

—Gracias, Corrie.

La agente se sentía tan desorientada como una bola de pinball.

—Señor, quiero ayudar…

—Lo sé, pero tenemos que dejar que la investigación siga su curso. Como existen estas alegaciones, no puede participar de forma directa, ¿entendido?

—¿Y mi investigación sobre la identidad de los dos cuerpos…?

—Quedaron muy dañados en el incendio. Me temo que habrá que esperar a que concluya la investigación. —Sus palabras sonaron displicentes, y García hizo una ligera mueca al percatarse de ello—. No se preocupe por Lathrop, ¿de acuerdo? Lo mejor que puede hacer es permitirse llorar. Distánciese un poco de todo esto. De hecho, le recomiendo que se tome una semana libre.

—Pero, señor...

—Agente Swanson, por favor. Una semana libre, ¿le parece?

—Sí, señor.

—Aquí tiene mi número privado por si necesita hablar o se le ocurre otro motivo por el que Morwood pudiera entrar en el laboratorio a altas horas de la noche. —Metió la mano en un bolsillo de la americana, sacó una tarjeta y se la entregó—. Ahora váyase a casa, Swanson. Y gracias.

Corrie estuvo a punto de añadir algo, pero advirtió que no tenía nada más que decir. Se levantó, le dio las gracias y salió del despacho aún más bloqueada que al entrar.

# 25

Cargando con su portátil y extrañamente nerviosa, Nora llamó a la puerta de la gigantesca autocaravana de Tappan. Al cabo de un momento se abrió de par en par.

—¡Justo a tiempo! Adelante.

Nora entró en el elegante espacio mientras él cerraba la puerta. La mesa situada en el centro de la sala estaba cubierta de gráficos de excavación y perfiles del suelo.

—Siéntate —dijo Tappan, apartando los documentos—. Te he hecho venir porque estoy desconcertado con lo que se ha encontrado hoy o, más en concreto, con lo que no se ha encontrado, y esperaba que pudiéramos buscar una solución. No soy arqueólogo, así que deberás tener paciencia.

Acompañó la frase con una sonrisa y se sentó delante de ella.

—Por supuesto. Tengo algunas ideas al respecto.

—Entonces explícame, arqueológicamente, qué significa que este surco parezca haber desaparecido por completo.

Nora abrió su portátil.

—Es más fácil mostrarte una reconstrucción tridimensional del lugar. —Pulsó varias teclas y apareció la imagen—. Tendrás que acercarte para verlo.

Tappan se sentó en el sofá junto a ella.

—Esto es una representación tridimensional de la excavación —explicó Nora—. Lo único importante que hemos hallado es el surco. Se puede ver aquí.

Giró la imagen pulsando un botón.

—Entendido.

—Demuestra que un objeto bastante pequeño, de menos de tres metros de diámetro, se estrelló describiendo un ángulo de unos veinte grados con respecto a la horizontal.

—¿Tres metros? ¿En serio?

—Es la anchura del surco en su punto más estrecho. Si era redondo, tenía tres metros de diámetro. Por supuesto, es posible que fuera más largo y tuviera forma de puro o cohete y que el impacto fuera frontal.

—De acuerdo.

—Abrió un cráter grande y poco profundo en el lugar del impacto. La colisión hizo saltar bastante arena, y así se crearon muchas de las microtectitas que encontró Greg. Como sabes, tenía que moverse a gran velocidad para hacer eso. El surco se vuelve más estrecho y profundo a medida que penetra en el suelo, al contrario que el ángulo. A una profundidad de cuatro metros, el surco es casi horizontal. Y aquí parece disolverse caóticamente.

Nora giró y amplió la imagen.

—Es como si el objeto hubiera desaparecido —dijo Tappan—. ¿Eso es posible?

—Lo que fuera que impactó no pudo desaparecer sin más. Creo que lo que estamos viendo es el punto donde trabajaron las excavadoras del gobierno. Evidentemente eliminaron todo lo que había y, al hacerlo, destruyeron la integridad arqueológica del yacimiento. Lo que queda es confuso; no hay estratificación ni estructura, solo arena y tierra removidas. —Hizo una pausa—. Así que en realidad no es el misterio que parecía al principio. Al menos, esa es una teoría. Más excavaciones y zanjas de prueba a ambos lados deberían aclarar las cosas.

—Ya veo —dijo Tappan—. Así que lo que provocó el surco ahora está en uno de esos hangares precintados del Área 51.

Nora no contestó.

Tappan miró el reloj y se levantó.

—¿Te quedas a tomar algo?

Nora dudó. Su instinto le decía que podía ser mala idea, aunque le costaba entender qué llevaba a una mujer de treinta y cinco años a pensar así.

—Claro —dijo ella.

—¿Cuál es tu veneno preferido?

—Una copa de vino blanco estaría bien.

—Marchando.

Tappan se acercó a la barra, sacó una botella de la nevera y la abrió. Luego se sirvió un martini en una copa de cóctel.

—Salud. —Tappan chocó su copa con la de Nora, bebió un sorbo y se inclinó hacia ella—. Me gustaría saber si ya has llegado al «sí».

Nora se quedó momentáneamente perpleja por la pregunta, pero se dio cuenta de que se refería a su conversación anterior. Bebió un sorbo de su vino y dejó la copa.

—Me he pasado media noche en vela, pensando en el descubrimiento del elemento superpesado y las microtectitas. Podríamos decir que sigo siendo escéptica.

—¿De verdad?

—Las afirmaciones extraordinarias requieren pruebas extraordinarias.

—¿Esta prueba no te parece suficientemente extraordinaria?

—Podría haber un error, algo en lo que no hemos pensado. El problema es que todos vosotros sois verdaderos creyentes, y debes reconocer que eso puede distorsionar los resultados.

Tappan levantó el martini.

—Respeto tu escepticismo, aunque creo que es un poco excesivo. —Hizo una pausa—. ¿De qué va?

—¿El qué?

—Esa mirada tuya.

—No hay ninguna mirada.

—Sí que la hay.

Nora suspiró.

—De acuerdo. En realidad es por ti.

148

—¿Por mí?

Tappan se echó hacia atrás con fingida sorpresa.

—Bueno, es que parece que te envuelves en un velo de ignorancia. Me refiero —se apresuró a añadir— a las cuestiones técnicas. Tienes una gran visión, y sin duda posees la pasión y la imaginación necesarias, pero en lo relacionado con los detalles, dejas que los científicos hablen por ti.

—Y con razón. Para eso les pago.

—Lo sé. Pero cuando te emocionas con algo… —Nora ya se arrepentía de haber sacado el tema, aunque continuó de todos modos— te olvidas de esa mortaja protectora. Desaparece.

—No entiendo —respondió Tappan.

—Como después de pasar todo ese tiempo en el barracón número uno con Greg. Empezaste a explicar los elementos superpesados y la isla de estabilidad como si fueras físico. —Hizo una pausa—. Lo que quiero decir es que pareces saber mucho más de física de lo que aparentas.

Tappan digirió las palabras de Nora.

—Ah, ¿sí?

—Sí.

—Vaya. —Bebió un sorbo de martini—. Me has pillado.

Nora esperó y, finalmente, fue Tappan quien suspiró.

—Es cierto. Soy un loco de la física. De la astrofísica, en realidad.

—Ya imaginaba que no habías llegado a ser un inventor multimillonario por ignorancia. Pero ¿por qué lo ocultas?

—Yo no oculto nada —repuso Tappan, y por un momento Nora pensó que había ido demasiado lejos. Pero él se limitó a apurar su martini y soltó una carcajada—. En realidad, hay dos razones. La primera es que la experiencia me ha enseñado a contratar a los mejores, darles un empujoncito o reorientarlos de vez en cuando, pero dejar que hablen ellos… y que piensen. Si alardeo de mis conocimientos, no hago más que entorpecerlos, intimidarlos.

Nora asintió. Tenía lógica.

—¿Y la segunda?

—Eso es más complicado.

Tappan miró la copa de Nora. Tras un instante de duda, se levantó a preparar otro martini, uno más, recordó ella, de lo que solía permitirse. Cuando volvió a sentarse, había adoptado un semblante introspectivo.

—¿Conoces la vieja historia del padre de clase obrera que trabaja día y noche para que su hijo sea médico o abogado, pero lo único que quiere el muchacho es pintar o escribir sonetos?

—Por supuesto. Es la historia de la mayoría de los novelistas victorianos.

—Pues también es la mía, pero a la inversa. Mi padre enseñaba literatura inglesa en un centro formativo de Dakota del Sur. Vivía y respiraba literatura, y soñaba con ser escritor. Durante toda su adolescencia luchó por escapar de la granja familiar para poder escribir y enseñar. Cuando dejó la granja, su padre se puso furioso, pero lo hizo de todos modos. Y he aquí la tragedia: no se le daba bien escribir. —Tappan hizo una pausa, todavía con aire introspectivo—. Siempre quiso escribir la novela perfecta. Como el tipo de *Desayuno con diamantes*: un libro lleno de prosa «sensible e intensa». Pero no lo consiguió, así que el papel de novelista famoso de la familia recayó en mí, su primogénito. El problema era que yo era mucho más feliz arreglando un tractor, o tumbado en el corral buscando estrellas fugaces, aprendiendo las constelaciones o averiguando cómo funcionaba un molino de viento. Me interesaban poco los libros.

Tappan volvió a reírse, pero esta vez con desgana.

—Cuando mi padre no estaba dando clase o rompiendo borradores de su novela, hacía todo lo posible para que me enamorara de la literatura. Me pasaba libros de Robert Louis Stevenson y H. G. Wells. Incluso me ofrecía chocolatinas para que los acabara. —Cambió de postura en el sofá—. Por esa época, mi madre se fue de casa. Se mudó con sus suegros a lo que quedaba de la granja.

Nora pensó que era mejor no simpatizar abiertamente.

150

—Entonces ¿lo hiciste? ¿Terminar los libros, quiero decir?

—Claro, los leí. Pero, con el tiempo, la proporción de páginas por chocolatina empezó a parecerme onerosa. Lo irónico era que me gustaban los libros con números, como los de álgebra y geometría. También me gustaba Julio Verne, pero solo por la ciencia y la imaginación. Intenté construir un submarino con dos canoas antiguas atadas. Casi me incinero improvisando un cohete de dos etapas. Construí una antena parabólica e intenté captar ondas de radio de sistemas estelares lejanos. Mi padre era consciente de la ironía, por supuesto. En lugar de escribir relatos cortos, jugaba con cosas mecánicas. Así que siguió escribiendo y reescribiendo esa novela, y empezó a beber mientras lo hacía. Con el tiempo, sus sueños fallidos pasaron a ser... culpa mía. Fue entonces cuando sus frustraciones empezaron a volverse físicas.

—Dios —murmuró Nora.

Tappan se encogió de hombros.

—Así que me fui con mi madre a la granja de mis abuelos. Con mi ayuda, la granja empezó a recuperarse. Y mis estudios de juventud pasaron del álgebra a la electrodinámica, y de la ingeniería mecánica a los radiotelescopios, los agujeros negros y la cosmología. Pero nunca perdí la curiosidad por el molino de viento de la granja. Con el tiempo, conseguí que generara más de cinco kilovatios de energía. Esto fue a principios de los noventa, después de que el gobierno aprobara la medida PTC.

—¿El qué?

—Un crédito en el impuesto de sociedades para las fuentes eléctricas renovables. Eso hizo que las turbinas eólicas resultaran interesantes, pero eran grandes y ruidosas. Todos mis experimentos con el viejo molino de viento, sumados a lo que había aprendido sobre ingeniería mecánica, me dieron ideas para un nuevo tipo de generador de transmisión directa. Podría reducir la caja de engranajes, permitir velocidades de rotación más lentas y hacer que todo el mecanismo fuera más silencioso. Fue mi abuelo quien me aconsejó que registrara la patente.

Tappan cogió el martini.

—¿Y bien…? —preguntó Nora.

—Esa pequeña idea fue el comienzo de todo. Al principio solo proporcionó capital inicial. Ahora, el sesenta por ciento de las turbinas eólicas utilizan mi patente, aunque muy mejorada, por supuesto. Y mi interés de infancia por los cohetes dio lugar a la construcción de un vehículo igual de eficiente para el lanzamiento de satélites. —Bebió un sorbo—. Pero en lo más profundo de mi cerebro límbico, me siento culpable de no ser poeta. Al menos eso me inculcó mi padre. Así que guardarme mis conocimientos científicos se convirtió en algo habitual.

—¿Qué fue de tu padre? —preguntó Nora.

—Después de escaparme a la granja, no hablamos nunca más.

—¿Está vivo?

—En Dakota del Sur, jubilado y frágil, pero sigue bebiendo y reescribiendo. —Dejó el vaso con un poco más de fuerza de la necesaria—. Pero basta de hablar de mí. Escuchemos tu historia. Conozco todos los detalles de tu currículum, por supuesto. Es impresionante: te criaste en un rancho a las afueras de Santa Fe, trabajaste en el instituto, te fuiste al este, conseguiste un puesto en el Museo de Historia Natural de Nueva York y volviste a Santa Fe. El instituto está muy bien, pero ¿qué te animó a dejar Nueva York y el museo? ¿Fue…?

Se quedó callado, dejando el resto de la frase en el aire. Evidentemente, Nora sabía que Tappan estaba al tanto de su matrimonio y de la muerte de su marido.

Ahora fue Nora quien se terminó la copa.

—Me encantaba el museo —dijo—. Y me encantaba Nueva York. Pero, por responder a tu pregunta, cuando asesinaron a Bill ya no podía ver la ciudad de la misma manera. Quería volver y vivir con mi hermano en un lugar más seguro.

Se hizo el silencio.

—Lo siento —dijo Tappan al fin—. No debería entrometerme en temas tan delicados.

Nora negó con la cabeza.

—No, no es sano guardárselo todo. Es solo… Bueno, es una parte de mi pasado que todavía estoy tratando de asimilar.

Hubo otro silencio.

—En fin —dijo Nora antes de que el silencio se volviera incómodo—, ¿cuándo les darás a todos la noticia sobre el elemento superpesado?

—Todavía no.

Tappan hizo una pausa.

—¿Por qué?

Otro momento de duda.

—¿Puedo contarte una cosa con total confianza?

—Claro.

—Me preocupa que podamos tener un topo en el equipo.

Nora esperó más explicaciones.

—No es nada definitivo —dijo Tappan—, pero me consta que hay gente en el gobierno cuyo puesto depende de que esto permanezca en secreto. No nos quieren aquí y están preocupados por lo que estamos haciendo. Al principio intentaron frenarnos muy discretamente. Cuando les resultó imposible, pareció que se habían desvanecido, pero siguen ahí y tienen mucho interés en que la verdad sobre Roswell no salga a la luz. Y ahora lo sabemos; tenemos pruebas de que era una nave extraterrestre. Me temo que eso pueda desencadenar… algún tipo de reacción.

—Pero ¿existe alguna razón concreta para pensar que hay un espía en el equipo?

—Es solo una sensación. —Cogió la copa de martini vacía, la volteó entre los dedos y volvió a dejarla—. Sé que suena un poco paranoico, pero esa es la razón por la que les pedí a todos que siguieran manteniendo este descubrimiento en secreto un poco más de tiempo. Ah, y hay otra cosa.

Tappan se inclinó hacia delante como si fuera a contarle una confidencia, pero en lugar de eso, sus labios se rozaron con suavidad.

Sorprendida, Nora retrocedió.

—Esto no es apropiado —dijo Tappan enseguida.

Con la respiración agitada y el corazón latiéndole con fuerza, Nora intentó serenarse.

—Es una mala idea.

—Por supuesto que lo es —respondió Tappan, que se acercó de nuevo a ella.

Fue entonces cuando Nora se dio cuenta de que no le importaba si estaba bien o no. No pudo evitar volver a juntar sus labios con los de él. Tappan le rodeó el cuello con los brazos y se besaron cada vez con más pasión. Luego, la cálida mano de Tappan se deslizó por debajo de su camisa y subió por la columna mientras la ayudaba a reclinarse en el banco de cuero.


Ya de noche, Nora regresó a su caravana, todavía aturdida por lo que acababa de pasar. Era una locura y estaba mal. Era exactamente lo que no debería ocurrir en un proyecto como aquel. Y, sin embargo, sentía un potente resplandor, un cosquilleo en todo el cuerpo que hizo que sus dudas parecieran triviales, si no irrelevantes.

Al entrar por la puerta, un aroma maravilloso, subrayado por el ladrido de bienvenida de Mitty, la devolvió al presente.

—¿Dónde estabas? —preguntó Skip desde la cocina—. Si llegas a tardar un poco más, se estropea la cena. —Le sirvió rápidamente un vaso de vino y señaló la mesa de la cocina, donde había estado picoteando patatas y guacamole—. Come un poco mientras preparo esto.

—Gracias —dijo ella, deslizándose en su silla.

Estaba hambrienta y cogió un poco de guacamole con una patata.

—Empezaba a preocuparme —dijo Skip desde la cocina—. Alguien comentó que habías entrado en la autocaravana de Tappan y estuviste allí mucho, mucho rato...

Dejó la frase a medias en un tono sugerente.

—Tappan me estaba enseñando unos gráficos —respondió

ella enérgicamente, pero, para su consternación, se estaba ruborizando.

—Gráficos… Grabados… Claro.

Skip vertió un poco de vino tinto en la sartén y el líquido emitió un fuerte siseo. Luego lo removió despacio, agitó la sartén, probó el contenido y lo sirvió en los platos, junto con las patatas asadas y el bok choy.

—Paté de hígado salteado con vino tinto, balsámico y reducción de higos —dijo con fingida despreocupación al dejar los platos sobre la mesa.

—Vaya, esto es increíble, Skip.

—Es lo menos que puedo hacer. —Se sentó a su lado y se sirvió un vaso de vino—. Oye, no estaría mal tener un cuñado multimillonario…

Volvió a dejar la frase inacabada y Nora le golpeó en el hombro bastante más fuerte de lo que pretendía.

# 26

Bitan llegó equipado como si fuera de safari, con una mochila, dos botellas de agua atadas al cinturón, un gigantesco sombrero de paja, gafas de sol y la nariz embadurnada de crema protectora. Llevaba un sofisticado GPS.

Mitty lo vio acercarse en la oscuridad y, soltando un ladrido, corrió a saludarlo. Bitan se tomó un momento para rascarle las orejas, murmurando palabras cariñosas en hebreo.

—Vamos a seguir la dirección que nos indica la zanja —dijo. Al momento se puso en marcha con zancadas tan vigorosas que Skip tuvo dificultades para seguirle el ritmo. Entusiasmado, Mitty avanzaba dando saltos—. El óvalo que describí está a unos ocho kilómetros, en las Llanuras de Atalaya, y se extiende tres kilómetros hacia las colinas.

—Bien.

—Anoche elaboré un patrón de búsqueda. Te lo enviaré por bluetooth. Cuando lleguemos al valle, nos dividiremos para abarcar más terreno.

El sol se elevó sobre el horizonte en un cielo despejado y proyectó sombras doradas. Aún hacía frío a primera hora de la mañana, pero Skip sabía que la temperatura no tardaría en subir. Con suerte, no haría demasiado calor.

Para tener casi cincuenta años, Bitan demostró estar lleno de energía. Mientras caminaban, iba contando anécdotas de su infancia en Be'er Sheva, en el desierto del Néguev, que, según dijo, era también la antigua ciudad bíblica de Beerseba, y habló de su historia, el lugar donde Abraham plantó el tamarisco y el Señor habló con Isaac y Jacob. Y donde mucho más tarde se produjo la batalla de Beerseba durante la Primera Guerra Mundial.

Después de unos tres kilómetros, Skip vio que estaban llegando al borde de La Guarida del Diablo, la formación extensa y de baja altura en la que se hallaba el campamento. Un acantilado se precipitaba abruptamente hacia un enorme valle sin árboles y con un lago seco en el centro.

Se detuvieron al borde de la meseta mientras Bitan consultaba el GPS, y Skip aprovechó para darle agua a Mitty.

—Según el mapa, ese valle se llama Llanuras de Atalaya —comentó Bitan—. La zona blanca es Dead Lake, y esas colinas del otro lado son Horse Heaven Hills. Las que hay más allá son Los Gigantes, y las montañas azules se llaman Los Fuertes.

—Unos nombres pintorescos.

—Me asombra lo mucho que se parece este paisaje al Néguev. Pero ahora tenemos que encontrar el camino hacia el valle.

Frunciendo el ceño, Skip se asomó al borde. Eran solo unos centenares de metros, pero la pared era escarpada.

—Según el mapa topográfico —dijo Bitan, consultando el GPS—, parece que podría haber un camino por los acantilados de la izquierda.

Recorrieron el borde de la meseta mientras el sol se elevaba en el cielo. Las vistas eran infinitas. No había carreteras, ni senderos, ni indicio alguno de presencia humana. Era un paisaje que hacía que Skip se sintiera pequeño, pero en el buen sentido, y la posibilidad de formar parte de un descubrimiento que cambiaría el mundo lo colmaba de emoción y asombro.

De vez en cuando, Bitan se detenía y miraba por los prismáticos.

—¡Mira por donde! —dijo en una de esas paradas—. Echa un vistazo.

Le pasó los prismáticos a Skip. A lo lejos, en el borde de la meseta, pudo divisar una torre de piedra en ruinas.

—La torre de vigilancia —dijo.

—¡Aquí estamos, fingiendo que habíamos venido a buscarla y la hemos encontrado! Lo interpretaré como una señal de que tendremos suerte con lo que sí andamos buscando.

Bitan echó a andar a paso ligero con Skip a la zaga.

La torre era circular, construida con toscos bloques de piedra unidos con argamasa de adobe. La mayor parte había caído por el acantilado, mientras que otras piedras estaban esparcidas por el lugar. Dentro había sombra suficiente para refugiarse y beber agua. Mitty bebió con ansia de un cuenco plegable.

Skip se fijó en unos fragmentos de cerámica con vidrio verde y cogió uno.

—¿Qué es eso?

Skip se lo tendió a Bitan.

—Cerámica española, creo.

Bitan le dio la vuelta.

—Guárdalo. Se lo enseñaremos a tu hermana. Tal vez ella pueda identificarlo.

Skip rebuscó y encontró varias piezas más grandes, algunas con dibujos amarillos, y se las metió en el bolsillo.

Tras un breve descanso, pasaron junto a la torre y descubrieron los restos de un antiguo sendero que descendía hacia el valle. A medida que avanzaban hacia la base de los acantilados, el viento empezó a arreciar, arrastrando polvo blanco del lecho seco del lago. La temperatura fue subiendo de forma gradual. Finalmente, Bitan pareció quedarse sin conversación. Cuando encontraron de nuevo el rumbo, atravesaron las Llanuras de Atalaya hacia las lejanas colinas, y Bitan consultaba cada poco el GPS. Transcurridas otras dos horas, se detuvo. Las colinas se encontraban mucho más cerca, y Skip vio que estaban cubiertas de hierba y salpicadas de robles bajos y retorcidos.

—Hemos llegado a la parte sur del óvalo —anunció Bitan—. Es hora de dividirnos y emprender la búsqueda. Nos reuniremos aquí a las cinco.

A las cinco. Eso les daría tres horas para volver al campamento antes de que anocheciera. Era poco tiempo, pero Skip prefirió no decir nada.

Bitan repasó el patrón de búsqueda que debía seguir Skip: un archivo descargado de Google Earth que mostraba su ubicación y la ruta recomendada. Aunque no tenían cobertura móvil, la de satélite era buena y el GPS funcionaba correctamente. Pero cuando Skip miró hacia las llanuras de álcali en las que iniciaría la búsqueda, se le encogió un poco el corazón. Ya habían caminado bastante bajo un calor cada vez más intenso. Pero la situación mejoraría, se dijo, cuando llegaran a aquellas colinas cubiertas de hierba. Mitty aún conservaba las fuerzas, y Skip se alegraba de tenerlo con él.

Bitan, obviamente apurado, partió con solo unas palabras más hacia su mitad del patrón de búsqueda. Skip empezó a trazar el suyo, caminando primero en una dirección y luego en la otra. Bitan pronto quedó reducido a un punto negro en la llanura y después desapareció por completo.

Pasado el mediodía, el calor se tornó más intenso, y Skip decidió tomarse un descanso y almorzar. Estaba hambriento y devoró el bocadillo de rillettes de pato y camembert que había preparado con pan francés. Mitty comió sardinas en aceite de oliva. Aunque Skip estaba en buena forma, empezaba a notar en las piernas los efectos de la caminata.

Cuando retomó la marcha, Mitty salió tras él con la lengua colgando. No había nada que ver, ningún indicio de que se hubiera estrellado un ovni, solo una costra blanca y plana de álcali que parecía no tener fin. Pero, al ir de un lado a otro, las atractivas colinas se iban acercando y, por fin, hacia las cuatro, se adentró en ellas. Al encontrar el primer alcornoque, descansó de nuevo a la sombra, bebió un poco de agua caliente de la cantimplora y la compartió con Mitty. Empezaba a arrepentirse de haber llevado al perro; hacía mucho calor. No veía a Bitan por ninguna parte, pero no estaba preocupado. Sabía exactamente dónde se encontraba él, ya que un puntito azul en la imagen de Google Earth indicaba su posición.

Continuó. Las colinas eran mágicas, cubiertas de hierbas que se mecían y ondulaban con el viento, llenando el aire con el aroma del verdor, y los robles dispersos daban al paisaje la apariencia de un parque. Y hacía más fresco, gracias a Dios. Las colinas y las montañas formaban un telón de fondo espectacular. Empezó a encontrar senderos desdibujados que serpenteaban de un lado a otro, y enseguida se dio cuenta de que no eran humanos, sino para los caballos salvajes. Lo excitaba la posibilidad de ver alguno. Horse Heaven Hills: el lugar hacía honor a su nombre.

El único problema era que, mientras recorría las colinas, no veía señal alguna de un accidente alienígena. El reloj marcaba las cuatro y media, hora de regresar al punto de encuentro. Registró la zona en Google Earth para dejar constancia de dónde se hallaba y poder reanudar el patrón de búsqueda más tarde, y luego empezó a alejarse de las colinas.

Cuando llegó al punto de encuentro a las cinco, no había rastro de Bitan. Sacó el teléfono, pero, por supuesto, no había cobertura.

El sol se ocultó al oeste, el aire se enfrió y el viento cesó. Comenzaba un atardecer agradable, y la luz dorada bañaba las colinas y las montañas situadas a lo lejos. El aire era tan claro como un estanque en primavera. Esperó una hora. Bitan seguía sin aparecer. Se planteó volver, pero pensó en lo que ocurriría si se iba y Bitan no lo veía allí. Se pondría furioso y podía dejar de confiar en él.

Era una situación molesta, aunque no del todo inesperada. Bitan era entusiasta y se dejaba llevar con facilidad. En la llanura no había ninguna colina a la que Skip pudiera subir para buscarlo. Entonces su teléfono empezó a vibrar y advirtió que le quedaba un veinte por ciento de batería. Apagó enseguida el GPS, cerró Google Earth y puso el teléfono en modo avión para ahorrar batería.

A medida que oscurecía, se preparó para esperar.

# 27

Corrie estaba sentada en el único sillón realmente cómodo de su piso —una reliquia del inquilino anterior, un puf decorado con motivos de Peter Max—, intentando leer un ajado libro de bolsillo. La luz del domingo por la tarde entraba a raudales por las ventanas que daban al barrio de Jade Park, dibujando rayas en el suelo que parecían barrotes de prisión.

En un momento dado, se dio cuenta de que ya no estaba leyendo, sino que sus ojos se limitaban a escudriñar las palabras impresas en un papel amarillento. Hizo acopio de fuerza de voluntad para intentarlo de nuevo:

A veces, en el cielo vespertino, una luna blanca se deslizaba como una nubecilla, furtiva, parecida a una actriz que no debe aparecer en escena hasta dentro de un rato, y entonces se adentra entre el público para observar un momento al resto de la compañía, manteniéndose en un segundo plano para no distraer. Me gustaba ver su imagen reproducida en libros y cuadros, aunque eran bastante diferentes de los que disfruto hoy…

—¡*Joder!* —gritó, lanzando el libro al otro lado de la habitación. Chocó contra una pequeña estantería en la que había un cactus, y el libro, la estantería y el cactus cayeron al suelo, esparciendo tierra y fragmentos de tiesto por las baldosas.

En el instituto de Medicine Creek, Kansas, era una lectora

ávida. Cogía su bicicleta, la aparcaba bajo el tendido eléctrico y leía todo cuanto caía en sus manos: ciencia ficción, thrillers, novelas de terror e incluso algún que otro clásico. Todo le parecía bien siempre que el libro la llevara lejos de Medicine Creek, de su chillona madre alcohólica y de los matones y chicos «guays» del colegio. Por principios, no hacía mucho caso al profesorado, pero se le había quedado grabado el nombre de un escritor que mencionó su profesor de literatura: Marcel Proust, un autor francés que, según explicó, escribía libros en los que divagaba interminablemente sobre sus experiencias de infancia. De algún modo, la extraña idea de un hombre que se pasaba la vida rememorando su niñez, el ensimismamiento de escribir un monólogo de un millón de palabras sobre uno mismo, quedó marcada a fuego en su mente. Así que un día cogió *En busca del tiempo perdido* y se sumergió en él. A veces resultaba duro y tedioso, sobre todo porque parecía que nunca ocurría nada, pero, poco a poco, la ensoñación y la nostalgia la cautivaron y se convirtió en su lectura de cabecera.

Pero hoy no.

Hoy nada la ayudaba a evadirse.

Corrie sabía que pasar más tiempo lamentándose de manera obsesiva no era sano. La repentina muerte de su mentor le hizo darse cuenta de lo sola que estaba: en su nuevo trabajo, en aquella ciudad extraña, en aquel estado desértico. Había pensado en llamar a su padre o incluso, por raro que pareciese, a Nora Kelly, pero ninguno de los dos estaba lo bastante cerca de la situación como para comprenderla. La única persona a la que quería recurrir era al propio Hale Morwood. Y, por supuesto, se había ido. Se dio cuenta demasiado tarde de que había sido más que un jefe. Había sido una influencia estabilizadora para ella, no una figura paterna, sino la persona firme que necesitaba al principio de su carrera.

Se quedó mirando el desastre que acababa de provocar, esparcido por el suelo de baldosas al otro lado de la habitación. La ira y la ansiedad empezaron a sustituir a la conmoción y la pena.

Podía imaginarse al viejo cabrón pretencioso de Lathrop despotricando de ella. Se había puesto en su contra desde que llegó, una joven que representaba una amenaza para él y para su control del laboratorio. La culpó del incendio, y probablemente creía que sería su palabra contra la de él. Pero la investigación sin duda la exoneraría.

Al pensar en ello, la invadió una nueva oleada de ansiedad. La cuestión era que, a pesar de lo que le había dicho a García, no podía estar segura al cien por cien, al mil por cien, de haber apagado el quemador y haber cerrado los conductos de gas. Estaba bastante segura de haberlo hecho —era algo que le habían inculcado durante las incontables horas que había pasado en los laboratorios de John Jay—, pero ¿quién se acordaba de algo así? Era como cerrar la puerta del coche antes de irse.

Qué estupidez. Saldría airosa. Sabía que el incendio no era culpa suya. Era imposible que fuera responsable de matar a su propio mentor. Sentada en casa, se sentía impotente, incapaz de hacer nada. Una semana de descanso, el tiempo transcurriendo lentamente, parecía cualquier cosa menos un periodo de curación.

—Joder —dijo de nuevo, pero esta vez en voz baja, a propósito.

Se levantó, recogió la maceta rota y el triste cactus, los tiró a la papelera y arrojó el ejemplar de Proust al puf. Una cosa era segura: regodearse en la autocompasión era lo peor que podía hacer.

«Aquí tiene mi número privado».

Fue al dormitorio, sacó la tarjeta de García del bolso y, sin tiempo para reconsiderarlo, marcó su número de móvil. El teléfono sonó dos veces.

—García.

—¿Señor García? —dijo—. Soy Corinne Swanson.

—Dígame.

Al ver que no añadía nada más, Corrie prosiguió.

—Señor, le agradezco mucho la oferta de tomarme una se-

163

mana libre, pero he estado pensándolo y preferiría ser útil… de un modo u otro —acabó diciendo con desgana.

Hubo una breve pausa.

—¿Está segura, Swanson?

—Sí, señor. Necesito mantenerme ocupada.

—Muy bien, entonces. A lo mejor es positivo. De hecho, puede que tengamos un mentor provisional para usted.

—¿Provisional?

Corrie no sabía que existiera tal cosa.

—Alguien dispuesto a ejercer de supervisor hasta que encontremos un sustituto permanente. Lleva unos años trabajando en la zona de Washington D. C., pero acaba de llegar a Albuquerque para recabar pruebas en un caso complicado de fraude. Estará aquí un tiempo, y tiene cierta experiencia como mentor. ¿Qué le parece?

—Por supuesto. Gracias, señor.

—En ese caso, me pondré en contacto con él para ver si está interesado.

Y antes de que Corrie pudiera darle las gracias de nuevo, se cortó la llamada.

# 28

Cada vez más alarmado, Skip siguió esperando en el punto de encuentro. Noam llevaba más de dos horas de retraso, el sol estaba a punto de ocultarse tras el horizonte y no había ni rastro de él.

—Mitty, ¿dónde coño está?

Al oír su nombre, el perro levantó las orejas y miró a su dueño con curiosidad. Skip le rascó detrás de las orejas, contento de tener compañía.

Skip se había pasado la última hora buscando a Bitan, siguiendo sus huellas en el lecho seco del lago, lo cual era bastante fácil, pero desaparecían por completo en el punto en que Bitan se adentró en las colinas cubiertas de hierba. Skip subió algunas para ver mejor, pero no había señales de él. Al final volvió al punto de encuentro, presa de un pánico cada vez más intenso.

Se le pasaron por la cabeza una docena de hipótesis: que Bitan se había caído y había resultado herido, que había encontrado el lugar del accidente y la fascinación le había hecho perder la noción del tiempo, que el GPS se había quedado sin batería y se había perdido, o que lo había mordido una serpiente de cascabel.

Skip había desactivado el modo avión para enviar mensajes a Noam, pero no tenía cobertura, ni siquiera en lo alto de las colinas. Lo único que conseguía era agotar la batería, que ahora estaba al cinco por ciento. Finalmente apagó el teléfono. Quedaban al menos diez kilómetros hasta el campamento y, sin el

GPS del móvil y en plena oscuridad, no estaba seguro de poder encontrar el camino hacia los acantilados, donde el viejo sendero subía hasta la cima de la meseta.

Momentos después, el sol desapareció en un destello de luz dorada y sobrevino el crepúsculo. Skip sabía que la oscuridad no tardaría en inundar el desierto, y su situación se había convertido en una emergencia. Algo le había ocurrido a Bitan, y él debía volver al campamento e iniciar la búsqueda, pero tendría que regresar en una noche sin luna.

Se levantó para contemplar por última vez el lecho seco del lago. Luego se volvió y observó el lejano borde rocoso de La Guarida del Diablo, una línea negra en el horizonte. No alcanzaba a divisar las ruinas de la torre de vigilancia; estaban demasiado lejos. Tenía que averiguar en qué dirección ir, y para eso debía encender el móvil. Cuando lo averiguara, volvería a apagarlo.

Con inquietud, encendió el teléfono y esperó. Para su alivio, apareció el logotipo de Apple.

Siguió esperando mientras se iniciaba. Por fin apareció la pantalla de bloqueo, pero el teléfono emitió un sonido y el monitor de la batería estaba en rojo. Maldijo al pulsar la aplicación Google Earth. Ahora tenía que esperar a que el receptor GPS captara los satélites y cargara la aplicación. Por supuesto, el GPS del teléfono funcionaba incluso sin recepción de datos, y se habían descargado las imágenes necesarias, pero el programa aún tenía que determinar su posición. El receptor GPS consumía mucha batería, y solo le quedaba una barra.

De repente, la pantalla se volvió negra.

—¡Hijo de puta! —gritó.

Se le aceleró el corazón. Más al oeste, el cielo empezaba a teñirse de púrpura. Había sido estúpido, muy estúpido. Debería haber regresado al campamento hacía una hora, pero tenía demasiado miedo de que volviera Noam y se enfadara al no encontrarlo allí.

Entornó los ojos hacia los lejanos acantilados de Guarida del Diablo. Ya estaba demasiado oscuro para seguir sus propias huellas desdibujadas. Lo que haría sería caminar en la dirección por la que habían venido, calculando lo mejor posible, y cuando llegara a los acantilados buscaría el rastro. Si no lo encontraba en una dirección, lo intentaría en la otra. Una vez que llegara a lo alto de la meseta, esperaba poder ver las lejanas luces del campamento.

—Bueno, compañero —le dijo a Mitty—. Vámonos.

El hecho de tener un plan lo tranquilizó, y fue a paso ligero hacia la lejana línea de acantilados. Las estrellas empezaban a asomar sobre su cabeza, primero las más brillantes y los planetas, y luego la vasta panoplia. El aire refrescaba y aún le quedaba un poco de agua. Calculó que eran alrededor de las ocho. Si todo iba bien, él y Mitty estarían de vuelta en el campamento a las diez, y entonces reuniría al grupo y volverían con los vehículos para realizar una búsqueda adecuada. La cima de la meseta se podía cruzar fácilmente en jeep, y el sendero que descendía hasta el lecho del lago, junto a la torre, tenía anchura suficiente como para ser transitable, por empinado que fuera.

Todo acabaría pronto. «Mantén la calma y sigue adelante», murmuró, repitiendo la frase que había ayudado a los británicos a superar el Blitz.

Continuó hacia la oscura línea de acantilados hasta que se hizo de noche. Allí, sin la contaminación lumínica, las estrellas eran asombrosas, como inmensas nubes de polvo incandescente. La luna aún no había salido y no veía dónde pisaba; la tierra que tenía delante era un mar negro. Pero escrutó el cielo y localizó al momento la Estrella Polar, gracias a lo cual pudo reorientar su ruta hacia el sudeste. Si mantenía la estrella a su espalda, detrás del hombro izquierdo, debería ser capaz de marcarse un rumbo fijo sin desviarse ni andar en círculos.

Pasó una hora, y por fin desapareció la costra de álcali que cubría el lago. Tenía la sensación de que el suelo se elevaba, y en otros diez minutos estaba al pie de los acantilados, un muro negro que ocultaba el cielo nocturno.

De momento todo iba bien. Pero ¿dónde estaba el sendero?

Dedujo que se hallaría a su izquierda, y empezó a caminar por la base de los acantilados en esa dirección. Estaba oscuro y los acantilados carecían de forma, así que se vio obligado a detenerse y explorar todas las crestas y laderas en busca del sendero. Todo fue en vano, ya que la subida siempre culminaba en una pared de roca.

Ochocientos metros más adelante llegó por fin a una cresta prometedora. Por enésima vez desearía haber llevado una linterna frontal, pero ¿quién podía imaginar que seguirían fuera al anochecer?

Empezó a subir por la cresta con el corazón lleno de esperanza. La pendiente era más pronunciada de lo que recordaba, pero continuó el ascenso. Ahora era aún más empinada. Se dio cuenta de que aquel no era el sendero, pero aun así podía ser una ruta hacia la cima.

Continuó subiendo con gran dificultad mientras, a izquierda y derecha, la pared rocosa se desvanecía en la más absoluta oscuridad. Ahora, además de los pies, estaba utilizando las manos. Mitty, con sus cuatro patas, lo hacía mejor que él, y Skip puso una mano sobre la cabeza peluda del perro, que se tranquilizó al notar el contacto. El viento arreció y, de repente, Skip empezó a tambalearse, desorientado por el vértigo, y se sentó rápidamente para templar los nervios. Luego se volvió para contemplar las Llanuras de Atalaya y, de pronto, recuperó el aliento.

¡Había luces!

Observó los puntos diminutos que se movían en aquel océano negro. Sin duda eran luces, muy distantes y difíciles de distinguir. Al contemplarlas, se dio cuenta de que se movían. Una parpadeó, y después otra, y ambas volvieron a encenderse. Era imposible saber dónde se encontraban exactamente en tan oscuro paisaje, pero probablemente estaban en Horse Heaven Hills, o puede que más allá.

¿Noam tenía una linterna? No lo había mencionado. Y por supuesto no debía de llevar más de una. Skip miró con atención las luces. En ese momento le entró sed y sacó la botella de agua.

168

«Maldita sea», pensó. La agitó, bebió un trago y dejó un poco. Skip y Nora se habían criado en un rancho, y una de las reglas inquebrantables que les había enseñado su padre era que jamás debían beberse el último trago de agua. Su padre había muerto trágicamente de sed en el desierto, pero cuando dieron con él, aún quedaba agua en su cantimplora.

Tras unos momentos de duda, le dio la que quedaba a Mitty, que se la bebió en cuestión de segundos.

Volvió a centrar su atención en las luces. Indicaban que Bitan podía haberse encontrado con otras personas, casual o intencionadamente. ¿Lo estaban ayudando? ¿Eran desconocidos? Seguro que no era un grupo de rescate del campamento; todavía no. ¿Qué demonios estaban haciendo allí, sin carreteras en varios kilómetros a la redonda? Las luces parecían moverse en patrones extraños, casi aleatorios, pero quizá era una ilusión provocada por la oscuridad del terreno. Era difícil saberlo sin puntos de referencia fijos. Además tenía los ojos secos e irritados a causa del polvo y del sol.

Guardó la botella vacía en la mochila y continuó subiendo por la cresta, cada vez más aterradora, pero entonces vio que culminaba en una pared de roca.

Tendría que volver por aquella pendiente. Bajar siempre era peor. Se giró con cautela, se arrodilló y empezó a deslizarse lentamente sobre el trasero, pero la pendiente era muy acusada y la cresta estaba cubierta de grava suelta y arena. De repente empezó a deslizarse cada vez más deprisa. Se agarró al suelo con las manos y clavó los talones, pero solo consiguió rasguñarse las palmas. Gritó, arrastrándose desesperadamente, y Mitty se puso a ladrar de pronto, mientras caía aún más rápido con el terror atenazándole el corazón.

# 29

Nora se despertó sobresaltada. Había estado esperando a Skip mientras leía una novela de suspense en el sofá, y no tenía intención de quedarse dormida, pero la ridícula historia sobre el último cíclope vivo de la Tierra no había logrado cautivarla. Se despejó al instante y miró la hora: las cinco de la mañana. ¿Había llegado Skip sin hacer ruido? Pero Mitty la habría saludado a ladridos.

Saltó del sofá. La puerta de Skip estaba cerrada y llamó sin obtener respuesta. Al abrirla, encontró la habitación vacía y la cama hecha.

—¡Mierda! —dijo, con la mente acelerada.

Skip le había dicho que no prepararía la cena porque él y Bitan pasarían el día intentando localizar la torre de vigilancia. Salieron temprano, pero Skip no había vuelto.

¿Y Bitan?

Se quitó el pijama, se vistió a toda prisa y abrió la puerta principal. La caravana de Bitan estaba cerca, así que corrió hacia ella y aporreó la puerta. No hubo respuesta. Como la puerta no estaba cerrada con llave, entró. El lugar se hallaba desordenado y la cama sin hacer, y no había rastro del astrónomo.

Le entró el pánico. Salió de la caravana de Bitan y se dirigió a la de Tappan. Sin molestarse siquiera en llamar, entró corriendo y aporreó la puerta del dormitorio. Al cabo de unos instantes salió Tappan, vestido solo con ropa interior y una camiseta.

—¿Vuelves para el segundo asalto? —preguntó, pero se le borró la sonrisa al ver la expresión de Nora.

—Skip y Noam han desaparecido —dijo ella sin aliento—. Ayer se fueron de excursión y no han vuelto.

—Un minuto.

Tappan se puso algo de ropa y salieron. Luego ahuecó las manos y empezó a gritar para que todo el mundo se levantara mientras Nora iba llamando a las puertas.

En cinco minutos, un grupo desconcertado, somnoliento y despeinado se había reunido frente a la caravana de Tappan. De repente se encendieron las luces del campamento y los bañaron a todos en un resplandor amarillo.

—Tenemos dos miembros desaparecidos —anunció Tappan, pero calló de inmediato al oír un ladrido en la oscuridad.

Al cabo de un momento, Mitty corría hacia la luz, ladrando con fuerza.

—¡Skip! ¡Skip! —gritó Nora.

De la oscuridad surgió un grito ininteligible.

—¡Es él! —dijo alguien al ver a una figura tambaleándose en el círculo de luz: la ropa rota y polvorienta, el pelo revuelto, la cara llena de arañazos y la nariz ensangrentada.

Nora corrió hacia él y lo agarró.

—¡Skip! ¿Estás bien?

—¡Estoy bien! —exclamó—. He rodado por una cresta. Escucha, Noam Bitan ha desaparecido.

—¡Estás sangrando! —dijo Nora mientras Skip trataba de zafarse de ella.

—Te he dicho que son solo unos rasguños. ¡Por favor, déjame hablar!

Tenía la voz ronca.

Nora retrocedió.

—¿Alguien puede traerme agua? —preguntó—. Tengo la garganta seca.

Mientras un miembro del grupo se apresuraba a buscar agua, continuó:

—Organizamos una salida de un día para buscar la atalaya española. Y la encontramos. Pero… Pero seguimos bajando hacia las llanuras y las colinas que había más allá. Nos separamos y se suponía que nos reuniríamos en un punto de encuentro. Él no apareció. Esperé durante horas y luego traté de volver aquí, pero me perdí, me quedé sin batería en el móvil y me caí, pero estoy bien. Solo tengo unos cuantos rasponazos en las manos. También me di un golpe en la nariz. Esperaba que Mitty fuera a buscar ayuda, pero no quería dejarme solo. Tenemos que ir a por Bitan.

Apenas respiraba al hablar, y entonces cogió un vaso de agua y se lo bebió con avidez.

—Más, por favor —dijo, devolviéndolo al tiempo que traían un cuenco para Mitty.

—Skip —dijo Tappan—, estoy un poco confuso.

Skip se lo quedó mirando. Al ver la repentina expresión de culpabilidad en el rostro de su hermano, a Nora se le encogió el corazón.

—Si vuestro objetivo era la torre, ¿por qué fuisteis tan lejos? ¿Y por qué os separasteis? —Hizo una pausa—. Creo que hay algo que no nos estás contando.

Se hizo el silencio. Skip se volvió hacia Nora, que le devolvió la mirada, olvidando momentáneamente la preocupación por su bienestar.

—Juré guardar el secreto —dijo Skip al fin.

—Ahora no es momento de guardarse nada —repuso Tappan enojado—. Por el amor de Dios, Noam podría estar herido, incluso moribundo. Tienes que decirnos qué estabais haciendo.

—De acuerdo. —Pero Skip seguía dudando, y observó a cada uno de los miembros del grupo. —Noam tiene una teoría…

Calló de nuevo.

—Vamos —insistió Tappan.

Skip respiró hondo y dejó escapar las palabras.

—Llegó a la conclusión de que este no era el lugar del accidente. Él lo llamaba «lugar de salto». Supuestamente, el objeto no identificado rebotó tras el impacto, volvió a elevarse y se estrelló más lejos. Noam creía que ese sitio estaba en las Llanuras de Atalaya o en las colinas más alejadas. Eso es lo que estábamos buscando: la verdadera ubicación del accidente.

—¿Y dónde cree que está esa ubicación exactamente? —preguntó Tappan exasperado.

Skip rebuscó en su mochila y sacó un trozo de papel arrugado.

—Este es un mapa que dibujó. La zona que buscábamos está delineada con lápiz rojo.

Tappan cogió el papel.

—¿En qué demonios estabais pensando al guardar ese secreto?

—Era su secreto. No podía contárselo a nadie. —Skip agachó la cabeza—. Dijo que quería encontrarlo él mismo y que luego os lo explicaría.

Nora se sentía fatal. Skip había metido la pata una vez más. Vio que Tappan estaba fuera de sí, pero lo controlaba bien.

—De acuerdo, de acuerdo. Nos ocuparemos de eso más tarde. Skip, ¿podemos llegar a esta zona en jeep?

—Sí. Cruzas la cima de la meseta hasta la atalaya y hay un camino para bajar. Marcamos la torre en el mapa con coordenadas GPS. —Skip hizo una pausa—. Pero hay algo más. En el camino de vuelta, cuando me di por vencido, vi unas luces en esas colinas. No sé si era el doctor Bitan u otra persona.

—¿Luces? —Tappan guardó silencio un instante y después se volvió hacia el grupo—. Haremos lo siguiente: equiparemos tres todoterrenos con agua, comida y primeros auxilios y saldremos al amanecer. Falta solo una hora. Buscaremos en toda la zona marcada en este mapa. ¿Entendido?

Tappan dio varias órdenes rápidas y concretas y se volvió hacia Nora.

—Tú quédate aquí con Skip. Límpialo y ponle unas vendas. Llevaremos walkie-talkies, y estaremos en contacto en caso de que tengamos que preguntarle algo. Skip está peor de lo que parece. Y cuando te hayas ocupado de tu hermano, quiero que llames a tu contacto del FBI, denuncies la desaparición de una persona y le preguntes cómo debemos proceder.

—De acuerdo.

Tappan le puso una mano en el hombro.

—Gracias, Nora —dijo y, dándose la vuelta, añadió—: Bien, vamos a cargar los jeeps. Llenad los depósitos y preparaos para partir.

# 30

—Estoy bien —dijo Skip con irritación mientras Nora intentaba limpiarle la sangre de la nariz con un paño húmedo.

No parecía rota, pero tenía bastantes rasguños. También tenía las palmas de las manos despellejadas, una uña partida y una buena abrasión en la rodilla. Mitty estaba tumbado en la cama, totalmente exhausto.

—¿Te duele? —preguntó Nora, moviéndole los dedos para comprobar si tenía alguno roto.

—No —dijo Skip con una mueca de dolor.

—¿Qué ha pasado?

—Como he dicho, rodé por una pendiente empinada. Lo que necesito de verdad es una ducha.

—De acuerdo. —Nora se levantó—. Cuando acabes, te pondré un poco de pomada antibiótica y unas vendas en esos rasguños.

—Vale.

Skip soltó un gemido al levantarse del sofá y fue cojeando al cuarto de baño. Poco después, Nora oyó que abría el grifo.

Las seis. ¿Era demasiado temprano para llamar a Corrie un lunes por la mañana? Probablemente no; tenía la sensación de que era madrugadora. Cogió el teléfono por satélite y marcó.

Después de varios tonos, oyó la voz de Corrie.

—¿Hola?

Al instante, Nora se dio cuenta de que algo iba mal.

—Corrie, ¿estás bien?

—La verdad es que no —respondió esta tras un largo silencio.

—¿Qué pasa?

Otra pausa larga.

—El agente Morwood murió en un incendio.

—¿*Qué?*

De nuevo se hizo el silencio.

—Hubo un incendio en el laboratorio forense el viernes por la noche. Por algún motivo estaba allí y murió por inhalación de humo.

—Oh, Corrie, lo siento mucho.

—Todavía lo estoy procesando.

—Qué conmoción. Era un buen hombre. ¿Saben cómo empezó el fuego?

—Han abierto una investigación. Al parecer, todo salió mal: la alarma de incendios no funcionó, el sistema de aspersión falló… Es una auténtica putada…

Se le cortó la voz.

—¿Vas a… trabajar hoy?

Otro largo silencio.

—Intentaron darme la semana libre, pero voy a ir de todas formas. —Hizo una pausa y luego dijo—: Imagino que has llamado a las seis de la mañana por alguna razón. No quiero agobiarte con mis problemas. ¿Qué pasa?

—No me agobias. Sentía un respeto enorme por Morwood. —Nora tenía dudas, pero decidió seguir adelante—. Es cierto, tenemos un pequeño problema en la excavación y esperaba que pudieras aconsejarme, pero obviamente no es buen momento.

—¿Buen momento? —Corrie soltó una falsa carcajada—. Es el momento perfecto. Me vendrá bien distraerme. La única manera de superar esto es enterrándome en el trabajo.

—Entendido. —Nora tragó saliva—. Uno de nuestros científicos, Noam Bitan, ha desaparecido. Es posible que se haya extraviado. Estaba en medio de la nada, vagando por unas colinas, y no ha vuelto. Enviamos grupos de búsqueda esta mañana

**176**

y puede que aparezca, pero Tappan me pidió que te consultara qué hacer si no lo encuentran.

—¿Dónde desapareció?

—Creemos que en una zona llamada Horse Heaven Hills, al noroeste de Dead Lake.

—No tengo ni idea de dónde está. ¿Todavía es el condado de Chaves?

—Creo que sí. ¿El FBI se ocuparía del caso?

—Solo si guarda relación con el doble homicidio en el que estoy trabajando, lo cual parece improbable. Como está fuera de la jurisdicción de la ciudad, se encargaría el sheriff del condado.

—¿Quién es?

—No lo sé. Puedo llamar al sheriff Watts y averiguarlo. De todos modos, sería inteligente ponerlo al corriente de la situación. Está en Socorro, unos condados más al oeste.

—¿Quieres informar de inmediato o esperar a que estemos seguros de que Bitan ha desaparecido?

—Lo mejor es informar lo antes posible —dijo Corrie—. Si aparece dentro de unas horas, no pasa nada. Para tu tranquilidad, la inmensa mayoría de esos casos se resuelven en veinticuatro horas, cuando la persona reaparece. Deja que me ponga en contacto con el sheriff Watts y averigüe con quién debes hablar. Te volveré a llamar.

—Gracias, Corrie. Y, de nuevo, siento lo de Morwood.

—Tengo cosas que hacer. Hablamos pronto —dijo antes de colgar.

En aquel momento se abrió la puerta del baño y apareció Skip, peinándose y enfundado en un albornoz.

—Ya no pareces un gato sucio y despellejado —comentó Nora—. Siéntate y déjame ver esas heridas.

Skip se sentó y ella volvió a examinarle la nariz. Se le pondría el ojo morado. Los cortes y rasguños de las manos eran superficiales, como él había dicho. Nora le aplicó pomada antibiótica y se lo vendó todo.

—Como nuevo.

—Gracias, hermanita. —Hizo una pausa—. Supongo que la he cagado, ¿no?

—¿A ti qué te parece?

—Que Tappan está cabreado.

—Probablemente.

—Podría despedirme.

—Es posible.

—No debería haberle seguido el juego a Bitan con su secretismo. Se le veía muy seguro de sí mismo. No sé cómo hago para joder siempre las cosas.

Apoyó la cabeza en las manos.

De repente, Nora sintió lástima por él. Pobre Skip, era impresionable e ingenuo.

—Parece que Bitan te ha engañado. A lo mejor Tappan se da cuenta.

Si era necesario, podía convencer a Tappan de que no le impusiera un castigo realmente severo. Al pensar en ello, recordó el breve pero salvaje interludio en su casa rodante. No quería utilizarlo para influir en él.

—Tappan me despedirá seguro —dijo Skip, demasiado preocupado para notar el rubor que apareció en su rostro.

—Mira, Skip, encontrarán a Bitan, pedirá disculpas y todo volverá a la normalidad. Lo que dices que descubrió, que esta es la zona donde rebotó el objeto, en realidad tiene mucho sentido. Ojalá se me hubiera ocurrido. Apuesto a que Tappan perdonará a Bitan por haber sido un poco rebelde. Tendremos que descubrir el verdadero lugar del accidente y empezar a excavar allí.

—No dejo de pensar en esas luces que vi. Creo que se encontraban por donde estuvimos rastreando.

—A lo mejor era solo un ranchero buscando caballos perdidos. O a lo mejor eran espías. A lo mejor Bitan era espía y había quedado en que lo recogieran allí. De hecho, creo que eso es lo más probable.

Skip levantó la cabeza.

—¿Bitan un espía?

—Puede ser.

—¿Espiando para quién?

—No lo sé. —Nora dudó—. Entre tú y yo: Tappan sospecha que hay un topo en el equipo. A lo mejor es Bitan.

—No lo creo… —Skip vaciló antes de continuar—: Bitan me contó una historia sobre algo que sucedió cuando hizo el servicio militar en las Fuerzas de Defensa de Israel. Prometí no contárselo a nadie.

Nora esperó. Fuera lo que fuese, no estaba segura de querer oírlo. Aquello podía meter a Skip en más problemas. Pero al cabo de un momento continuó:

—Bitan fue abducido por extraterrestres.

—Estás de broma.

—No. En el monte Hermón, en Israel. Los extraterrestres se comunicaron con él y le encomendaron una misión, le marcaron un destino.

—¿Qué tipo de misión?

—Demostrar que extraterrestres inteligentes nos están observando y esperando, que velan por nuestros intereses y tienen un plan para nosotros, un buen plan.

Nora se quedó mirando a Skip. Estaba siendo totalmente sincero.

—Vale —dijo ella despacio—. ¿De verdad crees… que sucedió eso que te contó o está un poco chalado?

Estaba segura de que era lo segundo, pero quería conocer la opinión de Skip.

—Yo solo sé que para él es real, de eso no hay duda. Mira, es uno de los astrónomos más distinguidos del mundo. El Instituto Weizmann, Caltech, la búsqueda de inteligencia extraterrestre… Ese tío es un fenómeno. No es un fantasioso. Si dice que realmente sucedió…

Dejó la observación en el aire.

Nora pensó en ello. Estaba claro que la idea era absurda. Si los extraterrestres querían anunciar su existencia y formular un plan para la humanidad, secuestrar a un joven en Israel para que diera la noticia no tenía lógica. Pero Skip estaba tan serio que vio que no tenía sentido discutir con él. Pensó si debía informar a Tappan. Aquello no parecía guardar relación con la desaparición de Bitan y podía crear problemas más adelante, sobre todo si reaparecía y descubría que Skip había revelado su secreto.

—Creo —dijo pausadamente— que será mejor que no le cuentes esto a nadie.

# 31

Corrie estaba sentada a su mesa, repasando expedientes que ya había mirado media docena de veces. Aunque la reunión estaba prevista para las once, había llegado a las ocho, empeñada en que, si no iba a tomarse días libres, trabajaría a jornada completa, hubiera o no incendios que apagar.

Incendios. Hizo una mueca de disgusto. Allí estaba, sintiéndose molesta porque sus progresos se habían visto interrumpidos al no poder acceder al laboratorio forense e ignorando el hecho de que se debía a un incendio que había matado a su jefe.

Después de hablar con García el día anterior, había hecho un trabajo razonablemente bueno para no pensar en la muerte de Morwood ni en la acusación de Lathrop. La llamada que había recibido aquella mañana de Nora Kelly la había ayudado: le dio una excusa para contactar con Homer Watts, sheriff del condado de Socorro, y pedirle consejo sobre la posible persona desaparecida. Pero «excusa» no era la palabra adecuada; a pesar de sentirse atraída por Watts, con sus ojos marrones, su pelo negro, su aspecto de estrella de cine y su atuendo del Oeste —hasta los revólveres a juego—, apenas había pensado en el sheriff en los últimos meses. Desde luego se había alegrado de recibir su llamada, y su consternación por la muerte de Morwood obviamente era sincera. Cuando le explicó el motivo de que lo telefoneara, soltó un resoplido: el sheriff del condado de Chaves era un buen chico llamado Buford —el nombre lo decía todo, comentó—, más experto en pasearse de uniforme con las esposas tintineando en el cinturón que en resolver casos. No obstante, Watts había prometido llamar a su colega y darle los detalles si Corrie aceptaba quedar mañana con él para desayunar y ponerse al día; profesionalmente, por supuesto. Aunque ella no veía necesidad de ponerse al día en nada, aceptó, complacida en secreto por la invitación.

—Hola, Corrie.

Había llegado el chico del correo. En la pila había un sobre marrón, enviado por el servicio interagencias del FBI. Al abrirlo vio que era lo que se esperaba: el informe sobre las coronas. Lo leyó con interés. Según el informe, las coronas estaban hechas de una aleación llamada AISI 321, con acero inoxidable, níquel y cromo, fundida y mecanizada con gran precisión. Solo había un lugar donde se llevaran a cabo trabajos dentales tan finos con aquella aleación: la Unión Soviética. Y en un solo periodo de tiempo: de 1939 a 1954.

Corrie se sentó a reflexionar sobre el hallazgo inesperado. Así que el hombre de las coronas era soviético o, cuando menos, había pasado bastante tiempo en la URSS. ¿Qué hacía en Nuevo México en 1947? La respuesta no era precisamente incierta.

Miró el reloj. Mierda: las once en punto. Se levantó de un salto y salió corriendo de su cubículo. Si el agente estaba dispuesto a supervisarla, aunque solo fuera de forma temporal, lo último que quería era llegar tarde a su primera reunión.

La puerta del despacho —antiguo despacho— de Morwood estaba abierta, y golpeó el marco metálico con los nudillos.

—Adelante —dijo una voz de barítono.

Corrie entró.

Se sorprendió al ver que el despacho estaba más o menos igual. Faltaban las pertenencias de Morwood en el escritorio, y habían desaparecido algunas titulaciones de las paredes, pero todos los muebles seguían en su sitio, y no habían tocado ni los cuadros de paisajes ni las estanterías de libros. Eso, además de la impaciencia por conocer al sustituto de Morwood, hizo que Corrie sintiera una punzada de culpabilidad y dolor. No estaba segura de si la falta de cambios obedecía a la reciente llegada del agente superior, al respeto por Morwood o a ambas cosas. Pero le trajo a la mente el hecho de que su mentor era una persona muy reservada y nunca mostraba mucho de sí mismo.

El nuevo ocupante del despacho se levantó al verla entrar. Le llamó la atención lo joven que parecía en comparación con Morwood, pero entonces se dio cuenta de que tenía una de esas caras que hacían difícil adivinar su edad: podía tener treinta y cinco años o una década más. El traje, el afeitado apurado y el corte de pelo eran típicos del FBI, pero había algo en él —tal vez su sonrisa amable y espontánea, o el hecho de que tuviera media docena de informes abiertos sobre la mesa sin falsas pretensiones de orden— que le recordaba al desdén del agente Pendergast por la burocracia.

—Usted debe de ser la agente Corinne Swanson —dijo—. Encantado de conocerla. Siéntese, por favor.

—Gracias, señor —dijo Corrie.

Inconscientemente fue hacia su silla habitual, pero se decantó por la contigua.

—Quería darle las gracias por aceptar…

El agente detuvo el torrente de palabras y alzó las manos en un gesto de rendición.

—Por favor, no —dijo—. Por un lado, no sé cuánto tiempo estaré trabajando en este caso, aunque podría ser más de lo esperado. Por otro, puede que descubra que soy un tirano insufrible.

El hombre volvió a sonreír y Corrie asintió, correspondiéndolo con una pequeña sonrisa. El alivio que había sentido cuando le asignaron un mentor provisional fue en aumento. No solo significaba que su carrera seguiría por buen camino, sino que su nuevo supervisor entendía claramente la situación y parecía estar haciendo todo lo posible por tranquilizarla.

—Mire —continuó, pasándose una mano por el pelo castaño—, como es nuestro primer encuentro, hablaré yo. A lo mejor

183

así se relaja un poco. Me imagino que este fin de semana ha tenido muchas cosas en la cabeza.

—Gracias —repitió Corrie, y se apresuró a añadir «señor».

—Pero primero quería decir lo mal que me siento por la muerte de Hale Morwood. Sé que debe de haberle afectado mucho. No llegué a conocerlo en persona, pero era muy respetado entre sus compañeros, y al principio de su carrera sobrevivió a un par de aventuras que a los veteranos aún les gusta recordar. A lo mejor le cuento una o dos en algún momento.

—Se lo agradecería, señor.

—Probablemente el favor más grande que puedo hacerle es ponerla al día sobre la investigación del incendio. Todavía está en sus primeras fases, por supuesto. No se han encontrado aceleradores, pero es muy improbable que hubiera un incendio provocado en el sótano del FBI. Sea cual sea la causa, el fuego fue muy intenso. Me temo que no ha quedado mucho. —Hizo una pausa—. En cuanto al agente Morwood, los resultados iniciales son muerte por asfixia. El forense tendrá un informe más completo en uno o dos días, una vez concluida la autopsia. La invito a que me acompañe a la sesión informativa. Si quiere hacerlo, claro.

—Sí, señor. Por supuesto.

—Puede que para entonces sepamos qué hacía en el edificio tan tarde, aunque tengo entendido que era noctámbulo por costumbre.

El agente arqueó las cejas, convirtiendo la afirmación en una pregunta.

—Lo era, sí.

—Bien. Ahora hablemos de lo que ha estado ocupando su tiempo. Los… —Levantó un par de carpetas de su escritorio y empezó a moverlas hasta encontrar lo que buscaba—. Los dos cadáveres no identificados, ejecutados de un disparo y enterrados en los alrededores de Roswell. He echado un vistazo al informe, pero prefiero que me facilite usted los detalles directamente. Al fin y al cabo es quien lleva caso.

184

Volvió a sonreír, y en sus ojos centelleó un atisbo de picardía.

Corrie respiró hondo y expuso de forma breve los hechos, que podían resumirse en unas pocas frases.

—Gracias —dijo el supervisor cuando hubo terminado—. ¿Y cuáles serán sus siguientes pasos?

—Esta mañana he recibido el informe sobre las cuatro coronas de acero inoxidable.

—Tendrá que perdonarme, pero, como le decía, aún no estoy al tanto de todos los detalles —dijo, arqueando las cejas.

—Eran de la víctima masculina. Dada su naturaleza inusual, las envié a Quantico para que las analizaran. Resultó que eran de fabricación soviética. El hombre es muy probable que fuera ruso y, dada la época y el lugar, seguramente un espía.

Ante eso, el agente asintió con lentitud.

—¿Y...?

—Si era un topo, sin duda estaba interesado en el programa de armas nucleares de la ciudad secreta de Los Álamos, que los soviéticos conocían a la perfección en 1947. La mayoría de esos agentes soviéticos, según me han dicho, residían en Santa Fe.

—Muy interesante.

—Aunque es una posibilidad remota, en algún archivo polvoriento de Santa Fe podría haber registros dentales que me ayuden a identificar a esta persona. Tengo intención de ir a Santa Fe, aunque solo sea porque es una de las pocas pruebas que tenemos.

—Buen plan —dijo él.

—Gracias, señor.

Dejó la carpeta a un lado y se inclinó ligeramente hacia Corrie.

—Por supuesto, me gustaría estar informado. De hecho, la mejor manera de ponerme al día sería que reuniera todas las pistas y pruebas que ha recabado hasta la fecha. Entonces podremos decidir a qué atenernos y cuál es el modo más adecuado de avanzar teniendo en cuenta lo ocurrido.

Al recordar de nuevo el incendio y la muerte de Morwood, Corrie sintió una punzada de dolor.

Su nuevo mentor debió de intuir lo que estaba pensando, porque bajó la voz.

—Escúcheme, agente Swanson. Conozco las acusaciones vertidas contra usted, y también he oído hablar bastante de ese tal Lathrop. Usted no está acusada de nada; no está siendo investigada. Por si sirve de algo, creo que la investigación sobre el incendio la exonerará al cien por cien. Así que le aconsejo, incluso le ordeno, que no se martirice por eso. —Hizo una pausa—. He leído los informes del agente Morwood sobre usted y, aunque no lo expresaba con tanta claridad, tengo la sensación de que la consideraba la mejor novata a la que había supervisado nunca.

Aquello fue tan inesperado que rompió todas las defensas de Corrie. Algo en su interior se derrumbó; fue todo lo que pudo hacer para contener las lágrimas.

—Gracias, señor —dijo, luchando por mantener la compostura.

—Bien, aquí va mi segunda y última orden para esta reunión. —Una tenue sonrisa volvió a su rostro—. Por favor, no me llame «señor». Con «agente Lime» bastará. Y yo la llamaré «Swanson». ¿Trato hecho?

—Trato hecho —respondió Corrie cuando estuvo segura de que podía disimular el temblor de su voz.

—¿Trato qué?

—Trato hecho, agente Lime.

—Así está mejor. Gracias, Swanson. Ahora vaya a ver qué puede reunir para que lo revisemos.

Y, con un asentimiento de cabeza, le indicó que podía irse. Corrie se levantó, salió del despacho y regresó a su mesa.

# 32

Greg Banks, al volante de un jeep, se detuvo junto a Tappan y el tercer todoterreno, que conducía Cecilia Toth. Al apearse, se formó una nube de polvo blanco a su alrededor, y a través del paisaje blanco y llano contemplaron una cadena de colinas. Aquel vacío era aterrador, pensó Banks, pero aun así hermoso. No había visto nada igual, excepto en las películas de ciencia ficción que devoraba de niño.

—Este era el punto de encuentro de Bitan —dijo Tappan, consultando el GPS—. Empezaremos la búsqueda aquí.

El sol estaba muy por encima del horizonte y comenzaba a hacer calor. Un remolino de arena lejano se elevó en su campo de visión como una pálida serpiente vertical.

—Fijaos en las huellas —comentó Tappan.

No era difícil verlas bajo la luz que inundaba la suave capa de álcali en el lago. Un grupo fue a la izquierda y el otro a la derecha. Cuando Banks escudriñó el vasto lecho del lago, no pudo ver ningún indicio de Bitan.

—Greg —dijo Tappan—, sigue los rastros de la izquierda. Nosotros iremos a la derecha. Cecilia, tú ve por el medio. Nosotros iremos hacia esas colinas.

Todos volvieron a sus respectivos vehículos. Banks puso el todoterreno en marcha y avanzó lentamente por las llanuras secas, mientras el rastro de huellas que seguía se desdoblaba en lo que evidentemente era un patrón de búsqueda antes de entrar en la primera de las colinas. Detuvo el jeep en las estribaciones, demasiado abruptas para continuar con el vehículo, y se bajó para inspeccionar el terreno a pie, pero era imposible ver huellas en las laderas cubiertas de hierba.

Su radio crepitó.

—¿Banks?

Era Tappan.

—Avancemos por las colinas a pie, manteniendo una distancia de unos ochocientos metros entre nosotros.

—Entendido.

—Ten el GPS encendido en todo momento.

Banks se puso la mochila, que contenía agua y comida. Mientras subía la colina, iba pensando en Bitan y sus excentricidades. Había sospechado de ese capullo desde el principio. No estaba seguro de por qué, pero siempre tuvo la sensación de que Bitan tramaba algo. Además, el astrónomo mostraba cierta indiferencia, o posiblemente arrogancia, que le provocaba rechazo.

Cuando llegó a la cima de la primera colina, oteó el paisaje con los prismáticos. Mil metros a su derecha pudo ver a otra persona haciendo lo mismo. Por alguna razón, aquel paisaje le resultaba aún más extraño: las pequeñas colinas amontonadas, cubiertas de hierba alta ondeando al viento y robles retorcidos como bonsáis. Las colinas estaban separadas por pequeños barrancos. Era la clase de lugar en el que, si tenías un accidente y tu cuerpo yacía al fondo de uno de esos barrancos, podían no encontrarte nunca.

Percibió movimiento de soslayo y rápidamente orientó los prismáticos en esa dirección. Una pequeña manada de caballos ascendió una colina y desapareció por la otra ladera, moviéndose con rapidez ante la invasión de sus dominios. «Horse Heaven Hills, un nombre muy apropiado», pensó mientras bajaba por la ladera opuesta y continuaba su camino.

Se dirigió al norte, subiendo y bajando las colinas, a veces por angostos senderos para caballos, pero no vio nada, salvo algún que otro caballo tímido como un ciervo que huía en cuanto lo descubría. Al cabo de unos kilómetros, las colinas se disipaban en un amplio valle salpicado de montículos de arenisca roja. Debía de ser Los Gigantes, pensó. Más allá se alzaba una cadena de estribaciones que se convertían en montañas de color púrpura a la luz de la mañana.

Banks paró bajo un roble para beber agua y comerse una barrita de muesli. El hecho de haber acabado en aquel sitio le parecía un poco extraño. Había sido todo muy repentino. Apenas tres semanas antes había recibido la llamada en su piso de South Kensington: una mujer le dijo que Lucas Tappan estaba al teléfono. Al principio pensó que se trataba de una broma, que un amigo le estaba tomando el pelo, pero cuando se puso Tappan, se dio cuenta de que iba en serio. Y entonces llegó la oferta, la increíble remuneración y la exigencia de que lo dejara todo. Una semana después estaba allí, en los confines de la Tierra, preparándose para excavar el emplazamiento donde supuestamente se había estrellado un ovni. Aunque hacía tiempo que creía que eran reales, abrigaba serias dudas sobre Roswell. Sin embargo, las dudas se desvanecieron cuando llegaron los espectros de masas, que revelaron un elemento superpesado desconocido que estaba presente en cantidades ínfimas. Aquello lo dejó atónito. Lo había repasado cientos de veces y no había forma de eludir la evidencia. Era una pistola humeante, la prueba de que un objeto extraterrestre inteligentemente diseñado y fabricado con compuestos exóticos se había estrellado en el lugar. Aún no había asimilado la importancia de todo aquello. Estaba claro que el descubrimiento le cambiaría la vida, pero todavía no sabía hasta qué punto.

También eran ineludibles otras conclusiones: que el gobierno estadounidense había encontrado un fenómeno aéreo no identificado en Roswell y lo había encubierto. ¿Qué había ocurrido en los setenta años transcurridos desde entonces? ¿El gobierno había estado haciendo ingeniería inversa con aquella tecnología? ¿Había estado en contacto con los extraterrestres? ¿Cómo reaccionaría si se descubría el engaño? Tenía la sensación de estar navegando en aguas desconocidas.

189

Y luego estaba Tappan, que insistió en que mantuvieran en secreto el hallazgo del elemento superpesado. Se preguntaba por qué.

En aquel momento sonó la radio. Era Tappan de nuevo.

—Greg, ¿alguna señal?

—Nada.

—Continuemos hacia el valle de los montículos y hagamos un reconocimiento.

Tappan envió una coordenada GPS especificando dónde debían reunirse.

—Entendido.

Se acabó la barrita de muesli, bebió otro trago de agua y siguió caminando hacia el valle. Volvió a preguntarse qué le habría sucedido a Bitan. Se había criado en el Néguev, así que el entorno desértico no le era ajeno. Era difícil perderse. Aunque su GPS hubiera muerto, lo único que debía hacer era subir una colina y mirar a su alrededor para determinar qué dirección seguir. Aunque cabía la posibilidad de que se hubiera caído o le hubiera mordido una serpiente, a Banks le parecía más probable que Bitan hubiera planeado su propia desaparición. Las luces que había visto Skip apuntaban a que alguien podía haberlo recogido allí. Aunque, si ese era el caso, ¿por qué no habían visto rodaduras de neumáticos?

El valle que transitaba era un lugar espectacular, con grandes montículos de arenisca que se alzaban cientos de metros. No había sombra en ningún sitio.


Tres horas después estaban de vuelta en los jeeps sin haber encontrado ningún rastro de Bitan más allá del lecho del lago, ni huellas ni ningún otro indicio de presencia humana. Para alivio de Banks, a la una del mediodía, tras siete horas de búsqueda infructuosa, Tappan dio por terminada la jornada y regresaron al campamento.

# 33

A las cinco en punto, Nora entró en el barracón número uno acompañada de su hermano, que también asistió a regañadientes a una reunión convocada por Tappan. Skip no quería ir —se sentía avergonzado y temía que lo despidieran—, pero Nora lo había convencido de que sería peor si no iba. Todo el personal científico estaba allí. Se sentaron alrededor de una gran mesa de conferencias en la parte trasera. Tappan fue el último en llegar, entrando a grandes zancadas cuando pasaban cinco minutos de la hora, y fue directo a la cabecera de la mesa. En vez de sentarse, apoyó las manos en el respaldo de la silla y observó al atormentado grupo.

—Bueno —dijo finalmente—, como todos sabéis, no hemos podido encontrar a Noam Bitan. No estamos seguros de si la desaparición fue intencionada o accidental. Como es natural, estamos preocupados, y se ha informado de ello tanto al FBI como al sheriff del condado.

Miró de nuevo a su alrededor.

—Resulta que, como sabéis la mayoría, el doctor Bitan había descubierto algo de gran importancia para nuestro proyecto, un descubrimiento que podría explicar su desaparición. —Una vez más, su mirada recorrió la sala, y esta vez se detuvo en Skip—. Se lo contó a su ayudante, Skip Kelly. Voy a pedirle que comparta esa información con nosotros.

Nora se volvió hacia Skip y vio pánico absoluto en su rostro.

—¿Yo? —balbuceó.

—Sí, tú. —Tappan lo atravesó con la mirada—. Puedo entender que te sintieras obligado a ocultar esa información al resto del equipo, pero ahora ha llegado el momento de que la compartas con todos. Necesitamos oírla de tus propios labios.

—Sí, señor —respondió Skip—. Lo siento mucho. Sé que he defraudado al equipo.

Tappan hizo aletear una mano.

—Por favor, levántate para que todos puedan verte.

Skip se puso en pie, alisándose nerviosamente el pelo.

—Bueno, como os mencioné a algunos, Bitan concluyó —es decir, sus observaciones y cálculos indicaban— que este sitio, el sitio tradicional de Roswell... no fue donde se estrelló el fenómeno aéreo no identificado. Él creía que la nave espacial entró en un ángulo tan poco profundo que básicamente se deslizó en el suelo, se elevó de nuevo y se estrelló en otro lugar. Sus cálculos indicaban dónde podría haber aterrizado. Estábamos buscando ese lugar cuando... Cuando desapareció.

—Supongo que no lo encontrasteis —dijo Tappan.

—No.

—Gracias, Skip. ¿Hay algo más?

Nora vio que Skip dudaba.

—No, eso es todo.

Skip se sentó con la cara empapada en sudor y Nora se alegró de que no hubiera contado la historia de la abducción alienígena de Bitan.

—Los tres ingenieros han revisado los cálculos de Bitan —dijo Tappan—. Han confirmado que tenía razón: el objeto rebotó en el suelo y siguió avanzando. Es más, la idea de que rebotó coincide con la excavación de Nora en el surco, o depresión, y su falta de pruebas sustanciales. Y esta tarde, Greg Banks ha hecho cálculos mejorados de la posible trayectoria del fenómeno aéreo. ¿Greg?

Banks se levantó con un haz de papeles en la mano.

—Hemos repetido los cálculos de Bitan utilizando modelos

informáticos de la supuesta forma, velocidad y ángulo del objeto, junto con su masa, resistencia del aire, etcétera. Por supuesto, nos faltan bastantes datos, pero el modelo indica que Bitan erró un poco en sus cálculos sobre dónde pudo haber aterrizado el objeto. Creemos que su trayectoria lo habría llevado más lejos, al otro lado de las colinas. Probablemente aterrizó cerca de Los Gigantes o en las estribaciones de las montañas que hay más allá.

—¿Hasta qué punto estás seguro? —preguntó Tappan.

—Alrededor del ochenta por ciento, dentro del área elíptica que hemos delineado en nuestro mapa. Es el área que está sobrevolando el avión equipado con lidar en este preciso instante.

—Gracias. Ahora Vitaly nos explicará eso. ¿Vitaly?

Kuznetsov se levantó y se alisó el pelo.

—Cuando tuvimos los cálculos de Greg, solicitamos un estudio lidar de la zona. Por fortuna, tanto el avión como el piloto estaban disponibles a pesar de la poca antelación. Pagando un precio elevado, como es obvio. El avión despegó de Albuquerque sobre las cuatro y, tal como mencionaba Greg, ya debería estar allí. Tardará unas tres horas en escanear los doce kilómetros cuadrados de la zona objetivo. Deberíamos tener los datos procesados mañana por la mañana. No obstante, hay un pero.

—¿De qué se trata? —preguntó Tappan.

—Hay una zona en la parte oriental de la sierra de Los Fuertes donde el espacio aéreo está cerrado. Está bastante alejada del área de aterrizaje prevista, así que no creo que nos impida descubrir el verdadero sitio del accidente. Pero nuestro piloto ha tenido que utilizar una ruta bastante tortuosa para evitar ese espacio aéreo.

—¿Cerrado? —preguntó Tappan con brusquedad—. ¿Por qué?

—No es tan importante como cabría pensar. Por muchas razones, alrededor del treinta por ciento del espacio aéreo de Nuevo México está cerrado a los vuelos civiles: la base aérea de Holloman, el campo de pruebas de White Sands, grandes zonas sobre Los Álamos y la sierra de Sandía, donde se diseñan y almacenan armas nucleares. Es básicamente un mosaico.

Tappan se echó hacia atrás.

—Comprendo. Gracias, Vitaly. Habéis hecho todos un trabajo excelente y eficaz. Si este estudio del lidar da resultado, mañana trasladaremos nuestra base de operaciones al nuevo lugar del accidente. No todo el campamento, por supuesto. Sería demasiado complicado. Me refiero al equipo de excavación. Ya he hablado con Nora y nos acompañará. Tenemos el equipo pesado necesario para nivelar una carretera, por lo que esencialmente podemos ir y venir desde lo que se convertirá en un campamento base, aquí, hasta el nuevo lugar de excavación. Es terreno gubernamental, así que los permisos que tenemos lo cubren.

Otra mirada a los allí presentes.

—¿Alguna pregunta?

Hubo un murmullo general, y Nora percibió un renovado entusiasmo.

—¿Crees que todavía podría estar allí? —preguntó Toth—, ¿que quizá el gobierno no lo encontrara?

—Es una posibilidad —dijo Tappan pausadamente.

—¿Y Bitan? —preguntó Emilio Vigil—. ¿Qué se supone que debemos hacer con su desaparición?

—Hemos hecho todo lo posible e informado a las autoridades competentes. El problema ahora está en manos de los profesionales. Cooperaremos con ellos. Pero, mientras tanto, tenemos que avanzar a toda velocidad con nuestro proyecto y dejarles la búsqueda a ellos. —Hizo una pausa y, bajando la voz, añadió—: Antes he dicho que no estaba claro si el suceso había sido un accidente, pero, en mi opinión, Bitan pudo desaparecer como parte de un plan premeditado.

—¿Por qué? —preguntó Vigil.

—¿Quién sabe? Guardaba secretos y sobornó a un miembro de nuestro equipo. No me gusta nada. —Se volvió hacia Skip, que estaba ruborizado—. Skip, en cambio, está arrepentido, se ha sincerado con nosotros y hasta ahora ha demostrado ser un miembro valioso del equipo, así que he decidido mantenerlo en el proyecto. Pero no toleraré más secretos. Espero que quede claro. —Consultó su reloj—. ¡Las seis! Para mí es la hora feliz. Si no hay más preguntas, nos vemos mañana.

Cuando todos salían, le tocó el hombro a Nora.

—Nora, ¿podemos vernos un momento en mi autocaravana? Quiero revisar los planes para trasladar la excavación.

Nora contuvo las palpitaciones.

—De acuerdo.

Mientras caminaban hacia su remolque, ella dijo:

—En cuanto a Skip, solo quiero darte las gracias por entender...

Tappan volvió a ponerle una mano en el hombro.

—No te preocupes por Skip. Ya te conté mis sospechas sobre el topo, y esta desaparición repentina me parece una prueba irrefutable. Skip cayó bajo el hechizo de Bitan, y eso es perdonable. Además, es tu hermano y...

Dejó la frase a medias. Luego abrió la puerta, la hizo entrar y, con la respiración entrecortada, la apretó contra él, le levantó los muslos con unos brazos sorprendentemente fuertes y se rodeó la cintura con ellos.

# 34

En el piso franco que le habían asignado —un apartamento bien amueblado en el tranquilo barrio de Quaker Heights, en Albuquerque—, el agente Lime miró por la ventana del salón, contemplando con aparente desinterés la calle oscura y somnolienta. Al cabo de un momento cerró las cortinas y bajó unas persianas interiores fabricadas especialmente para emitir una firma térmica falsa, así como para bloquear las microondas del síndrome de La Habana o las señales de los dispositivos de captación IMSI StingRay. Se acercó a una mesa de madera, se sentó y abrió el cajón inferior mediante un analizador de huellas dactilares oculto. El cajón, recubierto con un acelerador de nitrocelulosa que destruiría el contenido si se detectaba cualquier manipulación, se abrió de golpe. Entre otras cosas, reveló cinco teléfonos idénticos —ordenados en una hilera impecable— y una pequeña caja forrada de plomo. Lime sacó la caja, en la cual había una tarjeta SIM de un solo uso. Introdujo la tarjeta en el lateral del teléfono situado más a la izquierda, volvió a guardar la caja y cerró el cajón.

El teléfono era pequeño y sin características identificativas. En muchos sentidos era «tonto», ya que carecía de GPS integrado y otras funciones habituales en los últimos años, lo cual era intencionado. Sin embargo, en un aspecto era altamente especializado: utilizaba tecnología clasificada para hacer rebotar una señal cifrada en una red de satélites espía en lugar de depender de las torres de telefonía móvil.

Miró el reloj y esperó a que pasaran los segundos hasta las siete y cinco en punto. A continuación introdujo varios números, esperó, tecleó su autentificación e introdujo otra serie de números más breve. Tras diversos clics, se oyó una voz conocida.

—*Servandae vitae mendacium.*

—*Nemini dixeris* —respondió Lime para dar la contraseña.

—Quiero recibir su informe ahora —dijo el coronel Rush.

Lime no habló más de la cuenta, tal como le habían enseñado.

—Mi inserción fue oportuna. La agente Swanson ha progresado más de lo esperado en Interdicción Hostil Tres. A pesar del incendio, ha seguido con resolución las pruebas restantes.

—¿Esto podría dar lugar a mayores progresos?

—Está por ver.

—¿No cree que la terminación sería una precaución prudente?

—Con el debido respeto, señor, puede que sea un poco pronto para eso. Swanson es desconfiada y es posible que esté tapando huellas. No queremos despellejar al conejo a menos que estemos seguros de que no ha dejado restos.

—Curiosa expresión. ¿La ha descubierto ahí fuera?

—Esta mañana, señor.

—La recordaré. ¿Y está seguro de que dejarla continuar es el procedimiento correcto?

—Sí. He eliminado la amenaza más grande e inmediata. Si le pasa algo a Swanson inmediatamente después, sembrará dudas. En mi opinión, señor, la excavación en curso es mucho más peligrosa. —Hizo una pausa—. ¿Puedo preguntar cómo va el interrogatorio?

—Llegó a su fin. No hubo más información de utilidad. No había identificado la localización de Alfa, aunque sí descubrió que Beta era simplemente la localización del rebote. Su equipo ahora mismo está buscando Alfa.

—Si el grupo descubre... Bueno, señor, ya sabe que me preocupa que la extracción inicial no fuera lo bastante exhaustiva.

—No nos corresponde a nosotros cuestionar las acciones de quienes nos precedieron.

—Yo nunca haría eso —repuso Lime.

—¿Y entiende las razones por las que no se ha realizado, ni se puede realizar en un futuro próximo, ninguna otra extracción o exploración en Alfa?

—Sí, pero eso no excluye la posibilidad de…

A Lime se le entrecortó la voz y su superior completó la frase.

—Contacto.

—Sí, señor.

—Tomo nota.

—Quiero asegurarle que estaré al tanto de las investigaciones de Swanson y, si es necesario, incrementaré las reservas.

—Muy bien. Si eso es todo, hablamos mañana a la hora prevista, a menos que surja una alerta antes.

—Gracias, señor —respondió Lime.

Se oyeron otros dos clics y se cortó la llamada.

Lime se sentó un momento, hizo un repaso mental de la conversación y se preguntó si requería una reestructuración de sus planes. Tras llegar a la conclusión de que no, sacó la tarjeta SIM del teléfono y se volvió hacia un extraño dispositivo parecido a un pequeño bidón de aceite, rematado con una tapa cilíndrica de acero sujeta por un tubo flexible de malla metálica. Quitó el tapón, introdujo el chip de silicona y volvió a cerrarlo. El barril incineró la tarjeta SIM emitiendo un leve ruido. A continuación Lime miró el teléfono y contó mentalmente las veces que lo había utilizado: cinco. A pesar de su resistencia a las infiltraciones de alta tecnología, las técnicas de espionaje dictaban que había llegado la hora de cambiarlo por otro.

El ruido que emitió el teléfono cuando lo incineró fue más intenso, pero no superó el de una pisada y no perturbó en modo alguno la somnolencia de la noche.

# 35

Corrie levantó la vista de su mesa y clavó los ojos en el reloj colgado sobre la salida de los ascensores. ¿Las siete y cuarenta y cinco? Parecía imposible. No se había movido desde la reunión con Lime, elaborando una cronología de la investigación desde la llamada inicial de Nora hasta su conversación con el sheriff Watts aquella mañana. Siempre que podía, cotejaba los detalles con enlaces a fotografías, muestras digitales de ADN, mediciones para las reconstrucciones faciales, pruebas de balística y todos los demás desechos que se adhieren a una investigación, como limaduras de hierro a un imán. Se había sentido extrañamente satisfecha al terminar; a pesar de lo que, casi con total seguridad, se había perdido en el incendio, e independientemente de adónde los llevara el caso a partir de entonces, sentía que había esbozado una base sólida de la investigación para que la evaluara Lime.

Igualmente satisfactorio —e inesperado— fue el número de personas que se le habían acercado a lo largo de la tarde para expresarle su simpatía y apoyo. La mayoría eran agentes subalternos, entre ellos, de forma sorpresiva, un par de machistas que se habían mostrado poco amigables cuando llegó. Algunos veteranos, que normalmente no le habrían hecho ni caso, también se habían detenido en su cubículo para saludarla. Aunque no se mencionaron detalles concretos, Corrie lo entendía: se había corrido la voz sobre la acusación de Lathrop y, al parecer, el consenso era que mentía. Corrie sabía que el patólogo forense no era popular, y tal vez eso estaba influyendo en la opinión de la gente. Sin embargo, había algo que no olvidaría: Lime, su nuevo mentor, había sido el primero en expresarle su apoyo incondicional.

Empezó a ordenar su cubículo antes de salir. A pesar de la conmoción y del dolor persistentes, sentía curiosidad por el agente Lime. Había escuchado algunos cotilleos aquella tarde y, por lo visto, su pasado era casi tan misterioso como el de Morwood. Solo un agente había trabajado con él hacía bastante tiempo, y no había llegado a conocerlo bien, lo cual no era tan extraordinario; sabía que a algunos agentes les gustaba ser discretos con su currículum, sobre todo si no tenían un historial demasiado estelar. Y había oído a una persona reírse de la suerte de Lime: dos años trabajando en un despacho en Washington y lo recompensaban encargándole que supervisara a reclutas. La había turbado la aparente alegría por el mal ajeno que denotaba aquel comentario. Quizá Lime se sentía un extraño en Albuquerque.

Ya eran dos.

Una vez ordenado su espacio de trabajo, se volvió para apagar el ordenador. En la pantalla apareció un memorándum con los resultados de ADN. No había coincidencias en ninguna base de datos, ni siquiera en las gigantescas bases comerciales de pruebas genéticas a las que tenía acceso el FBI. Lo mismo ocurría con el ADN autosómico y mitocondrial, lo cual era realmente extraño. Aquellas dos personas tenían que estar emparentadas con alguien, en algún lugar, y se dijo a sí misma que volvería a comprobarlo.

Se levantó, salió del laberinto de cubículos y, evitando los ascensores, bajó las escaleras hasta la entrada principal. Eran casi las ocho y cuarto, pero se alegraba de que fuera tarde: cuanto menos tiempo pasara a solas con sus pensamientos, mejor. Cuando se acercó a la barrera de seguridad, vio al guardia Shady preparándose para el turno de noche. Shady era un expolicía corpulento y afable, con una cara pálida y una cabeza calva como una bola de billar, que insistía en que todo el mundo lo llamara por el misterioso apodo cuyo origen nadie parecía conocer. Era una de las personas más simpáticas del lugar, y Corrie siempre sentía una oleada de afecto cuando lo veía.

—Hola, Shady —dijo al acercarse a la barrera.

—Hola, señorita Swanson.

Shady nunca llamaba a nadie agente, sino señor o señorita.

Corrie sonrió y, sacando un bolígrafo del bolso, empezó a rellenar el pase que se exigía a todos los agentes que salían o entraban fuera del horario normal: «Swanson, C.; SA, GS-11/1; Sección 2G».

—Señorita Swanson —dijo Shady en un tono inusualmente serio—, quería comentarle que siento mucho lo del señor Morwood.

—Gracias —respondió Corrie mientras estampaba su firma.

—Era un buen tipo. Mucha gente entra y sale corriendo como si les ardiera el culo. Perdón por la expresión. Pero el señor Morwood se paraba a hablar y te preguntaba cómo estabas. Si hasta escuchaba mis historias de vez en cuando.

Shady se echó a reír.

Corrie miró a Shady. Era un policía a la antigua usanza, como también denotaba su arma, una Colt Detective Special desgastada. Se preguntó con quién viviría, si es que vivía con alguien. Probablemente también se sentía solo allí: largas noches con pocas cosas que rompieran la monotonía. A lo mejor era un noctámbulo nato.

—Hasta luego —dijo Corrie, que le tendió el pase a través de la pantalla de seguridad.

—Que pase buena noche —respondió Shady al cogerlo, y luego frunció el ceño.

Corrie no soltaba el pase. Estaba pensando.

—¿Señorita Swanson? —dijo Shady.

Corrie levantó los dedos del mostrador para soltar el pase.

—Lo siento, estaba distraída. —Titubeó unos instantes—. Shady, ¿podría hacerle una pregunta?

—Faltaría más.

—¿A qué hora acostumbraba a salir el agente Morwood por la noche?

Sabía que a menudo trabajaba hasta tarde, pero nunca había hecho un seguimiento exhaustivo.

—Bueno, que yo sepa llevaba un horario sin ton ni son. Vamos a ver... —Shady se volvió hacia la pantalla y empezó a teclear con los dedos índices—. Esta última semana, por ejemplo: el lunes salió a las seis y media de la tarde; el martes, a las ocho y veinte; el miércoles, a las nueve y cinco; el jueves, a las cinco cuarenta y cinco; y el viernes, a las cinco en punto. ¿Ve a qué me refiero?

—Ya veo, sí.

Sin ton ni son, desde luego. Corrie ni siquiera estaba segura de por qué había hecho la pregunta; algo la impulsaba a recoger cada migaja, a pasar cada hoja de la recta final de Morwood en la Tierra. Por alguna razón empezaba a tener la sensación de que en sus últimos días ocultaba algo, pero no tenía la menor idea de qué podía ser o de si eran solo imaginaciones suyas.

—Muchas gracias, Shady —dijo al darse la vuelta.

—Es un placer, señorita. Disfrute del resto de la tarde.

Corrie cruzó la barrera y bajó los escalones buscando las llaves en el bolso. Al llegar al último escalón, se detuvo bruscamente.

# 36

Por un momento, Corrie se quedó inmóvil, vagamente consciente de la brisa vespertina que le rozaba la cara y del rumor del tráfico que circulaba por la I-25. Luego dio media vuelta, subió corriendo las escaleras, volvió a entrar en el edificio y atravesó la barrera.

Shady acababa de escanear su tarjeta de salida y la estaba archivando. La miró sorprendido.

—¿Hay algún problema?

Corrie se esforzó en parecer despreocupada.

—No pasa nada. Solo tenía curiosidad por una cosa que ha dicho. El viernes, ¿el agente Morwood salió de la oficina a las cinco de la tarde?

—Déjeme cerrar esta pantalla. —Tras pulsar varias teclas, Shady se acercó al monitor—. Sí, a las cinco y uno para ser más exactos.

—Entonces ¿cómo es que lo encontraron en el laboratorio después del incendio? No ocurrió hasta pasada la medianoche.

—Volvió.

No era algo inesperado.

—¿Qué hora era?

—Tarde. Vaya, fue hace solo tres días. Debería recordarlo. —Hizo una breve pausa mientras buscaba los detalles—. Fichó a las once y cincuenta.

—¿Y fue directo a su despacho?

—No, señorita. Se registró para entrar en el laboratorio.

—¿El laboratorio?

—Lo tengo aquí en la pantalla.

—¿Llevaba algo?

—Una caja de pruebas azul con una etiqueta.

—¿Volvía a menudo a trabajar por la noche?

—Normalmente no. Se quedaba hasta tarde muchas veces, de vez en cuando hasta muy tarde, pero, cuando se iba, no volvía hasta el día siguiente.

Corrie hizo todo lo posible por no mostrar una curiosidad excesiva, pero le iba la mente a toda velocidad.

—Estaba de servicio esa noche, ¿no?

—Soy como un reloj suizo. De lunes a viernes, de ocho de la tarde a cuatro de la madrugada.

—Entonces ¿fue usted… —no sabía muy bien cómo decirlo con tacto— el primero en enterarse del incendio?

—No, fue Harold Lamson.

—¿Harold Lamson? ¿Quién es?

—Mantenimiento nocturno. Estaba trabajando en la otra punta del edificio principal cuando saltó la alarma.

—¿Cuándo fue eso?

—Debió de ser poco antes de la una. Me avisó él y yo llamé a los bomberos, al señor García y luego a Respuesta a Emergencias. En ese orden.

—¿Ha dicho en la otra punta del edificio principal?

Shady asintió.

—Parece raro que salte una alarma tan lejos del incendio, ¿no? Por supuesto, me han dicho que el laboratorio es bastante hermético. No olí humo aquí arriba, eso seguro.

—¿Y cuando ya había pedido ayuda…?

—No hubo más. Según oí, el fuego ya se había extinguido para entonces.

Shady se encogió de hombros.

—Muchas gracias.

204

Corrie hizo ademán de dirigirse a la salida, pero se detuvo una vez más.

—Maldita sea —dijo, dándose la vuelta—. Me he dejado en la mesa unos informes que quería repasar. Los guardé bajo llave y me fui.

—Ha sido uno día complicado, imagino.

—Supongo que tendré que rellenar otro pase... —aventuró con resignación.

Shady vaciló.

—Creo que sí, señorita. Sobre todo ahora. —Le pasó uno a través de la pantalla de seguridad—. Lo siento.

—Es culpa mía. —Rellenó todos los datos, incluido su destino: sección 2G. Luego firmó al pie y se lo devolvió—. Gracias.

—Ningún problema.

Empezó a caminar hacia las escaleras, pero se detuvo.

—Ah, Shady, no se sorprenda si tardo un rato. También tengo un pequeño trabajo que terminar.

—Muy bien, señorita Swanson.

Se alejó de la barrera de seguridad y cruzó el vestíbulo hasta la escalera, dobló la esquina y oyó el eco de sus tacones en el espacio vacío. Cuando el guardia no podía verla, se quitó los zapatos. En lugar de doblar a la izquierda y subir las escaleras, echó otro vistazo a su alrededor, escuchó para asegurarse de que todo estaba en silencio y se dirigió al sótano. El laboratorio no estaba lejos del final de la escalera. Los investigadores habían colocado una gran lona de seguridad a un lado; agachándose, pasó al otro lado y descendió lo más rápido y quedo que pudo. Había una cámara de seguridad al pie de la escalera, pero confiaba en quedar oculta por la lona y otros restos que veía amontonados más abajo, metidos en bolsas de pruebas.

Al final de la escalera dobló la esquina y se detuvo. No oyó gritos de advertencia desde arriba, ni pisadas de Shady acudiendo a investigar. Manteniéndose detrás de la lona que cubría un lado del pasillo, fue hacia la puerta del laboratorio.

La lona acababa en un precinto justo después de la entrada

del laboratorio. La puerta estaba cerrada y cubierta con cinta perimetral. Corrie pudo pasar por debajo con facilidad. El teclado de seguridad estaba desactivado. Giró con cuidado la manija —desbloqueada— y, tan silenciosamente como pudo, temiendo que en cualquier momento apareciera por la esquina algún empleado de mantenimiento o algún trabajador que se había quedado hasta tarde, abrió la puerta lo justo para colarse.

Al otro lado solo había oscuridad —incluso las señales de salida estaban apagadas— y casi se sintió abrumada por el olor a humo, plástico derretido, aparatos electrónicos quemados y algo más que no se molestó en identificar. Se irguió y cerró la puerta tras de sí. A continuación rebuscó en su bolso, sacó la SureFire Defender y la encendió.

La bombilla led de mil lúmenes iluminó un paisaje húmedo e infernal. Corrie dirigió el haz hacia sus pies, no sin antes darse cuenta de que la única cámara de seguridad del laboratorio estaba parcialmente quemada, cubierta con más cinta de seguridad y medio desmontada. Al menos no tenía que preocuparse de que la vieran allí dentro.

Apagó la linterna y se quedó inmóvil en la oscuridad para recobrar el aliento. ¿Qué demonios estaba haciendo allí?

Pero conocía la respuesta incluso antes de hacerse la pregunta. El sábado y hoy, sus ojos habían mirado más de una vez hacia las escaleras del sótano. Tanto García como el agente Lime le habían dicho que no tenía de qué preocuparse, pero no eran más que palabras. No podía dejarlo estar; no podía esperar el tiempo que tardara la investigación en publicar un informe: tenía que saber si ella era la responsable de la muerte de Morwood. Y tenía que saberlo ahora. Pero, más allá de eso, se preguntaba por qué había vuelto Morwood al laboratorio un viernes a medianoche. ¿Qué era tan urgente que no podía esperar al día siguiente?

Tenía que darse prisa. Aquello había sido una decisión impulsiva y, si la descubrían, se metería en un buen lío, sobre todo porque era una posible sospechosa. Debía terminar y salir antes de acobardarse.

206

Volvió a encender la linterna e iluminó la estancia. Estaba acostumbrada a ver un pasillo largo y estrecho, abarrotado por las hileras de cajas y materiales de embalaje que Lathrop nunca parecía retirar. Sin embargo, ahora solo había ruinas: pilas carbonizadas de ceniza y cosas medio abrasadas e inidentificables, empapadas, hundidas sobre sí mismas y recubiertas de espuma retardante. Más arriba, vetas de hollín se enroscaban por las paredes y el techo, extrañas y atenazadoras, como siluetas de una película del expresionismo alemán. A su alrededor había banderitas numeradas, algunas rojas, otras amarillas, otras azules. Y en el suelo, justo delante de ella, había un enjambre especialmente denso de banderas que, según pudo comprobar horrorizada, formaban la silueta de un ser humano.

Conteniendo un grito y apartando la mirada, pasó de largo rápidamente, manteniéndose cerca de las cajas cubiertas de ceniza que se alineaban en la pared y cuyo contenido ahora estaba al descubierto. El quemador Bunsen era su objetivo: tenía que examinarlo y salir de allí.

Dobló la esquina, pisando con cuidado, y el haz de la linterna iluminó el laboratorio principal. De inmediato lo dirigió hacia la mesa de esteatita sobre la cual se encontraba el quemador, y allí estaba, chamuscado pero intacto... y apagado.

«Gracias a Dios», pensó.

El tubo de goma estaba desconectado y Corrie enfocó la válvula, que también estaba cerrada. Por supuesto, pudo haberla cerrado uno de los investigadores, pero parecía improbable; habrían cerrado la llave de paso exterior y dejado el contenido del laboratorio lo más intacto posible hasta que concluyeran su trabajo.

Avergonzada por su abrumadora y egoísta sensación de alivio, dejó que la linterna recorriera el resto del laboratorio. Un pelotón de lanzallamas no habría hecho un trabajo más minucioso. Los armarios colgaban de las paredes con los frentes derretidos; los archivadores que antes estaban llenos de documentos y pruebas ahora eran solo grumos informes de acero y carbono;

los congeladores que guardaban los restos humanos habían reventado con el calor, espantosos como crematorios, con las pruebas que contenían completamente calcinadas. Y la mesa en la que había trabajado tanto en sus reconstrucciones faciales ya no existía; era una maraña de metal roto, cubierta —como todo lo demás— de pequeñas banderas de pruebas. Era como lo había dicho el agente Lime. Todas las pruebas, todo el trabajo realizado, habían desaparecido. Y Lathrop era tan mentiroso como esperaba: el incendio no había sido culpa suya.

Sería mejor que se largara. Era una locura. No podía pasar más tiempo allí, ni siquiera un minuto.

Al darse la vuelta, iluminó algo brillante que había en el suelo, dentro de una caja de pruebas derretida. Era el dispositivo que había llevado Morwood al laboratorio tras su visita a Eastchester. ¿Por eso había vuelto? Y si era así, ¿por qué había esperado hasta medianoche? Debió de regresar de Los Álamos no más tarde de las nueve y media o las diez.

Lo observó más de cerca. Estaba muy ennegrecido por el humo, pero por lo demás intacto. Por impulso, sacó el teléfono del bolsillo e, inclinándose hacia delante para no dejar huellas en una capa de ceniza empapada y un río de plástico, fotografió el dispositivo: la parte superior, los laterales y la parte inferior, donde había una numeración estampada.

Caminando con cautela, llegó a la puerta, la abrió ligeramente, se aseguró de que no había nadie en el pasillo y salió.

# 37

Nora se despertó con el olor a beicon y huevos y el sonido de la habitual conversación matutina de Skip con Mitty, que escuchaba con gran atención y nula comprensión.

Al salir del dormitorio, Skip le dijo sin darse la vuelta:

—Apuesto a que has dormido profundamente.

—¿Por qué dices eso? —preguntó Nora, que se sentó mientras Skip le ponía un café con leche delante.

—Bueno —dijo alegremente—, anoche llegaste bastante tarde y parecía que acabaras de correr un maratón, con las mejillas rosadas y brillantes.

—Cállate, por favor —le espetó Nora, que hundió los labios en la espuma caliente y dio un buen sorbo al café.

—Imaginé que tendrías bastante apetito.

De hecho estaba hambrienta, pero no dijo nada, y su enfado iba en aumento. Al rato, Skip le puso delante un plato de beicon y huevos. Nora empezó a comer de inmediato, con la esperanza de poder terminar y salir de allí antes de que añadiera nada más.

—Me cae muy bien Lucas, hermanita. Es un buen tipo. Podría haberme echado la bronca por haberle ocultado lo de Bitan, pero no lo hizo.

—Tienes suerte. Es todo lo que puedo decir.

—Me gustaría pensar que es porque he demostrado ser un miembro importante del equipo —dijo Skip con una nota de orgullo herido.

—Es verdad —dijo Nora.

Y lo era: Skip había estado a la altura de las circunstancias. No solo había adquirido unos conocimientos sorprendentes sobre los fenómenos aéreos no identificados y era capaz de mantener conversaciones profundas con los científicos, sino que también se encargaba de conservar la colección de objetos y de mantener la biblioteca y los archivos en buen estado. Había aprendido mucho analizando piezas de cerámica en el instituto.

Skip dejó encima de la mesa otro plato para él.

—¿Puedo preguntar si lo tuyo con Tappan es serio?

—¿Tan obvio es que estamos, bueno…, manteniendo una relación?

—¿Estás de broma? Entras ahí, supuestamente para una reunión rápida, y sales dos horas después radiante. Sí, es un poquito obvio.

Nora sintió una oleada de consternación. Por supuesto, Skip tenía razón, y en un hormiguero como aquel todo el mundo se daría cuenta.

—¿La gente está hablando?

—Conmigo no, pero estoy seguro de que cotillean entre ellos.

Estaban cometiendo una estupidez, pero, una vez más, a una parte de ella no le importaba. Habían pasado años desde la muerte de Bill. Sentía que algo en su interior volvía a renacer; a rugir, de hecho. Al mismo tiempo, era indecoroso, inapropiado y simplemente imprudente. Y lo que era aún más importante: no podía permitir que los sentimientos nublaran su criterio profesional y su objetividad. Por ejemplo, no podía dejar que la ferviente creencia de Lucas en los ovnis influyera en sus opiniones.

Por otro lado, la vida era corta. Y era muy divertido.

Skip puso una mano sobre la de ella con un semblante repentinamente serio.

—Nora, no permitirás que te haga daño, ¿verdad? Tappan debe de tener un millón de chicas persiguiéndolo. Esos hoyuelos, esos ojos grises y todo ese dinero… Me parece estupendo que te estés divirtiendo un poco. Te lo mereces, desde luego, pero no quiero que salga mal.

—No pasará.

Mientras lo decía, tuvo que admitir que había caído en la parte más honda de la piscina. No tenía ni idea de adónde iba aquella historia, y pensó que lo mejor era no darle vueltas. Al fin y al cabo, solo habían sido dos días. Los dos eran adultos y sabían lo que hacían, o eso se decía a sí misma.

—De acuerdo. Ya he hablado bastante. —Skip miró el reloj—. Son casi las ocho. Hora de otra reunión.

Llegaron al barracón uno minutos después. Banks había instalado un proyector digital y una pantalla, y todos tomaron asiento. Tappan ya estaba allí y, en cuanto estuvieron sentados, se levantó.

—El estudio lidar llegó sobre las cinco de la madrugada —dijo—. Ponlo, Vitaly.

Se apagaron las luces y en la pantalla apareció un mapa del paisaje en escala de grises y con un detalle increíble. Tappan no añadió nada más, y la imagen permaneció inmóvil en la oscuridad.

Nora se inclinó hacia delante y miró fijamente. Lo vio casi de inmediato: una antigua perturbación en el valle de Los Gigantes, el tenue fantasma de una carretera que se adentraba en el valle y terminaba en un círculo. Era una zona grande y extrañamente borrosa desde aquella altura, con caminos casi invisibles entrecruzándose en medio del círculo. Sin duda, parecía que se había producido un accidente en aquel sitio, cubierto e intacto durante décadas.

En la sala se elevó un murmullo de voces excitadas cuando todos los demás lo vieron.

—Una imagen vale más que mil palabras —dijo finalmente Tappan—. Y esta representa una buena y una mala noticia. La buena noticia es que este debe de ser el verdadero lugar del accidente. Lo taparon lo mejor que pudieron y el tiempo ha hecho su trabajo, pero nada es invisible al lidar. Se pueden ver las cicatrices con claridad incluso después de todos estos años. La mala noticia es que todas esas viejas huellas y alteraciones indican que el gobierno lo encontró hace mucho tiempo. —Miró a su alrededor—. ¿Alguna pregunta?

—¿Qué es esa marca que atraviesa la esquina superior de la imagen? —preguntó Banks—. ¿Es una carretera?

—Sí —respondió Kuznetsov—. No está en nuestros mapas, pero también hay muchos caminos antiguos de ranchos que nunca llegaron a cartografiarse. No creo que tenga importancia.

—¿Podría ser ahí donde recogieron a Bitan? —añadió Banks.

—Es posible —dijo Kuznetsov—. Pero, a primera vista, no parece que haya habido tráfico reciente en ese sendero. No lo hemos examinado con detalle.

—Gracias —terció Tappan—. Nora, tu turno.

Nora se levantó y miró a sus compañeros, pero no detectó ninguna sonrisa burlona de complicidad.

—En cuanto abramos una carretera, trasladaremos el material y procederemos a excavar de inmediato. Todo parece indicar que fue allí donde cayó el objeto después de rebotar, y es posible que el gobierno lo recuperara.

—¿Cuánto tiempo se tardará en construir la carretera? —preguntó Banks.

—Casi se puede llegar hasta allí campo a través. Solo hay algunos tramos que hay que nivelar para que puedan pasar los jeeps sin problemas. Tendremos que bordear esas colinas cubiertas de hierba, pero no es gran cosa. En principio, deberíamos terminar el camino en menos de un día.

—¿A qué distancia está de aquí? —preguntó Vigil.

—A unos doce kilómetros.

—¿Y cuánto durará la excavación? —preguntó Kuznetsov.

—No sabemos a qué profundidad tenemos que llegar —respondió Nora—, pero parece un terreno similar a este. Yo diría que una semana, o incluso menos. Es un área más compacta. Por cierto, para no correr riesgos, he revisado nuestros permisos. Podemos empezar a trabajar. Lo único que debemos hacer es informar del cambio de ubicación al Departamento de Interior.

Al sentarse de nuevo, fue consciente de la extraña dinámica que se respiraba en la sala. Todo el mundo estaba claramente entusiasmado con el descubrimiento. Por otro lado, todo hacía pensar que el gobierno había llegado antes. Pero ¿qué había hecho una vez allí? Se negaba a aceptar que se trataba de un ovni alienígena. Incluso sintió, irónicamente, que su escepticismo se reafirmaba, como una reacción a sus sentimientos por Tappan. Al fin y al cabo podía tratarse de un misil avanzado, un meteorito inusual o un avión experimental que el gobierno podía haber recuperado antes de tapar el enclave.

Pero no mencionó nada de eso. Y, al ver que no había más preguntas, Tappan dio por concluida la reunión.

# 38

Watts iba conduciendo su vehículo de sheriff por la carretera flanqueada de álamos cuando de repente divisó una amplia playa de arena y, más allá, la cinta trenzada del Río Grande. El sol acababa de salir y convertía el río en oro fundido.

Detuvo el Explorer, bajó las ventanillas y apagó el motor. Luego estiró el brazo hacia atrás y cogió un portacafés. Le dio a Corrie un vaso gigante con tapa y un burrito envuelto en papel de aluminio.

—Café y desayuno, como prometí.

Sentada en el asiento del copiloto, Corrie lo aceptó agradecida, extendió unas servilletas en el regazo y bebió un trago de café, fijándose en el extra de nata y azúcar.

Como si estuviera leyéndole el pensamiento, Watts dijo:

—Recordé que te gustaba dulce y espeso.

Corrie esperaba desayunar en una cafetería, no aquello. Más bien, pensó, era una... cita para desayunar. No tardó en desterrar aquella idea de su mente. Las agentes del FBI no salían con sheriffs del condado. Y menos a desayunar.

—Cuando era niño, veníamos aquí a montar a caballo —comentó Watts—. Es uno de mis sitios favoritos. Vadeábamos el río y nos adentrábamos en el Bosque del Apache, esa gigantesca arboleda de álamos que hay al otro lado. Como has llegado hace poco a Nuevo México —continuó—, pensé que te gustaría verlo.

214

Hablaba rápido y parecía inusualmente nervioso para tratarse de un hombre tan apacible.

—Qué bonito —dijo Corrie—. Me alegro de que me hayas traído.

Y era hermoso de verdad, incluso mágico, con los sonidos susurrantes del río, el sol brillando a través de los álamos y las lejanas montañas púrpuras.

Al volverse hacia él vio que se sentía aliviado de que no se estuviera aburriendo. Sabía que sería fácil tachar de tópico a un hombre tan joven con sus revólveres, sus cartucheras y su caro sombrero de cowboy. Pero, igual que un iceberg, Watts era mucho más de lo que aparentaba.

Corrie bebió otro sorbo de café y dio un bocado al burrito mientras lo escuchaba.

—El lugar se llama así porque los apaches de Warm Springs antiguamente acampaban allí. Puedes encontrar algunos de los álamos más grandes que hayas visto nunca, con troncos de nueve metros de circunferencia. Se extienden a lo largo de varios kilómetros. Y en esas colinas de arena que se elevan detrás del bosque hay una ciudad perdida llamada Senecú. Las ruinas estuvieron visibles hasta el siglo XVIII, cuando las cubrió por completo la arena que arrastraba el viento. Ahora su ubicación ha caído en el olvido.

Corrie no pudo evitar sentirse impresionada por su profundo afecto por la tierra y su historia.

Siguieron desayunando en silencio durante un rato mientras el sol trepaba en el cielo.

—Supongo que será mejor que hablemos de trabajo —dijo Watts—. Para eso has venido.

—Claro —respondió Corrie un tanto decepcionada.

—Comenté con Buford lo del caso. Parece bastante sencillo. Cree que Bitan abandonó el trabajo y que acabará apareciendo. Yo también lo creo, sobre todo teniendo en cuenta las luces que vieron en la zona donde desapareció. Buford opina que Bitan podía tener algún plan oculto.

Corrie vaciló. No coincidía del todo, pero tampoco tenía pruebas. Y, tal como le había inculcado Morwood, los agentes del FBI nunca verbalizaban sus corazonadas.

Pero Watts percibió sus dudas.

—¿No estás de acuerdo?

Corrie se encogió de hombros.

—Estoy de acuerdo en que las pruebas apuntan a que se largó. Pero parece una forma extraña de hacerlo: en medio del desierto y dejando solo al hermano de Nora. De todos modos, el caso no lo llevo yo.

—Hablando de tu caso, eso de excavar en Roswell me parece una locura.

—Lo es.

—¿Qué puedes contarme al respecto?

Corrie no sabía si era correcto desvelarle los detalles, pero llegó a la conclusión de que sí. Le hizo un resumen rápido, desde la intervención de Nora Kelly y el multimillonario que respaldaba el proyecto hasta el doble homicidio que habían descubierto y, por último, la muerte de Morwood en el incendio. Cuando terminó, se hizo un breve silencio en el vehículo.

—Leí sobre la muerte de Morwood en el *Journal* —dijo Watts al fin—. Debió de ser muy duro.

—Lo fue.

Corrie comprobó horrorizada que se le quebraba un poco la voz.

—Eh —dijo Watts, poniéndole una mano en el hombro—. Vaya, sí que te ha afectado. Siento mucho no haberte llamado.

Corrie negó con la cabeza, muerta de vergüenza.

—¿Por qué? Somos compañeros. No me debes nada.

—Recurriste a mí, espero que como amigo, no solo como compañero —dijo Watts.

Corrie se secó una lágrima. Aquello empezaba a ser ridículo. En otro momento estaría llorando.

—Supongo que sí. Me he expresado mal.

—No pasa nada. Lo entiendo.

—Siento haberme derrumbado de esta manera. —Hizo un gran esfuerzo para recobrar la compostura—. Esta tarde tengo que evaluar los resultados de la autopsia, y eso significa que veré el cuerpo de Morwood. Me da pavor.

—Pues no vayas. Todo lo que necesitas figurará en el informe.

—No —repuso ella—, tengo que hacerlo. Tengo que hacerlo.

Watts no apartó la mano de su hombro y le dio un apretón tranquilizador.

—Estaré aquí siempre que me necesites. Como compañero y como amigo.

—Te lo agradezco, de verdad.

Finalmente, Corrie logró controlarse.

—No es solo por la muerte de Morwood. El fuego destruyó la mayoría de las pruebas cruciales del caso. Había hecho una reconstrucción de los rostros de las víctimas y se quemaron junto con los restos. Y... —Titubeó—. El técnico de patología me acusó de haberme dejado un quemador encendido.

—Pero ¿qué coño...?

—No lo hice, y sé que la investigación del incendio lo demostrará, pero ha sido estresante.

—Me parece increíble que lo estés llevando tan bien. ¿Tienes a alguien en quien apoyarte en la oficina del FBI?

—Tengo un nuevo mentor, el agente Lime. Me ha ayudado mucho.

—Me alegra oír eso. —Hizo una pausa—. Lo superarás, Corrie. Tienes fortaleza interior, y creo que lo sabes.

Corrie asintió. Lo sabía. Era fuerte y lo superaría.

—Será mejor que nos vayamos. Gracias por tu ayuda con Buford. Te lo agradezco mucho.

Watts hizo una bola con el papel de plata de los burritos, la metió en la taza de café vacía, lo guardó todo en la bolsa y puso en marcha el Explorer.

—Te informaré de cómo evoluciona el caso, pero, como ya te he dicho, probablemente sea tan banal como parece; el tipo simplemente desapareció.

217

Corrie asintió.

—Gracias por enseñarme este lugar tan especial.

—Quizá podríamos quedar para cenar alguna vez…

Lo dijo abruptamente, y volvió aquel nerviosismo atípico en él.

—¿Te refieres a… una cita?

—Bueno, ya sabes, para ponernos al día. Te informaré sobre el trabajo de Buford.

Corrie sintió, y no por primera vez, una extraña mezcla de emoción y ansiedad.

—Me gustaría —dijo—. Pero que sea un almuerzo. ¿Te parece bien?

Watts asintió y esbozó de nuevo aquella sonrisa relajada.

—No hay problema.

Luego dio media vuelta y enfiló el camino de arena.

# 39

Corrie ya había visto muchas autopsias y aquella no sería diferente, o eso se decía a sí misma.

Lime le había asegurado varias veces que no era necesario que asistiera, que podía hacerlo solo, y en más de una ocasión había estado a punto de cancelarlo. Pero sentía que era su deber oír directamente del forense cómo había muerto Morwood.

Luchando por controlar su aprensión, ella y Lime llegaron a la puerta del laboratorio del FBI. Los recibió el propio forense, un médico bajo y corpulento llamado Boyd Mason.

Los condujo a una habitación muy iluminada, donde en una camilla yacía un cadáver bajo una sábana de plástico. La actitud animada y locuaz del forense era tranquilizadora. A Corrie le parecía que era así como había que tratar la muerte: con naturalidad y profesionalidad. Eran cadáveres, nada más, tan inertes como un tronco o una roca.

Mason agarró la esquina de la sábana y a continuación levantó la vista.

—Entiendo que han visto cadáveres a los que se ha practicado una autopsia, ¿no?

Ambos asintieron, y el forense apartó la sábana.

Al instante, aquella visión horrorizó a Corrie y se le cerró la garganta. Luchó denodadamente por controlarse, pero casi de inmediato se dio cuenta de que iba a ser una batalla perdida.

—Si no... les importa... tengo que... excusarme...

Entró a trompicones en el baño contiguo —por suerte estaba cerca— y vomitó violentamente el desayuno. Y luego otra vez. Cómo se odiaba a sí misma mientras se arrodillaba frente a la taza del váter, con la nariz llena de mocos y las lágrimas corriéndole por la cara. La vergüenza, la repugnancia y la humillación se apoderaron de ella mientras seguía vomitando. Por fin se levantó y fue tambaleándose hasta el lavamanos. Luego se lavó la cara, se la secó con toallitas de papel, se enjuagó la boca y se miró en el espejo.

Tenía un aspecto lamentable.

«Contrólate, vuelve ahí fuera y termina lo que tengas que hacer», se dijo.

Después de peinarse, alisarse la chaqueta y pintarse los labios, salió del lavabo y caminó con paso rígido hacia la sala de autopsias.

—Agente Swanson —dijo Lime, acercándose con semblante preocupado—, esto no es necesario. De hecho...

—Le pido disculpas, señor —respondió Corrie con toda la frialdad que pudo. A continuación se volvió hacia el forense—. Lo siento. Proceda, por favor.

—Por supuesto —dijo Mason, tan imperturbable como siempre.

Corrie tenía la impresión de que aquello no era nuevo para él, y eso la hizo sentirse un poco mejor.

El cuerpo, más concretamente la parte superior que estaba en buenas condiciones, había sido sometido a una autopsia exhaustiva: le habían extraído los órganos y el cerebro, luego lo habían cosido de forma tosca y habían vuelto a cerrar el cráneo vacío. El cuero cabelludo formaba arrugas sobre el hueso, y tenía los ojos abiertos. Era horrible, pero Corrie se tranquilizó. No había nada que vomitar. Incluso las arcadas habían cesado.

—Como pueden ver, practicamos una autopsia médico-legal completa. Además de examinar todos los órganos, realizamos secciones histológicas de los pulmones, el corazón, el cerebro y el hígado, y un examen toxicológico completo. La causa de la muerte está clara: asfixia por falta de oxígeno e intoxicación por monóxido de carbono, ambas agravadas por inhalación de humo. El agente Morwood padecía una afección crónica preexistente: enfermedad pulmonar autoinmune, a veces denominada enfermedad pulmonar intersticial. Se caracteriza por inflamación y cicatrización. La mantenía bajo control con antiinflamatorios y corticosteroides, pero sufría daños permanentes en los pulmones.

»El cuerpo se halló en la parte delantera del laboratorio y, como pueden ver, solo está quemada la mitad inferior. Las quemaduras se produjeron después de la muerte. La víctima sucumbió mucho antes de que la alcanzara el fuego. —Tenía una voz profesional y tranquilizadora—. Con su enfermedad pulmonar, incluso una pequeña cantidad de monóxido de carbono causada por la propagación del fuego lo habría incapacitado. Es posible que ocurriera incluso antes de que fuera consciente de que había un incendio. Sus pulmones simplemente no tenían reservas para hacer frente a un descenso en los niveles de oxígeno o a un aumento del humo.

Hizo una pausa.

—¿Alguna pregunta hasta ahora?

Corrie se armó de valor.

—¿Dice que practicaron secciones histológicas de tejido pulmonar?

El doctor Mason asintió.

—¿Puedo verlas?

—Por supuesto. —Cogió una tableta, abrió una imagen y se la ofreció—. Se puede ver claramente la ampliación de los espacios aéreos distales a los bronquiolos terminales, acompañada de la destrucción de sus paredes. Y fibrosis, por supuesto.

En efecto, podía verlo. En el interior de los bronquiolos se apreciaba una dispersión de partículas de hollín y humo, pero no muchas.

—No parece que inhalara demasiado humo —comentó.

—Cierto. Como mencionaba, probablemente le afectó primero el monóxido de carbono, así como la rápida disminución de oxígeno. Al fin y al cabo, el incendio se inició en un espacio bastante reducido. Me atrevería a decir que estaba inconsciente cuando empezó a respirar humo y sucumbió poco después.

—Gracias. —Le devolvió la tableta—. ¿Qué encontraron en el análisis toxicológico?

—Nada. Ningún sedante, nada que lo incapacitara, ni nada que sea indicativo de algún delito. Tampoco alcohol ni drogas. Estaba limpio.

—Perdone la pregunta, pero ¿cabe la posibilidad de que se le haya pasado algo por alto?

—Siempre existe la posibilidad remota de que haya un compuesto exótico o desconocido, pero llevamos a cabo toda la batería de pruebas. Y, créanme, abarcan casi todo, incluidos gases nerviosos, radionucleidos y los demás sospechosos, habituales o no habituales.

Corrie se obligó a examinar el cuerpo más de cerca. Olía mucho a pelo quemado y antisépticos. Notó que le venía otra arcada, pero consiguió reprimirla.

—Tiene un rasguño en el cuello.

El forense se agachó a mirar.

—Sí, hemos tomado nota.

—¿Y bien…?

—Es una marca superficial y pudo ser provocada por cualquier cosa. Los cuerpos casi siempre presentan heridas leves, arañazos o moratones, en especial los varones activos.

—Así que no le resulta sospechoso.

—En ausencia de otros signos de lucha, normalmente no nos parece significativo.

Corrie miró a Lime y vio compasión en sus ojos. Debía de pensar que Corrie se agarraba a un clavo ardiendo, y puede que fuera así.

—¿Podría ver sus efectos personales? —preguntó.

—Por supuesto.

222

Se volvió hacia otra camilla, sobre la cual estaba la ropa de Morwood. Por debajo de la cintura, casi todo estaba muy quemado. La americana, la camisa y la corbata seguían casi intactas, al igual que el cuerpo de Morwood de cintura para arriba. Al lado estaban sus gafas, unas llaves chamuscadas, el lomo de una cartera y un montón de tarjetas de crédito fundidas alrededor de un trozo de papel con la mitad inferior quemada. En el centro de la mitad superior había una sola palabra:

ÍTEM

—¿Tiene idea de qué es esto? —preguntó Corrie, señalando el trozo de papel.

Mason negó con la cabeza.

—Supongo que era el principio de una lista.

—¿Y no hay forma de recuperar el resto de la lista o poder leer lo que queda en las cenizas?

—A veces es posible, pero no cuando está tan consumido como en este caso.

Corrie se quedó mirando el cadáver, no horrorizada, sino intentando extraer algún significado, incluso alguna revelación, pero no había nada. ¿Qué podía contener aquella lista? Teniendo en cuenta el subrayado, Morwood debía de considerarla muy importante. Desearía que no se hubiera quemado.

—¿Alguna pregunta más? —dijo Mason apaciblemente.

—Entonces ¿no hay indicios de que esto sea un homicidio?

—Si el incendio fue accidental o provocado queda fuera de mis competencias. Pero en lo que respecta a la causa de la muerte, estoy cien por cien seguro de que este hombre murió asfixiado por una combinación de intoxicación por monóxido de carbono, falta de oxígeno e inhalación de humo. El incendio se declaró en la parte trasera del laboratorio, y él estaba cerca de la entrada principal. Cuando se dio cuenta de lo que sucedía, estaba perdiendo el conocimiento o ya se encontraba inconsciente. —Hizo una pausa—. No sintió ningún dolor.

—Gracias, doctor Mason.

—De nada, agente Swanson.

Cuando salieron de la oficina, Corrie se sintió aliviada de que Lime no hiciera alusión a su indisposición. En lugar de eso, Corrie mencionó la llamada que había hecho Nora la mañana anterior para anunciar que Bitan había desaparecido. Tenía intención de comentarlo durante la primera reunión, pero con todo lo que estaba ocurriendo se le había pasado por alto.

—¿Desaparecido? —dijo Lime—. ¿Mencionó las circunstancias?

—Estaba unos ocho kilómetros al norte de su campamento, buscando un sitio alejado, y desapareció en el desierto.

—¿Y están preocupados?

—Más enfadados que preocupados. Por lo que sé, sospechan que trabajaba para otro grupo, o posiblemente para el espionaje israelí, y cuando tuvo lo que quería, organizó su recogida lejos del campamento.

—¿Algo más que deba saber?

Corrie vaciló.

—Hablé con el sheriff Homer Watts, del condado de Socorro. Ya había trabajado con él y me pareció la persona adecuada. Dijo que hablaría con Randall Buford, el sheriff del condado de Chaves, donde se está realizando la excavación.

No creía que Lime necesitara estar al corriente de que había desayunado con Watts horas antes. Ya sabía más de lo que probablemente quería saber sobre esa comida.

—¿Y cómo le gustaría proceder?

—Me gustaría hablar de nuevo con la doctora Kelly —respondió Corrie—, obtener más información. Puede que tengamos que volver allí.

Vio que Lime la observaba con escepticismo.

—¿Seguro que es lo correcto?

Corrie le devolvió la mirada.

224

—¿De verdad cree que una desaparición reciente podría estar relacionada con un homicidio cometido en los años cuarenta? Si es así, me gustaría escuchar su teoría.

Corrie hizo una pausa.

—Entiendo a qué se refiere.

—¿Y a qué me refiero?

—A que no todo está conectado con todo lo demás. Esta desaparición es probable que no tenga nada que ver con el doble homicidio.

Lime sonrió.

—Nunca seré el mentor que fue el agente Morwood, pero lo intento. Dado que es casi seguro que la desaparición del tal Bitan no está relacionada con su caso, y dado que se trata de una desaparición, se ha delegado al organismo de investigación que le corresponde: la oficina del sheriff del condado de Chaves. Delegado por usted. —La miró todavía sonriente—. Muy buen trabajo, agente Swanson.

—Gracias, señor.

Y mientras esperaban el ascensor, intentó recordar si Morwood le había sonreído alguna vez.

# 40

Corrie nunca había estado en Los Álamos y tenía curiosidad por conocer la ciudad antaño secreta que había fabricado la primera bomba atómica. Pero, cuando por fin llegó, se encontró con que no era más que otra ciudad gubernamental genérica, aunque enclavada en un fabuloso entorno de picos montañosos, bosques de ponderosa y cañones profundos.

Se detuvo en un puesto de control y mostró sus credenciales al guardia, que le facilitó un pase especial de visitante para una de las zonas técnicas, donde tenía su consulta el doctor Eastchester, e indicaciones sobre cómo llegar.

La zona se encontraba a las afueras de la ciudad. Ocupaba una larga meseta que se extendía desde la sierra de Jémez y estaba rodeada por dos vallas rematadas con alambre de púas. Se detuvo ante otro puesto de seguridad y le mostró el pase al guardia, que le dijo dónde aparcar y cómo encontrar la oficina de Eastchester.

En la entrada del edificio había otro guardia que volvió a comprobar su pase e identificación y le pidió que entregara el arma. Luego la acompañó por un largo pasillo hasta un despacho situado al fondo.

La puerta estaba abierta.

—¿Doctor Eastchester? —dijo el guardia—. Su visitante.

Corrie entró en un despacho espacioso y bastante austero con vistas a un bosque de pinos y a las montañas nevadas. Una gran pizarra llena de ecuaciones dominaba una de las paredes.

—Usted debe de ser la agente especial Swanson —dijo un anciano que se levantó con cierta dificultad de un sillón de felpa situado detrás de un viejo escritorio repleto de revistas y papeles.

—Por favor, no se levante, doctor Eastchester —dijo Corrie. Pero lo hizo de todos modos y le estrechó la mano.

—Encantado de conocerla. Tome asiento.

El científico volvió a sentarse y ella ocupó una silla situada delante del escritorio. El hombre se la quedó mirando con seriedad.

—Siento muchísimo la muerte de Hale. Sospecho que debía de estar muy unida a él. Yo también lo estaba. Es un golpe terrible.

Corrie asintió, tratando de evitar que su rostro denotara emoción ante el tono comprensivo de Eastchester.

—Conocía a Hale desde que estaba en su mismo puesto. Hacía poco que se había incorporado al FBI y tenía como mentor al agente Mickey Starr. Mis condolencias.

Corrie quería llevar la conversación a un terreno emocional más firme lo antes posible.

—Gracias por su amabilidad. —Aprovechó para consultar sus notas—. Ha mencionado al agente Starr. ¿Cómo era?

—Era un tipo duro. Mandíbula cuadrada, corte a cepillo y trajes azules. Tenía una manera de hablar cortante. Era brusco con Morwood. Si le soy sincero, no me caía bien. —Hizo una pausa para toser—. No sé qué fue de Starr. ¿Sigue por aquí?

—Murió hace unos años —respondió Corrie, que lo sabía por otros agentes de más edad.

Eastchester asintió.

—Tengo entendido que el agente Morwood le trajo un dispositivo para que lo identificara.

Al oír aquello, Eastchester vaciló.

—Sé que es confidencial —añadió Corrie—. No se preocupe, puede hablar sin tapujos. Tengo autorización.

227

—Muy bien. —Aun así, el hombre, obviamente habituado al secretismo, tardó un poco en responder—. Como le expliqué a Hale, se trata de un dispositivo utilizado para ajustar la potencia de una bomba termonuclear introduciendo más o menos combustible de tritio en la cámara de fusión. Se lo conoce como «dial de rendimiento variable». Algún gracioso dijo que podía ajustar la intensidad de la bomba de normal a extracrujiente. —Esbozó una rápida y tenue sonrisa—. ¿Conoce los principios básicos de la bomba de hidrógeno?

Corrie no los conocía, pero tampoco quería admitirlo.

—Más o menos.

—La bomba de fusión se inicia con una bomba de fisión. Ese dispositivo determinaba el rendimiento. Yo no participé en su desarrollo; fue años antes de empezar a trabajar aquí y, en cualquier caso, ya no se utiliza.

Corrie tomó algunas notas.

—Doctor Eastchester, ¿qué puede decirme sobre el caso en el que trabajaban entonces los agentes Starr y Morwood?

—Bastante, en realidad. Pero ¿el FBI no tiene informes al respecto?

—Los tenemos. Una pila de seis metros. Si no le importa, me gustaría oírlo en sus palabras, ya que usted era el contacto directo del agente Morwood dentro de Los Álamos.

—No me importa en absoluto. Fue extraño. ¿Ha leído *El hombre hueco*, de John Dickson Carr?

—No, no lo he leído.

—Un capítulo trata de las muchas maneras en que una persona puede cometer el asesinato perfecto en una habitación aparentemente cerrada. El caso era parecido: un misterio en una habitación cerrada. Pero, si no le importa que pregunte, ¿qué tiene que ver esto con el caso actual?

—Es probable que nada. Solo estoy intentando crear un poco de contexto.

En realidad, Corrie se preguntaba si ambos casos podían estar conectados. A fin de cuentas, a pesar del factor cronológico, había ciertas coincidencias. Pero sabía que no debía decir nada hasta que contara con pruebas fehacientes.

—Es un crimen fácil de describir. Ese es uno de los aspectos que lo hace tan desconcertante, su simplicidad.

Corrie esperó mientras el hombre respiraba hondo, mirando a lo lejos y escarbando en sus recuerdos.

—La víctima era un científico superior, un jefe de grupo. Se llamaba Arvesen. Henrik Arvesen. Una mañana de enero de 1999 se descubrió su cuerpo en una sala de alta seguridad dentro de un área secreta. La habitación estaba cerrada con llave. Tenía un dispositivo informático que registraba a todo el que entraba o salía, no solo por el código de la llave, sino también por la fotografía y la huella dactilar del índice derecho. Arvesen había recibido un disparo en la cabeza a quemarropa. No había nadie más. No se encontró ningún arma en la habitación, por lo que no pudo tratarse de un suicidio y, sin embargo, el registro informático de entradas y salidas mostraba que había accedido solo a la habitación a las nueve de la noche anterior y no había salido nunca. No entró ni salió nadie más hasta que llegó el personal a la mañana siguiente.

—¿Cabe la posibilidad de que el sistema de seguridad fuera pirateado?

—Eso es lo que se supuso inicialmente. Pero los análisis más sofisticados realizados por profesionales externos especializados en seguridad informática no encontraron ningún rastro de piratería. Créame, la seguridad de aquella sala era y sigue siendo considerada infranqueable.

—¿Quién descubrió el cuerpo?

—El director del laboratorio de Arvesen, que también tenía una autorización de muy alto nivel. Vio en el registro que Arvesen había accedido a las nueve y no había salido, lo cual era extraño, así que entró... y encontró el cuerpo.

—¿Es posible que el director del laboratorio lo asesinara al entrar?

Otra leve sonrisa cruzó el rostro del anciano. Parecía admirar la tenacidad de Corrie.

—Aunque hubiera conseguido eludir la cámara de seguridad, la temperatura corporal de Arvesen era demasiado baja. El forense situó la hora de la muerte alrededor de medianoche.

—¿Podría decirme qué hacía Arvesen aquí?

—Era jefe de grupo del departamento de química nuclear de la bomba H. Las bombas H originales utilizaban tritio puro como combustible, hasta que se descubrió que podía combinarse con litio para formar un compuesto llamado deuteruro de litio-6. Cuando se bombardea con neutrones mediante una explosión desencadenante, crea una enorme cantidad de tritio, que a su vez se convierte en combustible para la segunda fase de la explosión. El litio-7 demostró ser aún más eficaz en determinadas condiciones. —Hizo una pausa—. Seguro que no debo entrar en más detalles. Digamos simplemente que el equipo de Arvesen siempre estaba buscando mejores combustibles para la bomba H. Era un trabajo extremadamente confidencial. Con el tiempo, el dispositivo que me enseñó Morwood quedó obsoleto. Solo funcionaba con gas tritio comprimido, que databa del programa «Súper» de la Operación Greenhouse en…, veamos…, 1951. Los combustibles posteriores de la bomba H eran sólidos.

—Comprendo. —Corrie dudó, pero acabó preguntando—: ¿Se le ocurre alguna razón por la que alguien pudiera querer matar al agente Morwood?

Eastchester arqueó las cejas.

—¿Existe la posibilidad de que haya sido asesinado?

—No, no —puntualizó enseguida Corrie—. Parece claro que fue un accidente, pero es una pregunta que hacemos siempre. Por rutina.

Esperaba que eso lo satisficiera.

—No se me ocurre ninguna razón. Un buen agente del FBI debe de tener muchos enemigos, ¿no? La gente a la que ha encerrado, sus familias y socios, ese tipo de cosas. Pero personalmente no conozco a nadie que pudiera haberle hecho daño. —Hizo una pausa—. El problema en el caso de Arvesen fue una falta casi absoluta de pruebas. Recuperaron la bala y su casquillo, nada más. La zona no mostraba signos de entrada no autorizada; Arvesen era muy querido, sin enemigos evidentes. De hecho, parecía un individuo inusualmente directo, ético y franco. Todas las personas que gozaron de acceso a la sala de alta seguridad aquella noche, y no fueron muchas, tenían coartada. Una buena coartada. Morwood y Starr se toparon con un muro casi de inmediato y se dieron cabezazos contra él durante... Debieron de ser años.

El viejo científico sacudió la cabeza con tristeza.


Mientras Corrie abandonaba la zona de seguridad y conducía por la sinuosa carretera que la separaba de Los Álamos, su mente regresó al laboratorio incendiado. La visión y el olor de aquel lugar, húmedo y acre, bajo el resplandor fantasmal de su linterna, quedarían grabados en su mente para siempre. Sus dibujos forenses, radiografías dentales, diagramas y datos se hallaban a salvo en la red informática, donde el fuego no podía tocarlos, pero estaban incompletos. Los historiales dentales también estaban en la nube, por supuesto, pero hasta ahora no habían arrojado resultados. Las víctimas de los homicidios habían quedado casi reducidas a cenizas, y sus reconstrucciones totalmente destruidas. Sin cráneos intactos, no podía rehacerlas. ¿Cómo iba a identificar ahora a las víctimas?

Aun así contaba con el dispositivo. Ahora que sabía lo que era, los números estampados en él podían ser números de serie que tal vez llevarían a alguna parte.

Pero no tenía ni idea de adónde.

# 41

Nora se emocionó al contemplar el lugar. En cuanto terminaron la carretera, se montó en un todoterreno con Emilio y Skip, y llegaron a Los Gigantes poco después del mediodía.

Era un paraje mucho más evocador que donde habían estado excavando antes y, como ventaja añadida, había menos viento en el valle. Los contrafuertes de arenisca se erguían aquí y allá en la llanura, teñidos de rojo al sol del mediodía. Al observar la zona, Nora no pudo distinguir ninguna señal de la perturbación de 1947. El hecho de que aquel sitio pudiera divisarse con tanta claridad desde el aire era un indicativo de la potencia del lidar.

¿Era posible que una nave extraterrestre se hubiera estrellado allí? Debía reconocer que cada vez había más pruebas. Tenía la sensación de que la excavación en la que estaba a punto de embarcarse resolvería el asunto de una vez por todas. La idea la llenó de emoción y ansiedad.

—Entonces ¿cuál es el plan? —preguntó Skip, mirando a su alrededor con las manos apoyadas en las caderas.

—Un estudio del terreno —dijo Nora—. Después cuadricularemos la zona y empezaremos a cavar.

Estaba bastante convencida de que Tappan aparecería antes de que acabara la jornada. Cuando llegara, quería que comprobara que había hecho buenos progresos.

—Pongámonos en marcha —añadió.

Los tres recorrieron lentamente el lugar, examinando el sue-

232

lo en busca de objetos en la superficie. Tardaron una hora y no encontraron casi nada, aparte de una lata oxidada de tabaco de mascar.

Era hora de cuadricular la zona. Nora y Skip fueron a buscar suministros al jeep, incluyendo estacas de madera y cuerdas fosforescentes. Vigil instaló el teodolito mientras Skip le sujetaba la barra estadimétrica y Nora daba indicaciones. Al cabo de una hora, la zona estaba cuadriculada con precisión y marcada con GPS. En ese momento, Nora se fijó en un remolino de polvo en el horizonte. Minutos después llegó Tappan, que se bajó del todoterreno con una sonrisa y echó un vistazo a la zona cuadriculada.

—A eso lo llamo yo progreso —dijo.

Nora no pudo reprimir una oleada de satisfacción.

—Llegas justo a tiempo para vernos empezar a perforar.

—Eso mismo esperaba.

Partiendo del primer metro cuadrado, Nora y Vigil arrancaron con cuidado los manojos de hierba y los apartaron, y luego empezaron a retirar la tierra capa por capa. Tappan observaba desde la sombra que proyectaba un toldo instalado junto a la excavación, y de vez en cuando hablaba por la radio del campamento base.

El proceso fue rápido y sencillo, tal como Nora suponía que sería en un terreno que ya se había excavado y rellenado antes, aunque fuera hacía muchas décadas. Ella y Vigil trabajaban en las cuadrículas mientras Skip pasaba la arena por dos tamices, uno para objetos grandes y otro para los pequeños. Con el paso de las horas, no hallaron más que arena indiferenciada, y el cribado tampoco arrojó nada de interés. El lugar parecía estar limpio, sospechosamente limpio. Ni siquiera se toparon con las habituales piedras.

Bien entrada la tarde, Tappan dijo de repente:

—Nora, ¿podemos hablar un rato?

Nora salió del agujero y se acercó.

—Acabo de hablar con Cecilia —dijo Tappan—. Ella y Kuz-

233

netsov han estado repasando la nube de puntos del lidar utilizando la mejora de imágenes, y han encontrado algo más: una perturbación que parece mucho más reciente. Le he pedido a Cecilia que nos traiga los gráficos para examinarlos.

Veinte minutos después apareció otra nube de polvo en el horizonte. Al poco, Toth detuvo el todoterreno y cogió un tubo de documentos del asiento del acompañante. Luego se acercó, con el pelo rojo arremolinado por el viento, y todos se dirigieron a unas sillas situadas a la sombra.

—Gracias por venir —dijo Tappan.

—No hay problema.

Toth sacó un estudio del tubo y lo desenrolló sobre la mesa.

—Hemos estado manipulando los datos de la nube de puntos —dijo—. Mirad qué hemos descubierto. Está ahí, en la esquina.

A un kilómetro y medio de donde estaban trabajando, Nora distinguió unas rodaduras borrosas de neumáticos que entraban por el oeste y serpenteaban por las estribaciones de la sierra de Los Fuertes antes de salir de la zona de estudio en dirección norte.

—Aquí se ve más de cerca.

Toth desenrolló un segundo gráfico. Las huellas venían de la parte izquierda del plano, se dirigían hacia el este por el valle de Los Gigantes y se detenían en un punto cercano al extremo más alejado de la zona de estudio. En ese punto parecían moverse en círculos erráticos antes de girar y alejarse en otra dirección.

—Son huellas recientes —comentó Toth—. Muy recientes. Creo que podría ser el punto donde recogieron a Bitan.

Nora asintió.

—No solo son recientes —añadió Toth—, sino que además parece que intentaron borrarlas. Como es obvio, no esperaban un estudio lidar subcentimétrico. —Sacó un tercer gráfico—. Esta imagen se ha mejorado aún más.

Nora observó con atención y sintió un escalofrío recorriéndole la espalda. Había una mezcla difusa de huellas, tanto de coches como de pies, evidentemente borradas pero aún visibles.

234

—Esas huellas conducen a las montañas del norte. Pero ¿adónde exactamente?

—No lo sabemos. Y puede que sea difícil averiguarlo.

—¿Por qué?

—Porque el espacio aéreo está cerrado. Es el antiguo campo de pruebas de Pershing, una base militar abandonada. También está prohibida la entrada por tierra.

Tappan soltó un silbido.

—No suelo ser paranoico, pero esto da que pensar. Bitan desaparece… y esas huellas conducen a una base abandonada. Supuestamente. Es decir, ¿qué hay ahí? ¿El Área 52? ¿Podemos utilizar el dron para echar un vistazo?

—No —repuso Toth—, a menos que quiera perder la licencia de dron.

—¿Y Google Earth?

—Lo he comprobado y solo muestra unos cuantos edificios abandonados. No hay indicios de nada reciente.

Todos se quedaron callados unos instantes hasta que Toth dijo:

—Otra cosa. Dos sheriffs se han presentado esta tarde en el campamento base para investigar la desaparición de Bitan. Quieren hablar con usted, señor Tappan, y con Skip.

—Mierda, justo lo que necesitamos —dijo Tappan, que se volvió hacia Nora—. Terminemos aquí y vamos a ver qué quieren. De todos modos, es hora de irse.

# 42

A última hora de la tarde, cuando Corrie pasaba frente al antiguo despacho de Morwood, la llamó Lime, su nuevo ocupante.

—¿Agente Swanson?

Retrocedió y se detuvo. Lime estaba sentado a su mesa con el investigador de incendios, que tenía un informe abierto delante.

—Pase —dijo Lime—. ¿Conoce a Lawrence Feeney?

—Sí —respondió Corrie mientras Feeney se levantaba y le tendía la mano.

La había interrogado al principio de la investigación, y sintió una opresión en el pecho.

—Siéntese, por favor.

Todos tomaron asiento y Lime apoyó los codos en la mesa y miró primero a Corrie y luego a Feeney.

—Vayamos al grano, ¿de acuerdo? En lo que concierne a la agente Swanson, quiero decir.

—Bien. —Feeney se volvió hacia ella—. Pudimos determinar la fuente del incendio. Fue un cortocircuito en el autoclave.

—En otras palabras —intervino Lime—, no fue el quemador Bunsen como dijo Lathrop.

—Encontramos el quemador apagado y desconectado —añadió Feeney—. La llave de gas también estaba cerrada.

Aunque nada de aquello sorprendió a Corrie, se sintió aliviada.

236

—Además —dijo Feeney—, nuestra investigación demostró que no se había realizado un mantenimiento adecuado del autoclave. El sistema de aspersores y detectores de humo del laboratorio no funcionaba debido a la presencia de cables mordisqueados; una plaga de roedores que no se detectó. Por supuesto, el sistema de extinción de incendios debe revisarse de forma periódica. Recientemente, Lathrop pidió en dos ocasiones a los inspectores que volvieran en otro momento, por lo que el sistema no se había verificado en el plazo previsto. Por último, el incendio se aceleró debido a los montones de paquetes y cajas sin abrir que se habían acumulado en el vestíbulo delantero del laboratorio.

—Como jefe del laboratorio —añadió Lime—, Lathrop tenía responsabilidad en todo eso.

Corrie se quedó atónita al oír esa información. Tardó un momento en procesarla y, de repente, la dejadez de Lathrop la inundó de ira.

—¿Qué van a hacer? —preguntó Corrie—. ¡La muerte del agente Morwood fue culpa de Lathrop!

—Se le entregará una placa grabada y se jubilará.

—¿Eso es todo?

Lime se la quedó mirando.

—Comprendo que esté enfadada. Yo también lo estoy, pero Lathrop no cometió ningún delito: fue una cascada de descuidos que, en conjunto, precipitaron una tragedia inverosímil.

Corrie tragó saliva y no dijo nada más. A su juicio, aquello era un homicidio involuntario.

—Lo peor que hizo fue culparla a usted —dijo Lime—. A los demás agentes también les ha molestado mucho que un técnico de laboratorio culpara a uno de los suyos. El agente especial al mando le ha pedido a Lathrop que a partir de mañana se tome los días de vacaciones que le quedan y que luego se jubile directamente. No volveremos a verlo por aquí.

Corrie asintió. Aún tenía una sensación de ardor. Aquello era muy injusto. Por lógica, Lathrop debería estar encerrado. Sin embargo, vio que Lime había organizado aquel breve encuentro para que Corrie pudiera pasar página, y le estaba agradecida.

—Gracias, agente Feeney —dijo Lime.

El investigador de incendios se levantó y Lime esperó a que se fuera para retomar la palabra.

—Sé que tiene mucho que gestionar en este momento, pero es importante seguir adelante, y confío en que estará de acuerdo. Así que, cuénteme cómo va el caso. Tengo entendido que esta mañana ha entrevistado al doctor Eastchester.

Corrie hizo un esfuerzo mental para volver a centrarse en el caso. Informó a Lime de la visita y le explicó que enviaría el número de serie del extraño aparato a Quantico para que investigaran su origen. Aún no había avanzado con los registros dentales, pero esperaba encontrar tiempo en un futuro muy próximo, y había decidido llevar a cabo la búsqueda ella misma en vez de delegar.

Lime escuchó atentamente y, asintiendo, la felicitó por su excelente trabajo.

# 43

Cuando Nora llegó de nuevo al parque móvil, vio una camioneta con el escudo de sheriff estampado en un lateral. Cerca había un hombre panzudo con sombrero de cowboy y un cuaderno en la mano, y un sheriff joven al que reconoció inmediatamente como Homer Watts.

Tappan bajó del todoterreno y se acercó, seguido de Nora y Skip.

—Soy Lucas Tappan —dijo, extendiendo la mano con forzada alegría—. Y estos son mis socios, Nora Kelly y Skip Kelly. ¿En qué puedo ayudarlos?

—¡Nora, me alegro de verte! —exclamó Watts.

Nora se fijó en que llevaba su atuendo habitual: revólveres, sombrero de cowboy y botas. El otro hombre, que no era tan pintoresco, dio un paso al frente.

—Sheriff Randall Buford, del condado de Chaves —dijo, tendiéndoles la mano.

Tenía unos sesenta años, iba bien afeitado, tenía papada y llevaba unas gafas de sol de aviador.

—Señor Tappan —añadió Buford—, justo el hombre al que quería ver. El sheriff Watts me ha ofrecido su ayuda para investigar la desaparición de... —Consultó su cuaderno y pasó unas páginas—. Un tal señor Noam Bitan.

—Correcto —dijo Tappan.

—Estupendo. Y nos gustaría hablar con el señor Elwyn Kelly, que estaba con la persona desaparecida.

—Soy yo —dijo Skip.

—¿Por qué no vamos a mi caravana? —propuso Tappan—. Me gustaría que nos acompañara Nora, nuestra arqueóloga jefe.

—Por supuesto.

Atravesaron juntos el campamento en dirección a la caravana de Tappan.

—¡Aire acondicionado! ¡Esto sí que es de agradecer! —exclamó Buford cuando entraron. Luego se dejó caer pesadamente en un sofá y puso el cuaderno encima de la mesa—. Menuda caravana de lujo se ha montado.

Watts se sentó cerca de él, mientras Nora, Tappan y Skip ocupaban sillas al otro lado.

—Bien, empecemos por el señor Elwyn Kelly —dijo Buford, consultando sus notas—. Cuénteme lo que pasó, Elwyn. Usted estaba con el sujeto cuando desapareció, ¿correcto?

Skip relató la historia, claramente disgustado por que lo llamara por su nombre de pila. Luego Tappan le expuso su búsqueda infructuosa mientras Buford tomaba notas.

—Tengo entendido que era israelí —dijo Buford.

Tappan asintió.

—¿Y qué estaba buscando?

—Un elemento arqueológico relacionado con nuestra excavación actual.

Tappan estaba siendo deliberadamente impreciso, pero Buford no parecía interesado en los detalles.

—¿Qué tipo de visado tenía para trabajar aquí?

—Debido a su ocupación especializada, un H-1B.

—¿Y qué ocupación es esa?

—Es experto en SETI.

—No conozco esa «ocupación especializada».

—Es la búsqueda de pruebas o señales de inteligencia extraterrestre.

—¿Y no encontraron a un estadounidense que pudiera hacerlo?

—Bitan era un experto en un campo bastante inusual.

240

—Comprendo. La búsqueda de hombrecillos verdes.

Buford soltó una carcajada y miró a Watts, que permaneció impasible.

—¿Cuál es su teoría sobre lo que le pasó a ese hombre? —preguntó Buford a Tappan.

—Como sabe, se vieron luces en esas estribaciones la noche que desapareció. Creo que lo recogieron allí. —Después de unos segundos de duda, Tappan añadió—: Un reconocimiento encontró huellas de neumáticos recientes en la zona donde se vieron las luces. Se dirigían al norte, hacia el antiguo campo de Pershing.

Buford asintió al tiempo que anotaba.

—Luces en la zona en el momento de la desaparición —dijo en voz alta mientras escribía—. Huellas de neumáticos recientes. —Levantó la vista—. El noventa y cinco por ciento de las personas desaparecidas lo son por voluntad propia. Me parece que este es uno de esos casos. ¿Está de acuerdo?

Tappan asintió.

—Lo estoy.

Buford cerró el cuaderno de un manotazo.

—Está bastante claro que se ha escaqueado… por la razón que fuera. A lo mejor estaba espiando para el gobierno israelí. A lo mejor había una mujer. A lo mejor fue una emergencia familiar. O a lo mejor solo quería regresar a casa.

Entonces se levantó.

—Bueno, sheriff Watts, creo que hemos terminado aquí.

—Sheriff Buford —dijo Tappan—, antes de que se vaya, ¿qué sabe del campo de Pershing?

—Está vallado. Cerrado desde hace décadas. El acceso está prohibido.

—¿Por qué?

—Hay artillería sin explotar, viejos depósitos de municiones y proyectiles abandonados. En vez de limpiarlo, el Ejército lo cerró.

—Entonces, ¿por qué las rodaduras de neumáticos se dirigen hacia allí?

241

Buford parecía desconcertado por la pregunta.

—Bueno, no deberían ir en esa dirección. ¿Y dice que las huellas continúan al otro lado de la valla?

—No podemos estar seguros de si entran realmente en la base, pero se dirigen a ella. No nos está permitido volar con nuestro avión lidar ni con drones cerca de allí, porque el espacio aéreo está cerrado.

Buford soltó un gruñido.

—La mitad del condado de Chaves tiene el espacio aéreo cerrado por las bases militares y los campos de pruebas.

—Sí, pero ¿para una base que se cerró hace décadas? —dijo Tappan—. Me parece excesivo.

Buford se encogió de hombros.

Al oír eso, el sheriff Watts decidió hablar por fin.

—A mí también me parece mucho tiempo.

Buford se volvió hacia él.

—La vieja burocracia gubernamental.

—¿Y hacia dónde van esas rodaduras? Puede que merezca la pena investigarlo.

Se hizo un silencio y se miraron unos a otros. Entonces Buford se echó a reír.

—¡Sheriff Watts, si quiere poner en práctica sus famosas habilidades de rastreo, adelante! El condado de Chaves se lo agradecerá.

Watts parecía sorprendido, pero se rio de buena gana.

—Si no tiene inconveniente, sheriff, creo que podría hacerlo.

—Ninguno en absoluto.

Watts miró a Tappan.

—¿Tiene el gráfico que muestra dónde están?

Tappan se lo entregó al momento para que lo examinara.

—Interesante —dijo Watts, volviéndose hacia Skip—. Necesitaré que venga conmigo y me enseñe dónde estaban las luces. ¿Es posible?

—¡Por supuesto! —respondió Skip con entusiasmo—. ¿Puedo llevarme al perro?

—No podemos permitir que nada altere las huellas. Empezaremos mañana a primera hora. —Se volvió hacia Tappan—. ¿Puedo quedarme con este gráfico?

—Es estrictamente confidencial, pero para uso personal, sí.

—Bien. Estaré aquí mañana a las cinco y media en punto.

—¿Tan temprano? —protestó Skip.

—Así evitaremos el calor del día. ¡Hasta luego, socio! —exclamó, dándole una palmada amistosa en la espalda.

# 44

Corrie dobló por la oscura calle residencial, recorrió media manzana y aparcó con el motor al ralentí. Era un barrio antiguo de Albuquerque, con casas del suroeste típicas de los años cincuenta y sesenta, pero no había ninguna de aquellas estructuras de la trillada arquitectura neopueblo, de las cuales podía salir Pedro Picapiedra en cualquier momento. Miró a su alrededor para asegurarse de que no había nadie cerca. Luego examinó la casa de enfrente. Era del mismo estilo que las demás: una sola planta en dos niveles con un patio de roca de lava decorativa en lugar de césped y algún que otro cactus o yuca. La casa estaba pintada de beis, por supuesto, con detalles en los muros de piedra. La luz de la entrada se hallaba encendida, al igual que una única lámpara de lo que Corrie suponía que era el salón. Con temporizador, sin duda. No había nadie en casa. Tampoco había ningún cartel de inmobiliaria en la entrada, pero dedujo que era demasiado pronto para eso.

Verificó el número de la casa en la lista de contactos de su móvil. Era aquella.

Reanudando la marcha, dirigió el Camry, que tenía veinte años de antigüedad, al otro lado de la manzana, donde, como prometía Google Maps, había un pequeño parque con columpios y algunas mesas de pícnic. Se extendía a lo largo de toda la manzana y estaba demasiado iluminado para ser un lugar destinado a los encuentros amorosos o la venta de drogas. Al otro lado de la calle había una subestación eléctrica, de esas que nunca están ocupadas a menos que haya una avería. Era un alivio: no había casas con cámaras de seguridad o timbres inteligentes de los que preocuparse.

Miró el reloj y dejó pasar dos minutos mientras escuchaba los sonidos de la noche. Solo se oía a ZZ Top en una dirección y tenuemente a Nas en la otra. «Agua y aceite», pensó.

Salió del coche, cogió una bolsa de lona del asiento del acompañante y se apoyó en la puerta para cerrarla. Después recorrió tranquilamente el aparcamiento, observando su entorno con fingida naturalidad. Cuando se disponía a dar una segunda vuelta, pasó junto a una hilera de arces negundos, atravesó la maleza, pasó por encima de una vieja valla y se detuvo a la sombra de la terraza trasera de la casa.

Tras comprobar que todo seguía despejado, se agachó bajo la cubierta y, sacando la linterna de la bolsa, la puso al mínimo y examinó las ventanas situadas cerca del techo del sótano. Eran pequeñas, pero cabría. A continuación pasó el tenue haz de luz por los alféizares y el interior en busca de medidas de seguridad activas o un sistema de alarma. No vio nada. Conociendo al agente Morwood, era muy posible que las medidas de seguridad fueran él mismo.

Al apuntar con la linterna pudo distinguir una mesa de trabajo y un largo estante con herramientas eléctricas, además de varias maletas apiladas de forma ordenada en un rincón. Parecía que la casa estaba intacta, exactamente como Morwood la había dejado cinco noches antes. Que ella supiera, no tenía parientes cercanos; es probable que pasase un tiempo hasta que los trámites de sucesión estuvieran en marcha.

Dejó a un lado la linterna y buscó en la bolsa una cuña larga y estrecha que introdujo en el espacio entre la ventana y el marco inferior, utilizando una técnica que había aprendido durante sus actividades extraescolares en el instituto. Le costó introducirla —la casa de Morwood no tenía alarmas, aunque estaba a salvo de las inclemencias del tiempo—, pero al cabo de unos minutos notó una súbita pérdida de resistencia y el pestillo del batiente se soltó.

Volvió a detenerse para mirar a su alrededor. Mientras lo hacía, repasó una vez más las razones por las que se encontraba allí. Técnicamente estaba cometiendo allanamiento de morada; el hecho de que fuera agente federal no era un atenuante. Si la descubrían, las consecuencias serían graves.

Entonces ¿por qué merecía la pena arriesgarse?

Bien mirado, la entrevista con el doctor Eastchester había planteado más preguntas que respuestas. También abrigaba, con razón o sin ella, un sentimiento de culpa que no tenía nada que ver con el quemador Bunsen: si hubiera avanzado más en el caso, quizá Morwood no habría juzgado necesario visitar el laboratorio a medianoche. Estaba más convencida que nunca de que no era solo para devolver el aparato. La horrible reunión con el forense después de la autopsia, en particular la misteriosa lista medio quemada, pendía como un signo de interrogación, al igual que el laboratorio en ruinas que tan pocas pistas había aportado. Y, por supuesto, estaba el mayor interrogante de todos: ¿por qué había salido Morwood de casa en mitad de la noche y había ido directamente al laboratorio? Parecía que la mejor opción era comprobar si su mentor se había dejado algo en casa que pudiera arrojar luz. Estaba segura de que cualquier petición para registrar su casa sería denegada por falta de motivos suficientes, y denotaría que veía algo extraño en la muerte de Morwood cuando le habían dejado bien claro que era un accidente.

Justificaciones aparte, de una cosa se sentía extrañamente segura: Morwood habría querido que hiciera esto.

Abrió la ventana, tiró la bolsa y entró, dejándose caer silenciosamente. Se detuvo un momento para cerciorarse de que no se había equivocado con la alarma. Sin duda, podía ser silente. Por si acaso, dejaría la ventana abierta y vigilaría por si llegaba la policía con las sirenas apagadas.

El sótano estaba sin terminar, una losa de hormigón con el banco de trabajo que ya había visto. Una escalera conducía a la planta baja. Con el capuchón de la linterna puesto y el delgado haz de luz orientado hacia abajo, subió las escaleras y abrió la puerta. Apagó la luz para orientarse y comprobar que su intrusión había pasado desapercibida. La casa desprendía un ligero olor a pulimento de madera y, curiosamente, a la loción de afeitar de Morwood.

Se recompuso mientras un sollozo involuntario le subía por la garganta. Estaba allí para recabar información, no por nostalgia. Registraría aprisa la casa y luego se centraría en el despacho de Morwood. Y se concedió quince minutos, no más.

Un breve reconocimiento reveló que la casa tenía dos dormitorios y sendos cuartos de baño, y también la colonia de Morwood: Creed Santal. Avanzó con rapidez en busca de un despacho que sabía que tenía que estar allí, y lo encontró. Las paredes se hallaban cubiertas de estanterías, y había un escritorio con un ordenador, una pila de libros y papeles esparcidos encima.

Si había algo que encontrar, estaría allí.

La habitación daba a la calle. Volvió a dejar la bolsa y se apresuró a cerrar las contraventanas de madera. Aun así no podía arriesgarse a iluminar la estancia con algo más potente que su linterna. Un vistazo rápido al reloj le indicó que el plazo que se había impuesto se había reducido a diez minutos.

Situándose detrás del escritorio, miró a su alrededor. Encender el ordenador sería una pérdida de tiempo: estaría protegido con contraseña. Miró las estanterías. No había fotos de familia ni cajas con medallas, tan solo enciclopedias y libros de consulta, junto con números atrasados de *National Review*, *Aviation Week*, *Military History* y varias publicaciones periódicas de Janes sobre diversos temas relacionados con la seguridad nacional. Tampoco había premios ni certificados en las paredes, solo dos fotografías sobre el escritorio. Dejó que el haz de luz se posara un instante en ellas. Una era muy antigua, tal vez de principios del siglo xx, y mostraba a un hombre y una mujer vestidos con ropas raídas en la escalinata de una granja. La otra era una Polaroid, probablemente de los años ochenta, en la que aparecían tres

247

adolescentes abrazados en un campo de béisbol. La imagen estaba muy borrosa, pero no cabía duda de que el chico del centro era Morwood.

Tras una honda inspiración, reanudó la búsqueda. Había una estantería independiente junto al escritorio, que parecía ser donde Morwood guardaba los volúmenes que consultaba con más frecuencia. La mayoría eran textos de historia militar: *Los cañones de agosto*, *La guerra de los dos océanos*, *Armas, gérmenes y acero*. También estaban el diabólico *Sobre la guerra termonuclear*, de Herman Kahn, y *Sol oscuro*, de Rhodes. Los lomos estaban desgastados por los años de uso. Para su sorpresa, también había una estantería con novelas de suspense: *El enigma de las arenas*, *Vigilante en las sombras* y *Animal acorralado*.

Se volvió hacia la mesa. A un lado había una pila de viejos números de *Boletín de los científicos atómicos*. Junto a ellos, un bloc de notas y un libro grande, abierto sobre el escritorio con las páginas hacia abajo, y cuyo lomo raído indicaba que era un residente de la estantería cercana.

Pero la mirada de Corrie se desvió hacia el bloc. Al cogerlo, vio que era del mismo tamaño que la hoja quemada que encontraron en el bolsillo de la americana de Morwood.

Rápidamente se sentó a la mesa y examinó el bloc con más atención. La linterna reveló pequeños surcos en la primera página, marcas de algo escrito en la hoja anterior.

Cogió un lápiz de un receptáculo cercano, lo colocó en paralelo al bloc y frotó con mucho cuidado la punta sobre el papel. Su superficie sin recubrimiento reveló al instante lo que había escrito en la hoja superior, ahora desaparecida:

ÍTEM

Corrie frunció el ceño. Qué raro; a continuación no había ninguna lista de elementos. Al parecer, era la única palabra de la hoja. ¿Se le escapaba algo? Frotó un poco más, pero no apareció nada.

248

Arrancó la hoja y la examinó de cerca, volteándola. Estaba claro que la hoja del bolsillo de Morwood contenía esa única palabra. Nunca había rellenado la lista. Pero ¿por qué la había arrancado del bloc y se la había llevado? No tenía sentido. Corrie se la metió en el bolsillo.

Cinco minutos.

Entonces se fijó en el cubo de basura que había junto al escritorio, el cual contenía varias hojas arrugadas que parecían ser del mismo bloc. Las cogió y, de una en una, las alisó sobre el escritorio.

Eran igual de desconcertantes. Una decía, del puño y letra de Morwood, «E: potenciación». Otra: «1947/51 ¿FECHA?». No tenían más sentido que la primera. Sin embargo, Corrie se las guardó también en el bolsillo.

Se le agotaba el tiempo, y dirigió su atención al libro que yacía boca abajo sobre el escritorio. Era un grueso volumen titulado *Enciclopedia de la era atómica*. Con cuidado, lo agarró por los bordes y le dio la vuelta.

Estaba abierto por un capítulo titulado «Operación Greenhouse» y, al hojearlo, vio que trataba de las primeras pruebas nucleares, en particular los «disparos» de fisión estadounidenses de 1951. Al parecer, la primera prueba, según explicaba el libro en términos poco precisos, se había dedicado, al menos en parte, a probar la viabilidad del «dial de rendimiento variable», como el que Nora había desenterrado con los dos cadáveres.

La explosión inicial, George, se llevó a cabo para validar la teoría en la que se basaba la bomba termonuclear Superclásica y allanó el camino para la prueba Ivy Mike a gran escala que tendría lugar al año siguiente. La segunda explosión de Greenhouse, llamada Ítem y realizada el 25 de mayo de 1951, fue la primera arma de fisión potenciada, en la que se inyectó gas tritio —en mayor o menor grado— en el núcleo fisible de la detonación inicial. De ese modo se duplicaba con creces el rendimiento potencial de...

Corrie apartó la vista del libro al recordar las palabras de Eastchester: «Era un trabajo extremadamente confidencial... con gas tritio comprimido, que databa del programa "Súper" de la Operación Greenhouse en..., veamos..., 1951».

La prueba de la «Operación Greenhouse», había dicho. Pero, al parecer, más bien debería llamarse Greenhouse-Ítem.

*Ítem*. No era el comienzo de una lista, sino el nombre de una prueba nuclear. Y ese descubrimiento debió de ser la razón por la que Morwood puso el libro boca abajo, salió de casa y fue corriendo al laboratorio.

Pero ¿qué demonios descubrió? Y entonces llegó la revelación.

Los dos cuerpos que Nora había desenterrado cerca de Roswell —enterrados con el dispositivo— los habían fechado de forma concluyente en 1947. Pero, como afirmaba claramente el libro, el dispositivo de rendimiento variable no estuvo listo para las pruebas hasta 1951.

«1947/51 ¿FECHA?». Lo había escrito el propio Morwood antes de arrugar la hoja y tirarla a la basura.

A Corrie se le había agotado el tiempo. Al levantarse se aseguró de que dejaba el escritorio tal como lo había encontrado. Utilizando el teléfono móvil, tomó una docena de fotografías sin flash de la habitación y la mesa desde distintos ángulos. Después cerró la bolsa, se la echó al hombro, abrió las contraventanas y salió sin hacer ruido por donde había venido.

En el trayecto de vuelta a casa, su mirada se desviaba de vez en cuando hacia el espejo retrovisor, pero las carreteras estaban desiertas y nadie la seguía.

# 45

Skip Kelly se levantó a las cuatro, gimiendo y maldiciendo. Sacó a Mitty a pasear, le dio de comer y luego preparó una mochila con agua, tentempiés, un termo de café y varias barritas de cereales para el almuerzo, haciendo todo lo posible por no molestar a Nora. Con las estrellas brillando aún en el cielo, vio acercarse las luces del todoterreno de Watts.

Skip se montó en el coche y dejó la mochila en la parte trasera.

—Buenos días —dijo Watts, que dio media vuelta y enfiló la nueva carretera en dirección al lecho seco del lago—. ¿Café? —Señaló un vaso que había en un soporte de la consola—. Es para ti. Puede que esté un poco frío.

—Me has leído la mente.

Aunque ya tenía, no quería ser desagradecido, así que cogió el vaso y sorbió el café tibio. Watts era aún más joven que él, pero el sheriff desprendía confianza en sí mismo y una actitud tranquila que Skip admiraba. Parecía una estrella de las películas del Oeste, con el sombrero de color hueso y los revólveres a juego, ahora colgados del cinturón en la ventanilla trasera. Por alguna razón, a Skip le parecía que su imagen era natural, y no una especie de disfraz de sheriff.

—Me gustaría ir primero al lugar donde viste las luces —dijo Watts—. ¿Crees que podemos encontrarlo?

—Creo que sí.

Watts fue campo a través, dando tumbos por la pradera. La torre destruida no tardó en asomar al borde de la meseta como un diente gigantesco. Pasaron junto a ella y Watts hizo bajar el Explorer por la cresta cercana hasta el fondo de los acantilados.

Luego se detuvo.

—Veamos si podemos seguir tu rastro. ¿Llevas los mismos zapatos? ¿Y el perro estaba contigo?

—Sí a ambas.

Se bajaron del coche.

—Camina unos doce metros y luego vuelve —dijo Watts.

Skip hizo lo que le pedía y Watts escrutó sus huellas.

—De acuerdo, gracias. Quédate aquí un momento mientras busco el rastro.

Watts se alejó, encorvado y moviéndose lentamente sin apartar la mirada del suelo mientras iluminaba con una linterna. Hacia el este, el horizonte empezaba a teñirse de un tono amarillo pálido.

Watts levantó la mano.

—¡Lo tengo!

Skip se acercó y miró al suelo, pero solo vio unas marcas desdibujadas.

—¿Ese es mi rastro?

—Sí, y el de tu perro. En ambos sentidos, yendo y viniendo. ¿Dirías que vas hacia el norte o hacia el sur?

—Hacia el norte.

—Genial. ¿Puedes caminar detrás de mí a unos veinte pasos? Y sigue mis huellas, no las viejas. No debemos borrarlas.

—Entendido.

Watts echó a andar a paso ligero por la base de los acantilados. Quince minutos después dio media vuelta y empezó a subir por una cresta, siguiendo aún las huellas de Skip.

—¿Esa es la cresta donde viste las luces? —preguntó.

—Creo que sí.

A medida que ascendían, la cresta se volvió más empinada y angosta. El sol apenas asomaba en el horizonte.

—¿Cuando viniste estaba oscuro? —preguntó Watts—. Tuviste suerte de no caerte... Ah, perdona. Sí te caíste.

Skip observó el entorno. No hacía falta ser rastreador para ver todas las marcas de arañazos y derrapes en el lugar donde se había caído.

—Vi las luces cuando subía por la cresta —dijo—. Paré a descansar y al bajar me resbalé.

—De acuerdo. —Watts miró a su alrededor y subió un poco más—. Veo que aquí es donde te sentaste a descansar. Siéntate y enséñame dónde viste las luces.

—Estaba oscuro.

Skip se quedó mirando el lecho blanco del lago, que desembocaba en el verdor de Horse Heaven Hills y, más allá, las colinas de Los Gigantes. Entrecerró los ojos, tratando de recordar en qué parte del océano nocturno había visto aquellas luces moviéndose.

—Concéntrate e intenta pensar. ¿A qué distancia estaban las luces por debajo del horizonte nocturno? ¿Y en qué dirección?

Skip lo visualizó, superponiendo mentalmente el paisaje.

—Más o menos... ahí. Pasada la última colina del valle, en una zona llana entre las estribaciones.

Watts extendió el brazo y miró por encima.

—Vale, ya lo veo. —Desenrolló el estudio lidar y lo examinó con atención—. Muy interesante. Esa es más o menos la zona donde están las huellas recientes. —Miró a Skip y le dio una palmada en la espalda—. Buen trabajo. Vámonos.

Volvieron a pie al Explorer y Watts se dispuso a cruzar el lecho del lago. Utilizando el estudio lidar como mapa, bordeó las colinas cubiertas de hierba y puso rumbo al valle de Los Gigantes. Aparcó junto a las colinas y ambos se apearon. Una vez más, Watts caminó describiendo un círculo amplio para escudriñar el terreno.

—¡Ajá! —exclamó—. Huellas. De hace tres días, aproximadamente.

—Yo no veo nada —dijo Skip.

—¿Recuerdas qué tipo de calzado llevaba Bitan?

—Unas botas de combate viejas. Eran un poco ridículas.

—Perfecto. Es él. Vámonos.

Watts emprendió de nuevo la marcha a pie. Iba tan deprisa que Skip tenía dificultades para andar a su ritmo, y solo le daba alcance cuando se detenía para consultar el estudio topográfico. El camino que seguían serpenteaba por las estribaciones de las montañas hasta llegar a un arroyo seco. Allí, Watts hizo un alto, con los ojos clavados en el suelo y el ceño fruncido. Primero caminó en una dirección, luego en otra, y después en una tercera.

—¿Qué ves? —preguntó Skip.

—Este era el punto de encuentro. Hay huellas de neumáticos, pero las han borrado. Parece que arrastraron una alfombra de cadenas detrás de un vehículo para tapar las rodaduras, pero no ha llovido desde entonces y está todo bastante claro. Casi todo. No se pueden borrar del todo las huellas en la arena sin la ayuda de la lluvia, el viento y el paso del tiempo.

Watts deambuló un poco más y finalmente se dirigió a una zona rocosa. Comenzó a hurgar en el terreno y entonces soltó un grito.

Skip se acercó.

—Echa un vistazo ahí abajo.

Entre dos piedras, Skip pudo ver el borde de lo que parecía una tarjeta parcialmente enterrada en la arena.

—No la toques —dijo Watts.

La fotografió con el teléfono móvil y sacó una bolsa con precinto. Después se puso un guante de látex, cogió la tarjeta, la metió en la bolsa y la cerró. Examinó el hallazgo unos instantes y se lo mostró a Skip.

—Es la tarjeta de identificación de Bitan —comentó Skip—. Se supone que todos tenemos que llevar una. Pero ¿qué son esas manchas?

—Sangre, muy probablemente de Bitan. —Watts guardó la bolsa en un compartimento de la mochila—. Cada vez tengo más claro qué pasó aquí. Dos todoterrenos pequeños cortaron el paso a Bitan en esta quebrada, uno delante y otro detrás. Bitan inten-

254

tó huir, pero al menos cuatro hombres salieron tras él. Hubo un forcejeo. Bitan debió de resultar herido y empezó a sangrar. Se llevaron la arena ensangrentada. En algún momento parece que Bitan lanzó su identificación a un lugar oscuro, como si fuera una miga de pan. No hay otra explicación: si sus atacantes le hubieran visto hacerlo, habrían buscado hasta encontrarla.

—¿Eres capaz de deducir todo eso a partir de la tierra?

Watts se encogió de hombros.

—Así que lo secuestraron.

—Sí. Y posiblemente lo hayan asesinado o herido de gravedad, teniendo en cuenta la tarjeta ensangrentada y el hecho de que no ha aparecido en ningún hospital.

—¿Dónde van esas huellas que intentaron borrar?

—Al norte. Hacia el campo de pruebas de Pershing.

—¿A qué distancia está?

—No lo sé. Subamos a la cima de esa colina. Estamos fuera de los límites del estudio lidar.

Watts subió por la parte trasera de una colina rocosa que se elevaba por encima de la quebrada. Su cuerpo enjuto se movía como si fuera una cabra, y Skip lo siguió. Pronto llegaron a la cima, con vistas al norte. Watts sacó unos prismáticos y observó el paisaje, que consistía en suaves y onduladas estribaciones y valles que conducían a una cadena montañosa.

Le pasó los prismáticos a Skip.

—Echa un vistazo a esas colinas lejanas.

Tras un rato, Skip localizó una valla metálica que cruzaba el paisaje como una cinta. La recorrió con los prismáticos y llegó a una puerta cerrada, flanqueada por varias señales demasiado alejadas para leerlas. Más allá vio edificios, los esqueletos de varios camiones y una vieja torre de agua con un depósito de madera desfondado.

—El campo de pruebas —dijo Watts.

—Parece abandonado.

—Sí. —Watts hizo una pausa—. Abandonado, excepto por las huellas de neumáticos recientes que van hacia él.

# 46

Cuando Corrie entró en el aparcamiento, lo que vio no le pareció alentador. Consolidated Dental Partners ocupaba un flamante edificio de falso estilo neopueblo junto a St. Michael's Drive. No parecía un lugar donde se almacenaran viejos historiales odontológicos.

Se colgó la identificación del FBI y entró. Había llamado antes de ir, pero saltó un contestador automático y al final respondió un empleado de bajo rango que no sabía nada de historiales dentales y parecía poco dispuesto a aprender. Corrie creía que Lime la acompañaría, pero le había dejado muy claro que consideraba el viaje una pérdida de tiempo y que nunca encontraría registros dentales de setenta y cinco años de antigüedad.

La investigación de Corrie había dado con una gran clínica dental en Santa Fe, propiedad de una cadena hospitalaria con ánimo de lucro que había comprado varias docenas de clínicas más pequeñas a lo largo de los años. Se aferraba a la endeble esperanza de que hubieran conservado historiales médicos antiguos de esas consultas. El problema era que en Santa Fe había docenas de clínicas dentales desaparecidas hacía décadas que no habían sido compradas. Lime tenía razón: estaba dando palos de ciego.

Entró en una recepción amplia y aséptica en la que había tres recepcionistas detrás de un cristal. Eligió a la que parecía más despabilada y se acercó levantando su identificación del FBI.

—Agente especial Corinne Swanson, Oficina Federal de Investigación en Albuquerque. ¿Cómo se encuentra, señora?

La mujer se la quedó mirando, claramente convencida de que Corrie no era agente del FBI, y a la postre dijo:

—¿En qué puedo ayudarla?

Corrie mantuvo una disposición afable.

—¿Podría hablar con alguien de responsabilidad, por favor?

—¿Es una broma?

—No, señora —respondió Corrie sin inmutarse—. Espero no encontrarme con ningún obstáculo.

—De acuerdo.

La mujer se levantó y fue a una oficina situada en la parte trasera. Momentos después reapareció con un hombre enfundado en un traje azul brillante y corbata de punto. No era dentista: parecía un esclavo de oficina, y se presentó como el señor Murphy.

—¿Puedo ver sus credenciales? —preguntó con semblante desconfiado.

Corrie volvió a levantar la identificación y él se la quedó mirando un buen rato.

—¿Cómo puedo saber que esto es real?

—Puede llamar a la oficina de Albuquerque.

El hombre siguió escrutando la placa con los labios fruncidos.

—¿Tiene una orden?

No era un comienzo prometedor, pero Corrie perseveró.

—Esto no es una redada oficial, señor Murphy. Estoy tratando de identificar a una víctima de homicidio a través de los registros dentales, y esperaba que me diera acceso a sus archivos. Voluntariamente, por supuesto.

—Esos historiales son privados. Así lo dicta la Ley de Portabilidad y Responsabilidad de Seguros Médicos.

—Soy consciente de ello, pero me interesan unos registros de al menos setenta y cinco años de antigüedad, y el paciente está muerto. ¿He mencionado que se trata de un homicidio?

—No disponemos de registros tan antiguos.

257

—¿Tienen archivos heredados de las consultas que compraron?

—Por supuesto.

—¿Los han revisado?

—No hay motivo para ello. Solo si necesitáramos consultar el historial de un paciente previo a la consolidación de la compra.

—Si no los han revisado, ¿cómo sabe que no son tan antiguos?

—Imagino que es así.

—Pero no lo sabe.

El hombre se la quedó mirando con cara de pocos amigos.

—Lo siento, señora…, agente Swanson, pero voy a tener que denegar su petición. No estoy seguro de poseer autoridad para darle acceso y, en cualquier caso, necesitaría más información.

Corrie respiró hondo, intentando mantener una actitud agradable.

—Permítame exponerle sus opciones, señor Murphy. Una: puede negarse a que lleve a cabo un registro voluntario y está en su derecho. Iré a mi despacho, redactaré una orden, se la llevaré a un juez para que la firme y volveré aquí con media docena de agentes. Tendremos que pedir a los pacientes y a los empleados que salgan mientras llevamos a cabo el registro; es el procedimiento habitual. El registro puede durar horas. Días, tal vez. Desconozco la envergadura de sus archivos. Dos: puede darme permiso (voluntariamente, por supuesto) para hacer un registro informal, acompañada de un miembro de la plantilla si así lo desea, mientras su negocio continúa como de costumbre. Y deje que me preocupe yo de su autoridad en la materia.

Corrie permitió que calaran sus palabras y luego le dedicó una sonrisa reluciente.

—¿Y bien? ¿La puerta número uno o la puerta número dos? ¿La dama o el tigre?

Ruborizado, Murphy se secó los labios con un pañuelo y dijo finalmente:

—Creo que, si lo plantea de ese modo, podremos satisfacer su petición. Acompáñeme, por favor.

258

La condujo a un laberinto de cubículos y llamó a un empleado.

—Darren, es agente del FBI. ¿Podrías acompañarla al almacén y ayudarla a encontrar lo que busca?

Darren se volvió hacia Corrie y abrió más los ojos mientras procesaba su juventud y aspecto, a lo cual ella ya estaba acostumbrada. Corrie le devolvió una mirada impertérrita. Se había cansado de ser agradable.

—Agente especial Swanson —dijo, tendiéndole la mano.

—Um, Darren Schmitz.

Llevaba meses ejercitándose con fortalecedores de agarre, y le estrechó la mano con intensidad para dejar claro, de la manera más elemental posible, quién mandaba allí.

—Sígame —dijo él tras retirar la mano.

Schmitz la llevó a la parte trasera del edificio y salieron al exterior. En una zona de envío y recepción había un semirremolque destartalado sobre unos bloques. Se acercó a él. En un lateral había una escalera de mano que conducía a una puerta. Schmitz subió, introdujo un código en un candado y la cerradura se abrió. Quitó el candado, abrió la puerta y encendió una luz.

Corrie lo siguió por la escalera y comprobó con desánimo que en el interior del remolque había viejos archivadores alineados en las paredes desde el suelo hasta el techo, junto con cajas de cartón y metal, en capas de tres o más pisos.

—¿Cómo está organizado esto? —preguntó.

Schmitz se la quedó mirando.

—¿A qué se refiere?

—¿Cómo encuentran los archivos de un paciente? ¿Por apellido?

—Bueno, por consulta, por año y luego alfabéticamente por apellido.

—¿En serio? ¿Cómo pueden localizar algo en este caos?

—No estoy seguro.

—¿*Alguien* lo sabe?

—Soy el único que entra aquí.

—¿Para qué conservan este remolque? ¿Por qué no tiran toda esa mierda?

—Tendríamos que revisar los archivos antes de tirarlos. Es más barato almacenarlos.

—Si usted se muere, ¿cómo encontrará algo su sustituto?

Schmitz la miró fijamente y Corrie se dio cuenta de que había ido demasiado lejos. Al fin y al cabo, si hubieran tirado los registros, su visita habría sido académica. Miró la cara nerviosa y sudorosa de Darren Schmitz —el interior de la caravana parecía un horno— y de repente sintió lástima por él.

—Disculpe si parezco un poco impaciente —dijo, negando con la cabeza—. Le agradezco que intente ayudarme. Permítame mostrarle lo que estoy buscando, y a lo mejor usted tiene alguna idea de dónde podría encontrarlo. —Abrió el maletín y sacó una carpeta—. Aquí están las radiografías que hicimos de la dentadura de una víctima de homicidio en el laboratorio del FBI. Esas coronas son inusuales; están fundidas en una aleación de acero inoxidable y luego mecanizadas y pulidas. Es casi seguro que el trabajo se llevó a cabo en la Unión Soviética hacia los años cuarenta.

El hombre se quedó mirando las radiografías.

—¿Acero inoxidable?

—Sí. En Estados Unidos no acostumbramos a utilizar ese material para las coronas, a no ser que se trate de pulpectomías en odontopediatría. Usted lo sabrá mejor que yo. Pero la víctima era un adulto, asesinado en 1947, y aquí, en Nuevo México.

Schmitz levantó la vista.

—Lo único que se me ocurre es un archivador dedicado a radiografías de rarezas y patologías dentales. Era el hobby de un dentista de una consulta que adquirimos hace años.

—Vale, empecemos por ahí.

En menos de cinco minutos, Corrie estaba mirando unas radiografías en color sepia de las cuatro coronas que estaba buscando. No podía creerse la suerte que había tenido. Las habían encontrado en el archivador de rarezas, concretamente en una sección llamada TRATAMIENTOS ODONTOLÓGICOS CON ALEACIONES POCO COMUNES. Y allí mismo, pegados a las radiografías, estaban el nombre y la dirección del paciente de Santa Fe, además de una fecha: 3 de agosto de 1945.

Corrie tenía una sensación triunfal. Menudo golpe de suerte. Lime estaría encantado, y no veía el momento de volver a la oficina y contárselo.

Cuando se montó en el coche, sonó su móvil y vio que era Watts.

—Me temo que tenemos malas noticias —le dijo cuando descolgó.

—¿Qué pasa?

—Secuestro y posible homicidio.

Corrie olvidó su triunfo al instante.

—¿Quién?

—Noam Bitan.

# 47

Mientras el sol cruzaba el meridiano en su viaje hacia el oeste, la excavación avanzaba a buen ritmo. Nora no podría haber deseado un lugar mejor. La arena estaba limpia, sin objetos ni rocas, ni nada que los retrasara. El área estaba concentrada en solo nueve metros cuadrados. El trabajo se aceleró aún más cuando Tappan, con creciente impaciencia, se arremangó para ayudar a Nora y Emilio. A petición de Nora, Cecilia Toth llegó con un magnetómetro para intentar obtener imágenes de cualquier cosa que hubiera más abajo. Scott estaba de vuelta en el campamento base y se había puesto a organizar el material.

A las siete de la tarde, cuando habían alcanzado dos metros de profundidad, Nora interrumpió la actividad para realizar el estudio magnetométrico.

Los demás salieron de la zanja mientras Toth ponía en marcha la máquina de aspecto precario y empezaba a ajustar los diales. Cuando estuvo lista, la bajó por una rampa hasta la zona excavada y la hizo rodar por el suelo aplanado como si fuera un cortacésped.

—¡Vaya! —dijo, deteniéndose a mitad de la primera pasada, y se inclinó sobre la máquina para toquetear los botones.

—¿Qué pasa? —preguntó Tappan.

—Es solo un fallo. —Siguió tocando botones y finalmente dijo—: Tengo que reiniciarla.

Toth trabajaba deprisa, con unos dedos delgados que se movían con pericia sobre los mandos. Nora y los demás esperaron.

—Esto es absurdo —dijo Cecilia con irritación—. Déjame probar otra vez.

Otro rato de espera. Al final Cecilia levantó la vista, se echó el pelo hacia atrás y frunció el ceño.

—O aquí hay un campo magnético increíble o la máquina se ha estropeado.

—Sácala del agujero —propuso Tappan—. A ver si funciona a cierta distancia.

Toth volvió a subir la pendiente.

—Más lejos —dijo Tappan.

La alejó quince metros y volvió a ponerla en marcha.

—Parece que ahora sí funciona, pero el campo magnético está muy distorsionado.

Tappan sacó una brújula del bolsillo, y Nora lo observó mientras bordeaba la excavación. Luego se acercó a ella y le tendió la brújula.

—Mira.

—Eso no es el norte —dijo Nora.

—No, no lo es. Mientras caminaba, la aguja no dejaba de apuntar al centro de la excavación. Es obvio que ahí abajo hay algún objeto magnético.

Se hizo un breve silencio.

—¿Cómo de magnético? —preguntó Nora.

—Sígueme.

Brújula en mano, Tappan bajó al agujero. La aguja empezó a girar descontroladamente hasta desprenderse de su eje y golpear la carcasa de plástico.

—Joder —dijo Nora.

Tappan se volvió hacia Toth.

—¿Puedes recalibrar la máquina para medir campos magnéticos más intensos?

—Puedo bajar la ganancia de sensibilidad al mínimo y ver qué pasa. —Tocó los diales un momento—. Listo.

—Vuelve a bajarla.

Toth descendió con la máquina.

—Vale, no se está volviendo loca —dijo mientras la hacía rodar por el suelo de la excavación. Luego se detuvo—. Espera, me he precipitado. Se acaba de disparar.

Se agachó para ajustar unos diales y, de repente, la máquina emitió un chasquido y la pantalla se rompió, esparciendo fragmentos de cristal. Toth dio un salto hacia atrás.

Al mismo tiempo, Nora vio que su paleta de excavación, que estaba en el suelo cerca del magnetómetro, empezaba a retorcerse y luego giraba y se hundía en la arena, seguida rápidamente por dos espátulas y un cepillo de mango metálico. Una pala apoyada en el muro de la excavación se cayó y empezó a arrastrarse por la arena como si la empujara una fuerza invisible.

—¡Hostias! —gritó Emilio—. ¿Estáis viendo eso?

—Cecilia, sal del agujero ahora mismo —ordenó Tappan—. Todos atrás.

Su advertencia fue innecesaria, ya que todo el mundo se estaba alejando lo más rápido que podía, abandonando el costoso magnetómetro junto con el resto del material. El magnetómetro empezó a vibrar y chirriar, y sus ruedas se hundieron en la arena como si tiraran de él. Nora vio que su tableta, situada al borde del agujero, empezaba a dar sacudidas y acababa succionada por completo.

Y, de repente, todo quedó en silencio.

—¿Qué coño acaba de pasar? —preguntó Vigil, dando un paso hacia delante.

Con un suspiro, Tappan se volvió hacia Nora y los demás.

—Hay algo ahí…

No terminó la frase. No era necesario.

—¿Qué hacemos ahora? —dijo Toth.

—¿Que qué hacemos? —preguntó Tappan con incredulidad—. Desenterrarlo.

# 48

Corrie colgó el teléfono y se sentó, permitiéndose saborear el momento. El analista del FBI con el que acababa de hablar se lo confirmó: había hecho un gran descubrimiento. Su viaje «a ciegas» a Santa Fe había dado sus frutos. Pero la autocomplacencia podía esperar: debía ordenar sus pensamientos e ir a ver a Lime. Ya eran casi las siete. A veces trabajaba hasta tarde, y esperaba que aún no se hubiera ido.

Y así era. Lime estaba sentado a la mesa del antiguo despacho de Morwood con la puerta abierta. Corrie llamó y él levantó la vista con una sonrisa en el rostro.

—¡Corrie! Pase y siéntese. ¿Cómo ha ido el viaje a Santa Fe? Corrie se sentó en la silla situada frente a la mesa.

—Muy bien.

Lime arqueó las cejas.

—Cuénteme.

—He descubierto la identidad de las víctimas de homicidio.

Ahora Lime parecía realmente sorprendido, y un tanto escéptico.

—¿En serio?

—Sí. —Corrie respiró hondo—. Eran espías soviéticos disfrazados de refugiados franceses: François y Marie Abadie. Llegaron a Santa Fe en 1944, supuestamente desde Francia, al comienzo del Proyecto Manhattan, y siguieron espiando el programa nuclear de Los Álamos cuando empezaron a desarrollar la bomba de hidrógeno. Desaparecieron en 1947. Se corrió la voz de que se habían mudado a Los Ángeles, pero en realidad los asesinaron en Roswell.

—Eso es muy interesante —dijo Lime—. Extraordinario, de hecho. ¿Cómo ha podido corroborar esos detalles?

—En un almacén de Santa Fe encontré las radiografías dentales antiguas que buscaba. Le pedí a un analista que investigara la historia de la pareja, pero no hay nada anterior a 1944 ni posterior a 1947. Su tapadera era que trabajaban como profesores sustitutos, marido y mujer, pero tenían que ser espías, ya que tenían en su haber ese dispositivo de alto secreto. Debía de ser uno de los primeros prototipos, el precursor del que fue utilizado en la primera prueba de la bomba H, cuyo nombre en clave era Greenhouse Ítem y fue detonada en el atolón de Eniwetok, pero en 1951. ¿Recuerda el trozo de papel que encontraron en el bolsillo de Morwood? Ponía «Ítem». Todos pensábamos que era el encabezamiento de una lista, pero descubrí que Morwood estaba investigando específicamente la prueba nuclear Ítem justo antes de su muerte y había tomado nota de ello. Estoy bastante segura de que ese es el motivo por el que entró en el laboratorio: no solo para devolver el dispositivo de rendimiento variable, sino por una razón mucho más importante.

Corrie vaciló unos instantes. No quería reconocer que algunas de sus conclusiones tenían su origen en la irrupción en casa de Morwood.

—Pero ¿qué hacían esos agentes soviéticos en Roswell? ¿Qué tiene que ver Roswell con el espionaje atómico?

—Esa pregunta es más difícil de responder. He intentado unir las piezas del rompecabezas y solo hay una hipótesis que encaje con los hechos. Creo que los dos científicos desaparecidos en Los Álamos estaban pasando secretos nucleares a la Unión Soviética. Los científicos fueron desenmascarados, probablemente por la Oficina de Servicios Estratégicos. Fueron los precursores de la CIA, como ya sabrá. Pero esos científicos-espías necesitarían intermediarios soviéticos para transmitir los secretos, y pa-

266

rece que la Oficina de Servicios Estratégicos no pudo averiguar quiénes eran. El accidente del ovni en Roswell fue noticia de primera plana, y algo así sería de gran interés para los agentes soviéticos: los estadounidenses podían tener en sus manos tecnología alienígena avanzada. Así que debía de parecer el lugar perfecto para tender una trampa: llevarían a los dos científicos, ahora en manos del espionaje estadounidense, a Roswell para atraer a los agentes soviéticos durmientes con la promesa de información vital sobre el accidente del ovni y, como gancho, darles un primer prototipo de lo que el doctor Eastchester identificó como un «dial de rendimiento variable».

—Espere —dijo Lime—. No entiendo. ¿Por qué no obligar a los científicos a identificar a los agentes soviéticos? ¿Por qué llevarlos a Roswell?

—Utilizaban un sistema de buzones ciegos. Los dos científicos corruptos no sabían quiénes eran los agentes soviéticos. Por razones de seguridad, nunca los conocieron. Dejaban información u objetos en un punto concreto que no levantara sospechas en Los Álamos y se marchaban. Los agentes soviéticos recogían los objetos más tarde. Así funcionaba el espionaje atómico; por lo que he leído, es una práctica habitual en el mundo del espionaje. Así que la inteligencia estadounidense tuvo que atraer al falso equipo de marido y mujer a ese lugar para descubrir quiénes eran. De ahí lo de Roswell. Puedes dejar un dispositivo en un buzón ciego, pero no puedes dejar un lugar.

—Ya veo. Continúe.

—Así que, cuando llegaron los agentes soviéticos, los torturaron para sonsacarles información, y luego los asesinaron y enterraron. Por si los descubrían algún día, les borraron las manos y la cara con ácido. Puede que se llevaran a los dos científicos para interrogarlos y luego desaparecieron.

—¿Por qué no los condujeron ante la justicia?

—Quizá por el caso de Klaus Fuchs. Era un científico de Los Álamos que pasó secretos a los soviéticos durante el Proyecto Manhattan. Lo capturaron, confesó y los británicos lo condenaron a solo catorce años de prisión, lo cual enfureció a la comunidad de contraespionaje estadounidense. Me imagino que ellos, o algún pequeño grupo, decidieron tomar cartas en el asunto con esos dos científicos.

Corrie se sintió gratificada por la expresión de asombro y aprobación de Lime.

—Debe de ser lo segundo —dijo—. Nuestro gobierno no aprobaría ese tipo de ejecución sumaria, no a sangre fría.

—Hay más —dijo Corrie.

—Oigámoslo.

—He hablado con el sheriff Watts hace unas horas. Como sabe, está trabajando con el sheriff Buford en la desaparición de Noam Bitan.

Lime dudó.

—Ese caso no es nuestro, Corrie.

—Correcto, señor, pero puede que llegue a serlo. Watts se enteró de que Bitan había sido secuestrado. Encontraron su tarjeta de identificación ensangrentada en el sitio donde desapareció. Al parecer, gente que se desplazaba en todoterreno le tendió una emboscada, hubo un enfrentamiento en el que resultó herido, o algo peor, y se lo llevaron.

—¿Dónde?

—Watts comentó que las rodaduras de los todoterrenos se dirigían al norte, hacia el campo de pruebas de Pershing. No pudo seguirlas hasta el final porque el acceso está prohibido y el espacio aéreo cerrado. Por lo visto, Pershing era un campo de pruebas de artillería que data de la Primera Guerra Mundial y fue clausurado en los años treinta. Pero puede que siga siendo utilizado por quien secuestró a Bitan.

—Esto es extraordinario. ¿Quién pudo secuestrarlo?

—No tengo pruebas fehacientes, pero si se me permite especular...

—Por favor.

—Supongamos que realmente se estrelló un ovni en Roswell y que el gobierno lo encubrió. De hecho, «el gobierno» no es

268

correcto. Coincidía usted en que solo un grupo dentro del gobierno, tal vez la CIA o la Agencia de Inteligencia de la Defensa, habría asesinado a esos espías y a los agentes durmientes que los supervisaban. Teniendo en cuenta que ocurrió cerca de Roswell y el secretismo que rodeó y, aún rodea, ese lugar, ¿no sería lógico que el mismo grupo escindido se hubiera apoderado del ovni y sus secretos?

—Si es que hubo ovni —precisó Lime.

Intentó sonar un poco dubitativo, pero Corrie se dio cuenta de que era solo una formalidad.

—Muy bien, señor: si lo hubo. Sé que es una especulación, pero todo encaja. Explica gran parte del misterio. El grupo habría estado guardando esos secretos desde entonces, muy probablemente sin el conocimiento del resto del gobierno. Y esto es lo que me convenció: Bitan es el único miembro de la expedición que, al parecer, estaba a punto de descubrir los secretos de Roswell. Si no hubo ovni, ni encubrimiento más allá de la ejecución de algunos espías en los años cuarenta, ¿por qué secuestrarlo, a no ser que tuvieran miedo de que esos secretos salieran a la luz?

Hizo una pausa. Era obvio que Lime había seguido el razonamiento, pero su opinión al respecto no estaba nada clara. Su rostro se había vuelto extrañamente inexpresivo.

—Corrie, es un trabajo extraordinario —dijo al cabo de un momento—. Y creo que ha descubierto algo importante. Creo no, lo sé. —Entonces se quedó en silencio y, de repente, su mirada inexpresiva se vio reemplazada por lo que a Corrie le pareció una sombría determinación—. Debemos actuar con rapidez y con absoluta reserva. Aún no sabemos quién puede estar implicado.

Corrie se lo quedó mirando.

—Quiero que haga lo siguiente —añadió Lime—. Vuelva a su cubículo y reúna sus notas y archivos sobre el caso. Si está en lo cierto, puede que nos enfrentemos a fuerzas poderosas, posiblemente dentro de nuestro propio gobierno. Así que nuestra única opción es ir en persona al campamento de Roswell, evaluar

269

la situación, asegurar el emplazamiento, advertir a esa expedición y, si es necesario, tomar medidas para protegerlos.

—Sí, señor —respondió Corrie, que percibió la sorpresa en su propia voz.

Había entrado en el despacho de Lime satisfecha de todo lo que había averiguado, pero no imaginaba lo serio que sería el siguiente paso, suponiendo que tuviera razón.

—También necesitaremos que el sheriff Watts nos muestre esas huellas —prosiguió Lime. Había conseguido dominar la sorpresa y, a pesar de la gravedad de la situación, Corrie no pudo evitar sentirse impresionada por la rapidez con la que había trazado un plan—. ¿Está ahí fuera con Buford?

—Buford no ha ido. Me han dicho que está enfermo de gota. Pero cuando hablé con Watts por teléfono hace unas horas, seguía en el desierto con el hermano de Nora Kelly.

—Tenemos que ir al campamento en helicóptero.

Ahora, la sorpresa se la llevó Corrie.

—¿Ahora mismo?

—Ahora mismo. Aunque nos basemos en lo que usted califica de especulaciones, se hará cargo de que la situación es crítica. No hable con nadie. Limítese a recabar la información que necesitamos y reúnase aquí conmigo en diez minutos. No tenemos ni un momento que perder.

# 49

—En la Base Manzano hay un helicóptero preparado para trasladarnos al campamento de Roswell —le explicó Lime a Corrie cuando salieron de la oficina y se montaron en su vehículo.

Corrie no sabía dónde estaba la Base Manzano, pero no dijo nada. Nuevo México parecía estar lleno de bases militares. Lime arrancó el motor, salió del aparcamiento del FBI y tomó la carretera Pan American Frontage, donde encendió las luces y la sirena.

—La razón por la que no he requisado directamente un helicóptero del FBI es que no sabemos quién puede estar implicado —dijo.

Aceleró al enfilar la rampa de acceso a la I-25 en dirección sur.

—¿Qué le hace pensar que el FBI podría estar involucrado? —preguntó Corrie.

Sus especulaciones no habían ido más allá del ejército, o tal vez la CIA y sus predecesores.

—Corrie, no he querido mencionarlo antes, pero lo que dijo en mi despacho coincide con ciertas anomalías que se han estado produciendo en el Departamento de Defensa. —Hizo una pausa—. No hay razón para seguir ocultándolo: el verdadero motivo por el que me enviaron aquí fue para investigar posibles elementos corruptos dentro del FBI. Morwood lo sabía y puede que lo asesinaran por ello. Intuyo... —Le dirigió una mirada

271

significativa—. Intuyo que usted podría compartir ciertas sospechas sobre su muerte.

Corrie asintió, sonrojada por la confirmación de las dudas que anidaban instintivamente en ella.

—No me malinterprete —dijo Lime—. No tengo pruebas, ni tampoco mi superior inmediato. Por ahora. Pero lo que me ha contado puede destapar este asunto. Salirnos del protocolo habitual del FBI es solo por precaución, y tengo contactos de alto nivel en Manzano. Por si acaso, nos facilitarán un helicóptero, un piloto y un soldado.

Corrie asintió, sorprendida por el acceso de Lime a las altas esferas y por su capacidad para conseguir un helicóptero con tanta premura.

—Y ahora que las comunicaciones no funcionan en la expedición, estoy especialmente preocupado.

La sorpresa de Corrie aumentó de manera exponencial.

—¿Cuándo ha ocurrido?

—Intenté llamar justo después de que usted saliera de mi despacho. Tienen varios teléfonos por satélite. ¿Por qué iban a fallar todos al mismo tiempo? Algo anda mal, puede que muy mal, y tenemos que llegar allí de inmediato. También me preocupa Watts. ¿Podría llamarlo y ver si su teléfono aún funciona? Dígale que se quede donde está y lo recogeremos. No debe regresar a la base bajo ningún concepto. No tenemos ni idea de lo que puede estar sucediendo allí.

Corrie marcó y, para su alivio, Watts contestó.

—¿Homer? Soy Corrie.

—Escucha —dijo Watts—, acabamos de volver al jeep. No nos atrevimos a acercarnos a Pershing, y estamos a punto de volver a…

—Espera —interrumpió Corrie—. Creemos que el campamento base podría estar en peligro. El agente Lime y yo vamos hacia allí en helicóptero. Sus comunicaciones no funcionan.

—Lo sé, acabo de intentar contactar con ellos. ¿Alguna idea de qué está pasando?

272

—Ninguna. Pero tienes que quedarte donde estás y te recogeremos de camino. —Miró a Lime, que asintió—. ¿Cuáles son tus coordenadas?

Watts las leyó en el GPS.

—Llegaremos en una hora.

Salieron de la autopista y se dirigieron al sudeste. Más adelante rebasaron un puesto de control y entraron en la base aérea de Kirtland. Luego siguieron una carretera de acceso que discurría por detrás de la base y atravesaba el desierto en dirección a los montes Manzano. Tomaron un desvío hacia los pies de las montañas. En un segundo puesto de control, este más estricto, franquearon la puerta de una valla con alambre de púas y torres de vigilancia, entraron en un complejo formado por barracones, hangares y un edificio metálico bajo y llegaron a un aeródromo. Había un helicóptero en la pista. Mientras Corrie observaba cómo las aspas ganaban velocidad, se percató de que Lime no podía ser un simple agente del FBI: debía de ostentar algún rango clasificado en el ejército. Había oído rumores sobre agentes que también ocupaban puestos de alto nivel en la CIA, la Agencia de Inteligencia de la Defensa o alguna otra rama del espionaje estadounidense.

Lime llegó a la pista de aterrizaje y se detuvo a unos cien metros del helicóptero. Dos soldados los ayudaron a bajar y los escoltaron hasta el aparato. Uno de ellos subió a bordo. A Corrie y Lime les ofrecieron auriculares y se sentaron en la red de carga. Mientras Corrie se abrochaba el cinturón y se ajustaba los auriculares, el helicóptero inició el despegue. El sol apenas rozaba el horizonte cuando se elevaron y aceleraron hacia el sudeste, por encima de los montes Manzano. Mientras Corrie observaba las laderas cubiertas de abetos que daban paso al desierto, se dio cuenta de que todo había empezado tan deprisa, de que la urgencia la había arrastrado tan rápidamente, que no había tenido tiempo de pensar, solo de reaccionar. Por razones que no supo identificar, una sensación de inquietud se apoderó de ella. Algo no iba bien, pero no sabía por qué.

# 50

—No lo estropeemos en el último momento —dijo Nora mientras Tappan apartaba el magnetómetro inutilizado y empezaba a palear descuidadamente arena en una carretilla—. Esto es arqueología, no la búsqueda de un tesoro.

Tappan hizo una pausa, apoyado en la pala y respirando con dificultad. Luego asintió mientras se secaba el sudor.

—Lo siento. Tienes razón.

—Creo que lo correcto es parar y hacer balance, averiguar qué está pasando —comentó Nora.

—Para nada —repuso Tappan—. Ya casi hemos llegado. Colón no interrumpió su viaje justo antes de llegar al Nuevo Mundo, ¿verdad?

Nora tenía sentimientos encontrados. Miró a su alrededor, y en el rostro de todos vio el claro deseo de continuar.

La extraña actividad magnética que había hecho estragos en sus instrumentos y herramientas se había desvanecido tan rápido como había aparecido, y no había vuelto.

—De acuerdo. Pero, por favor, procedamos según las normas.

—Me parece razonable.

—Vamos a necesitar luces. Emilio, ¿podrías encender el generador y colocar los focos? Y saquemos el magnetómetro del agujero para poder trabajar.

Tappan apoyó la pala en la pared del agujero y ayudó a Toth a subir la máquina por la rampa. Después se acercó a Nora y observó a Vigil montar los focos alrededor del hueco. Tappan no dijo nada más, pero Nora percibió el entusiasmo que irradiaba de él como un aura eléctrica. Ella misma sentía una mezcolanza de emociones: intensa curiosidad, aprensión y expectativa. Apresurarse a ver lo que había en el agujero iba en contra de su buen criterio, pero comprendió que ahora nada detendría a Tappan, y ella misma sentía la atracción del descubrimiento.

—Creo que estamos a punto de culminar el mayor hallazgo arqueológico de la historia —anunció finalmente Tappan.

En ese momento, el sol se ocultó en el horizonte y se hizo el silencio. Los centinelas mudos de Los Gigantes se tiñeron de rojo con los últimos rayos, sustituido por un púrpura oscuro cuando la luz se desvaneció.

—Listo —anunció Emilio.

Cuando se encendieron los focos, bañaron el agujero con una luz blanca y brillante.

—Id despacio —indicó Nora—, capa por capa. Si encontráis algo, parad de inmediato. Emilio, tú ocúpate de cargar la arena en la carretilla. Vamos a centrarnos en las cuatro cuadrículas del medio. Por ahora dejad las exteriores.

Empezaron a trabajar bajo los brillantes focos, con el único sonido de las palas y Emilio echando la arena en una carretilla y llevándosela a Cecilia Toth. Las cuatro cuadrículas no tardaron en ganar profundidad a medida que oscurecía. En la inmensidad de la noche afloraron multitud de estrellas. Nora trabajaba junto a Toth y Tappan, asegurándose de que todo avanzara metódicamente, sin prisas, paleando la arena blanda y húmeda con cuidado, capa por capa.

—Un momento —dijo Nora de repente, y los demás se detuvieron.

Tras años dedicándose a la arqueología, había desarrollado un sexto sentido para saber cuándo estaba a punto de desenterrar un objeto a partir de la textura y firmeza de la tierra.

—Creo que tenemos algo —añadió, dejando la paleta a un lado y cogiendo un pequeño cepillo.

Todos se agolparon para ver. Estaban unos dos metros por debajo de la superficie, y Nora tenía una sensación de claustrofobia poco habitual. Pero la arena húmeda que estaban cavando contenía mucho caliche, así que las paredes eran firmes y sólidas, y habían ido clavando puntales a medida que bajaban. Las luces proyectaban sombras extrañas en los rincones oscuros.

Tappan se situó detrás de ella.

—¿Y bien? ¿Vamos a ver de qué se trata?

Nora tomó unas cuantas fotografías, notando cómo la impaciencia emanaba de Tappan como si fuera calor.

—¿Podéis dejarme un poco más de espacio, por favor?

El grupo retrocedió a regañadientes. Nora barrió la maleza y descubrió otra capa de tierra, y entonces ocurrió algo: pudieron ver una extraña luz verde que se filtraba a través de los granos de arena que aún cubrían el objeto, iluminando tenuemente los rostros circundantes con un resplandor sobrenatural.

Tras unos momentos de duda, Nora se preparó para pasar el cepillo por última vez.

Más arriba oyeron el zumbido repentino de unos helicópteros que se acercaban rápidamente. Nora se volvió hacia el ruido y, detrás del perímetro de luces, divisó dos helicópteros negros que se aproximaban a toda velocidad, con las puertas abiertas y armados con ametralladoras. Aterrizaron uno a cada lado de la excavación, y el remolino provocado por las hélices cubrió de arena el agujero y a sus ocupantes.

# 51

Mientras Nora se protegía del huracán, oyó órdenes que llegaban desde arriba. Lo que parecía una docena de soldados saltaron de los helicópteros en pleno descenso.

—¡Las manos a la vista! —gritó alguien—. ¡Todo el mundo fuera del agujero!

—¿Quién cojones son ustedes? —replicó Tappan.

Hubo una repentina confusión en medio de la tormenta de polvo. Nora apenas podía abrir los ojos.

—¡Salgan de ese agujero y retrocedan! —gritaron de nuevo—. ¡Manos arriba o disparamos!

—¡Identifíquense! —gritó Tappan, y obtuvo por respuesta una ráfaga de fuego automático sobre sus cabezas.

—¡No se lo advertiré otra vez!

Cuando Nora salió del agujero con los demás, un soldado hizo que se diera la vuelta y le puso los brazos a la espalda. Notó las abrazaderas y cómo las apretaba en exceso. Mientras tanto, seis de los soldados que habían saltado de los helicópteros corrieron hacia los dos todoterrenos, los pusieron en marcha y se alejaron en la oscuridad, tres hombres en cada uno.

—¡Quíteme las manos de encima! —gritó Vigil en medio de la confusión.

Medio aturdida, Nora miró a su alrededor. Los helicópteros, cuyas aspas seguían girando, ahora tenían los focos encendidos y vio que eran Black Hawk sin números ni insignias.

Los soldados empujaron a los cuatro —Tappan, Vigil, Toth y ella— para que formaran una fila, y un hombre con galones de capitán se situó al frente.

—¿Qué coño creen que están haciendo? —gritó Vigil, que se zafó de las garras de un soldado y avanzó hacia el capitán.

—¡Alto! —dijo este, desenfundando su arma.

—¡He estado destinado dos veces en Afganistán! —gritó Vigil, dando otro paso adelante—. A mí no me apuntes con un arma, gilipollas.

El capitán disparó dos veces y Vigil retrocedió. Toth, situada detrás de él, soltó un grito y cayó de rodillas, agarrándose la pierna.

—¡Hijo de puta! —gritó Tappan—. ¡Acaba de dispararle a Emilio!

El capitán se giró y golpeó a Tappan en la cara con la pistola. Después retrocedió mientras dos soldados sujetaban al empresario, que empezó a forcejear. Vigil yacía en el suelo sobre un charco de sangre. Entre sollozos, Toth estaba sujetándose la pantorrilla mientras la sangre corría por sus dedos.

—Metedlos en el helicóptero —ordenó el capitán, al tiempo que hacía un gesto empuñando el arma—. Ahora. El próximo que hable recibirá un balazo.

A Nora, aún aturdida, la empujaron con fuerza en dirección al helicóptero más cercano, seguida de Tappan, luego Toth y dos soldados que la sostenían. En un momento, los obligaron a entrar y los arrastraron a las redes de carga.

La puerta se cerró de golpe y el helicóptero se elevó en mitad de la noche. Nora pudo divisar en el menguante paisaje que se extendía más abajo a los soldados del segundo helicóptero, que se acercaron con cautela a la nueva excavación.

Entonces se volvió hacia Tappan, que iba sentado a su lado con un corte en el ojo, y cruzaron miradas. La de él estaba llena de furia.

# 52

Greg Banks salió del «vagón comedor» de la Airstream de nueve metros y miró a su alrededor, observando los barracones, el helipuerto, el parque móvil y el pequeño vecindario de remolques y autocaravanas que formaban el campamento base. Se negaba a llamarlo «hogar», aunque fuera de manera temporal: el paisaje era demasiado inhóspito, demasiado extraño para alguien criado en Londres. Además, su mal humor no había desaparecido en todo el día, ni quería que se le pasara. Maldita Cecilia, ¿por qué le habían permitido ir hoy a la excavación avanzada? Sin duda sería histórica, o cuando menos muy interesante, y tenía tanto derecho a ir como ella. Probablemente más.

Con los teléfonos por satélite e incluso internet fuera de servicio, apenas había estado ocupado aquella tarde. A consecuencia de ello, había tenido más tiempo para cavilar.

Volvió la mirada hacia la nueva excavación o, al menos, hacia donde se situaba; todo estaba envuelto en el manto estrellado de la noche y había poco que ver.

A veces, Tappan podía ser enigmático. Su actitud despreocupada era, al menos en parte, una fachada que ocultaba una imperiosidad que, a juicio de Banks, debía de ser típica de todos los multimillonarios. ¿Se había enfadado porque no había encontrado a Bitan? Banks había hecho todo lo posible, igual que el resto.

Llegó a la conclusión de que no merecía la pena seguir pensando en ello; nunca lo sabría con seguridad, y Tappan no se lo diría. De un modo u otro, el proyecto acabaría pronto y, ya con dinero en el bolsillo, podría mandar a paseo al multimillonario.

Mientras disfrutaba de aquella fantasía deliciosamente amarga, Banks había dejado de prestar atención a su entorno. Pero entonces reparó en que habían aparecido luces en el horizonte. Las observó a través de la oscuridad: dos pares de lo que resultaba obvio que eran faros, rebotando arriba y abajo mientras los vehículos recorrían las llanuras de álcali.

Miró el reloj —las ocho y veinte—, se dio la vuelta y entró rápidamente en el vagón restaurante. La mesa seguía ocupada en su mayor parte por el primer turno de la cena: personal de apoyo, guardias y trabajadores del parque móvil. Todos se estaban tomando su tiempo, degustando el café y el postre, conscientes de que el equipo de avanzada aún no había regresado. Banks se escabulló por la puerta que conducía a la amplia y equipada cocina, donde Antonetti, el chef, hacía malabarismos con cuatro cacerolas de cobre en las que hervían a fuego lento distintos ingredientes. A pesar de ser un cocinero con dos estrellas Michelin, Antonetti había trabajado una vez en un portaaviones y no había perdido la obsesión por respetar los horarios. Si el segundo turno de la cena —los científicos y los peces gordos— no estaba listo y hambriento a las ocho y media, empezaba a ponerse nervioso.

—Eh, Tony, tranquilo —dijo Banks, utilizando el apodo del chef—. Están de vuelta. He visto las luces. Veinte minutos.

La respuesta de Antonetti fue murmurar en voz baja, golpear varias ollas y decirle a Max, el joven delgaducho que estaba a su lado —*sous chef*, *saucier* y burro de carga, todo en uno— que aguantara la *beurre noisette*.

Banks volvió al comedor.

—¡Veinte! —gritó a los comensales para hacerles saber lo pronto que tendrían que largarse. Ese detalle fue recompensado con gruñidos, abucheos y gestos groseros.

Luego salió de nuevo al exterior y se le acercaron Kuznetsov y Scott, uno de los investigadores de posdoctorado, acompañados de Mitty, el perro de Skip Kelly. Al parecer, él también tenía hambre.

—El papeo va con algo de retraso, chicos —anunció Banks—. Le he dicho a Tony que esperara un poco.

—¿Por qué coño has hecho eso? —preguntó Kuznetsov con irritación.

En ocasiones, Antonetti se ponía en plan prima donna y servía rápidamente «segundos platos» sin importarle si toda su clientela había vuelto al campamento o no.

—Porque he visto los jeeps a los pies de la meseta —repuso Banks—. A lo mejor es un cuarto de hora.

—Parece que están mucho más cerca —dijo Scott.

Banks se volvió hacia el paisaje. En efecto, los faros estaban más cerca... y en lo alto de la meseta. Por la razón que fuera, Tappan se estaba dando prisa. A ese ritmo, llegarían al campamento en menos de diez minutos.

Los tres se quedaron mirando la luz reflejada en el vagón restaurante. Además de la velocidad, había algo inusual en los vehículos. Banks entrecerró los ojos para ver más allá del resplandor de los faros. Los ocupantes parecían desconocidos. Desconocidos con uniforme.

Kuznetsov también parecía cada vez más perplejo, y dijo algo en ruso.

Y entonces, sin que Banks supiera lo que estaba ocurriendo, los dos todoterrenos tomaron la última curva a toda velocidad y entraron en el complejo frenando bruscamente, dando volantazos y levantando polvo. Se detuvieron uno a cada lado de Banks. Ahora, cuatro faros enmarcaban al pequeño grupo, y de los vehículos saltaron varios soldados. Se movían deprisa, todos pertrechados con metralletas y material táctico que incluía gafas de visión nocturna que les colgaban con holgura del cuello.

Banks parpadeó al ver los jeeps. No había lugar a duda: eran los vehículos que Tappan y el resto se habían llevado aquella mañana. Una punzada de ansiedad se mezcló con la confusión que ya sentía. Se volvió hacia el vagón comedor, pero era demasiado tarde: estaba rodeado de soldados vestidos de camuflaje con las armas apuntando al suelo, pero listas para su uso inmediato.

El soldado que estaba al mando —al parecer comandante, ya que las hojas de roble eran el único elemento reconocible de su uniforme— dio instrucciones a sus hombres en voz baja. Después de saludar, tres de ellos echaron a correr hacia la oscuridad del campamento y se separaron, mientras los otros dos trotaban hacia el vagón comedor.

El comandante los miró a los tres.

—¿Ibas a cenar, amigo? —preguntó, posando su mirada en Banks—. Lo que sea que están cocinando ahí dentro huele bien.

Nadie respondió. Banks seguía sumido en la confusión. El comandante hablaba con acento estadounidense. Aquellos soldados tenían que ser miembros del Ejército de Estados Unidos; era lo único que tenía sentido. Pero ¿qué hacían allí, fuertemente armados y montados en todoterrenos pertenecientes a la excavación de Tappan? Algo le dijo que se callara y dejara hablar al comandante, que echó un vistazo por las ventanillas de la autocaravana.

—Parece que está lleno. ¿Por qué no estáis con ellos?

—Es el primer turno y están acabando de cenar.

Fue Scott, el investigador, quien habló.

—Cierra ese hocico —le espetó Banks.

Al oír eso, el comandante soltó una carcajada. Banks podía oír a los dos soldados que estaban dentro hablando en voz alta.

—¿Dónde están Lucas y los demás? —preguntó Kuznetsov.

—Él y el resto de su equipo descubrieron algo extremadamente peligroso.

—¿Qué? —preguntó Scott de inmediato.

—Por lo visto, algún tipo de virus no originario de la Tierra.

Esa información hizo que a Banks se le soltara la lengua.

—¿Y dónde está Tappan?

—Él y los otros se encuentran en un complejo militar situado al noroeste de aquí. Me temo que su estado no es bueno. Se está llevando a cabo una gran movilización. —El comandante

282

ladeó la cabeza hacia el comedor—. Vamos dentro. Lo que tengo que decir os concierne a todos.

Entraron a toda prisa, y Banks se dio cuenta de que los seis recién llegados se movían con gran celeridad. «El terror es el mejor de los guardianes».

¿Por qué le había venido a la mente aquella frase? ¿Y dónde la había oído antes?

Una vez dentro, uno de los dos soldados que ya estaban en el comedor se volvió hacia el comandante.

—Están todos menos un hombre. Se encuentra en el parque móvil.

—Entendido.

Cogiendo una radio que llevaba prendida al hombro, el comandante repitió esa información. Luego hizo un gesto con la cabeza a los dos soldados. Uno fue a la cocina y el otro se quedó en la parte delantera del comedor. Banks vio que tenía el dedo preparado, justo encima del guardamonte.

El comandante se tomó un momento para escrutar la sala. A Banks le parecía extrañamente satisfecho, como si, desde un punto de vista operativo, alguien ya hubiera hecho el trabajo por él.

Los hombres y las mujeres que ocupaban la mesa habían dejado a un lado el café y los postres y estaban observando a los soldados con una mezcla de incertidumbre y creciente aprensión. Uno de los operarios, un hombre llamado Wallensky, se levantó.

—Hola, Greg —le dijo a Banks—. ¿Qué pasa?

—Algo ha ido mal.

—Siéntate, por favor —le dijo el comandante a Wallensky, imponiéndose a la voz de Banks—. Os informaremos a todos en breve.

En ese instante apareció el cocinero seguido del segundo soldado.

—Otro empleado de la cocina estaba utilizando un hornillo de gas —le dijo al comandante—. Salió por una puerta trasera antes de que pudiera detenerlo.

283

—Un hornillo de gas, ¿eh?

El comandante volvió a hablar por radio. A Tony, el cocinero, le indicaron que se situara al frente con Banks, Kuznetsov y Scott. El soldado que había estado en la cocina echó a andar por el comedor, cerrando las ventanas y corriendo las cortinas con motivos del Oeste.

—Escuchad —dijo el comandante con más dureza—, Tappan y los demás han estado expuestos a un virus desconocido y aparentemente no terrestre. Hemos venido a descontaminar esta base, comprobar si estáis infectados y evacuaros a un lugar seguro.

Entonces se abrió la puerta exterior y uno de los tres soldados hizo entrar al trabajador del parque móvil que faltaba, junto con Max. El joven cocinero tenía la camiseta manchada de polvo y estaba jadeando.

El soldado empujó a los dos hacia el interior con el cañón de su arma. Al volver la cabeza, Banks pudo ver a uno de los dos soldados que se habían quedado fuera cargando ordenadores portátiles y material científico en los jeeps. Seguía moviéndose deprisa, como si fuera a contrarreloj.

¿Qué demonios estaba pasando?

—He pillado a este huyendo —le dijo el soldado al comandante, señalando a Max.

«El terror es el mejor de los guardianes». Ahora Banks recordaba: era una expresión que Noam Bitan había utilizado en alguna ocasión. Pero ¿por qué?

—Todos contados —añadió el soldado.

—¿Qué coño os traéis entre manos? —preguntó Wallensky al soldado que estaba cerrando todas las ventanas.

A Banks se le ocurrió algo.

—Si hay algún tipo de emergencia biológica —le dijo al comandante—, ¿por qué no lleváis equipo de protección?

—No es necesario, amigo —respondió el comandante con una sonrisa afable.

A continuación se dirigió en voz baja y con rapidez al soldado que había traído a los dos extraviados. Este asintió y desapareció de nuevo en la oscuridad. El soldado que tenía el dedo en el gatillo se situó junto a la puerta abierta.

Banks oyó un traqueteo procedente del exterior. Al mirar detrás del soldado que vigilaba la entrada, vio que dos soldados estaban tirando todo tipo de material de los barracones —discos duros, ordenadores portátiles, archivos, taquillas de almacenamiento de muestras— en el espacio vacío que había bajo el remolque. Seguían trabajando a toda prisa.

Wallensky, que volvía a estar de pie, se movió para impedirle el paso al soldado que estaba cerrando una ventana.

—Responde a mi puta pregunta —le dijo.

El soldado se volvió, levantó el arma y disparó una ráfaga corta. Wallensky salió despedido hacia atrás, cayó sobre la mesa y se deslizó por encima, dejando un reguero de sangre a su paso. Platos y cubiertos cayeron al suelo, y el estruendo de la vajilla se mezcló con los gritos de sorpresa de una docena de personas que se pusieron en pie de un salto.

—Lástima —dijo el comandante.

El soldado que había salido corriendo regresó.

—Señor, tenía razón en cuanto a la ubicación —dijo.

—¿Llave de paso abierta? —le preguntó el comandante mientras los otros dos soldados vigilaban.

—Ahora sí, señor —dijo el hombre entre jadeos—. Abierta del todo.

Fuera se oyó otro estruendo cuando regresaron los dos soldados con los brazos cargados de material y lo arrojaron debajo de la autocaravana.

—Que nadie se mueva —ordenó el comandante al grupo.

—¡Le has disparado! —gritó una mujer.

—¡No sois del ejército! —dijo el hombre del parque móvil.

—¡Podríamos lincharte, hijo de puta! —dijo un piloto de helicóptero.

Los tres habían hablado simultáneamente, pero fue al piloto a quien respondió el comandante.

285

—No lo conseguiríais, amigo —dijo, bajando su arma automática del hombro mientras hablaba.

Y ahora, Banks —a quien le costaba creer que todo aquello no fuera una pesadilla— recordó de dónde provenía la cita de Bitan. Tres de los abuelos de Bitan habían muerto en campos de concentración nazis. El cuarto, que sobrevivió a Buchenwald, transmitió al joven Bitan un cruel lema que las SS enseñaban a los reclutas recién llegados para explicar cómo tan pocos podían controlar y liquidar a tantos. Mantenlos en movimiento, siempre en movimiento. Y con miedo. «El terror es el mejor de los guardianes».

Se dio la vuelta para agarrar al comandante, pero llegó demasiado tarde: los soldados ya estaban saliendo por la puerta, apuntándolos amenazadoramente con las ametralladoras. El comandante y Banks se miraron.

—Nos vemos luego, colega —dijo.

Entonces cerró de un portazo. En ese momento, Banks olió a gas.

«Un hornillo de gas, ¿eh?».

«Parece que está lleno».

«Ahora sí, señor. Abierta del todo».

Todo eso se le pasó por la mente a Banks en un microsegundo. Y entonces él, como todos los demás, se dirigió tambaleante, trepando y arañando, hacia la puerta cerrada. Lo ensordecían los gritos sin sentido. La gente empezó a golpear las ventanas con los puños. A través de una rendija en las cortinas pudo ver a los seis soldados montados de nuevo en los jeeps. El comandante estaba al volante del vehículo que iba en cabeza. Su arma automática seguía desenfundada y apuntó a la parte trasera de la enorme autocaravana.

Donde se encontraba el depósito auxiliar de propano.

Banks abrió la boca para unirse a los gritos. Pero, mientras lo hacía, el comandante disparó una ráfaga corta y medida… y el mundo de Banks terminó en un universo de llamas.

# 53

Mientras las aspas del helicóptero batían el aire nocturno, Nora se sentó en la red de carga con Tappan a un lado y Toth al otro. Esta gemía ligeramente. Un soldado le había hecho un torniquete rudimentario en la rodilla antes de empujarla al helicóptero, pero ahora, la sangre empapaba las vendas con las que le habían envuelto de forma apresurada la pantorrilla.

Nora luchó contra la abrumadora convicción de que aquello tenía que ser un sueño, un sueño terrible y sin sentido. Todo había sucedido muy deprisa. Se hallaban en el umbral de un descubrimiento asombroso y, segundos después, los helicópteros descendían como carros de dioses malignos, a Vigil lo asesinaban a sangre fría y ahora era una prisionera que viajaba en la oscuridad hacia un destino desconocido.

Nada tenía sentido, excepto el dolor que le causaban las bridas, cruelmente apretadas para recordarle que aquello no era un sueño.

A su derecha, Tappan permanecía en silencio. También sangraba por el corte que había sufrido en la frente cuando lo golpearon con la pistola, pero la hemorragia iba a menos. Después de intercambiar miradas con ella cuando despegó el helicóptero, se quedó con los ojos clavados en la figura que tenían delante en el vientre de la aeronave.

Nora también lo estaba observando. Evidentemente era capitán —las insignias de su uniforme así lo indicaban—, pero era todo cuanto podía discernir. Llevaba uniforme de combate, aunque no reconocía el color gris claro. Donde debería estar la barra del pecho, había unas insignias pequeñas y desconocidas.

El hombre los miraba inexpresivo, con los antebrazos apoyados en las rodillas y la pistola SIG reglamentaria en la mano derecha, la misma con la que había ejecutado cruelmente a Vigil y herido a Cecilia.

Sus cavilaciones se vieron interrumpidas por una sensación inconfundible: estaban descendiendo, y muy rápido. Miró por la ventanilla, pero solo vio la negrura del desierto. Pero no: ahora podía distinguir algo. Cuatro luces, pequeñas y rojas, se habían encendido formando un cuadrado más abajo y parpadeaban lentamente a la vez que giraban. Desde el interior del helicóptero resultaba imposible determinar la distancia a la que se encontraban o la superficie que delimitaban.

Pero, a medida que el helicóptero iba descendiendo —ahora en vertical—, quedó claro que eran las luces de una pista de aterrizaje.

Un minuto después, las ruedas tocaron tierra. A Nora le pareció que solo habían estado en el aire cinco minutos, tal vez diez, pero en su estado de confusión no podía asegurarlo. Se abrió una puerta y aparecieron más soldados con armas automáticas. El capitán bajó del aparato, y a Nora y Tappan los condujeron con brusquedad a la plataforma de aterrizaje. Otro soldado ayudó a Toth.

Nora miró a su alrededor. En la oscuridad podía distinguir muy poco. Parecían estar en una llanura entre colinas bajas, cerca de una cadena montañosa coronada por un mar de estrellas inmenso. A su izquierda había un edificio grande y de escasa altura que antaño es probable que hubiera hecho las veces de hangar, pero parte del tejado se había derrumbado, dejando al descubierto puntales metálicos que parecían costillas. A su lado, las siluetas negras de otros edificios igualmente decrépitos parecían barracones. Una torre de agua rota completaba la imagen ruinosa. Y eso era todo. Incluso la zona de aterrizaje en la que se hallaban parecía tierra desnuda en la que las aspas del helicóptero formaban extraños remolinos.

Por orden del capitán, los soldados volvieron a alinear a los cautivos haciendo señas con los cañones de sus armas. Mudos y en estado de shock, obedecieron, mientras un soldado sujetaba a Toth. Luego se oyó otra orden ininteligible y, por un momento, Nora pensó que iban a ejecutarlos.

Pero no hubo disparos. En la torre de agua aparentemente moribunda vieron una luz parpadeante. Entonces la arqueóloga sintió un movimiento repentino bajo sus pies y oyó un ruido profundo y palpitante. La irrealidad onírica volvió a apoderarse de ella. Pero, para su sorpresa, se dio cuenta de que estaban descendiendo. El helicóptero, los soldados, las luces de aterrizaje y el suelo arenoso del desierto se encontraban en una plataforma que desaparecía bajo tierra. Se hallaban en el equivalente al ascensor gigante de un portaaviones. Bajaron casi treinta metros antes de detenerse en un hangar oscuro bañado en una luz rojiza.

Al recibir una señal del capitán, otro grupo de soldados se acercó a Nora y Tappan y, gesticulando una vez más con sus armas, los sacaron de la pista de aterrizaje, con las aspas del helicóptero girando aún perezosamente. Mientras se alejaban, Nora vio por el rabillo del ojo que llegaban más trabajadores para añadir arena al terreno mientras la pista de aterrizaje improvisada y el helicóptero se prepararon para salir de nuevo a la superficie.

Entonces se cerró una puerta oculta y unos focos potentes inundaron de luz el espacio subterráneo. Estaba tan concurrido como vacío estaba el desierto. A un lado había otros dos hangares vacíos y, más allá, un pequeño parque móvil de todoterrenos descapotables. En un rincón del cavernoso espacio vio un taller mecánico a través de una hilera de ventanas. Un trabajador con bata se acercó empujando una camilla. Luego tendieron a Toth encima y levantaron los laterales.

Los condujeron a todos por un pasillo ancho. Nora aún llevaba las manos atadas dolorosamente a la espalda, e iban escoltados por dos soldados, uno delante y otro detrás. Miró a su alrededor, tratando de hacerse una idea de dónde estaban, de qué era con exactitud aquel lugar, pero la conmoción aún no se había disipado y la situación resultaba demasiado extraña para procesarla. Por las marcas en las paredes y el aspecto estéril y espartano, obviamente se trataba de unas instalaciones militares, y mucho más recientes que las ruinas de arriba. Las paredes y el suelo eran de hormigón pintado de verde claro. De vez en cuando pasaban por delante de puertas o grandes ventanales, algunos oscuros y otros que permitían ver a soldados encorvados sobre estaciones de trabajo o, en un caso, una extensa granja de servidores. Aquí y allá se bifurcaban otros pasillos. El empleado con bata dobló por el primero y se llevó a Toth entre protestas. Nora reparó en la inmensa envergadura de las instalaciones, en su relativa frialdad y en su singular propósito, aunque no sabía cuál era.

El soldado que los precedía se detuvo delante de una puerta. Tenía un número grabado con pintura negra y no se distinguía en nada de las docenas de puertas similares que habían dejado atrás. El soldado la golpeó dos veces con la culata del arma y la deslizó con esfuerzo hasta que desapareció en un hueco en el hormigón. Nora notó el cañón de un rifle en la parte baja de la espalda, y ella y Tappan entraron en una gran sala circular casi vacía. Justo debajo del techo había unos ventanales largos de cristal oscuro, suavemente curvados para adaptarse a la forma de las paredes.

En el centro de la sala había una mesa de madera, tan espartana como el resto del lugar, y tres sillas. Al otro lado había una única silla ocupada por un hombre. A diferencia de los demás, en lugar de ropa de trabajo vestía un uniforme con águilas doradas en las charreteras. Cuando se acercaron a la mesa, el hombre permaneció sentado. Era muy delgado, con ojos claros, el pelo grisáceo y corto y unos pómulos altos que parecían tallados con un hacha.

Los soldados se hicieron a un lado, flanqueando a los cautivos con las armas en ristre. Una vez que estuvieron en sus puestos, el hombre asintió enérgicamente a Nora y Tappan.

—Soy el coronel Rush —dijo—. Tengo algunas preguntas para ustedes.

# 54

El helicóptero se elevó de nuevo en cuanto Watts y Skip se hubieron acomodado en las redes de carga. Había caído la noche. A medida que ganaban altura, Corrie miró hacia el sur y pudo ver unos focos que iluminaban la excavación en el lugar del accidente. Más al sur, en La Guarida del Diablo, distinguió un grupo de focos mucho más grande que señalaba la ubicación del campamento base. El resto del paisaje era un gran manto de oscuridad.

Cuando el helicóptero alcanzó la altura de crucero, aceleró rumbo al norte. Corrie estaba segura de que viraría hacia el sur, pero no lo hizo. Cuando estaba a punto de preguntarle a Lime por qué no se dirigían al campamento, vio un enorme destello en esa dirección. Momentos después, una onda expansiva sacudió el helicóptero, un estallido que hizo que la nave se balanceara mientras una bola de fuego se elevaba hacia el cielo en medio de una nube de polvo que se expandía velozmente, iluminada por un incendio repentino.

—¿Qué coño ha sido eso? —gritó Corrie horrorizada, mirando por la ventanilla.

—¡Mierda! —dijo Skip con la cara pegada al cristal—. ¿Era el campamento?

El piloto estabilizó el helicóptero ante el exceso de presión. Cuando Corrie se volvió hacia los demás, se quedó muda: Lime se había desabrochado el cinturón y estaba de pie, apuntándola con su arma. El soldado también empuñaba la suya.

—Deme el arma —dijo Lime.

—¿Qué...?

Corrie no era capaz de procesar aquella rápida e inesperada serie de acontecimientos.

—Usted también, sheriff. Poco a poco, con dos dedos. Extiendan el brazo y el soldado cogerá sus armas.

Corrie se quedó mirando atónita.

—Hagan lo que les han dicho o morirán —zanjó Lime—. Puede que les cueste entenderlo, pero es su deber, créanme. Como patriotas.

Seguía sin poder hablar. Skip estaba mirando a Lime con unos ojos desorbitados.

Watts fue el primero en recuperarse.

—Corrie dijo que era usted su jefe —le dijo a Lime—. ¿Para quién trabaja en realidad?

—Para Estados Unidos —repuso Lime—. Igual que usted. Ahora hagan lo que les he pedido. No lo repetiré.

Tras un instante de duda, Watts desenfundó sus dos revólveres y se los tendió tal como le había ordenado. El soldado se los arrebató.

—¿Corrie? —dijo Lime.

Corrie recuperó por fin la voz.

—¿Como patriota? ¿De qué está hablando?

Lime la abofeteó en la cara con tanta fuerza que vio las estrellas.

—Lo siento, Corrie, pero debe entender que hablo en serio. Es mejor una bofetada en la cara que una bala en el cerebro. Ahora entrégueme su arma, por favor. Con dos dedos.

El golpe la sacó de su estado de confusión. Con la mejilla ardiendo, desabrochó la funda y sacó la nueve milímetros con dos dedos. El soldado la cogió.

—¿Es un espía ruso o algo parecido? —preguntó.

—No. Cuando lleguemos a Pershing, se le proporcionará información. Basta de cháchara.

Tras poner las armas a buen recaudo, el soldado se dio la vuel-

292

ta y les desabrochó los arneses. Luego llevó las manos de Corrie a la espalda y se las ató con una brida.

Skip habló de repente con una voz tensa y aguda.

—¿Lo del campamento ha sido una explosión?

—Necesaria pero desafortunada —contestó Lime.

—¿Qué coño...? ¿Y mi hermana?

—No estaba allí. La tenemos en Pershing.

—¿Y mi...?

—Una palabra más y recibirá un balazo.

Su voz era tranquila, demasiado tranquila, y Corrie sabía que lo decía en serio. Rezó para que Skip se callara.

Y así lo hizo. Después de inmovilizar a Corrie con la brida, el soldado se agachó para intentar agarrar a Skip de las muñecas. Pero, libre de su arnés, Skip se incorporó de pronto y derribó al soldado de un cabezazo en la barriga. Con un grito ahogado, Skip saltó a la cabina, rodeó la garganta del piloto con el antebrazo y tiró de la cabeza hacia atrás para asfixiarlo.

El helicóptero se ladeó bruscamente y cayeron todos hacia un lado. Todavía gritando como un loco, Skip siguió estrangulando al piloto. El soldado se abalanzó sobre él por detrás para intentar quitárselo de encima a la vez que sacaba un cuchillo con intención de degollarlo, pero el helicóptero giraba de forma tan salvaje, con las aspas chirriando, que todos estaban a merced de las fuerzas centrífugas. Todos excepto el piloto se habían desabrochado los cinturones, y Corrie, que seguía maniatada con la brida, iba de un lado a otro del fuselaje, dando vueltas con los demás, oyendo disparos inútiles mientras el helicóptero iniciaba un descenso descontrolado que enseguida culminó en un impacto gigantesco y, después, en la oscuridad.

# 55

De pie frente a Rush, Tappan fue el primero en hablar. A Nora le pareció que su voz sonaba sorprendentemente tranquila.

—¿Qué es este lugar?

Rush lo miró fijamente, con aquellos pómulos afilados enmarcando sus ojos claros. En ese momento entró un hombre con uniforme de teniente, se acercó a Rush y le susurró algo al oído. El coronel asintió y el hombre se marchó de inmediato, con sus pasos resonando en el suelo de cemento, y cerró la pesada puerta tras de sí.

Rush se volvió hacia Tappan. Aunque su uniforme se parecía al de un alto mando del ejército regular, Nora vio que, al igual que el del capitán, lucía insignias y medallas de servicio inusuales. Lo mismo ocurría con aquella habitación y, de hecho, con toda la base subterránea: aunque, por su experiencia, los cuarteles militares nunca eran lujosos, aquel lugar parecía especialmente espartano. Aparte de la mesa, las sillas y las ventanas ahumadas —que le recordaban a los paneles de observación de una sala de interrogatorios de la policía—, solo había un adorno: un emblema en la pared situada detrás del coronel, que mostraba un águila planeando sobre la Tierra, con las alas desplegadas y las garras extendidas como para proteger a sus crías. Debajo había un lema: SERVANDAE VITAE MENDACIUM.

—¿Qué es este lugar? —repitió Tappan.

Esta vez, el coronel respondió.

294

—Supongo que es una pregunta retórica, al menos en parte. Sospecho que tiene cierta idea de quiénes somos, por qué estamos aquí y cuál es nuestra misión.

Hablaba con voz entrecortada.

De nuevo, la puerta se abrió y entraron dos soldados cargando con una caja negra de unos sesenta centímetros de longitud, que depositaron con cuidado sobre la mesa de Rush. El coronel se levantó y dio un paso atrás.

—¿Evaluación finalizada? —preguntó.

—Sí, señor —dijo uno de los soldados.

—¿Y?

—Verde completo.

—Muy bien —respondió Rush.

Nora observó al otro soldado descorrer el pestillo de la caja y abrir la tapa con tiento. El interior de la tapa y la propia caja parecían estar forrados de un grueso material negro grisáceo parecido al grafito. No veía su contenido más allá de un resplandor verde jade que se reflejaba en la cara de Rush al mirar hacia abajo, un resplandor que también emanó de la arena en el sitio donde estaban excavando. El coronel parecía aturdido, con el rostro tenso y los ojos brillantes bajo aquella luz de otro mundo. Después de lo que pareció una eternidad, dio un paso atrás y asintió para indicarle al soldado que cerrara la caja.

—Llévenlo a la bóveda diecinueve —dijo escuetamente.

Cuando se hubieron marchado los soldados, se volvió hacia Tappan y guardó silencio unos instantes, como si estuviera recobrando la compostura.

—Supongo que debo agradecerles que lo hayan encontrado. Ahora, como les decía, tengo algunas preguntas.

—Váyase a la mierda —le espetó Tappan.

El soldado situado a su derecha dio un paso adelante y le asestó un puñetazo en la cara, y Tappan cayó al suelo soltando un gemido.

—¡Sargento! —gritó Rush—. Ayúdelo a levantarse.

El hombre puso en pie a Tappan, que empezó a jadear y balbucear.

—Vuelva a su puesto —ordenó Rush, y el soldado se situó de nuevo a la derecha de Tappan.

—No deseo hacerles daño —dijo Rush.

—Eso dígaselo a nuestro ayudante de investigación, al que sus chicos dispararon en la cabeza —repuso Tappan, que escupió sangre.

—Lo lamento, pero no se equivoque: mis soldados no son chicos. Y ustedes no estaban cavando un arenero. Aunque tal vez no lo sepan, se han infiltrado en una zona de guerra, y cualquier baja resultante es tan responsabilidad suya como mía.

—¿De qué está hablando? —preguntó Nora—. ¿Qué zona de guerra?

Los ojos de Rush se deslizaron hacia ella.

—Tengo dos preguntas particularmente apremiantes. Primero, necesito saber qué han encontrado hasta ahora y, segundo, quién más lo sabe aparte del equipo que trabaja sobre el terreno.

—¿Qué hemos encontrado? —dijo Nora—. No sé de qué me habla.

Pero, mientras lo decía, supo que solo podía referirse a una cosa. Rush frunció los labios y Nora se dio cuenta de que, tal como había insinuado, lo sabía tan bien como ella.

—Por favor, no insulte a mi inteligencia —le dijo—. Insisto: no deseo más derramamiento de sangre del que sea estrictamente necesario, pero me han puesto en un aprieto. Si no me facilitan la información que necesito, no tendré más remedio que suponer lo peor y responder en consecuencia.

Algo en la forma en que lo dijo le provocó escalofríos a Nora.

—¿Adónde se dirigían esos hombres suyos en nuestros jeeps? —preguntó Tappan.

Ahora fue el coronel quien no contestó.

—Dice que no quiere derramamiento de sangre —continuó Tappan—. Garantice la seguridad de mi gente y responderé a sus preguntas.

296

Nora se volvió hacia Tappan, que no le devolvió la mirada. Rush exhaló con lentitud.

—Nadie sabe nada —terció Tappan—. Solo nosotros cuatro. Tres, gracias a su capitán de gatillo fácil. ¿De acuerdo? No sé qué buscan exactamente, pero no lo tenemos. No sabemos nada. Sin embargo, es obvio que usted sí sabe quiénes somos y qué estamos haciendo. Es posible que incluso conozca las respuestas a esas preguntas que formula. Repito: ¿garantizará la seguridad de mi gente?

—Haré lo que pueda —dijo Rush tras un breve silencio—. Pero, como ya he dicho, se trata de unas instalaciones militares inmersas en una guerra. Eso hace que las garantías sean algo complicadas.

Tappan resopló con incredulidad.

—Aquí no hay ninguna guerra.

—Ahí es donde se equivoca. Hay una guerra, créame; una guerra secreta. Y se ha estado librando durante mucho, mucho tiempo.

Rush los miró a ambos y pareció haber tomado una decisión.

—Siéntense —dijo, señalando las sillas.

Tras una larga pausa, Nora tomó asiento y Tappan hizo lo propio.

—Como gesto de buena voluntad, responderé a su pregunta inicial. Porque si mi información es correcta, ustedes dos lo entenderán mejor que la mayoría.

Se inclinó hacia delante, entrelazando sus dedos delgados sobre la mesa.

—Somos una sección híbrida tanto de las fuerzas armadas de Estados Unidos como de su comunidad de espionaje, creada informalmente en 1946 como una rama de la Oficina de Servicios Estratégicos y, más formalmente, en la Ley de Seguridad Nacional de 1947. El nombre que se nos da en los círculos civiles clasificados es Atropos. Como integrantes de la red de seguridad de Estados Unidos, creemos que no necesitamos nombre.

—Nunca he oído hablar de ustedes —dijo Tappan.

Rush sonrió con desgana.

—Lo contrario sería un fracaso para el espionaje. Todo lo que nos concierne, desde nuestra historia hasta nuestras asignaciones, pasando por nuestros miembros e instalaciones, es clasificado. No por nuestra seguridad, sino por la de los compatriotas a los que servimos. —Hizo una pausa—. Noto su escepticismo, señor Tappan, pero el hecho es que, casi con total seguridad, somos el elemento más importante para mantenerlo con vida... y a salvo.

—Es curioso. No me siento muy a salvo ahora mismo.

Con eso, Tappan se volvió para escupir sangre otra vez.

—Puede que vea las cosas de otra manera tras una breve explicación. En los términos más simples, somos los guardianes de la Interacción Roswell.

—La Interacción Roswell —repitió Nora.

Rush asintió.

—Los guardianes de la sonda espacial alienígena que se estrelló cerca de aquí en 1947. No fue un deber que eligiéramos ni que deseáramos. Más bien nos tocó formar una nueva rama de servicio, dedicada a asumir esta responsabilidad tras un descubrimiento demasiado monumental como para confiárselo a un gobierno inepto, a unas agencias de espionaje débiles o a un ejército distraído.

—¿Inepto y débil? —preguntó Tappan con incredulidad.

—En la confusa etapa posterior a la Segunda Guerra Mundial, con la creciente amenaza soviética, sí. Pertenecíamos a muchos ámbitos: fuerzas especiales del Ejército y la Armada, personal paramilitar X2, la Unidad de Servicios Estratégicos, todos enfurecidos por la porosidad de lugares como Los Álamos, Oak Ridge y Richland. Supuestamente, solo unos pocos centenares de personas sabían qué era en realidad Little Boy antes de Hiroshima, pero al cabo de un año, casi todos nuestros secretos atómicos se habían filtrado a los rusos. Atropos nació para poner fin a esas filtraciones, para proteger a Estados Unidos de sí mismo, hasta que de repente nos encomendaron una misión aún mayor.

—Roswell —dijo Nora.

298

Rush asintió.

—En nuestro primer rol vigilando enclaves secretos y frenando interceptaciones de espionaje, se envió a un equipo de Atropos desde Los Álamos a investigar lo que había ocurrido allí. Sin duda se imaginarán lo que descubrieron.

—Una nave extraterrestre —dijo Tappan al poco.

—Una sonda —precisó Rush—. No tripulada, si se puede usar ese término. Pero ha omitido una palabra clave: hostil.

Tappan negó con la cabeza.

—Eso son suposiciones paranoicas de la Guerra Fría. No hay razón para pensar que un visitante extraterrestre que fuera capaz de buscarnos no vendría en son de paz.

Rush sonrió de nuevo con desgana.

—Expresado con la ignorancia que solo un rico diletante podría permitirse. —Miró a Nora—. Usted es arqueóloga, según tengo entendido. Eso la convierte en científica, al menos hasta cierto punto. ¿Usted qué opina? ¿Que los seres extraterrestres son necesariamente pacifistas, bajitos, gordos y tan feos que resultan adorables, con unos dedos que se iluminan como un adorno navideño?

Nora no contestó.

—Hace bien en no hablar. Porque cualquiera con un poco de humildad se daría cuenta de que, a pesar de lo que diga su amigo, no podemos permitirnos tales suposiciones. Como dijo Einstein: la mayoría de las suposiciones son erróneas. —Se inclinó hacia delante entrelazando los dedos con fuerza—. Esa sonda «amiga» mató a más de veinticinco de nuestros hombres. Si no hubiera sufrido desperfectos, sin duda habría matado a más. Muy probablemente, a todo el planeta.

Miró a Nora y luego a Tappan.

—Una vez que concluimos la extracción inicial y trasladamos la sonda a una ubicación segura, nuestro análisis de los restos y su tecnología asociada indicó que la nave había sido enviada por una civilización extraterrestre como preludio a un ataque. Una misión de exploración hostil, por así decirlo.

—¿Cómo puede estar tan seguro de que son hostiles? —preguntó Tappan.

—¿Aparte de matar a dos docenas de soldados durante el «primer contacto», quiere decir? En las décadas transcurridas desde entonces hemos llevado a cabo cientos de pruebas y simulaciones. Quizá pueda ver por sí mismo las pruebas documentales. Si demostrara un poco más de objetividad y menos arrogancia, no tendría que formular esa pregunta.

Hizo una pausa.

—Su resistencia a la verdad es comprensible. Nada nos gustaría más que creer en un universo cálido y hospitalario. Pero eso son quimeras ingenuas y utópicas. Moctezuma se entregó a una fantasía igualmente comprensible cuando recibió a Cortés como a un dios. Ya sabemos cómo acabó: con la destrucción de su civilización. —Volvió a hacer una pausa y los miró a ambos—. Vayan al bosque primigenio por la noche. Lo encontrarán rebosante de vida, desde insectos y arañas hasta salamandras, ranas, serpientes, pájaros y otros animales grandes y pequeños. ¿Y qué hacen todos? Cazar. La evolución da lugar a una lucha violenta por los recursos; la naturaleza cruel y despiadada. Esa es la única constante universal y eterna. La galaxia es como ese bosque nocturno, recorrida por cazadores. Buscan recursos. Buscan planetas que saquear. Buscan especies tecnológicas emergentes para exterminarlas y evitar que se conviertan en competidoras. La primera emisión comercial de radio tuvo lugar en 1920, y desde entonces hemos estado gritando despreocupadamente al universo. Ahora, todos los planetas en un radio de ciento dos años luz pueden oírnos. ¿Y cuál es el resultado? El resultado fue Roswell.

—Mentira —dijo Tappan—. Eso son conjeturas.

—Me gustaría pensar que es usted un hombre inteligente. He mencionado a Moctezuma. Mire los siglos posteriores y cómo nuestros ciudadanos, incluso más avanzados, prosperaron esclavizando a otros. O en la actualidad, devastando nuestro propio planeta mucho más rápido de lo que puede recuperarse. —Negó con la cabeza—. Los avances tecnológicos, la evolución de la inteli-

300

gencia, solo sirven para refinar nuestra crueldad. Nos irá muy, muy mal a manos de una raza alienígena.

—¿Cuál es la misión actual de ese servicio armado suyo? —preguntó Nora.

—Ha evolucionado con el tiempo, por supuesto. Seguimos siendo una rama pequeña y secreta dentro de la comunidad del espionaje militar, y dedicamos nuestras vidas a una sola cosa: salvar el planeta. Parte de esa misión ha consistido en reducir al máximo el perfil de amenaza contra la Tierra. Otra parte, naturalmente, ha sido estudiar la sonda espacial, intentar entender su complejidad y, llegado el momento, revelar su naturaleza y ayudar al mundo a prepararse para una invasión.

—Reducir al máximo el perfil de amenaza contra la Tierra —dijo Tappan—. Supongo que eso significa eliminar a ciertos astrónomos o físicos que podrían hacer descubrimientos que ustedes desaprueban. Y sabotear satélites o, tal vez, la óptica de un telescopio espacial. Destruir cohetes en pleno despegue, lanzaderas en pleno aterrizaje, con gente inocente a bordo.

Rush se sentó y aleteó una mano.

—Impedimos que haya filtraciones. Matamos traidores discretamente, como esos cadáveres que encontraron en el desierto, evitando el débil sistema de justicia penal cuando es necesario. Eso siempre ha formado parte de nuestra misión, y no dudamos a la hora de llevarla a cabo. Las bajas indirectas, por otra parte, son tristes, pero a veces necesarias. Nuestros agentes no son de gatillo fácil, y cualquier intervención que aprobemos obedece a que representa el mayor riesgo para nuestro planeta.

—Supongo, entonces, que no aprueba el proyecto de búsqueda de inteligencia extraterrestre —dijo Tappan— ni planteamientos más agresivos, activos en lugar de pasivos.

Rush no dijo nada.

—Hablando del tema, ¿qué fue de Bitan? ¿Qué hicieron con él?

—¿Con una de las personas más peligrosas del planeta? ¿Con el hombre que está detrás de la propuesta CE-TIP? ¿El hombre

301

que quería gritar nuestra presencia a toda la galaxia? Hicimos lo que teníamos que hacer.

—¿Disfrutó con ello?

Rush suspiró.

—He dedicado tiempo a exponerles nuestra misión. He soportado con paciencia sus negativas y objeciones, por ignorantes que sean. La verdad es que ambos podrían ser miembros útiles de nuestra organización, sobre todo ahora. Pero el tiempo apremia y mi paciencia tiene un límite. —Se puso de pie—. Les daré un rato para que lo hablen entre ustedes.

Hizo un gesto con la cabeza a los guardias, que sacaron a Nora y Tappan de la sala y enfilaron un largo pasillo, y luego otro, hasta una celda de hormigón situada en un pequeño bloque de detención. Una vez dentro, les cortaron las bridas y cerraron la gruesa puerta metálica.

Nora miró a su alrededor. La celda tenía un pequeño catre con una manta, un lavamanos y un retrete de metal.

Entumecida, se dejó caer en el colchón y se masajeó las muñecas. Lentamente, Tappan se sentó a su lado con la cara cubierta de sangre. Luego la rodeó con los brazos y se quedaron sentados en silencio.

## 56

Corrie luchó por recobrar la conciencia. Por un instante, la negrura que la había engullido durante el impacto del helicóptero persistió y, con una sensación de pánico, temió haberse quedado ciega. Pero, entonces, una profunda bocanada de aire y un calor intenso dejaron claro que estaba envuelta en un humo espeso y oscuro.

Rápidamente se arrastró en la única dirección que se le ocurrió: lejos del calor. Fue un proceso lento, ya que las ataduras de las manos dificultaban sus movimientos entre el caos que reinaba en la cabina. Poco a poco, el humo se disipó, notó tierra bajo sus pies y se levantó para alejarse de los restos en llamas. Todo su cuerpo palpitaba de dolor mientras observaba el entorno.

El helicóptero se había estrellado de morro, y el compartimento del piloto era una ruina de metal retorcido y en llamas. Aunque el piloto había perecido, el impacto tuvo el efecto de lanzar a Corrie fuera del aparato y, a juzgar por las puertas desaparecidas de la cabina, también al resto de los pasajeros.

Corrie miró más allá de los restos hacia la zona circundante. Sus ojos se posaron primero en el soldado que los había estado vigilando. Estaba tumbado boca abajo, iluminado por la luz parpadeante, con las piernas estiradas y el cuchillo KA-BAR con el que planeaba matar a Skip sobresaliendo de la nuca. Más lejos, en la oscuridad, pudo distinguir la silueta del propio Skip, también inmóvil, tirado en un montón de escombros al otro lado del helicóptero.

—¡Corrie!

Al darse la vuelta vio a Homer Watts yendo hacia ella. Había recuperado uno de sus revólveres de entre los restos del aparato y, aparte de una leve cojera, no parecía haber sufrido heridas de consideración. Extrajo el cuchillo del soldado muerto, lo limpió y cortó las ataduras de Corrie.

—¿Estás bien?

—No lo sé —dijo ella, todavía aturdida.

—Déjame echar un vistazo.

La palpó delicadamente de la cabeza a los pies, buscando lesiones en las extremidades.

—Que yo vea, no hay daños graves —le dijo Watts—. Es un milagro.

—Creo que es solo la conmoción.

Miró a su alrededor en busca de su arma, pero no la veía por ninguna parte.

«Lime». Al oírlo, giró sobre sí misma, pero, mientras se daba la vuelta, oyó al sheriff gritar:

—¡Alto!

Al cabo de un momento, Lime entró en su campo de visión. Tenía la ropa hecha jirones y el pelo lleno de tierra. En una mano empuñaba el arma con la que la había apuntado minutos antes, y se detuvo cuando oyó la orden de Watts.

—Lance su arma aquí —dijo este.

Lime bajó la mano despacio y arrojó el arma, pero en lugar de caer cerca de Watts, aterrizó lejos de los tres.

—He dicho aquí.

—Lo siento —respondió Lime—. No me encuentro muy bien ahora mismo.

Se inclinó hacia delante, bajó la cabeza y apoyó las palmas de las manos en las rodillas.

—¡Manos arriba! —dijo Watts.

—Deme un minuto, ¿quiere? Deje que se me pase este mareo.

304

Esperaron bajo la luz parpadeante de los restos del accidente. Corrie buscó de nuevo su arma. A lo mejor estaba en el helicóptero.

Lime se irguió poco a poco y se pasó el antebrazo por la frente.

—Supongo que su amigo tenía ganas de morir —dijo, ladeando la cabeza hacia el cuerpo inmóvil de Skip—. Qué estupidez.

—Manos arriba —repitió Watts.

En vez de obedecer, Lime exhaló y puso los brazos en jarra.

—No.

—¿Quiere recibir un disparo?

—Dudo que vaya a dispararle a un agente federal.

Corrie vio que Watts vacilaba. Entonces el sheriff se volvió hacia ella.

—¿Quién coño es este tío?

—No lo sé —respondió Corrie—. Ha sido mi supervisor desde la muerte de Morwood. Es un desconocido en la oficina de Albuquerque, pero todo el mundo piensa que es un agente que nos han enviado de forma temporal.

—¿De dónde?

—De Washington —respondió Lime—. Como ya he dicho, yo también trabajo para Estados Unidos.

—Y una mierda —dijo Corrie—. Usted no es un patriota; es una especie de espía.

Pero, mientras pronunciaba aquellas palabras, la asaltaron las dudas. Todos los instintos que le habían inculcado durante el último año le decían que obedecer a un agente superior debía ser tan natural como respirar. Y Lime la había ayudado a sacar adelante el caso, había creído en ella cuando nadie más lo hacía y la había defendido de las acusaciones de Lathrop. Y había conseguido el helicóptero.

—Piense bien lo que hace —dijo Lime, que desvió la mirada de Corrie a Watts—. Ya intenté explicárselo en el helicóptero. Todo esto es mucho más complejo de lo que creen. —Volvió a mirar a Corrie—. Ya sabe cómo funciona el sistema. Trabajamos

305

por compartimentación, por prioridades. Hay muchos, muchos niveles de autorización de seguridad.

—¿A qué se refiere? —preguntó Watts, empuñando el arma con firmeza—. No creo que un verdadero agente del FBI desarme y espose a su compañera de menor rango.

—Fue para protegerla. Lo que quiero decir es que Corrie solo conoce una parte de lo que está ocurriendo. Se ha visto envuelta accidentalmente en una operación militar en curso, una operación que es más grande y complicada de lo que puedan imaginar.

—¿Como qué?

Lime sacudió la cabeza con frustración.

—Ya se lo dije: se lo iban a explicar todo en Pershing. Baje la pistola, por favor. Ya ve que estoy desarmado.

Watts no tardó en bajar el arma.

—Explíquelo ahora. ¿Qué hay en Pershing? Por lo que sé, son unas ruinas abandonadas.

—Eso es intencionado. En realidad es una base militar clasificada que desarrolla un trabajo vital en materia de seguridad nacional.

Watts se pasó la lengua por los labios, y Corrie vio que a él también empezaban a asaltarlo las dudas.

—¿Y esa explosión enorme en el campamento base?

—¿Quién le ha dicho que la explosión se produjo en el campamento base? —preguntó Lime.

Watts y Corrie cruzaron miradas.

—Sheriff Watts, parece usted un buen hombre, así que espero que no se ofenda si le digo que aquí está aún más excluido que Corrie. Mire, no espero que crea algo que no entiende. Pero, de nuevo, le imploro que piense en lo que está haciendo. Tengo poderes operacionales que incluyen al FBI y más allá. Tiene usted dos opciones. Puede dejarme contactar con Pershing para que envíe un helicóptero de rescate; le conseguiremos autorización temporal, y entonces… Entonces podrá ayudarnos. Francamente, necesitamos su ayuda. —Hizo una pausa—. O puede dispararme. ¿Y sabe qué? Después de eso, seguirá en el sistema, pero se encontrará al otro lado de él. La prisión es un lugar desagradable y brutal, y solo lleva en una dirección.

Se hizo el silencio, solo interrumpido por el crepitar de las llamas y los gemidos del metal.

—Aún no es demasiado tarde —dijo Lime—. Enfunde esa arma y trabajemos en equipo.

Tras unos segundos de duda, volvió a meter la pistola en la funda.

Rápida como una víbora, la mano derecha de Lime se desplazó a la parte baja de su espalda y reapareció con una pistola. Pero Watts fue más rápido, sacó de nuevo el revólver y disparó dos veces contra Lime. Corrie oyó al hombre gritar de sorpresa y dolor, tambaleándose hacia atrás mientras Watts la empujaba detrás de una roca para protegerla. Esperó un momento y se aventuró a echar un vistazo.

—Ha desaparecido —dijo Watts, tirando de ella para que se sentara.

—¿Seguro?

—Por ahora sí.

Entonces cogió el arma de Lime —la que había arrojado momentos antes—, y le mostró la pistola de pequeño calibre que llevaba en el cinturón, grotescamente retorcida por una de las balas de Watts.

—¿Le has arrancado el arma de las manos?

—Desde luego, y espero que un dedo también. Ese truco sucio fue su respuesta a la pregunta sobre su sinceridad y patriotismo. Menudo cabrón.

Tiró el arma destrozada a un lado y le tendió a Corrie la otra. Justo entonces apareció de la penumbra Skip Kelly, que caminaba hacia ellos con paso firme sujetándose la cabeza.

—¿Qué ha pasado? —preguntó estúpidamente—. ¿Qué ha sido todo ese ruido?

—El ruido grande fuiste tú estrellando el helicóptero en el que íbamos todos —repuso Watts—. El ruido pequeño fue un tiroteo que acabo de tener con Lime.

—¿El jefe de Corrie? ¿Le has dado?

—No tanto como me habría gustado. Con un poco de suerte estará desangrándose por ahí.

Mientras hablaba, a Watts le pareció ver algo por encima del hombro de Skip. Maldiciendo, corrió hacia el helicóptero en llamas y el humo ocultó por un momento su figura. Luego volvió a aparecer con algo en la mano.

—¡Mi Resistol! —gritó, blandiendo su caro sombrero de cowboy, con la mitad del ala chamuscada y un agujero en la corona—. ¡Mierda!

Watts empezó a voltear el sombrero destrozado. Corrie nunca lo había visto tan nervioso. Maldiciendo de nuevo, se lo puso.

—Voy a subir esa pequeña colina para ver dónde estamos —anunció.

Cuando se alejaba, Corrie expulsó el cargador del arma de Lime, comprobó si había balas, volvió a ponerlo y guardó la pistola en su funda. Era una Glock 19 idéntica a la suya.

Watts regresó de la colina.

—¿Dónde estamos? —preguntó Skip.

—Pershing está kilómetro y medio más al norte.

—Tenemos que alejarnos de aquí —terció Corrie—. Seguro que envían gente a investigar lo que pasó.

—Y drones —añadió Skip—. Escucha.

A lo lejos, la agente pudo oír un sonido cada vez más fuerte que recordaba a un enjambre de abejas. No había luces en el cielo y solo veía estrellas.

—Tumbaos encima de las rocas —dijo.

Sus compañeros se echaron al suelo cuando el sonido se intensificó. Al cabo de un momento aparecieron dos drones totalmente negros que dieron varias vueltas alrededor de los restos en llamas antes de separarse, el sonido de sus motores alejándose en direcciones opuestas.

Los tres se miraron.

—¿Qué hacemos entonces? —preguntó Watts.

—Vamos a Pershing —dijo Skip—. Mi hermana está allí.

—Es un suicidio —respondió este.

—Tienen a mi hermana.

—Debemos largarnos de aquí y llamar a la caballería —dijo Watts.

—¿Cómo? —preguntó Skip enfurecido—. Estamos a sesenta kilómetros del pueblo más cercano. Tardaríamos días en llegar incluso a una carretera transitada. No tenemos agua ni comida y saben que estamos aquí, o lo sabrán muy pronto. Seguro que nos encuentran.

—Estoy con Skip —dijo Corrie—. Lo último que se esperan es que vayamos a Pershing.

Se hizo el silencio. Finalmente, Watts asintió.

—Si vamos a hacerlo, necesitaremos un plan, y tendremos que ejecutarlo aprovechando la oscuridad.

—Para empezar, vamos a alejarnos del lugar del accidente antes de que llegue su caballería —propuso Corrie.

—Ya están en camino —dijo Watts cuando comenzó a oírse el sonido palpitante de las aspas, mucho más profundo esta vez.

# 57

En la celda estéril y escasamente amueblada, a Nora le pareció que llevaba una eternidad sentada junto a Tappan en silencio, con la mente agitada, tratando de encontrarle el sentido a todo aquello, de discernir qué hacer. En los amplios pasillos que se extendían al otro lado de la puerta sin ventanas reinaba el mismo silencio, excepto por algún que otro ruido de pisadas.

—Lucas —dijo al fin.

Su propia voz le sonaba extraña después del largo silencio. Tappan, sentado en el catre de al lado, no contestó.

—Lucas —repitió—. He estado pensando.

Al volverse hacia él, dejó de hablar. El empresario parecía congelado, mirando al frente sin ver, una mirada perdida.

Nora se echó hacia atrás, cerró el puño y le golpeó en el brazo.

—¡Joder! —gritó él mientras se incorporaba, masajeándose el brazo—. ¿A qué ha venido eso?

—Estabas ensimismado. Necesitaba llamar tu atención.

Tappan la miró con el ceño fruncido y la mitad del rostro cubierta de sangre seca, como si fuera Jano con sus dos caras.

—Tampoco hacía falta que me hicieras un hematoma.

—Ya me despedirás más tarde. Dime, ¿en qué estabas pensando tú?

Tappan hizo una pausa, masajeándose todavía el brazo.

—En que esto es culpa mía. He estado tan cegado por nuestros progresos y por mi éxito, tapando los problemas con dinero hasta que desaparecieran, que no vi las señales de alarma.

—¿Qué señales de alarma?

—La resistencia inicial que de repente cesó. La desaparición de Bitan. —Tappan negó con la cabeza—. Los teóricos de la conspiración tenían razón desde el principio. Hubo un encubrimiento, incluso peor de lo que nadie imaginaba. Debería haberme esperado una reacción como esta.

—Bueno, ya que estamos en la panza de la bestia, será mejor centrarnos en qué hacemos.

—¿Qué tienes en mente?

—El coronel nos hizo una oferta y tenemos que valorarla. —Nora se inclinó para darle un abrazo y le susurró al oído—. Evidentemente están escuchando y observando.

Tappan asintió y dijo:

—Estoy bastante seguro de que nos matarán hagamos lo que hagamos.

—Puede que no.

—Explícate.

—Esta es una organización muy clandestina —dijo Nora.

Se preguntaba si Tappan lo entendería y le seguiría la corriente, fingiendo que iban a cooperar para ganar tiempo.

—Sí, probablemente también mataron a Bitan de manera clandestina.

—La cuestión es que no van por ahí anunciando su presencia. No actúan con precipitación. ¿Cuánto tiempo llevamos excavando? ¿Dos semanas? Deben de haber estado controlándonos todo el tiempo. No actuaron hasta que se vieron entre la espada y la pared, cuando estábamos a punto de hacer un descubrimiento demoledor. Son cautelosos, metódicos.

Tappan negó de forma enérgica con la cabeza, pero Nora insistió.

—De repente no van a actuar distinto y a acabar con todos nosotros.

—¿Y cómo lo sabes? —Tappan hizo aletear la mano en dirección a la puerta de la celda—. Ya has visto su envergadura. Has visto sus recursos. Y cuando le hayamos contado a Rush lo que sabemos, nos matará.

—No lo creo. En cierto modo, saben tan poco como nosotros; me refiero a nosotros y a quién sabe qué. Recuerda que, prácticamente, la primera pregunta que te hizo el coronel fue quién más sabe esto. Pero también dijo que podíamos ser valiosos para su organización.

—Si cree que voy a pasar por el aro después de lo que ha hecho, se puede ir a la mierda.

Nora hizo una pausa. Todavía no estaba segura de qué tenía Tappan en mente, pero otra conversación en voz baja sería desastrosa. Sin duda, los estaban observando y escuchando.

—No vamos a pasar por el aro, pero tenemos que valorar su oferta.

—¿Por qué?

—¿Por qué? —Nora se rio—. ¡Porque podría salvarles la vida a otros, por eso! Piénsalo desde el punto de vista de Rush. Eres dueño de Icarus Space Systems y de la mitad de las turbinas eólicas de Norteamérica. Tienes muchos recursos en ciertos ámbitos; apuesto a que más que ellos. Eso te da ventaja y a Rush un gran incentivo para reclutarte.

—Yo aquí no veo escasez de recursos.

—¿No te ha llamado la atención lo enorme que es este lugar y lo vacío que parece a la vez?

—Sí. Todos sus agentes con licencia para matar andan por ahí ejecutando a cualquiera que sepa o pueda saber algo.

Nora negó con la cabeza.

—No, está claro que no son de los que actúan precipitadamente. Rush habló de una organización en guerra. Pero ¿dónde está su ejército? Seguro que les resultó mucho más fácil conseguir reclutas en 1947 que ahora. Piénsalo: innumerables soldados recién desmovilizados de la Segunda Guerra Mundial, la Guerra Fría y su consiguiente paranoia en aumento, y el patriotismo en su punto álgido. ¿Te sorprende que la mayoría de las películas de ciencia ficción de esa época presentaran extraterrestres malvados y destructivos? —Hizo una pausa—. Hoy las cosas son distintas. Nuestros miedos han cambiado, pero ellos no.

—Entonces ¿te has creído esa historia de los extraterrestres preparándose para atacar el planeta? —preguntó Tappan.

A Nora le habría gustado poder estar segura de que Tappan comprendía que estaba ganando tiempo, que aquello era una farsa de cara a los entrometidos.

—Mencionó pruebas documentales y parecía dispuesto a mostrárnoslas. Es sincero. Tenemos que ver esas pruebas.

—De acuerdo —respondió Tappan tras un silencio—. Tiene lógica. Nos debemos a nosotros mismos ver por qué está tan convencido de que la Tierra corre peligro. Se lo debemos a la ciencia. —De repente le cogió la cara con ambas manos—. Y ahora que lo pienso, cooperar es mejor que la alternativa. —La besó—. Eres una mujer increíble, ¿lo sabías? Por favor, no vuelvas a pegarme así.

—Te lo prometo —dijo ella.

Al oír pasos y una cerradura girando, se separaron con rapidez. Cuando se abrió la puerta, vieron a los dos guardias fuertemente armados que los habían llevado a la celda. Con un gesto indicaron a Nora y Tappan que se levantaran y salieran al bloque de detención. Luego los llevaron por donde habían venido, uno delante y otro detrás, como antes. Pero en esta ocasión dejaron atrás la pesada puerta y avanzaron por el pasillo hasta llegar a unas puertas más grandes que las otras y con el número 019 estampado en color blanco. Esta vez, los soldados no abrieron; uno se quedó vigilando a los prisioneros mientras el otro pulsaba un número en un teclado. Cuando se abrieron las enormes puertas, vieron un hangar. Los soldados empujaron a Nora, que dio un paso al frente y, mirando a su alrededor, recuperó el aliento con aletargada incredulidad.

# 58

La valla asomaba en la oscuridad, culminada por un alambre de púas que brillaba tenuemente bajo las estrellas. Se acercaron en silencio y se detuvieron a mirar a su alrededor. Corrie buscó indicios de que hubiera cámaras de seguridad, pero no vio ninguna. La valla parecía decrépita y oxidada, si bien al inspeccionarla más de cerca advirtió que el deterioro era superficial. Había señales de PROHIBIDO EL PASO, PELIGRO y ALTA TENSIÓN colocadas a intervalos regulares. Al otro lado podía ver el contorno sombrío de varios edificios en ruinas.

—Mira esos dos cables gruesos —murmuró Watts—. Están unidos con aislantes. La valla está electrificada.

Skip asintió.

—No me sorprendería que también hubiera alarma.

—¿Cómo vamos a entrar? —dijo Corrie.

—Buena pregunta —respondió Watts.

Se quedaron mirando un rato la valla. Aunque pudieran saltarla sin electrocutarse, cosa que parecía imposible, Skip tenía razón: probablemente se dispararía la alarma. Cuando pasaran al otro lado, les darían caza enseguida.

—A lo mejor podemos provocar un cortocircuito —aventuró Skip.

—Eso haría saltar las alarmas aún más rápido —dijo Watts.

Mientras hablaban, Corrie oyó el ululato grave de un búho y, de repente, hubo un chasquido y un destello de luz unos seis metros por encima de la valla.

Se agacharon a escuchar.

—¿Qué coño ha sido eso? —susurró Skip—. ¿Un búho se acaba de electrocutar?

Watts les hizo un gesto para que avanzaran a lo largo de la valla en dirección al fogonazo. Luego se arrodilló para inspeccionar el suelo en busca de un pájaro, pero negó con la cabeza, incapaz de apreciar qué podía haberlo causado.

—Caminemos un poco más por si hay algún punto débil en la valla —susurró.

Iniciaron el recorrido en fila india, escudriñando el perímetro, pero no había ninguna vía de entrada. Watts se detenía periódicamente a estudiar el terreno.

—¿Qué vamos a hacer? —preguntó Skip al fin.

Watts negó con la cabeza.

—Estoy perplejo.

Otro chasquido hendió la oscuridad y vieron un destello de luz cien metros más adelante.

—¿Crees que es una manada de animales? —preguntó Corrie.

—Si tenemos suerte, a lo mejor es un cortocircuito —respondió Skip—. Vamos a ver.

Continuaron hacia el norte. A aquella altura, la valla atravesaba varios afloramientos rocosos escarpados, lo cual los obligaba a caminar en fila india.

Watts se agachó de nuevo.

—No me jodas. —En el suelo había un palo humeante—. ¿Cómo ha ocurrido?

Skip también se agachó a mirar. De pronto, Corrie, que iba la última, notó que la agarraban por detrás. Un brazo le rodeó la garganta mientras un acero duro y frío se hundía en la sien y la obligaba a retroceder tras unas rocas.

Watts se levantó de un salto y sacó el arma, pero no disparó.

—Hace bien en pensárselo —dijo una voz—. Tire la pistola.

Era Lime. Debía de haber recuperado el arma del soldado muerto entre los restos del helicóptero.

Watts no se movió.

—No puede disparar y lo sabe. Extienda el brazo y tire la pistola ahora mismo o ella morirá.

Watts obedeció y Corrie notó que Lime le arrebataba el arma que llevaba en la funda. Empujándola hacia delante, salió de detrás de la roca y alejó de una patada la pistola de Watts.

—Tenemos un problema común: cómo cruzar esa valla —dijo—. ¿Verdad, Corrie? —añadió, dándole una pequeña sacudida.

—Váyase a la mierda.

—Se estaba convirtiendo en una buena gente. Por desgracia, en esta situación en particular, demasiado buena. Me di cuenta cuando la vimos registrar la casa de Morwood y descubrir algo que incluso a nosotros se nos había pasado por alto. Realmente lamento haberla perdido. En cambio, no puedo decir lo mismo de sus amigos. —Lime soltó una carcajada—. Sheriff, me dijeron que era usted un tirador de primera. Y antes me superó usted; ese truco psicológico nunca me había fallado. Pero es bastante triste que me dejara vencer. Y por cómo estrelló el helicóptero el señor Kelly, deduzco que muestra tendencias suicidas.

De repente empujó a Corrie al suelo. Sin dejar de apuntarles con el arma, rodeó a Skip.

—Si hace un solo movimiento, cumpliré su deseo de morir. —Agarró a Skip del antebrazo y se lo retorció detrás de la espalda para obligarlo a agacharse. Luego le puso la pistola en la oreja y le dijo a Corrie—: Puede levantarse. Las manos donde yo las vea.

Corrie se puso en pie con cautela, mostrando las manos.

Lime continuó:

—Tengo una solución para nuestro problema, una manera de entrar y alertar rápidamente a la base de su presencia. Elwyn Kelly nos ayudará, ¿verdad, Elwyn? —Lime lo empujó hacia la valla, todavía apuntándole a la oreja—. Esa valla tiene seis mil voltios a once amperios, más que una silla eléctrica. Una vez vi a un ciervo chocar contra ella. Menudo espectáculo.

Empujó de nuevo a Skip. Corrie podía oír el zumbido de los cables y oler la electricidad en el aire y, repentinamente horrorizada, se dio cuenta de lo que planeaba hacer Lime. Se preparó mientras este obligaba a Skip a volverse hacia la valla, utilizándose a sí mismo como pivote. Pero Skip se giró justo cuando Lime lo empujaba, y en ese momento Corrie se abalanzó sobre su captor como un defensa de rugby. El golpe impulsó a Lime más allá de Skip, y su propia inercia se volvió en su contra cuando este logró zafarse de él. La pistola se disparó al salir volando mientras Lime giraba hacia atrás y gruñía en un esfuerzo por recuperar el equilibrio, pero solo consiguió golpear de lleno la valla con la parte posterior de su cuerpo, desde la cabeza hasta el muslo.

Hubo un gran estallido de luz y sonido. Lime gritó una sola vez mientras se elevaban hacia el cielo nocturno chispas centelleantes como las brasas de una hoguera. La piel de Lime empezó a chamuscarse, emitiendo un sonido como de carne cruda asada en grasa caliente, y se le incendiaron la ropa y el pelo. Los cables estallaron y se vaporizaron a su alrededor, moviéndose en sincronía con su silueta retorcida. Se le pusieron los ojos de color carmesí, se le hincharon grotescamente y estallaron uno tras otro.

Y entonces todo quedó en silencio, salvo por el crepitar de la maleza, que soltaba humo a causa de un pequeño incendio desatado por la lluvia de chispas. Los alambres quedaron colgando, inutilizados. Los restos humeantes de Lime estaban pegados a la valla, ahora inclinada hacia dentro, con el alambre de púas parcialmente fundido y cayendo a un lado.

Por un momento nadie se movió, y Corrie se quedó mirando con horrorizada fascinación.

—¡Eh! —dijo Skip rompiendo el hechizo—. El circuito está roto, podemos entrar. ¡Rápido!

Pasó por encima del cadáver, que, pegado a la valla, rebotó como un resorte por el impacto de sus pies. Skip apartó el alambre derretido, se agachó y pasó por debajo.

—¡Deprisa! ¡Llegarán en cualquier momento!

Corrie recogió su pistola y cruzó el puente improvisado, que empezaba a oler a filete demasiado hecho, y pasó por debajo de la valla. Watts la siguió.

—¡A las ruinas! —dijo Skip.

Entraron corriendo en una especie de dormitorio, con esqueletos de camas dispuestos en hileras fantasmagóricas, y se refugiaron en un pequeño anexo situado al fondo que tenía una ventana rota que daba al norte.

—Joder —dijo Watts—, ¿habíais ensayado ese movimiento de artes marciales o qué?

—Pura suerte —dijo Corrie, que se volvió hacia Skip—. ¿Por qué te ha llamado Elwyn?

—Olvídalo.

Hicieron un alto para recobrar el aliento. Segundos después, Corrie oyó una vibración grave. Al asomarse a la ventana, vieron una forma rectangular elevándose desde lo que parecía el interior de una colina igual a las demás.

—¿Habéis visto eso? —susurró Skip—. Es una puerta incrustada en la ladera de la colina.

Aparecieron luces en el portal, y luego dos todoterrenos circulando a gran velocidad con los faros encendidos. Cruzaron el desierto en dirección a la valla, donde colgaba el cuerpo de Lime en medio de la maleza en llamas.

Los jeeps se detuvieron con un chirrido mientras Corrie y el resto permanecían ocultos en las sombras del edificio en ruinas.

—Dios mío —dijo un hombre uniformado al apearse, su voz nítida en el aire fresco de la noche.

Después bajaron los demás, armas en ristre.

—El cabrón intentó trepar —dijo otra voz.

—¿Qué cojones estaba haciendo aquí?

—A lo mejor iba en el helicóptero que se estrelló.

Se agolparon alrededor del cadáver calcinado.

—Mira si lleva identificación.

Corrie los vio apartar el cadáver de la valla e iluminarle el rostro con una linterna.

—¡Dios mío! —gritó el comandante—. ¡Es Lime!

318

—¿Qué coño hacía intentando trepar esa valla?

—Idiota.

—Clávale un tenedor. Ya está hecho.

Se oyeron conversaciones y mensajes por radio mientras debatían qué hacer. En cuestión de minutos cargaron el cadáver en la parte trasera de un jeep, volvieron a colgar los cables de alta tensión, arreglaron la valla y regresaron al portal de la colina, que se cerró lenta y silenciosamente tras ellos.

Todo quedó en silencio.

—Parece que estamos a salvo —dijo Corrie—. ¿Y ahora qué?

Fue Skip quien contestó.

—Vamos a buscar a mi hermana.

# 59

El hecho de que ni ella ni Watts se movieran en respuesta a la afirmación de Skip hizo comprender a Corrie que no tenían ningún plan. Eran tres personas contra una especie de base militar.

—No podemos derrotarlos a todos. ¿En eso estamos de acuerdo? —dijo Watts.

—No me iré sin Nora —respondió Skip en un tono desafiante.

—Por el amor de Dios —terció Corrie—, piensa en las opciones a las que nos enfrentamos aquí. No podemos quedarnos donde estamos, no podemos salir a buscar ayuda, y no tenemos ni camioneta ni equipo de radio. Ergo, Skip tiene razón. Entremos.

—¿Y qué hacemos? —preguntó Watts.

—Sopesar nuestras opciones. No sabemos qué hay ahí abajo, ni cuánta gente ni cuál es el nivel de vigilancia, pero es donde debemos ir. Ya trazaremos un plan.

—En otras palabras, del fuego a las brasas —dijo Watts—. A lo mejor el tal Lime tenía razón, Skip. Es un suicidio.

—Es la única opción —dijo Corrie con firmeza—. Solo estamos perdiendo el tiempo hablando de ello. Veamos cuánta munición tenemos. —Sacó la Glock 19 de Lime y expulsó el cargador—. Quince —añadió, tirando de la corredera.

—Yo tengo cuatro —dijo Watts.

—Es obvio que lo que sea que hay aquí está bajo tierra —comentó Skip—. Tiene que haber respiraderos o aberturas en alguna parte.

Salieron con sigilo de los barracones y se adentraron en aquel territorio. Corrie les hizo una señal con la mano para que se separaran. No había luna, pero el aire del desierto estaba tan despejado que la luz de las estrellas les brindaba iluminación suficiente. Al otro lado de los barracones había más ruinas y un patio de armas de hormigón agrietado que parecía un campo de escombros. Caminaron por las zonas más oscuras. El lugar estaba tan desolado que les costaba creer que hubiera alguien en varios kilómetros a la redonda, y más aún una base secreta bajo sus pies.

—Por aquí —susurró Skip de repente.

Al acercarse, Corrie y Watts encontraron a Skip junto a un viejo conducto corrugado tapado con una malla metálica corroída.

—Oled ese aire que sube.

Corrie se agachó. De abajo llegaba una corriente de aire limpio y fresco, con aroma a sistemas electrónicos calientes y, curiosamente, a patatas fritas.

—Esta es nuestra entrada —indicó Skip.

—¿Estás de broma? —dijo Watts, mirando fijamente las fauces negras—. No tienes ni idea de adónde va. Ni siquiera llevamos linterna. Podríamos quedarnos atorados.

—Puedo bajar a ver qué hay —respondió Skip.

—Eso requiere experiencia escalando chimeneas. —Corrie hizo una pausa—. Tú no conoces la técnica. Yo sí.

—Ah, no —dijo Watts—. Nadie va a bajar ahí. Buscaremos otra manera de entrar.

—No hay tiempo —repuso Corrie—. Voy a bajar.

—No —dijo Skip—. Lo haré yo. Es mi hermana.

—Por el amor de Dios, la primera en bajar debería ser la persona con experiencia en escalada.

Sin esperar más argumentos, Corrie tiró de la rejilla suelta y se balanceó sobre la abertura. Luego miró a su alrededor. A la luz de las estrellas, el ruinoso Resistol de Watts se antojaba totalmente ridículo; su silueta era un cruce entre el Pequeño Vagabundo y Chico Marx.

—Quítate el sombrero —dijo—. Si nos matan ahí abajo, querrás dejar un bonito cadáver.

—Este sombrero no va a ninguna parte hasta que consiga otro.

—Tú mismo.

Entonces inició el descenso, utilizando la superficie ondulada del conducto como punto de apoyo y pegando la espalda al lado opuesto. Más abajo, todo era negro como la noche, y no había absolutamente ninguna indicación de hasta dónde llegaba el tubo.

Bajó empleando una técnica clásica de contrafuerza, y pronto la envolvió la oscuridad. Mirando hacia arriba, pudo ver una estrella solitaria, lo cual la reconfortó. Pero incluso eso desapareció a medida que bajaba y, muy a su pesar, sintió que un terror primitivo empezaba a brotar de su interior. Estaba todo tan negro que comenzaron a cruzar su campo de visión remolinos y formas. ¿Tenía razón Watts y el conducto se estaba estrechando? Eso parecía, pero se convenció de que la sensación obedecía a su creciente pánico.

Se detuvo. ¿A qué profundidad estaba? Parecía que llevaba una eternidad bajando. Los músculos le temblaban a causa del esfuerzo y el corazón le latía con fuerza. Quería gritar, oír una voz tranquilizadora, pero no podía correr el riesgo de alertar a quienquiera que estuviese abajo. Si es que había alguien abajo. Dios, ¿y si el conducto no tenía salida y no se veía con fuerzas para subir? ¿Y si desembocaba en un horno? Intentó dominar el pánico y concentrarse en un movimiento cada vez.

Al descender, vio un débil resplandor más abajo. Su repentino alivio se vio rápidamente sustituido por la incertidumbre de lo que podía encontrar y quién podía estar allí.

Sintió que el túnel se bifurcaba formando una te horizontal, y entonces sus pies tocaron el fondo. Con gran alivio, se incorporó despacio y recuperó el aliento. La tenue luz entraba en el túnel desde la izquierda.

Se arrodilló y continuó avanzando. Tras recorrer una corta distancia, el túnel llegaba a una endeble rejilla de ventilación, empotrada en el techo de una gran sala sin luz repleta de servidores parpadeantes. Solo se oía el zumbido del aire acondicionado. La puerta más alejada de la sala estaba custodiada por un hombre con un rifle que comía patatas fritas sin prestar atención a nada.

Corrie retrocedió y subió unos metros por el conducto.

—Eh —dijo en voz baja—. Eh.

La voz distante de Watts descendió suavemente.

—Eh.

—Se puede entrar. Bajad. Apoyad los pies en un lado y la espalda y las manos en el otro. Mantened la tensión o caeréis. Y bajad en silencio, por el amor de Dios.

—Recibido. Estamos bajando.

# 60

El hangar era grande, incluso para el extenso complejo subterráneo. En las paredes reforzadas, Nora vio un fantástico despliegue de material: cámaras de vídeo, ordenadores, dispositivos de control y grabación, sensores y una serie de micrófonos Neumann de diafragma grande. El techo estaba repleto de cables, focos de estudio y docenas de pequeños artilugios de acero inoxidable que parecían aspersores industriales.

Pero fue lo que tenía delante, en el centro del enorme espacio, lo que le llamó la atención al instante.

Una especie de nave descansaba en un soporte de material negro opaco. En cuanto la vio, supo que no era de este mundo. Su persistente escepticismo se desvaneció al instante ante aquella prueba cautivadora e irrefutable. La superficie del objeto brillaba como mercurio líquido y parecía moverse bajo las luces, como si le hubieran aplicado tantas capas de laca que se asemejaba más a la superficie de una piscina límpida que a un casco. No sabía con exactitud de qué color era; en cierto modo le parecía de todos los colores, o incluso de un color desconocido. No era especialmente grande, más o menos del mismo tamaño que el módulo lunar Apolo. Pero su aspecto no podía ser más distinto del de aquella nave desgarbada. Esta tenía una forma elegante, fluida y orgánica, como un pájaro sin alas planeando en una central térmica. No tenía bordes afilados, ni marcas o insignias, ni ventanas, ni ojos de buey, ni salientes, excepto en el morro, donde se dis-

324

tinguía una especie de agujero ovalado, alrededor del cual el flujo metálico se convertía en algo más parecido a un pequeño remolino —le recordó a la Gran Mancha Roja de Júpiter— que ondulaba de manera inquietante con un color verde enfermizo. A cierta distancia había diversas barreras monolíticas o muros protectores de gran altura hechos de lo que parecía grafito y dispuestos en un patrón inclinado, como los bafles en un estudio de grabación. La nave espacial estaba rodeada de anillos pintados en el suelo: el exterior amarillo, el siguiente naranja y el último rojo. Entre los círculos había varias advertencias y números dibujados.

NAVE ESPACIAL. Aquellas palabras habían acudido a su mente de forma instintiva, inconsciente. Pero en los últimos sesenta segundos, toda la incertidumbre que le quedaba se había disipado. Era imposible para la ciencia humana construir, o incluso simular, un casco como aquel. A pesar de la gravedad de la situación —los soldados armados, la base subterránea hostil—, sintió un alivio inesperado al darse cuenta de que ya podía dejar de luchar. Podía dejar que todo su cinismo, sus dudas y su escepticismo científico desaparecieran como un peso indeseado para verse reemplazados por el asombro.

Sin pensarlo, dio un paso hacia la nave con una sensación de sobrecogimiento.

—Yo que usted no lo haría —dijo Rush.

Nora se detuvo.

—Parece inactiva, lo sé, pero su apariencia es engañosa. Durante nuestro reconocimiento inicial en 1947, esa cosa mató a veinticinco soldados. En la operación de salvamento posterior se cobró la vida de casi la mitad.

Nora escuchaba, incapaz de apartar los ojos de aquella nave de otro mundo.

—Solo pudimos traerla a Pershing, que era el lugar disponible más cercano, envolviéndola en escudos de grafito. Según hemos podido determinar, las propiedades reflectoras de los neutrones que posee el grafito ofrecían protección. Protección parcial, eso sí, y temporal; parece que ha adaptado su armamento para com-

325

pensarlo. A consecuencia de ello, no podíamos arriesgarnos a intentar trasladarla a otro sitio. Sin embargo, Pershing acabó adaptándose a nuestras necesidades: una base abandonada con túneles que podían ampliarse con facilidad, llena de residuos peligrosos y munición sin detonar. El acceso está terminantemente prohibido.

Pero Nora seguía mirando. Y entonces empezó a preguntarse si su mente le estaba jugando una mala pasada. Cuando entró por primera vez en el hangar, estaba segura de que la nave tenía un cuello largo y elegante, como el de un ganso o un cisne en pleno vuelo. Pero, al fijarse mejor, ese cuello ahora más bien le parecía un collar truncado. Sin embargo, ni la iluminación ni ningún otro efecto óptico de la sala se habían visto alterados.

—¿Acaba de cambiar de forma? —preguntó.

Rush suspiró, tal vez exasperado.

—Podemos comentar esos detalles más tarde. Lo más fácil sería que vea esto. Sígame, por favor.

Echó a andar por el retumbante hangar hacia una pequeña zona de observación situada cerca de una pared llena de material, detrás de un cercado de plexiglás. Al pasar, Nora vio la pequeña caja negra que contenía su reciente descubrimiento, colocada sobre una mesa de grafito y rodeada de barreras.

Rush les indicó que se sentaran frente al gran monitor de la sala de observación. Después tomó asiento junto a ellos y cogió un mando a distancia.

—Voy a enseñarles un breve resumen de los últimos setenta y cinco años —dijo—. No dura mucho, pero es importante demostrar la naturaleza del… dispositivo.

Cuando se encendió el monitor, empezó a reproducirse lo que parecía una vieja película en blanco y negro llena de arañazos, deformaciones y vibraciones. Aparecieron varios mensajes de advertencia anacrónicos del Ejército de Estados Unidos, el Departamento de Defensa y otras entidades, afirmando lo delicado que era el vídeo y ofreciendo una variedad de maldiciones contra cualquiera que intentase copiarlo o divulgar su contenido. Entonces apareció la palabra ALFA en una caja de texto y la escena

326

se desplazó a un escenario desértico: un lugar remoto con un cielo gris recortado contra un sol del mismo color. Casi de inmediato, Nora vio que se trataba del lugar de la excavación. La topografía había cambiado, pero era inconfundible. Pudo ver a unos soldados formando un cordón de seguridad con las armas preparadas. Varios todoterrenos militares de los años cuarenta, camiones para el transporte de tropas y ambulancias estaban aparcados en las inmediaciones. En el centro se hallaba la misma nave que ahora ocupaba aquella cámara subterránea. Parecía medio desenterrada —o tal vez fue allí donde aterrizó—, y la tierra que la rodeaba estaba salpicada de manchas grandes y oscuras.

—Estas imágenes se tomaron al día siguiente de localizar el artefacto —dijo Rush.

En la pantalla, dos soldados se acercaban cautelosamente a él. El que iba delante sostenía lo que parecía un dragaminas; el que lo seguía a corta distancia tenía una carabina preparada. Se aproximaron aún más. Salvo por la carabina, sus movimientos no eran manifiestamente amenazadores.

De repente apareció una luz brillante, tan brillante que la película perdió todo el contraste y la emulsión quedó totalmente expuesta. Durante varios segundos, la luz se fue extinguiendo. Cuando regresó el paisaje, los soldados habían desaparecido y había otras dos manchas oscuras junto a la nave.

—Así nos recibieron —comentó Rush—. Una y otra vez.

—Probablemente pensaron que iban armados —aventuró Tappan—. Y no se equivocaban.

Rush se rio con desgana.

—Se han realizado aproximaciones de todas las formas imaginables. A las mejores mentes se les ha encomendado la tarea de averiguar cómo comunicarse para demostrar nuestras buenas intenciones, pero solo hemos recibido violencia y muerte repentinas. —Señaló la nave con la cabeza—. Como he dicho, parece inactiva, pero encontrar un entorno para mantenerla así ha sido un trabajo de décadas, al precio de incontables millones de dólares y muchas, muchas vidas.

En aquel momento, la película cambió. Seguía siendo en blanco y negro, pero la orientación era diferente y la posición más lejana. Nora vio dos tanques acercándose a la nave, que ahora había sido desenterrada por completo y yacía de lado en una posición no muy distinta a la actual en la cámara subterránea. Ambos tanques se detuvieron a cierta distancia y dispararon varios proyectiles desde las torretas sin efectos perceptibles.

—Buenas intenciones, ¿eh? —dijo Tappan.

—Eso fue en 1947 —contestó Rush, como si eso lo explicara todo.

Al cabo de un momento, uno de los tanques se acercó. De nuevo se produjo un destello que anuló la exposición de la película.

—De todos modos —añadió Rush cuando el destello se hubo desvanecido—, los humanos no parecen contar con la tecnología necesaria para dañarlo. Ni siquiera para mirar en su interior. Ha repelido todos los esfuerzos. Nunca hemos sido capaces de extraer ninguna tecnología significativa del aparato.

La película avanzó en el tiempo. La proporción cambió y ahora era en color. Tenía el aspecto ligeramente borroso de una cinta de vídeo. La nave estaba en el hangar donde se encontraban sentados, pero se hallaba mucho más desnudo, con menos equipos y dispositivos de control. Científicos con batas blancas y personal de apoyo vestido con ropa de calle —de lo cual Nora dedujo que eran los años setenta— trabajaban afanosamente alrededor de la nave a una distancia prudencial. Mientras observaba, un estante con un miniordenador DEC conectado al equipo de medición descendía lentamente hacia el objeto mediante unos cables elevados. El vídeo ahora tenía sonido y pudo oír mensajes en varios idiomas diciéndole a la nave que no sufriría ningún daño y que el único objetivo era la comunicación. El miniordenador seguía bajando como una araña enorme utilizando sus hiladores. Momentos después, los destellos comenzaron de nuevo. Al parecer, esta vez habían colocado filtros en el objetivo de la cámara, y era posible diferenciar tres ráfagas de luz, pero nada más.

—Probamos todos los medios imaginables para enviarle señales —dijo Rush—. Todos los medios para estudiarlo, realizar ingeniería inversa, o incluso examinar su tecnología. Pero todos los intentos, por novedosos o avanzados que fueran, acababan en fracaso. Acercarse demasiado pone en marcha su armamento de forma inevitable.

—Es probable que sea un mecanismo de autodefensa —señaló Tappan.

Rush se lo quedó mirando.

—Ah, ¿sí? Si ese aparato es tan avanzado, ¿no cree que ya habría aprendido, que se habría adaptado, igual que sus armas se han adaptado al grafito? No, es implacablemente hostil. Mata o destruye cualquier cosa que se le acerque. Creemos que si no estuviera dañado —ya ha visto esa extraña muesca en el lateral—, sería mucho más mortífero. El planeta entero podría estar en peligro.

Una vez más, la película dio un salto en el tiempo. Ahora el hangar se parecía mucho más a su configuración actual. Nora observó durante unos cinco minutos cómo una serie de robots móviles se acercaban a la nave empleando diversas tácticas, seguidos de varios drones pequeños. Todos ellos tuvieron el final esperado.

—Lo hemos intentado todo, incluso con compuestos inertes —continuó Rush—. Gracias a mediciones remotas entendemos más o menos cómo funciona el arma, pero no hemos avanzado nada en cómo detenerla.

—¿Por qué no se pueden filmar a cámara lenta esos destellos y ver qué pasa? —preguntó Tappan.

—Ya lo hemos hecho. Parece que el arma analiza la composición atómica de lo que percibe como un objeto hostil y luego invierte su estructura.

—¿Invierte? ¿Cómo?

De nuevo, Rush suspiró con aire de frustración.

—Lleva a cabo una disyunción lógica sobre su estado natural, es decir, una disyunción lógica aplicada a la materia. La tecnolo-

329

gía está fuera de nuestra comprensión. —El monitor quedó en blanco al terminar la película y Rush se volvió hacia Nora y Tappan—. Esas preguntas que hacen son de una ignorancia lamentable. Ya las habíamos respondido antes de que ustedes nacieran. Puede que pronto tengan tiempo para examinar los miles de páginas de documentos de investigación, resultados de pruebas, teorías, notas de laboratorio y terabytes de datos que hemos acumulado. Ahora bien, dadas las circunstancias, he sido extraordinariamente paciente, sobre todo teniendo en cuenta todos los problemas que nos han causado. Lo que deben entender es simple. Todas nuestras líneas de análisis nos han llevado a la misma conclusión: esa nave es un arma perteneciente a una civilización alienígena con intención de destruir o conquistar. Como mínimo, es una nave de reconocimiento en busca de objetivos. Es tan peligrosa que esta base cuenta con un sistema de autodestrucción integrado para que la sonda, en caso de empezar a moverse de repente, no pueda atacar a la humanidad. —Los observó de nuevo a ambos—. Mírense. Están tan fascinados con el aparato que no se dan cuenta de lo que pasa. ¿Quién sabe cuándo aparecerá el siguiente, intacto y quizá aún más avanzado? Por eso Atropos ha convertido en su deber vital el frustrar los intentos de contactar con extraterrestres o llamar su atención. No podemos hacer nada contra la maldita radiación electromagnética que emana de la Tierra, al menos por ahora, pero hemos tomado otras medidas.

El coronel se levantó de la silla.

—Ya han visto las pruebas. Les he mostrado la historia y no me he guardado nada. Nos gusta colaborar con gente como ustedes: su experiencia, doctora Kelly, y su dinero y envergadura, señor Tappan. Los necesitamos. Estamos al tanto de su relación, por supuesto, y no hay motivo por el que no pueda continuar. Y bien, ¿colaborarán con la causa?

# 61

En virtud de su posición, Corrie tenía que ser la primera en salir del respiradero. No había manera de adelantarse unos a otros en un espacio tan estrecho. Eso significaba que debía ser ella quien eliminara al guardia.

Watts le tendió un cuchillo.

—Córtale la garganta —susurró—. Si no, hará ruido.

A Corrie se le revolvió el estómago. Nunca había matado a nadie; desde luego no de una forma tan despiadada.

Watts percibió su indecisión.

—Se necesita mucha más fuerza de la que crees. Si no seccionas todo el cartílago en el primer corte, aún podría gritar.

El guardia se había terminado las patatas fritas y ahora estaba encorvado, pasando el rato. Era sorprendentemente mayor. Debía de rondar los cincuenta años y era un incompetente.

—No puedo hacerlo —susurró Corrie.

—No tenemos elección. Por lo que sabemos, hicieron saltar por los aires a todos los miembros del campamento.

Corrie tragó saliva.

—Aun así no puedo.

Al cabo de un momento, Watts susurró:

—Lo respeto.

Entonces Corrie lo oyó golpear con fuerza el lateral de la tubería.

Ella esperó, conteniendo la respiración. El soldado se dio la vuelta y echó un vistazo a la habitación. Miró primero a un lado y luego al otro. Después entró y pulsó un interruptor para encender las luces. Miró a su alrededor, hizo un recorrido superficial y, al no ver nada raro, volvió a la puerta y apagó las luces.

Justo detrás de ella, Watts golpeó de nuevo el conducto dos veces y con más fuerza que antes. Corrie notaba su aliento en el cuello.

El guardia levantó la cabeza. Ahora estaba en alerta máxima. Encendió las luces otra vez y se acercó poco a poco mirando a su alrededor. No miró hacia arriba. Pasó de largo y se detuvo, y entonces alzó la vista.

Corrie no se atrevía a moverse. Podía ver entre las estrechas rejillas. Desde abajo, los ojos del guardia estaban clavados en el conducto de ventilación. Se acercó entrecerrando los ojos y empuñó el rifle. Su expresión era más de sospecha que de certeza. Dio otro paso, escudriñando el techo más allá de la rejilla de ventilación.

Corrie notó que Watts le tocaba el hombro.

—Tápate los oídos.

Lo hizo.

—¡Aquí arriba! —gritó Watts.

Al darse la vuelta, el soldado puso cara de sorpresa y temor, sus ojos clavados de nuevo en la rejilla de ventilación. Levantó el arma.

Watts disparó a través de la rejilla. La cabeza del soldado retrocedió, escupiendo un chorro de sangre y materia, y el arma cayó al suelo.

—Vamos —dijo Watts.

Corrie abrió de una patada el conducto de ventilación y saltó, seguida por Watts y Skip. El soldado yacía grotescamente en un charco de sangre cada vez más grande.

—Nos enfrentaremos a ellos parapetándonos en estos ordenadores —dijo Watts—. Encantado de haberos conocido.

Corrieron hacia las hileras de servidores y esperaron la respuesta. Pasaron los segundos, y luego los minutos.

332

—No lo entiendo —dijo Watts—. Parece que no viene nadie.

Dejaron pasar otro minuto.

—Seguro que andan ocupados con otras cosas —añadió Skip—. A lo mejor nos están buscando fuera.

Se acercaron con sigilo a la puerta en la que yacía el soldado. Skip dudó un segundo y luego se agachó, cogió el arma y la limpió en el uniforme del muerto. Vio que era idéntica a la suya y a la de Lime: el arma estándar de los militares y las fuerzas del orden.

Al otro lado del umbral se extendía un amplio pasillo de unos treinta metros, hecho de bloques de hormigón pintados de amarillo y verde. No había cámaras de seguridad, guardias ni puertas.

Watts salió el primero, caminando en silencio y comunicándose mediante señas mientras Corrie cubría la retaguardia. En el primer recodo, Watts se detuvo, echó un vistazo y les hizo un gesto para que avanzaran.

El siguiente pasillo estaba bordeado de puertas con letras. Los pasillos se bifurcaban una y otra vez: más puertas con letras, más habitaciones desconocidas, pero ninguna persona. Aquel lugar era enorme y, aunque todo parecía limpio y bien cuidado, estaba extrañamente desierto.

Watts hizo un alto y se tocó la oreja.

Al escuchar, Corrie pudo oír sonidos al límite de lo audible. Había gente más adelante.

—Es increíble que no haya circuito cerrado de televisión —susurró Skip.

—Quizá piensan que es tan seguro que no lo necesitan —respondió Watts.

El pasillo terminaba en un cruce, y ante ellos había una serie de puertas de acero ligeramente entreabiertas con ventanas de ojo de buey. Con cautela, Corrie se asomó a la rendija y vio una sala grande que recordaba al vestíbulo de un hospital: muy iluminada y estéril, con habitaciones a ambos lados, una de las cuales parecía una cocina. Entonces distinguió a las primeras personas que veía desde el guardia: una mujer uniformada y un

333

hombre que llevaba una bandeja con comida. Cruzaron el vestíbulo y se acercaron a una habitación. Cuando abrieron la puerta, Corrie oyó por un instante la voz irritada de una mujer.

—Dios, es Cecilia —dijo Skip, volviéndose hacia Corrie—. Cecilia Toth, la ingeniera.

—Parece que está herida —respondió Corrie.

Las dos figuras volvieron a salir, cerraron la puerta y desaparecieron por un recodo del pasillo. Todo quedó en silencio.

—Cecilia tendrá información —dijo Skip—. Información que necesitamos.

Franquearon las puertas en silencio y entraron en la habitación. Cecilia estaba encadenada a la estructura de la cama, con la pierna vendada. Watts pidió silencio mientras ella se levantaba, luchando contra los grilletes.

—¿Dónde está Nora? —le preguntó Skip con apremio—. ¿Qué es este lugar?

—Se llevaron a Nora y a Tappan —repuso Toth—. Poco después de salir del parque móvil.

—¿Dónde?

—No lo sé. A la derecha, pasando esas puertas dobles por las que acabáis de entrar.

—¿Qué te ha ocurrido? —preguntó Corrie.

—Esos cabrones mataron a Emilio. Me alcanzó una bala perdida.

—Vamos a sacarte de aquí —dijo Corrie—. ¿Puedes caminar?

—Lo dudo. No me han dado analgésicos. Me duele mucho cuando me muevo.

—¿Dónde está el parque móvil?

—A la izquierda, siguiendo el pasillo que hay más allá de las puertas. Hay una plataforma para helicópteros al lado. Seguid recto.

—¿Dónde está todo el mundo?

—No lo sé.

—Volveremos a buscarte —insistió Corrie—. Quédate tranquila.

334

Cuando regresaron al vestíbulo y doblaron a la izquierda una vez rebasadas las puertas, Corrie se dio cuenta que estaban adentrándose en una zona más poblada de las instalaciones. En varios momentos tuvieron que esconderse en almacenes o laboratorios abandonados para esquivar a los soldados. En otra ocasión vieron un vehículo eléctrico —un jeep blindado y descapotado— recorriendo el pasillo.

—Vamos a hacernos con uno de esos —dijo Skip—. Les pegamos un tiro a esos hijos de puta y nos lo llevamos.

—Por si no te habías dado cuenta —repuso Corrie—, tienen cristales y carrocería antibalas. No te vas a cargar a nadie que vaya montado en uno de esos.

—Entonces robemos uno en el parque móvil.

Confiando en que los llevarían al aparcamiento, siguieron las tenues huellas de neumático que ahora surcaban el suelo de cemento. Mientras avanzaban por el interminable pasillo, Corrie oyó voces y actividad. Más adelante vieron que el pasillo se abría a un gran espacio, una rampa que subía por un lateral hasta una serie de puertas de acero de gran altura. Mientras Corrie observaba, las puertas se abrieron, plegándose sobre sí mismas con un ruido sordo.

Por la última puerta del pasillo accedieron a lo que parecía un laboratorio médico abandonado, pero no antes de que Corrie viera mejor la cavernosa sala que había más adelante. Había varios vehículos custodiados por guardias que parecían mucho más alerta que el incompetente de la sala de servidores. Tal como señaló Toth, también había un helicóptero, que se erguía silencioso y oscuro sobre una plataforma de acero. Intuyó que la rampa del otro lado debía de llevar al portal que habían visto en la ladera de una pequeña colina. Sin duda era una salida.

—Solo veo dos guardias —comentó Watts—. Podemos con esos cabrones.

—Puede que haya más al otro lado —dijo Corrie—. Es un espacio grande.

—Mierda —murmuró Watts.

Skip dudó.

—Eres mucho mejor tirador que yo —le dijo a Watts—. Quizá deberíamos intercambiar armas. Esta tiene dieciséis balas.

Watts frunció el ceño.

—Este Peacemaker era de mi abuelo. —Sacó el revólver y lo sostuvo en alto—. El retroceso es peor que una coz y cuesta apuntar.

—Mira, igualmente soy pésimo disparando. Lo único que importa es que haga mucho ruido. Tienes el quíntuple de balas en esa Glock, y probablemente las necesites todas.

Watts entregó a Skip el Peacemaker y aceptó la Glock, que se metió en el cinturón.

—Ojalá pudiéramos cambiar las tornas de alguna manera.

Corrie miró a su alrededor. Era obvio que el laboratorio médico en el que se encontraban no se utilizaba desde hacía tiempo. Las paredes estaban repletas de frascos y recipientes. Una vieja mesa de esteatita negra recorría la pared del fondo, flanqueada por campanas extractoras. Era como el resto de la base: limpio y ordenado, pero en desuso.

En la penumbra se acercó con sigilo y empezó a examinar las botellas, entrecerrando los ojos para leer las etiquetas.

—¿Qué buscas? —preguntó Watts.

—Esto. —Cogió una botella grande de un estante—. Lo que hay en todos los laboratorios del país: etanol.

Skip sonrió de repente.

—A eso me refería. ¿Quién tiene un mechero?

Watts sacó uno del bolsillo y se lo tendió a Skip.

Apresuradamente, cogieron media docena de botellas más pequeñas, vaciaron el contenido, las rellenaron con etanol e introdujeron gasas enrolladas en el cuello. Mientras trabajaban con rapidez y sigilo, el penetrante olor a alcohol puro inundó la habitación.

—Skip, tú te encargarás del cóctel molotov —dijo Corrie—. Provoca toda la sorpresa y confusión que puedas. A poder ser, alcanza al helicóptero para que no puedan seguirnos cuando es-

336

capemos. Dispara de vez en cuando ese cacharro para infundir a todos el temor a Dios. El sheriff y yo entraremos disparando por ambos flancos.

—Entrar en tromba sigue siendo un suicidio —insistió Watts—. Solo que quizá no sea una muerte tan segura.

# 62

Rush salió de la zona de observación.

—Acompáñenme.

Nora y Tappan se levantaron para seguirlo.

El hombre se detuvo a cierta distancia de la nave y, dando media vuelta, se cruzó de brazos a la espera de una respuesta.

Hubo un breve e incómodo silencio.

—Coronel —dijo Tappan—, es usted un reclutador convincente. No cabe duda de que ya ha representado antes esta pequeña pantomima. Probablemente me vendría bien en el departamento de recursos humanos de Icarus Space Systems. Pero ¿cómo puedo...? —En ese instante se acercó más a Nora—. ¿Cómo podemos saber que no nos está sonsacando información y, cuando hayamos terminado, nos ejecutará?

Nora se alegró de que Tappan se hubiera acercado. El hecho de que Atropos conociera su relación —lo cual no era de extrañar, bien mirado—, significaba que para asegurarse la cooperación de uno, Atropos tendría que mantenerlos con vida a los dos. Aun así se preguntaba si Tappan no estaría excediéndose un poco. Continuaba sin saber lo que pensaba realmente, si estaba siendo sincero o si le estaba siguiendo la corriente. La verdad era que, a pesar de su conexión, no lo conocía muy bien.

—Coronel Rush —intervino Nora—, dice que no se ha guardado nada. Bien, yo le seré igual de franca. ¿Hicieron saltar por los aires el campamento?

338

—No, no lo hicimos. Simplemente destruimos todos sus datos y material. La gente está bien.

—Aunque es obvio que ha matado a otros inocentes, como Emilio Vigil.

—Fue la desafortunada consecuencia del fervor excesivo de un soldado. Sin embargo, tiene razón: hemos matado. Por una causa.

Rush esperó.

—Si el destino de la Tierra está en juego, podría tener justificación. Pero las películas que nos ha mostrado, la historia que ha citado… —Dejó la frase a medias y señaló la nave—. Eso parece contradecirlo todo. No ha hecho nada en nuestra presencia. Y el objeto que acabamos de desenterrar no atacó a nadie. ¿Cómo sabemos que esas películas no fueron manipuladas? No sé si me creo su conclusión de que el dispositivo quiere destruirnos. A lo mejor fue concebido para ser benevolente.

—¡Benevolente! —repitió Rush con una mezcla de sorpresa y sorna.

Con un gesto, pidió a uno de los guardias que se acercara y le habló un momento en voz baja. El hombre saludó, volvió a la entrada del hangar y cogió un micrófono de un soporte de pared. Al cabo de unos diez segundos, lo dejó de nuevo en su sitio.

Entretanto, Rush caminaba de un lado a otro con la actitud de un hombre al que se le habían agotado la paciencia y el tiempo. Mientras Nora miraba al coronel y después a Tappan, se abrió la puerta del hangar y entró un soldado con una especie de jaula en la mano. Se la entregó a Rush, saludó y salió. Los guardias permanecieron en sus puestos junto a la puerta del hangar, que seguía abierta.

Rush se volvió hacia sus prisioneros.

—Vengan conmigo.

Luego fue en línea recta hacia la nave alienígena.

Nora y Tappan lo siguieron. El coronel caminaba tan deprisa que Nora no pudo evitar la sensación de que sus pasos se ralentizaban.

Rush bordeó el anillo exterior de los círculos concéntricos, el de color amarillo, se detuvo de inmediato antes del naranja y volvió la cabeza. Cuando vio que Nora y Tappan se habían quedado atrás, soltó un resoplido.

—¿Qué les preocupa? —preguntó en un tono ácido—. Hemos aprendido por las malas hasta dónde podemos acercarnos.

Puso la jaula en el suelo, la abrió, sacó algo y volvió a erguirse. Nora vio que en la mano tenía una rata de laboratorio con la cabeza negra y el cuerpo blanco. Como la mayoría de los animales de ese tipo, parecía mansa por naturaleza, sin inmutarse en aquel entorno desconocido. Miraba a su alrededor con unos ojos negros y brillantes, y movía los bigotes mientras su pequeña nariz rosada olfateaba el aire y una repugnante cola erizada se enroscaba en la muñeca del coronel para mantener el equilibrio.

—¡Deprisa! —les espetó a Nora y Tappan—. Vengan aquí. —Cuando se unieron a él a regañadientes, señaló los círculos pintados en el suelo—. A lo largo de años de dolorosas pruebas, hemos aprendido que, mientras no hagamos ningún movimiento amenazador, estaremos a salvo a este lado de la línea naranja. —Hizo una pausa—. ¿O prefiere avanzar más, doctora Kelly? ¿Tocarla, quizá? ¿Por qué no? A fin de cuentas fue usted quien utilizó el término «benevolente». —La miró, arqueando una ceja—. ¿No? Muy bien. Quiero que recuerden una cosa: ha sido su naturaleza desconfiada la que ha convertido esto en algo necesario.

Con la mano que le quedaba libre, acarició un momento a la gran rata.

—Por mi experiencia, estos pobres animales viven poco: dos años, puede que tres. Parece que siempre desarrollan tumores. A veces me pregunto si se han criado tantas generaciones para experimentos que el cáncer ha pasado a formar parte de su estructura genética.

Siguió acariciando a la rata un momento, casi pensativo. La rascó detrás de las orejas, finas como papel de seda y con venas

340

pequeñas como las de una hoja joven. Entonces levantó el brazo y la arrojó hacia la nave.

Sorprendida, Nora observó cómo el roedor, igualmente sorprendido, describía una parábola, con las patas extendidas y la cola moviéndose en círculos, y empezaba a descender hacia la nave alienígena. Y entonces, el pelaje empezó a brillar, parpadeando con colores antinaturales. Cuando el brillo resultó cegador, la piel del animal se volvió transparente y Nora pudo ver los músculos, los órganos y la estructura del esqueleto. Un sonido que recordaba al chirrido de un violín hendió el aire. Instintivamente, Nora se dio la vuelta para protegerse del resplandor alienígena. Y, de súbito, cesaron la luz y el ruido, seguidos únicamente por el débil sonido del líquido chocando contra el hormigón.

Se dio la vuelta. Todo estaba como antes, pero ahora había una pequeña salpicadura de color indeterminado en el suelo, justo dentro del anillo rojo oscuro. A su lado, Tappan se quedó mirando atónito. Rush los observó a ambos y negó con la cabeza en un gesto rayano en la tristeza.

—Me insistieron en que explicara cómo puede invertir la nave una estructura molecular —dijo—. Por supuesto, eso fue antes de que hablara usted de su benevolencia. Aquí tienen su ejemplo. El arma escanea una forma que se aproxima, determina su composición y, acto seguido, disgrega los átomos que componen su estructura. En este caso, simplemente ha desnaturalizado las proteínas animales de la rata de laboratorio; ahora muerta, por desgracia. La criatura se ha desintegrado a nivel molecular, como les ocurrió a muchos de nuestros soldados hace décadas, dejando tras de sí una sopa de carbono, hidrógeno, oxígeno, agua, aminoácidos y sales.

Rush asintió a los guardias, que se adelantaron con las metralletas en el pecho.

—Ambos han recibido una explicación completa de la malignidad del alienígena. Y una demostración. —Retrocedió para salir del anillo de círculos concéntricos—. Necesito una respuesta, y la necesito ahora.

341

Tappan adoptó una expresión que Nora no había visto antes, como si acabaran de asestarle un puñetazo en la barriga. Tras un rato, respiró entrecortadamente. Miró a Nora y después a Rush.

—De acuerdo, me ha convencido —dijo humillado—. Acepto.

# 63

Volvieron al pasillo y doblaron la esquina que conducía al parque móvil. Delante había una hilera de todoterrenos descapotables, junto con los dos guardias que Corrie ya había visto. Al otro lado del helicóptero, situado en la plataforma elevadora, distinguió a otros dos guardias con fusiles al hombro. También pudo ver a un par de mecánicos trabajando detrás de un jeep y a una persona con uniforme de oficial hablando con uno de los guardias. Puede que no estuvieran en alerta máxima, pero despertarían rápido.

Corrie notó que le caía el sudor por la frente. A lo mejor Watts tenía razón: era un suicidio. Aunque contaban con la ventaja del factor sorpresa, se enfrentaban a profesionales entrenados. No solo eso, sino que estaban en inferioridad numérica y con munición limitada, y en el momento en que empezaran a disparar, sería como hacer sonar la campanilla de la cena para todo el...

Sus pensamientos se vieron interrumpidos por Watts, que se había situado junto a ella y adoptó una posición de tiro. Ya no quedaba tiempo para pensar. Ella hizo lo mismo y levantaron sus armas de forma simultánea.

—A la de tres —susurró Watts—. ¡Uno, dos, tres!

Ambos se levantaron y abrieron fuego. Watts efectuó cuatro disparos en rápida sucesión, y derribó enseguida a tres guardias. Corrie se centró en el oficial, al cual alcanzó e hizo caer.

343

Con un grito espeluznante, atacaron, con Corrie y Watts flanqueando a Skip. Corrie siguió disparando de manera constante y mesurada, como le habían enseñado en innumerables ejercicios con fuego real en Quantico. Todos los guardias que no habían sido abatidos se habían puesto a cubierto de inmediato. En el breve lapso transcurrido antes de que los soldados respondieran al ataque, Corrie y Watts corrieron hacia el vehículo más cercano mientras Skip lanzaba cócteles molotov contra el helicóptero. Se oyó un ruido de cristales quebrándose y un silbido: las llamas azules se extendieron como un flambeado alrededor del helicóptero, lamiendo los laterales y sembrando el pánico al instante.

Cuando llegaron al todoterreno, Corrie, que estaba más cerca, saltó al asiento del conductor, profundamente aliviada al ver una llave en el contacto. La giró mientras Watts aterrizaba en el asiento del copiloto. Una ráfaga tachonó el vehículo, golpeando el cristal y martilleando los laterales blindados, y se agacharon para mantener la cabeza por debajo del cristal. Aparecieron más soldados al otro lado del helicóptero, frenados temporalmente por las llamas.

Agachando todavía la cabeza, Corrie puso la marcha atrás y pisó el acelerador. El vehículo arrancó con un chirrido de neumáticos. Luego se dirigió hacia Skip, que estaba lanzando el último cóctel molotov, y pisó el freno; los disparos eran ensordecedores en aquel espacio cerrado y golpeaban los laterales del jeep. Skip saltó a la parte de atrás y Corrie aceleró a fondo, con los neumáticos chirriando y la parte trasera del jeep dando coletazos mientras las balas golpeaban los laterales blindados. Salió a toda velocidad del aparcamiento hacia el largo pasillo, en la dirección por la que habían venido.

—¡Joder! —gritó Watts cuando se desviaron hacia el pasillo.

Corrie frenó bruscamente y chocaron contra la pared, lo cual hizo que el vehículo rebotara y empezara a dar bandazos. Intentando no pensar en todos los soldados que había visto entrar en el parque móvil, Corrie se concentró en los días que pasó practicando el derrape en la pista de conducción de alto rendimiento de Quantico.

Al fondo del pasillo, los soldados se habían agrupado para bloquearles el paso al tiempo que apuntaban con sus armas.

No tenía más remedio que ir directa hacia ellos. Acelerando, Corrie salió disparada por el pasillo mientras las balas golpeaban el parabrisas delantero, convirtiéndolo en una telaraña de grietas que hacía imposible ver a través de él. Corrie se vio obligada a levantar la cabeza y exponerse. El fuego era ensordecedor en aquel pasillo cerrado y podía sentir el chasquido de las balas al pasar junto a su cabeza; cuando lo oyes una vez, no lo olvidas nunca. Algunos soldados disparaban a baja altura, pero, hasta el momento, los neumáticos antibalas del todoterreno estaban soportando el castigo.

—¡Aaah! —gritó Corrie cuando el vehículo se acercó y los tiradores empezaron a saltar a ambos lados mientras se abría paso.

El jeep golpeó a uno y lo lanzó contra la pared. Mantuvo el pie en el acelerador. Al cabo de un instante empezaron a recibir disparos desde atrás que, de nuevo, fueron contenidos por el cristal.

—¡Toth está ahí delante! —gritó Skip.

Corrie mantuvo el rumbo, chocó contra una pared y estuvo a punto de perder el control. Entonces aminoró la marcha, se deslizó sobre el resbaladizo suelo de hormigón y rebotó una vez más contra la pared antes de recuperar el control del vehículo.

—¡Por aquí! —gritó Skip.

Atravesaron las puertas dobles del vestíbulo médico y se detuvieron frente a la puerta de Toth. El pasillo era estrecho y Corrie apenas pudo evitar que el todoterreno siguiera avanzando hasta quedar encajado entre dos paredes. Watts se bajó del coche y entró corriendo en la habitación, disparó a las esposas sujetas a la barandilla de la cama y apareció al poco con la ingeniera a cuestas. La arrojó sin contemplaciones al asiento del acompañante mientras ella gritaba de dolor y se montó en la parte trasera.

—¡Ahora vamos a por mi hermana! —gritó Skip—. ¿Dónde se los llevaron?

—Por esas puertas y después a la derecha —jadeó Toth.

Corrie volvió a franquear las puertas y avanzó a toda velocidad por el ancho pasillo, siguiendo las indicaciones de Toth. Pero, al tomar una curva, se encontraron cara a cara con un pelotón. Los soldados bajaron las armas y, tras recibir una orden, descargaron una andanada tan devastadora que acabó perforando el parabrisas, destrozándolo y esparciendo fragmentos de cristal por todas partes.

Aquello tenía que ser el final.

# 64

—¿Y tú, Nora? —preguntó Rush, volviéndose hacia ella.

Nora le devolvió la mirada, sin saber si Tappan era sincero o solo estaba ganando tiempo. Necesitaba saberlo.

—Yo no voy a participar.

—Es una verdadera lástima. Su compañero parece haber comprendido la situación; me sorprende que usted no haya hecho lo mismo. —Se giró hacia uno de los soldados—. Llévala de vuelta a la celda.

—Espere —dijo Tappan—. Nora, mira esa cosa. Piensa en lo que acaba de hacer.

—¿Y lo que hicimos nosotros? —Señaló la caja de grafito—. Encontramos eso y no nos mató.

—Esto es una pérdida de tiempo —terció Rush—. O está con nosotros, doctora Kelly, o no lo está. Y cuanto más dude, menos podré confiar en usted.

—Solo necesita más tiempo —le dijo Tappan—. Nos está pidiendo que asimilemos todo esto demasiado rápido. Si voy a unirme a ustedes y a invertir miles de millones en este proyecto, no puedo dar un salto tan grande yo solo. La necesitaré a ella. —Se la quedó mirando—. Nora, tienes que pensarlo bien.

—Quiero ver qué hay en la caja —respondió Nora, evitando mirar a los soldados—. Lo que encontramos pero nunca tuvimos la oportunidad de ver.

347

—El contenido de la caja es irrelevante para su decisión —respondió Rush.

—¿Para qué sirve?

—¿Y cómo vamos a saberlo? —dijo Rush con exasperación.

—Tráigamela —repuso Nora—. Yo… necesito verla. Quiero decidir por mí misma si es verdaderamente hostil.

—Eso es una distracción. Una atracción secundaria.

—Abra la caja o yo también estoy fuera —le advirtió Tappan.

Tras un silencio angustioso, Rush hizo un gesto a los dos soldados para que le llevaran la caja.

—Abridla —ordenó Rush cuando la depositaron en el suelo.

Un soldado se agachó y levantó la tapa.

Por un momento, Nora dudó. Luego dio un paso adelante y, al mirar dentro, vio un cubo de unos cinco centímetros de ancho. Parecía flotar por encima del fondo de la caja sin ningún medio de apoyo evidente. Pero no podía saberlo a ciencia cierta: los bordes estaban borrosos. Y ahora, dentro del cubo, podía distinguir una esfera de la que manaba una luz verdosa y fluía como el agua, creando florituras y remolinos. Mientras observaba, la esfera del interior del cubo empezó a girar, primero despacio y luego cada vez más deprisa, a medida que el resplandor se hacía más intenso y su tono cambiaba a verde amarillento y luego a un amarillo indescriptible, como de otro mundo.

Nora se arrodilló bruscamente y metió la mano en la caja.

—¿Qué está haciendo? —gritó Rush—. ¿Está loca? ¡Esa cosa podría matarla en cualquier momento!

Pero Nora, en un estado casi místico y trascendente, ahuecó las manos debajo del cubo. Sus años de incredulidad y displicencia académica habían dado paso, después de todo lo que había visto, a algo totalmente distinto, algo casi antagónico. Intentó coger el cubo, pero este se elevaba con sus manos, siempre unos centímetros por encima de ellas.

—¡Cerrad la caja! —ordenó Rush a los soldados.

Pero cuando levantó las manos, a la par que el artefacto extraterrestre, por encima de los confines de la caja, el cubo voló bruscamente hacia arriba, proyectando un destello de colores similar a una cáscara brillante, y salió disparado hacia la sonda. Al hacerlo, el remolino ovalado del casco —la zona dañada, una pequeña tormenta en una superficie por lo demás plácida— se abrió de golpe y el cubo entró. Al instante, el agujero volvió a cerrarse y desapareció en un remolino de color.

—¡Mierda! —gritó Rush retrocediendo—. ¿Qué ha hecho?

Agachándose de nuevo bajo el salpicadero, Corrie pisó a ciegas el pedal. Los gritos y llantos de sus compañeros y el ruido de las balas golpeando el vehículo eran ensordecedores. Los últimos cristales antibalas se hicieron añicos en el ataque. Mantuvo el pedal pisado a fondo, incapaz de ver hacia dónde se dirigía, pero manteniendo el volante lo más recto posible, hasta que de repente sintió un chasquido nauseabundo. Un instante después, el cuerpo de un soldado rebotó y rodó sobre el vehículo escupiendo un géiser de sangre. Pensando con rapidez, Watts se hizo con su arma y Skip empujó el cuerpo a la parte trasera. Pero el impacto hizo que el todoterreno se detuviera, y los soldados echaron a correr hacia ellos mientras Corrie intentaba ponerlo en marcha. Watts se levantó del asiento trasero y disparó una ráfaga justo cuando el motor volvía a rugir. Elevándose por encima del salpicadero, Corrie pisó el acelerador con un nuevo chirrido de neumáticos mientras los soldados restantes corrían tras ellos.

Llegaron a una intersección y chocaron contra la pared del fondo. Al final del nuevo pasillo había otra intersección, y en el centro Corrie pudo ver una puerta metálica abierta de par en par. Más allá había una bóveda enorme, sus paredes cubiertas de aparatos electrónicos, y en medio yacía un objeto extraño. Delante estaban Tappan, Nora y un hombre de uniforme, flanqueados por dos soldados. Al acelerar por el pasillo vio un destello verde y un rayo de luz. El objeto se iluminó en un intenso y alocado remolino de colores, seguido de una nota grave que hizo rechinar sus dientes y sacudió los cimientos subterráneos de la base.

El todoterreno avanzó a toda velocidad para aproximarse al hangar.

Nora se quedó paralizada ante aquella visión. La nota grave que sonó al cerrarse el iris era extrañamente pura y palpitante, casi humana. A medida que la sonda se iluminaba con colores deslumbrantes, la nota aumentó de tono, subiendo cada vez más hasta sobrepasar el rango de lo audible. La nave también parecía estar mutando una vez más, pero en esta ocasión el cambio era mucho más evidente: se estaba volviendo más grande, más redonda, con hoyuelos relucientes como joyas que aparecían y desaparecían en su superficie.

—¡Se está activando! —gritó Rush con la voz quebrada—. ¡Dios mío, se ha vuelto sensible!

Miró fijamente a Nora y a Tappan, y en ese instante, Nora vio miedo, desesperación y furia. Luego, Rush fue corriendo hacia la entrada. Por un momento pensó que estaba huyendo, pero entonces vio que se acercaba a algo montado en la pared del hangar.

—¡Señor, espere!

El brusco movimiento de Rush cogió a los guardias desprevenidos. De repente parecían alarmados, casi más por él que por la nave alienígena.

—¡Señor! —gritó uno de ellos—. ¡Espere! —Corrió a interceptar al coronel—. ¡Aún no!

Rush se dirigió a una palanca roja sujeta a la pared dentro de una jaula de alambre y con una gran señal de advertencia naranja encima. Extendiendo el brazo, tiró de la jaula protectora, arrancó un trozo de cinta adhesiva a rayas, apoyó un instante el dedo pulgar en un escáner y quitó una chaveta de la manivela de la palanca.

—¡No!

El soldado situado más cerca le dio alcance e intentó agarrarlo del brazo, pero Rush sacó su arma y le disparó en la cara.

—¡No lo haga! —gritó el otro soldado, dudando mientras su

compañero caía desplomado—. ¡Tenemos que seguir los protocolos!

—¡No hay tiempo! —respondió Rush.

Cuando el segundo soldado se disponía a levantar el rifle, el coronel tiró de la palanca.

Por un instante, todo quedó en silencio, salvo por el chirrido de neumáticos y los disparos lejanos. Entonces sonó una sirena y empezaron a parpadear unas luces rojas en el techo.

«Cinco minutos para omega», anunció una voz femenina y mecánica que emanaba de todas partes y de ninguna y que resonaba de forma atronadora en aquel espacio cerrado. «Evacuar ahora».

Un pequeño grupo de soldados corrió hacia la bóveda.

—¡Lo ha hecho! —gritó el que estaba empuñando su arma—. ¡Ha tirado de la palanca, joder!

—¡No puede hacer eso! —contestó uno—. ¡Sin la lista de control no!

—¿No lo entiendes? Ha utilizado el panel del comandante de la base... ¡Con una cuenta atrás abreviada!

Al oír eso, los soldados salieron corriendo y muchos abandonaron sus armas. Solo quedaba Rush. Las emociones encontradas se habían disipado y dejaron solo resignación. Vio que Nora y Tappan lo estaban mirando. De fondo, Nora oyó que los disparos se intensificaban en el exterior.

—Qué ironía, ¿no? —les dijo Rush—. Al final tenían un propósito al venir aquí. Simplemente no me di cuenta de cuál era. En todo momento supe que, hasta cierto punto, solo había una solución. Estaba demasiado ciego, o demasiado débil, para verlo. —Situado junto a la palanca, se enderezó el uniforme y adoptó una postura erguida—. Esta cosa era... es demasiado peligrosa para permanecer intacta. Hay que destruirla. Y ahora mi misión ha concluido.

«Cuatro minutos y cuarenta segundos para omega», dijo la voz atronadora. «Evacuar ahora».

Hubo una pausa y los tres —Tappan, Nora y el coronel— cruzaron miradas.

—No lo olviden —dijo Rush con la expresión estoica de un capitán que se hunde con su barco—: *Servandae vitae mendacium.*

Se oyeron más disparos en el vestíbulo y, a continuación, un jeep maltrecho y acribillado a balazos entró en la sala y se detuvo. Al volante iba Corrie, que se puso en pie.

—¡Subid! —gritó—. ¡Nos vamos de aquí!

# 65

Nora agarró a Tappan y lo empujó hacia el todoterreno. Luego se montó mientras él caía en el asiento trasero encima de Skip y Watts.

Corrie dio marcha atrás y, pisando el acelerador a fondo, asió el freno de mano y giró el volante al mismo tiempo para ejecutar un giro perfecto de ciento ochenta grados y volver por donde habían venido. Las fuerzas gravitatorias del giro le arrancaron el sombrero de cowboy a Watts, que intentó cogerlo, pero salió despedido hacia atrás. Las luces rojas parpadeaban a lo largo del pasillo y la voz apocalíptica les informó con una cadencia mesurada de que faltaban cuatro minutos para omega.

Numerosos soldados y miembros del personal corrían como posesos, la mayoría huyendo despavoridos, pero unos pocos seguían disparando al todoterreno mientras recorría los pasillos, ahora abarrotados.

—¡Nos persiguen! —gritó Watts.

Volviendo la cabeza —el espejo retrovisor había desaparecido hacía rato—, Corrie pudo ver otro jeep con dos soldados. Skip levantó el arma, pero Watts agarró el cañón.

—Todavía no.

El jeep les dio alcance e intentó embestirlos por detrás. Uno de los soldados se levantó para disparar, pero Watts le descerrajó una ráfaga corta y lo hizo caer de espaldas sobre el hormigón.

353

«Tres minutos para omega», anunció la voz con una calma surrealista.

El soldado que conducía el jeep se acercó por un costado y se empotró contra la parte trasera del vehículo, ya que la anchura del pasillo no permitía ejecutar una maniobra tan brusca. Corrie frenó un instante para que los neumáticos traseros mantuvieran la tracción y después aceleró de nuevo y salió con gran habilidad del derrape. Watts se levantó, apuntó y disparó al todoterreno, que se desvió, chocó con violencia contra un muro y rodó por el pasillo, dando tumbos y rebotando como una bola de pinball.

Volvieron a entrar en el parque móvil y, sin aminorar la marcha, se dirigieron a la rampa. El portal ya estaba abierto de par en par. Por todas partes, los soldados se apresuraban a subir a los todoterrenos o salían corriendo, desesperados por huir. Todo el extremo del hangar estaba ardiendo; el helicóptero, envuelto en llamas.

El todoterreno llegó a la rampa a toda velocidad, la suspensión rozó el suelo y escaparon a la brisa fresca de la noche, cogiendo aire un momento antes de caer al suelo y derrapar sobre la grava y la arena. Al intentar encender los faros, Corrie se dio cuenta de que los habían destrozado a tiros, pero mantuvo la velocidad por la ruta que habían seguido tan recientemente desde la puerta del perímetro, zigzagueando entre los soldados que huían. Watts empezó a disparar el arma automática de la que se había apropiado contra cualquier soldado que supusiera una amenaza, pero la mayoría corrían presa del pánico y no les prestaban atención. Skip disparó el Peacemaker con un rugido desgarrador, mientras Tappan, sacando la pistola de servicio de la funda de Corrie, devolvía las balas a los soldados lo bastante estúpidos como para dispararles.

Pero ahora, como si pretendieran garantizar la destrucción completa, se elevaron unas armas desde unos silos ocultos en el suelo, pequeños cañones que abrían fuego contra todo.

Corrie no dejaba de dar volantazos mientras los cañones disparaban a su paso, escupiendo miles de balas por minuto y des-

354

pedazando de forma indiscriminada a los soldados que trataban de escapar. Ahora, además de ese armamento, aparecieron municiones adicionales desde emplazamientos ocultos en el paisaje circundante, sus largos y malignos cañones descendiendo hasta unos pocos grados por encima de la superficie.

—¡Joder! —exclamó Tappan—. ¿Son de cuarenta milímetros?

—¡Por su aspecto, viejos Bofors! —gritó Watts—. ¡Probablemente defensa antiaérea adaptada para un despliegue automático!

—¿Crees que todavía funcionarán? —dijo Tappan.

Pero su pregunta obtuvo por respuesta el rugido de los cañones automáticos, que comenzaron a lanzar proyectiles a una velocidad infernal. A su alrededor, los soldados desaparecían en nubes rojizas de materia cuando los proyectiles blindados se estrellaban contra el suelo. Las ondas de choque y las cavitaciones provocadas por las explosiones estuvieron a punto de hacer perder el control a Corrie.

Los seguían dos jeeps, y uno se situó en paralelo. Al hacerlo, las ráfagas de cañón perforaron su blindaje como si fuera mantequilla y lanzaron el vehículo hacia un lateral, donde empezó a dar vueltas de campana.

Corrie volvió a virar bruscamente para esquivar otra línea de fuego que levantó una masa de tierra de seis metros a solo unos centímetros del vehículo.

Y entonces, con el chillido de una arpía, un proyectil de cuarenta milímetros atravesó oblicuamente el lateral del todoterreno y lo puso a dos ruedas. Corrie, momentáneamente ciega y sorda, mantuvo las manos en el volante y siguió acelerando a fondo. Pasó un segundo antes de que las otras dos ruedas volvieran a tocar suelo y empezó a recuperar la visión. En el resplandor del incendio vio horrorizada que el asiento del copiloto —y su ocupante, Cecilia Toth— había desaparecido. Donde antes estaba la puerta solo había un círculo de metal perforado.

Instintivamente, Corrie levantó el pie del acelerador.

—¡Sigue! —gritó Tappan, inclinándose hacia delante con la cara cubierta de sangre—. ¡Se ha ido!

La puerta, situada más adelante, se estaba cerrando. Corrie aceleró una vez más y la golpeó. El impacto arrancó la parte izquierda y la lanzó a la oscuridad. El frontal del vehículo se dobló hacia un lado, pero la agente recuperó el control con determinación.

El jeep bajó a toda velocidad por el arroyo, dando bandazos en la arena hasta que empezó a ganar adherencia. El vehículo que llevaban detrás golpeó la mitad derecha de la puerta justo cuando se estaba electrificando. El sonido que emitió parecía un monstruoso exterminador de insectos y, a continuación, una lluvia de chispas iluminó el cielo como si fuera un relámpago.

Corrie siguió descendiendo por el arroyo, poseída por el solo propósito de alejarse lo más posible de la base antes de la explosión principal. Y entonces ocurrió: el cielo nocturno que se alzaba a su espalda se iluminó con un estallido tan brillante como el amanecer, seguido de una ondulante serie de estruendos que se aceleraron hasta convertirse en un único y gigantesco rugido. Volviendo la cabeza una vez más, Corrie vislumbró un espectáculo espeluznante. Todo el paisaje empezó a elevarse, fragmentado en una red de grietas blancas y doradas. Una montaña de fuego cada vez más brillante escalaba en la noche como una erupción salida del mismísimo infierno, y entonces, una ráfaga de sobrepresión se abalanzó sobre ellos y derribó el vehículo lateralmente.

Los escombros en llamas comenzaron a caer a su alrededor como bombas mientras Corrie se recuperaba y seguía bajando a toda velocidad por el arroyo, zigzagueando entre los meteoritos. Minutos después estaban fuera de peligro.

Por fin detuvo el jeep. Agotados, miraron todos hacia atrás en dirección al hongo de fuego hirviente que se elevaba a un kilómetro de altura, teñido de púrpura y verde, la atmósfera reverberando con el trueno de las explosiones secundarias.

—El armagedón —murmuró Skip.

Pero lo que más impresionó a Corrie fue la expresión de Tappan. Le corrían lágrimas por las mejillas, relucientes bajo la luz reflejada.

—Nunca lo sabremos —dijo—. Ahora nunca lo sabremos.

# 66

*Tres meses después*

El elegante Boeing 737, cuyo único distintivo era una línea roja que recorría horizontalmente las ventanillas, se ladeó sobre el desierto e inició su aproximación final. La configuración del avión era inusual: no estaba dividido en primera clase y clase turista, sino que tenía veinte filas de asientos, dos a cada lado, colocados unos frente a otros en grupos de cuatro y con un pasillo en el centro. Solo había un auxiliar de vuelo, un hombre joven que, poco después de despegar en Alamogordo, sirvió a los pasajeros un refresco y desapareció. Nora se sentó junto a Skip, con Corrie junto a la ventanilla opuesta. Tappan se situó frente a Nora, al lado de un general que solo se había identificado como Greyburn. Llevaba ropa de camuflaje y dos estrellas negras bordadas en la parte delantera del uniforme.

Acurrucado en la moqueta a los pies de Skip estaba Mitty, con el pelo de la cola todavía chamuscado. De algún modo había logrado escapar del incendio en el campamento y lo encontraron más tarde los socorristas, asustado en un arroyo cercano. Cuando el general llegó a su casa para llevarlos a aquella misteriosa excursión, Skip se negó a dejar a Mitty, que según él padecía estrés postraumático. Esgrimió todo tipo de argumentos y súplicas estrambóticas, y finalmente consiguió que el dos estrellas cediera.

357

El general no les había contado nada, ni siquiera adónde se dirigían, ni qué iba a ocurrir. Les había dejado claro que no respondería a ninguna pregunta ni les daría explicaciones hasta que llegaran a su destino.

No obstante, Skip, con sus grandes conocimientos sobre teorías de la conspiración y leyendas urbanas, recientemente ampliados gracias a la biblioteca de Noam Bitan, se mostró petulante.

—Estamos volando con Janet —murmuró a su hermana.

—¿Perdón?

—Aerolíneas Janet, una lanzadera de alto secreto que utilizan las fuerzas aéreas para transportar espías desde sus aeropuertos locales a lugares clasificados y viceversa. Es la única aerolínea donde las azafatas necesitan autorizaciones SSBI.

Nora no contestó. Si eso era cierto, no entendía por qué no estaba un poco más nervioso.

Un minuto después, las ruedas tocaron tierra en una pista interminable que discurría a lo largo de una salina perfectamente nivelada.

—Bienvenidos al lago Groom —dijo el general, ladeando la cabeza hacia la ventanilla.

—También conocido como Área 51 —añadió Skip—. ¡Lo sabía!

El general se limitó a sonreír. En el asiento contiguo, Corrie casi pudo notar cómo Skip se henchía de orgullo.

El avión se detuvo, y al borde de la pista los esperaban dos todoterrenos. El sol de finales de julio ardía en un cielo vacío mientras pasaban frente a hileras de hangares y barracones gigantescos hasta llegar a un pequeño edificio anodino sin ventanas. Flanqueados por varios grupos de guardias, el general los condujo al interior del edificio, donde solo había un montacargas gigantesco. De la correa de Mitty pasó a ocuparse un soldado apostado en la entrada, donde esperaría su regreso. «No se admiten perros» fue la única explicación que ofrecieron. Nora podía oír sus ladridos lastimeros mientras Skip desaparecía en el interior.

358

Subieron al ascensor, sus enormes puertas se cerraron con estruendo y descendieron durante un tiempo que les resultó desconcertante. Cuando se abrieron de nuevo, vieron un enorme hangar subterráneo. Nora, que tenía una desagradable sensación de *déjà vu*, se quedó estupefacta: ante ellos se encontraba la sonda alienígena sobre un soporte de grafito.

—Ahora podemos hablar con libertad —dijo el general.

—¿Qué es esto? —exclamó Tappan—. ¿Otro?

El general esbozó una pequeña sonrisa.

—¿De verdad cree que un objeto que ha pasado diez millones de años surcando la galaxia se destruiría tan fácilmente? Lo encontramos intacto entre los restos humeantes de Pershing.

Tappan casi se tambalea.

—¡Gracias a Dios! Creía que lo habíamos perdido. —Dio un paso al frente y luego se volvió con el rostro radiante—. ¿Han tenido la oportunidad de estudiarlo?

—Así es —respondió el general—. Por eso están aquí. Sé que ya les han advertido de la naturaleza altamente clasificada de lo que… experimentaron. Quiero hacer hincapié en esa advertencia y recordarles que sigue igual de vigente, si no más.

—No estoy de acuerdo —terció Tappan—. Ya ha habido demasiado secretismo. El mundo está preparado para gestionar esta información.

—Eso no es decisión suya. En cualquier caso, cuando oiga lo que hemos descubierto, creo que estará de acuerdo en que el mundo no está preparado.

—¿Podemos acercarnos? —preguntó Nora.

—Tanto como quiera. Ya no es peligroso.

A pesar de esa afirmación, los cuatro se aproximaron con cautela. El aire olía ligeramente a electricidad e ionización. Nora trató de recordar qué aspecto tenía antes la sonda, porque ahora era claramente distinta, como una mancuerna con pesos desiguales en los extremos. Seguía conservando el remolino ovalado cerca de la proa, pero incluso aquella tormenta en miniatura parecía haberse calmado un poco. El resto de la superficie también parecía más tranquila, menos frenética, casi como en reposo. Cambiaba de forma perezosa de color, alguno bastante extraño, e iniciaba de nuevo el proceso.

—Empezaré con Atropos —dijo el general.

—Buena idea —respondió Tappan—. ¿Quién demonios era esa gente? Los muy cabrones asesinaron a casi todo mi equipo a sangre fría.

—Sí, y lamentamos mucho su pérdida. Puede que ya hayan oído algo de esto directamente de la fuente, así que perdonen si toco algún tema que conocen. Pero muchas cosas serán tan nuevas para ustedes como lamentablemente lo fueron para nosotros. Atropos era una organización de contraespionaje que salió mal. Tenía sus raíces en la Oficina de Servicios Estratégicos, fundada por orden presidencial en 1942. Los primeros agentes de la oficina eran en su mayoría miembros de las fuerzas especiales del Ejército y la Armada de Estados Unidos, entrenados en secreto en guerra psicológica, sabotaje y asesinato. Fueron alojados en la Escuela de Entrenamiento Especial Número 103, «Campamento X», creada por los británicos a cincuenta kilómetros de la frontera canadiense.

»La Oficina de Servicios Estratégicos se disolvió en 1945, y varias de sus ramas se incorporaron la Unidad de Servicios Estratégicos, luego al Grupo Central de Inteligencia y, por último, a la CIA en 1947. Durante ese confuso periodo de transición teníamos un grave problema con el espionaje soviético. Varios científicos que trabajaban en el Proyecto Manhattan y, más tarde, en la bomba H, estaban filtrando secretos. A mediados de 1946, cierto oficial fervoroso y patriótico convenció a sus superiores de que crearan una pequeña rama de espionaje de alto secreto, compuesta por miembros seleccionados del antiguo Campamento X y ramas paramilitares de la Oficina de Servicios Estratégicos. Como sabemos ahora, se convirtió en Atropos. Su misión era simple: proteger los activos de Estados Unidos contra el espionaje extranjero, con licencia para torturar y matar espías y otras personas según dictara la necesidad. En otras palabras,

360

podían eludir el engorroso e ineficaz sistema judicial y tomarse la justicia por su mano. El equipo secreto de ejecución Kidon del Mosad —la «punta de la lanza»— fue creado más tarde inspirándose en una filosofía similar.

»Desde principios de 1947 se introdujo a pequeños destacamentos de Atropos en objetivos de alto valor, especialmente en Los Álamos. La infiltración soviética en Estados Unidos por aquel entonces estaba muy avanzada, y las unidades de Atropos no solo pudieron eliminar a numerosos científicos traidores, sino también identificar, vigilar y, si era necesario, matar a agentes durmientes soviéticos infiltrados aquí.

—Parece que lo apruebe, general —comentó Tappan.

—No lo desapruebo. El problema es que, al parecer, la unidad funcionaba con financiación ilimitada y sin rendir cuentas a nadie. Eso es una receta para la corrupción o, peor aún, para la arrogancia y la radicalización.

»Cuando se produjo el accidente en Roswell, el equipo Atropos de Los Álamos fue el primero en llegar. Encontrar una nave extraterrestre con tecnología avanzada no solo era extremadamente interesante, sino que, cuando pareció que era hostil, dicho descubrimiento acabó convirtiéndose en su razón de ser. A costa de numerosas bajas, recuperaron la nave y la trasladaron a Pershing, donde, en lugar de intentar moverla de nuevo, construyeron una base secreta a su alrededor, ampliando espectacularmente el sistema de búnkeres subterráneos.

—¿Qué hay de los dos cuerpos que desenterramos? —preguntó Nora.

—Tal como determinó la agente Swanson, eran dos agentes durmientes soviéticos asesinados por Atropos. El dial de rendimiento variable se utilizó como cebo. Extrajeron todos sus componentes y, de todos modos, era un prototipo. Por eso carecía de valor y fue sepultado con los cadáveres.

—¿Por qué Atropos dejó los cuerpos allí? —preguntó Tappan.

El general esbozó una sonrisa cínica.

—En principio por arrogancia. Es un lugar muy remoto, y

en aquel momento tenían prisa y estaban muy distraídos con la nave alienígena, como se podrá imaginar. Más tarde concluyeron que los cuerpos estaban a salvo y que era más arriesgado intentar sacarlos que dejarlos allí. Como sabe, rociaron las caras y las yemas de los dedos con ácido para dificultar su identificación. Como es obvio, desconocían el tratamiento odontológico soviético. Los dos científicos que desaparecieron de Los Álamos en 1947 eran, por supuesto, los contactos de esos agentes durmientes asesinados. Atropos también los mató, borró sus rasgos con ácido y enterró sus cuerpos en otro lugar del desierto. También los encontramos.

»Con el paso de los años, parece que Atropos se convirtió casi en una secta. Hicieron muy pocos progresos en la comprensión de la nave. Sin embargo, recibían mucho dinero no declarado del gobierno, y habían ampliado su número de agentes no solo a través de la CIA, sino también del FBI, del Ejército y, por desgracia, de la NASA. Eran extremadamente hábiles a la hora de borrar cualquier rastro de su existencia en la burocracia gubernamental: ocultaban sus movimientos tras un velo de secretismo, mantenían un perfil mínimo e interferían con las ramas autorizadas lo suficiente como para garantizar su legitimidad. El hecho de que se hubieran formado tan pronto, además de los continuos e inevitables cambios en el gobierno, también ayudó. En cualquier caso, a falta de información fiable, surgieron muchas ideas paranoicas. Custodiar aquel aparato se convirtió en una especie de religión, en la que mantenían ciertos rituales transmitidos por la generación anterior. Cualquiera que estuviese interesado en contactar con seres de otros planetas empezó a parecerles un enemigo, porque llamar la atención de la civilización extraterrestre que envió aquella sonda era, en su opinión, como invitar a la extinción.

—*Servandae vitae mendacium* —citó Tappan.

—Mentiras al servicio de vidas —dijo el general—. Exacto. En cualquier caso, los nuevos miembros, reclutados entre las fuerzas especiales, prometían su cargo en una ceremonia secreta en la que hacían un juramento de sangre y luego se les mostraba la nave alienígena. Mientras el resto del mundo superaba su fobia a los «invasores de Marte», su secretismo y paranoia aumentaban. Cada vez tenían menos candidatos dignos de ser reclutados y su número disminuía. Eso solo los volvió más insulares e irresponsables. Y entonces llegó usted, señor Tappan, y puso patas arriba su pequeño mundo.

—Pero ¿cómo se infiltró Lime en el FBI? —preguntó Corrie—. Todo el mundo lo consideraba absolutamente legítimo.

—Y lo era, al menos en apariencia. A su manera, era un patriota, como todos los miembros de Atropos, y contribuyó al éxito de varias operaciones importantes del FBI. Como ya he mencionado, numerosos agentes de Atropos llevaban una doble vida en las agencias de tres letras, vidas de las que podían entrar y salir cuando fuera necesario. Continuaron matando a objetivos de espionaje y agentes durmientes, incluso después de los dos cadáveres de Roswell. Eso incluía al científico tan hábilmente ejecutado en Los Álamos en los años noventa: en realidad espiaba para los chinos.

—¿Cómo descubrieron todo eso? —preguntó Nora.

—Capturamos a algunos fugitivos de la base y desenmascaramos a otros integrados en las distintas agencias. Los principales cerebros, gente como Rush, que estaban en el lugar en ese momento, decidieron hundirse con el barco, por así decirlo. El general de división que dirigía Atropos desde Washington se suicidó, igual que hizo Eastchester, ese científico ganador del Nobel. Una tragedia. Sin duda, había esqueletos en muchos armarios. Se obtuvo información adicional gracias a las órdenes de registro y a la recopilación de inteligencia extralegal a raíz de la explosión… y sus propios informes anteriores. Gran parte de los últimos tres meses se ha dedicado a reconstruir la historia de Atropos. El hecho de que operara tanto tiempo, en secreto y con una interferencia mínima… Bueno, es extremadamente angustioso, por decirlo con suavidad.

—¿Y qué pasa con la sonda? —preguntó Tappan.

—Tuvimos mucho más éxito que Atropos, aunque no podemos atribuirnos gran parte del mérito.

—¿Por qué dice eso?

—Por una sencilla razón: ese pequeño cubo que desenterraron al parecer era el procesador central de la sonda y su diario de vuelo. En la práctica, su módulo de inteligencia artificial. Lo único que tuvo Atropos durante setenta y cinco años fue la nave, defendiéndose como podía. Ustedes encontraron el cerebro.

—Pero ¿cómo se separó de la nave? —preguntó Skip.

—Parece que la sonda sufrió graves desperfectos hace unos diez millones de años, poco después de que la lanzaran. Cuando se estrelló aquí, ese cubo se separó de la nave principal y se escondió por razones que desconocemos, o tal vez salió despedido por el choque y quedó enterrado cerca. Atropos, como ya he mencionado, nunca volvió al lugar tras su excavación inicial; para entonces ya había demasiada curiosidad entre la ciudadanía. Su esperanza era que el tiempo hiciera el trabajo por ellos, ocultando cualquier rastro del accidente, y así fue durante muchas décadas. Pero esa es una de las razones por las que su excavación les causó tanta ansiedad: no podían estar seguros de que no quedaba nada de la extracción de 1947 que pudiera encontrarse más fácilmente hoy. —El general hizo una pausa—. En cualquier caso, pueden ver la cicatriz de esos desperfectos que sufrió la nave con anterioridad: la herida ovalada en el costado. Pero, ahora que el cubo se ha reunido con la sonda, la nave se ha vuelto dócil. Ya no es peligrosa, está en modo protector.

—¿Herida? —dijo Skip—. Habla de ella como si estuviera viva.

—No se puede definir como viva o muerta. Es un híbrido en parte biológico y en parte mecánico, tan avanzado que no podemos decir dónde acaba la biología y empieza la máquina. De todos modos, en circunstancias normales nunca se habría estrellado, pero había quedado inutilizada en un ataque. Para analizarla hemos utilizado una gran cantidad de potencia de cálculo en los últimos meses, y suficiente electricidad para alimentar

Phoenix en el proceso. Creemos que la Tierra no era su destino final. No éramos más que un obstáculo accidental en su misión, que no era otra que llevar un mensaje vital a través de la galaxia, un mensaje para otros.

—¿Vital? —preguntó Tappan—. ¿Cómo es eso?

—Era una de las innumerables sondas de ese tipo, lanzadas hace eones por una civilización ya extinta en el extremo opuesto de la galaxia. Todas llevaban el mismo mensaje, y querían difundirlo a tantos seres conscientes como fuera posible.

—¿Cómo pueden saber todo esto? —preguntó Nora.

—Por el cubo. Está desesperado por comunicarse con nosotros. No conoce nuestro idioma, pero puede mostrar algunos vídeos holográficos, o más bien volumétricos, bastante ingeniosos. No hace falta ser un especialista para entenderlos. Los miembros de la comunidad de espionaje que los hemos visto estamos… Bueno, supongo que la palabra correcta sería «alarmados», si no «asustados».

Lo miraron con diversos grados de incredulidad.

—Me temo que no hay una manera fácil de expresarlo. A pesar de su crueldad y fanatismo, Atropos tenía razón en lo fundamental. Ahí fuera existe una amenaza alienígena de una maldad inimaginable. Solo que no proviene de esa sonda ni de la civilización que la creó.

—¿De quién, entonces? —preguntó Nora.

—Vamos a ver un vídeo, ¿de acuerdo?

Greyburn habló con un ayudante, que empezó a pulsar un teclado cercano. Un destello de luz brilló desde un pequeño tubo láser dirigido a la sonda. Al hacerlo, uno de los patrones lentos y arremolinados de su casco pareció despertar.

—Se comunica a través de la longitud de onda de quinientos cincuenta nanómetros de la radiación electromagnética, es decir, la luz verde.

Nora observó por un momento la peculiar interacción del láser terrestre y la tecnología alienígena. Y entonces, todos se quedaron boquiabiertos cuando una exquisita película tridimensional se materializó en el aire frente a ellos: en vivos colores, visible desde todos los ángulos. Primero mostraba un mapa estelar, centrado en un planeta verde y azul muy parecido a la Tierra, sin duda el hogar de la sonda, en órbita alrededor de una estrella. Desde el planeta se lanzaban miles de sondas en todas direcciones. A continuación se materializó —o se manifestó, era demasiado desconocido para Nora como para comprenderlo del todo— algo muy extraño. Al principio parecía una nube, una niebla oscura más grande que el planeta, una forma que no era tal, sino la ausencia de luz. Pero el modo en que se movía denotaba una sensibilidad que, por ninguna razón que pudiera explicar, la dejó helada. Entonces hizo algo, algo inexplicable, y el planeta estalló como un tomate podrido. El vídeo mostraba un ataque posterior a la propia sonda por parte de una entidad similar, oscura y turbia, gigantesca y difícil de distinguir. Hubo un grito de dolor de la sonda —¿era realmente dolor?—, pero el holograma continuó mostrándoles su huida al lado oscuro de un asteroide estéril. Después, un retroceso a la galaxia en su conjunto, mostrando la larga trayectoria a la deriva de la sonda durante lo que debieron de ser millones de años. Aparecían el sistema solar, la Tierra, el choque… y la oscuridad.

Nora estaba asombrada. Una historia entera, de muchos millones de años, comprimida en cinco minutos y lo bastante sencilla como para que la entendiera un niño.

El general dejó que el silencio se apoderara del grupo. Luego se volvió hacia Tappan.

—Dígame, ¿sigue pensando que mantener este secreto es mala idea? ¿Está el mundo realmente preparado para manejar esta información?

Tappan se lamió los labios.

—No —dijo al fin—. No, no lo está. Si le soy sincero, yo tampoco estoy seguro de poder manejarlo.

—Contamos con que lo haga.

—¿Por qué dice eso?

—¿Creen que los he traído aquí solo para satisfacer su curiosidad? Señor Tappan y doctora Kelly, los necesito a ambos, y a sus recursos, para que nos ayuden con esto. Con el tiempo, llegaremos a otras personas importantes e influyentes; algunas pueden ayudar... y otras, si siguen viviendo en la ignorancia, podrían poner en peligro nuestro planeta de forma involuntaria. Me refiero, por supuesto, a la búsqueda de inteligencia extraterrestre, y en especial a las iniciativas más activas de comunicación alienígena que se están fraguando en la actualidad. Hay que impedirlas todas. Y nosotros, como especie, debemos encontrar la manera de apagar la enorme cantidad de radiación electromagnética que se filtra al espacio procedente de nuestras actividades.

Volvió a quedarse callado, y Nora fue la siguiente en hablar.

—Antes ha dicho que traía un mensaje. ¿Lo descifraron?

—Así es. Era muy breve, el equivalente a una palabra, en realidad.

—¿Cuál era esa palabra?

El general esbozó una sonrisa siniestra.

—«Escondeos».

# 67

Connor Digby permaneció un instante plantado frente a la puerta cerrada, cuadrando los hombros y acompasando la respiración. Miró el reloj: eran las doce del mediodía.

Normalmente, una citación de la doctora Marcelle Weingrau, directora del Instituto Arqueológico de Santa Fe, no lo preocupaba. Había sido su ayudante en la Universidad de Boston y creía conocerla bastante bien. De hecho, le habría agradado tener la oportunidad de congraciarse más con ella.

Pero los dos últimos meses habían sido de todo menos normales. El departamento que dirigía desde hacía casi un año había empezado a desmoronarse. Dos proyectos importantes —la excavación en Cornpollen Ridge y los trabajos preparatorios cerca del rancho Hottaktion— se habían torcido por distintas razones. En el primer caso, parecía que los permisos no se habían redactado correctamente, y había un asunto bochornoso sobre una multa acumulada. En el segundo, el dueño de la propiedad, que en un principio había concedido su permiso para que el instituto procediera, cambió de opinión. Al parecer, uno de los estudiantes de arqueología que trabajaban para el instituto había atropellado y matado con su jeep a un ternero, identificado enseguida por su marca J-O. Digby hizo todo lo posible: había acudido a la junta correspondiente con relación al permiso de Cornpollen y había indemnizado al propietario del rancho, pero en ambos casos solo consiguió empeorar las cosas. Por si fuera poco, había oído rumores de que algunos investigadores de posgrado del departamento estaban reclamando su despido. Digby desconocía los detalles y estaba seguro de que no tenían fundamento. Aun así, recientemente había vivido algunos encontronazos con personal de rango inferior por los presupuestos y sus esfuerzos por acabar con la tradición del atuendo desaliñado que parecía omnipresente en el ámbito de la arqueología.

La inesperada llamada de Weingrau diez minutos antes había sido más escueta de lo habitual. Así pues, levantó la mano en dirección a la puerta de madera y la golpeó con firmeza.

—Adelante —dijo de inmediato una voz conocida.

Digby abrió la puerta, entró y volvió a sorprenderse. Allí estaba la doctora Weingrau, detrás de su gran escritorio, que cada día parecía exhibir menos objetos nativos. Pero sentado en un gran sillón de cuero frente al escritorio estaba Lucas Tappan. Tenía más o menos el mismo aspecto que cuando se conocieron —¿hacía cuatro meses?—, pero ahora estaba más bronceado y un poco más delgado, y había cambiado su aspecto de vaquero hípster por un traje caro hecho a medida.

—¡Connor! —dijo Weingrau con una voz inesperadamente animada—. Gracias por venir tan rápido. Seguro que recuerda al señor Tappan.

—Por supuesto. Es un placer volver a verlo.

Digby se acercó a Tappan para estrecharle la mano, pero el multimillonario ya se había levantado. Luego sonrió, asintió y volvió a tomar asiento, de modo que Digby cambió de rumbo hacia una silla libre.

—El señor Tappan trae noticias maravillosas —anunció Weingrau—. Piensa hacer una aportación al instituto. Una aportación considerable, al parecer, para crear una cátedra de investigación.

—Ya he hablado con el comité ejecutivo —dijo Tappan con una sonrisa— y están de acuerdo.

—Eso es maravilloso —respondió Digby, asintiendo con una cadencia instintiva.

No entendía nada en absoluto. Por lo que él sabía, la malhadada y desacertada expedición de Tappan —por la que habían despedido a la doctora Kelly— había terminado en desastre: un accidente con un tanque de propano que había matado a varias personas. Por supuesto, no habían encontrado nada de valor, lo cual demostraba una vez más que todo el asunto de Roswell era un engaño. Si ese era el caso, ¿por qué estaba allí repartiendo regalos?

Weingrau debía de estar preguntándose lo mismo. Sin embargo, estaba tan sonriente que temió que se le desprendiera el maquillaje de las mejillas. Digby sabía que una aportación sería bienvenida con semejante coyuntura. De hecho, la necesitaba con desesperación. Varios donantes con los que contaba la directora se habían echado atrás recientemente por motivos imprecisos, lo que, unido a malas decisiones de inversión, había dejado la dotación del instituto en una situación delicada.

Tappan interrumpió sus especulaciones.

—Pero no hay razón para alargar esto —dijo—. Estoy seguro de que ambos tienen mucho que hacer. —Se volvió hacia la directora—. Como ya he mencionado, doctora Weingrau, también he elegido a la persona que ocupará esa cátedra, alguien con unas credenciales impecables y una carrera distinguida, con una larga lista de publicaciones fundamentales. Permítame que se la presente.

—¡Por supuesto! —dijo Weingrau juntando las manos.

Digby se la imaginó sosteniendo con fuerza una bolsa de monedas de oro, pero desterró esos pensamientos.

Tappan sacó el teléfono, pulsó varias teclas y volvió a guardárselo en el bolsillo de la americana.

—Llegará en un minuto. Está al final del pasillo.

—¿Quién es? —preguntó Weingrau.

En ese momento se abrió la puerta y entró Nora Kelly.

Digby se levantó sorprendido. Era la última persona que esperaba ver. Tardó un momento en reconocerla. En lugar de los vaqueros sucios y la camisa de trabajo habituales, llevaba un caro vestido de color marfil de falda plisada que le llegaba a mitad de

370

las pantorrillas, y había cambiado las Doc Martens por unos zapatos planos de Gucci. El pelo, reluciente y escalado, le caía hasta los hombros con la informalidad que solo los buenos estilistas pueden conseguir, y su piel irradiaba una luminosidad que nada tenía que ver con estar sentada durante horas tras una mesa de oficina.

—Ah —dijo—, lo siento. Se supone que debo llamar primero y luego entrar. Una se olvida. —Levantó dos nudillos y llamó a la puerta—. ¡Ahora!

Se acercó, le estrechó la mano a Tappan, saludó con la cabeza a Digby y se volvió hacia Weingrau.

—Hola, Marcelle. ¿Puedo sentarme?

Hizo la pregunta cuando ya estaba sentada en la última silla vacía.

—Por favor —respondió Weingrau.

—Y ahora —dijo Tappan—, ¿quieres comentar los detalles o lo hago yo?

—Sería mejor que lo hagas tú, ¿no te parece? —le dijo Nora a Tappan—. Al fin y al cabo el dinero es tuyo.

—No, no lo es. Ahora en cierto modo es tuyo. —El empresario se volvió hacia Weingrau—. Como sabe, la cátedra conlleva una excelente remuneración, pero aún más importante es que también incluye una gran suma para apoyar la investigación, gastada a criterio exclusivo del ocupante de la cátedra.

Digby nunca había tomado LSD, ni fumado una pipa de crack, ni siquiera un porro. Pero estaba claro que debía de haber ingerido algo alucinógeno, porque aquello no podía estar sucediendo. Miró a Weingrau, pero el silencio de esta no sirvió para que recobrara la compostura.

Ahora Tappan estaba mirando a la directora.

—En otras palabras, puede gastarlo como guste. ¿Te importaría decirles cuánto, Nora?

—Cien millones.

Aquello no hizo sino prolongar el silencio.

—¿De dólares? —preguntó finalmente Weingrau.

371

Lo absurdo de la pregunta caló en medio del silencio.

—Supongo que podríamos hacerlo en centavos, si así lo prefiere.

Hubo una pausa. A Nora le entraron ganas de reír, pero se controló rápidamente.

—Estamos muy agradecidos por su apoyo —dijo Weingrau con voz robótica.

Tappan añadió:

—La suma no es solo para la cátedra. Tengo entendido, por mi reunión con el comité ejecutivo, que el instituto atraviesa ciertas dificultades financieras: un fondo de bonos basura casi en mora, una especulación inmobiliaria imprudente y propiedades que han perdido valor. A petición del comité ejecutivo, Nora y yo hemos destinado treinta millones de nuestra donación como fondos no restringidos para sustentar la dotación general. El proyecto de mejora de capital, paralizado por falta de fondos, también necesita financiación. ¿A cuánto asciende? Lo he olvidado.

—Ocho millones y medio —respondió Digby.

—Bueno, digamos diez por redondear. —Tappan se volvió hacia Weingrau—. Y Nora pensó... Bueno, ambos pensamos que otros diez millones podrían destinarse a aumentar los salarios y los presupuestos de investigación del personal académico. De nuevo, números redondos. —Hizo una breve pausa—. Y el resto, cincuenta millones, servirían para dotar la Cátedra Tappan. ¿Qué les parece?

Weingrau y Digby asintieron tímidamente.

—Piénsenlo —continuó Tappan—. Con la dotación salvada, el proyecto de mejora de capital en marcha, el personal motivado y Nora ocupando la Cátedra Tappan, podría decirse que el instituto experimentará una transformación.

Hubo una pausa de al menos un minuto mientras Tappan dejaba que calaran sus palabras.

—En efecto, podría. —La doctora Weingrau encontró por fin su voz—. Supongo que pedirá mi dimisión.

—¡En absoluto! —repuso Tappan—. Puede seguir como directora. Hace falta un cierto *je ne sais quoi* para reunir fondos, hacer cosquillas a benefactores ricos para que abran sus chequeras y cosas así. Usted es admirablemente adecuada para la dirección. ¿Le gustaría conservar su puesto?

Al cabo de un segundo, Weingrau dijo lentamente:

—Sí, por supuesto. Gracias.

Tappan se volvió hacia Digby.

—Hay otro asunto: una ligera reorganización de la jerarquía. Implicaría un ascenso para usted.

Digby asintió obsequioso.

—Mi gente llevó a cabo un análisis de costes y beneficios de la organización y sugirió que se creara un nuevo puesto: director de desarrollo institucional. Dependerá directamente de la doctora Weingrau. Podrá poner en práctica sus nada desdeñables habilidades sociales para dar a conocer el instituto y sus necesidades de financiación a las personas adecuadas.

Digby pensó con rapidez. Aquella oferta era como si le hubieran lanzado un salvavidas. Con la dotación económica y el proyecto de mejora del capital de nuevo en marcha… El título parecía importante, y a lo mejor no tendría que volver a ensuciarse las manos en una excavación, ni ahuyentar mosquitos a manotazos, ni dormir en una tienda de campaña.

Accedió enérgicamente.

—Nora, como titular de la Cátedra Tappan, asumirá el liderazgo del departamento arqueológico en su totalidad. Dependerá directamente del consejo. —Tappan miró a su alrededor—. ¿Alguna pregunta? ¿Alguna idea?

No había ninguna. Weingrau tenía dificultades para hablar.

—De nuevo, señor Tappan, estamos muy agradecidos por su generosidad.

—¡Excelente! —dijo Tappan—. En ese caso, no quiero robarles su valioso tiempo. Son las doce y media. ¿Saben qué? Gastar dinero siempre me da hambre. Con ustedes dos al timón, el instituto estará en buenas manos de cara al futuro.

—Gracias.

—Y sé que Nora debe de estar entusiasmada con la idea de asumir el cargo de arqueóloga jefe e imaginar qué fabulosas expediciones y proyectos podrían venir después con un presupuesto ilimitado y un control absoluto.

—Confieso que sí —dijo Nora.

Tappan y Nora se levantaron a la vez, se despidieron y salieron del edificio bajo el sol de Nuevo México. Un minuto después estaban en el aparcamiento, donde los esperaba el Tesla azul claro de Tappan.

—Recuerdo este lugar —dijo Tappan, deteniéndose bruscamente—. Una vez me llamaste gilipollas aquí.

—Deberíamos poner una placa. —Nora miró a su alrededor, entrecerrando los ojos para protegerse del sol—. ¿No deberíamos irnos? Dijiste que gastar dinero te daba hambre.

—Sí, tengo bastante hambre. Un hambre voraz, de hecho. Pero… no de comida.

Nora se lo quedó mirando.

—Vaya, chico travieso.

Luego, Nora le dio una bofetada, pero muy suavemente y con considerable afecto.